新闻传媒类专业人文素养课程教材系列

中国现当代文学经典选读

王远舟 程丽蓉 陈勇 主编

中国传媒大学出版社
·北京·

目 录

>>>CONTENTS

前　言

在某种程度上，新闻传播与文学都是语言的艺术和传播的艺术，新闻传播学、播音与主持以及网络与新媒体等专业的学生与汉语言文学、公关与文秘、对外汉语教学等专业的学生一样，最重要的看家本领就是积累、把握和运用语言以展现现实、表达情感、传达观点、涵蕴思想的素质与能力。无论时代如何变迁，各时代的传媒技术如何发展变化，即便“媒介即信息”越来越成为全媒体时代的现实，在相同的技术平台上竞技，对于以内容为王的媒体而言，最重要的必然是传媒人自身的人文素质，尤其是语言素养。语言素养的修炼非朝夕之事，乃积跬步而致千里之功。经典文学作为语言艺术中最重要的组成部分，实乃培植语言素养、提升思考写作与理解阐释能力之厚土。

然而，依据国家教育部的专业培养要求和培养方案指导性意见，新闻传播类专业与汉语言文学类专业应修学分基本相同，但由于前者设置了更多新闻与传播方面的必修课程，因而相较于后者而言，前者的文学类课程学分及其相应的学时极为有限，虽然文学类课程同样是新闻传播类专业的必修课程。其中，中国古代文学（含文学史知识和作品选读，后同）只有一个学年度 4 个学分、72 学时的课程，中国现当代文学和外国文学（或欧美文学）分别为一个学期 2 个学分、36 学时的课程，有的学校甚至更少。这样的学分和课时安排必然使新闻传播类专业的文学课程大大浓缩，课堂教学不得不或为导引性的介绍与指导，或为有类于翻转课堂的研讨性学习，无论哪种方式，都不可能像汉语言文学专业的文学课程那样进行得从容悠游。如何将课内学习与课外阅读以及多种教学手段方式结合起来，以更好地实现文学课程的培养目标，就显得尤为重要。市面可见的经典文学选读之类教材非常庞杂，但绝大多数都针对汉语言文学专业教学，或者针对其他社会科学和自然科学专业的人文素养课程教学，很少有为新闻传播类专业教学量身打造的经典文学解读教材。我们在教学中深深感到这种缺失带来的诸多问题和不便，于是结合我们的教学经验，精选中国现当代文学经典文本，加以鉴赏阐释，以成此书。

何谓“经典”？自英国伯明翰学派以大众文化为重心的文艺研究提出对经典及其建构的挑战以来，“经典”已经被学界一再质疑和重构。本书所选中国现当代文学经典，仍然遵循现当代文学史的经典认定，辅之以当代文学奖项和大众接受影响度为考量标准。为了方便同学们自学以开阔眼界、提高人文修养，在每篇选文后我们专门设计了“文史知识地图”、“分析与鉴赏导引”以及“延伸阅读文本链接”几个部分，以帮助大家建立起比较清晰的文学史构架，深入地理解玩味文本的丰富蕴涵，并进一步拓展视野，为大家更深广地畅游文学海洋提供资源。

本书的完成得力于几位志同道合的老师们的共同努力。王远舟教授和程丽蓉教授负责本书的项目策划、文本遴选、拟订大纲、修订全稿、撰写部分章节和后记，陈勇副教授协助修订全稿、撰写部分章节，肖丽花老师负责撰写 20 世纪 20、30、40 年代各家选文部分，曹建文老师负责撰写 50、60、70、80 年代各家选文部分以及部分 90 年代选文，奉元圆老师负责撰写部分 90 年代以来的各家选文。

由于编撰时间比较紧，老师们教学科研任务又重，本书难免存在不尽如人意之处，我们衷心希望学界朋友批评指正，也希望读者朋友们提出宝贵意见和建议。本书由于是选读性质，许多优秀文本无法全文呈现，书中也多有参考已有相关研究成果，限于体例和篇幅，书中可能未能一一列出，谨在此表示衷心的谢忱！此外，我们也衷心感谢中国传媒大学出版社的编辑老师及相关技术人员为本书面世所付出的辛劳。

编者

2015 年 9 月

狂人日记[①]

鲁 迅

某君昆仲，今隐其名，皆余昔日在中学时良友；分隔多年，消息渐阙。日前偶闻其一大病；适归故乡，迂道往访，则仅晤一人，言病者其弟也。劳君远道来视，然已早愈，赴某地候补[②]矣。因大笑，出示日记二册，谓可见当日病状，不妨献诸旧友。持归阅一过，知所患盖“迫害狂”之类。语颇错杂无伦次，又多荒唐之言；亦不著月日，惟墨色字体不一，知非一时所书。间亦有略具联络者，今撮录一篇，以供医家研究。记中语误，一字不易；惟人名虽皆村人，不为世间所知，无关大体，然亦悉易去。至于书名，则本人愈后所题，不复改也。七年四月二日识。

一

今天晚上，很好的月光。

我不见他，已是三十多年；今天见了，精神分外爽快。才知道以前的三十多年，全是发昏；然而须十分小心。不然，那赵家的狗，何以看我两眼呢？

我怕得有理。

二

今天全没月光，我知道不妙。早上小心出门，赵贵翁的眼色便怪：似乎怕我，似乎想害我。还有七八个人，交头接耳的议论我，又怕我看见。一路上的人，都是如此。其中最凶的一个人，张着嘴，对我笑了一笑；我便从头直冷到脚跟，晓得他们布置，都已妥当了。

我可不怕，仍旧走我的路。前面一伙小孩子，也在那里议论我；眼色也同赵贵翁一样，脸色也铁青。我想我同小孩子有什么仇，他也这样。忍不住大声说，“你告诉我！”他们可就跑了。

我想：我同赵贵翁有什么仇，同路上的人又有什么仇；只有廿年以前，把古久先生

① 本篇最初发表于1918年5月《新青年》第四卷第五号。首次采用“鲁迅”这一笔名。作者在《〈中国新文学大系〉小说二集序》（《且介亭杂文二集》）中说本篇“意在暴露家族制度和礼教的弊害”。

② 候补 清代官制，只有官衔而没有实际职务的中下级官员，由吏部抽签分发到某部或某省，听候委用，称为候补。

的陈年流水簿子[①]，踹了一脚，古久先生很不高兴。赵贵翁虽然不认识他，一定也听到风声，代抱不平；约定路上的人，同我作冤对。但是小孩子呢？那时候，他们还没有出世，何以今天也睁着怪眼睛，似乎怕我，似乎想害我。这真教我怕，教我纳罕而且伤心。

我明白了。这是他们娘老子教的！

三

晚上总是睡不着。凡事须得研究，才会明白。

他们——也有给知县打枷过的，也有给绅士掌过嘴的，也有衙役占了他妻子的，也有老子娘被债主逼死的；他们那时候的脸色，全没有昨天这么怕，也没有这么凶。

最奇怪的是昨天街上的那个女人，打他儿子，嘴里说道，“老子呀！我要咬你几口才出气！”他眼睛却看着我。我出了一惊，遮掩不住；那青面獠牙的一伙人，便都哄笑起来。陈老五赶上前，硬把我拖回家中了。

拖我回家，家里的人都装作不认识我；他们的脸色，也全同别人一样。进了书房，便反扣上门，宛然是关了一只鸡鸭。这一件事，越教我猜不出底细。

前几天，狼子村的佃户来告荒，对我大哥说，他们村里的一个大恶人，给大家打死了；几个人便挖出他的心肝来，用油煎炒了吃，可以壮壮胆子。我插了一句嘴，佃户和大哥便都看我几眼。今天才晓得他们的眼光，全同外面的那伙人一模一样。

想起来，我从顶上直冷到脚跟。

他们会吃人，就未必不会吃我。

你看那女人“咬你几口”的话，和一伙青面獠牙人的笑，和前天佃户的话，明明是暗号。我看出他话中全是毒，笑中全是刀。他们的牙齿，全是白厉厉的排着，这就是吃人的家伙。

照我自己想，虽然不是恶人，自从踹了古家的簿子，可就难说了。他们似乎别有心思，我全猜不出。况且他们一翻脸，便说人是恶人。我还记得大哥教我做论，无论怎样好人，翻他几句，他便打上几个圈；原谅坏人几句，他便说“翻天妙手，与众不同”。我那里猜得到他们的心思，究竟怎样；况且是要吃的时候。

凡事总须研究，才会明白。古来时常吃人，我也还记得，可是不甚清楚。我翻开历史一查，这历史没有年代，歪歪斜斜的每叶上都写着“仁义道德”几个字。我横竖睡不着，仔细看了半夜，才从字缝里看出字来，满本都写着两个字是“吃人”！

书上写着这许多字，佃户说了这许多话，却都笑吟吟的睁着怪眼看我。

我也是人，他们想要吃我了！

---

① 古久先生的陈年流水簿子　这里比喻中国封建统治的长久历史。

四

早上，我静坐了一会儿。陈老五送进饭来，一碗菜，一碗蒸鱼；这鱼的眼睛，白而且硬，张着嘴，同那一伙想吃人的人一样。吃了几筷，滑溜溜的不知是鱼是人，便把他兜肚连肠的吐出。

我说“老五，对大哥说，我闷得慌，想到园里走走。”老五不答应，走了；停一会，可就来开了门。

我也不动，研究他们如何摆布我；知道他们一定不肯放松。果然！我大哥引了一个老头子，慢慢走来；他满眼凶光，怕我看出，只是低头向着地，从眼镜横边暗暗看我。大哥说，“今天你仿佛很好。”我说“是的。”大哥说，“今天请何先生来，给你诊一诊。”我说“可以！”其实我岂不知道这老头子是刽子手扮的！无非借了看脉这名目，揣一揣肥瘠：因这功劳，也分一片肉吃。我也不怕；虽然不吃人，胆子却比他们还壮。伸出两个拳头，看他如何下手。老头子坐着，闭了眼睛，摸了好一会，呆了好一会；便张开他鬼眼睛说，“不要乱想。静静的养几天，就好了。”

不要乱想，静静的养！养肥了，他们是自然可以多吃；我有什么好处，怎么会“好了”？他们这群人，又想吃人，又是鬼鬼祟祟，想法子遮掩，不敢直截下手，真要令我笑死。我忍不住，便放声大笑起来，十分快活。自己晓得这笑声里面，有的是义勇和正气。老头子和大哥，都失了色，被我这勇气正气镇压住了。

但是我有勇气，他们便越想吃我，沾光一点这勇气。老头子跨出门，走不多远，便低声对大哥说道，“赶紧吃罢！”大哥点点头。原来也有你！这一件大发见，虽似意外，也在意中：合伙吃我的人，便是我的哥哥！

吃人的是我哥哥！

我是吃人的人的兄弟！

我自己被人吃了，可仍然是吃人的人的兄弟！

五

这几天是退一步想：假使那老头子不是刽子手扮的，真是医生，也仍然是吃人的人。他们的祖师李时珍做的“本草什么”[①]上，明明写着人肉可以煎吃；他还能说自己不吃人么？

至于我家大哥，也毫不冤枉他。他对我讲书的时候，亲口说过可以“易子而食”[②]；

---

① “本草什么” 指明代李时珍的药物学著作《本草纲目》。该书曾经提到唐代陈藏器《本草拾遗》中以人肉医治痨病的记载，并表示了异议。这里说李时珍的书“明明写着人肉可以煎吃”，当是“狂人”的“记中语误”。

② “易子而食” 语出《左传》宣公十五年，是宋将华元对楚将子反叙说宋国都城被楚军围困时的惨状：“敝邑易子而食，析骸而爨。”

又一回偶然议论起一个不好的人，他便说不但该杀，还当“食肉寝皮”①。我那时年纪还小，心跳了好半天。前天狼子村佃户来说吃心肝的事，他也毫不奇怪，不住的点头。可见心思是同从前一样狠。既然可以“易子而食”，便什么都易得，什么人都吃得。我从前单听他讲道理，也胡涂过去；现在晓得他讲道理的时候，不但唇边还抹着人油，而且心里满装着吃人的意思。

六

黑漆漆的，不知是日是夜。赵家的狗又叫起来了。

狮子似的凶心，兔子的怯弱，狐狸的狡猾，……

七

我晓得他们的方法，直捷杀了，是不肯的，而且也不敢，怕有祸祟。所以他们大家连络，布满了罗网，逼我自戕。试看前几天街上男女的样子，和这几天我大哥的作为，便足可悟出八九分了。最好是解下腰带，挂在梁上，自己紧紧勒死；他们没有杀人的罪名，又偿了心愿，自然都欢天喜地的发出一种呜呜咽咽的笑声。否则惊吓忧愁死了，虽则略瘦，也还可以首肯几下。

他们是只会吃死肉的！——记得什么书上说，有一种东西，叫“海乙那”②的，眼光和样子都很难看；时常吃死肉，连极大的骨头，都细细嚼烂，咽下肚子去，想起来也教人害怕。“海乙那”是狼的亲眷，狼是狗的本家。前天赵家的狗，看我几眼，可见他也同谋，早已接洽。老头子眼看着地，岂能瞒得我过。

最可怜的是我的大哥，他也是人，何以毫不害怕；而且合伙吃我呢？还是历来惯了，不以为非呢？还是丧了良心，明知故犯呢？

我诅咒吃人的人，先从他起头；要劝转吃人的人，也先从他下手。

八

其实这种道理，到了现在，他们也该早已懂得，……

忽然来了一个人；年纪不过二十左右，相貌是不很看得清楚，满面笑容，对了我点头，他的笑也不像真笑。我便问他，“吃人的事，对么？”他仍然笑着说，“不是荒年，怎么会吃人。”我立刻就晓得，他也是一伙，喜欢吃人的；便自勇气百倍，偏要问他。

“对么？”

---

① “食肉寝皮” 语出《左传》襄公二十一年，晋国州绰对齐庄公说：“然二子者，譬于禽兽，臣食其肉而寝处其皮矣。”按“二子”指齐国的殖绰和郭最，他们曾被州绰俘虏过。

② “海乙那” 英语 hyena 的音译，即鬣狗，产于非洲、小亚细亚及亚洲西南部，一种食肉兽，常跟在狮虎等猛兽之后，以它们吃剩的兽类的残尸为食。

“这等事问他什么。你真会……说笑话。……今天天气很好。”

天气是好，月色也很亮了。可是我要问你，“对么？”

他不以为然了。含含胡胡的答道，“不……”

“不对？他们何以竟吃？！”

“没有的事……”

“没有的事？狼子村现吃；还有书上都写着，通红斩新！”

他便变了脸，铁一般青。睁着眼说，“有许有的，这是从来如此……”

“从来如此，便对么？”

“我不同你讲这些道理；总之你不该说，你说便是你错！”

我直跳起来，张开眼，这人便不见了。全身出了一大片汗。他的年纪，比我大哥小得远，居然也是一伙；这一定是他娘老子先教的。还怕已经教给他儿子了；所以连小孩子，也都恶狠狠的看我。

九

自己想吃人，又怕被别人吃了，都用着疑心极深的眼光，面面相觑。……

去了这心思，放心做事走路吃饭睡觉，何等舒服。这只是一条门槛，一个关头。他们可是父子兄弟夫妇朋友师生仇敌和各不相识的人，都结成一伙，互相劝勉，互相牵掣，死也不肯跨过这一步。

十

大清早，去寻我大哥；他立在堂门外看天，我便走到他背后，拦住门，格外沉静，格外和气的对他说，

“大哥，我有话告诉你。”

“你说就是，”他赶紧回过脸来，点点头。

“我只有几句话，可是说不出来。大哥，大约当初野蛮的人，都吃过一点人。后来因为心思不同，有的不吃人了，一味要好，便变了人，变了真的人。有的却还吃，——也同虫子一样，有的变了鱼鸟猴子，一直变到人。有的不要好，至今还是虫子。这吃人的人比不吃人的人，何等惭愧。怕比虫子的惭愧猴子，还差得很远很远。

“易牙①蒸了他儿子，给桀纣吃，还是一直从前的事。谁晓得从盘古开辟天地以

---

① 易牙　春秋时齐国人，齐桓公宠臣，善于调味。据《管子·小称》：“夫易牙以调和事公（按指齐桓公），公曰‘惟蒸婴儿之未尝’，于是蒸其首子而献之公。”桀、纣各为我国夏朝和商朝的最后一代君主，易牙和他们不是同时代人。这里说的“易牙蒸了他儿子，给桀纣吃”，也是“狂人”“语颇错杂无伦次”的表现。

后，一直吃到易牙的儿子；从易牙的儿子，一直吃到徐锡林[①]；从徐锡林，又一直吃到狼子村捉住的人。去年城里杀了犯人，还有一个生痨病的人，用馒头蘸血舐。

"他们要吃我，你一个人，原也无法可想；然而又何必去入伙。吃人的人，什么事做不出；他们会吃我，也会吃你，一伙里面，也会自吃。但只要转一步，只要立刻改了，也就人人太平。虽然从来如此，我们今天也可以格外要好，说是不能！大哥，我相信你能说，前天佃户要减租，你说过不能。"

当初，他还只是冷笑，随后眼光便凶狠起来，一到说破他们的隐情，那就满脸都变成青色了。大门外立着一伙人，赵贵翁和他的狗，也在里面，都探头探脑的挨进来。有的是看不出面貌，似乎用布蒙着；有的是仍旧青面獠牙，抿着嘴笑。我认识他们是一伙，都是吃人的人。可是也晓得他们心思很不一样，一种是以为从来如此，应该吃的；一种是知道不该吃，可是仍然要吃，又怕别人说破他，所以听了我的话，越发气愤不过，可是抿着嘴冷笑。

这时候，大哥也忽然显出凶相，高声喝道，

"都出去！疯子有什么好看！"

这时候，我又懂得一件他们的巧妙了。他们岂但不肯改，而且早已布置；预备下一个疯子的名目罩上我。将来吃了，不但太平无事，怕还会有人见情。佃户说的大家吃了一个恶人，正是这方法。这是他们的老谱！

陈老五也气愤愤的直走进来。如何按得住我的口，我偏要对这伙人说，

"你们可以改了，从真心改起！要晓得将来容不得吃人的人，活在世上。

"你们要不改，自己也会吃尽。即使生得多，也会给真的人除灭了，同猎人打完狼子一样！——同虫子一样！"

那一伙人，都被陈老五赶走了。大哥也不知那里去了。陈老五劝我回屋子里去。屋里面全是黑沉沉的。横梁和椽子都在头上发抖；抖了一会，就大起来，堆在我身上。

万分沉重，动弹不得；他的意思是要我死。我晓得他的沉重是假的，便挣扎出来，出了一身汗。可是偏要说，

"你们立刻改了，从真心改起！你们要晓得将来是容不得吃人的人，……"

十一

太阳也不出，门也不开，日日是两顿饭。

我捏起筷子，便想起我大哥；晓得妹子死掉的缘故，也全在他。那时我妹子才五岁，可爱可怜的样子，还在眼前。母亲哭个不住，他却劝母亲不要哭；大约因为自己吃了，哭起来不免有点过意不去。如果还能过意不去，……

---

① 徐锡林　隐指徐锡麟(1873—1907)，字伯荪，浙江绍兴人，清末革命团体光复会的重要成员。1907年与秋瑾准备在浙、皖两省同时起义。7月6日，他以安徽巡警处会办兼巡警学堂监督身份为掩护，乘学堂举行毕业典礼之机刺死安徽巡抚恩铭，率领学生攻占军械局，弹尽被捕，当日惨遭杀害，心肝被恩铭的卫队挖出炒食。

妹子是被大哥吃了，母亲知道没有，我可不得而知。

母亲想也知道；不过哭的时候，却并没有说明，大约也以为应当的了。记得我四五岁时，坐在堂前乘凉，大哥说爷娘生病，做儿子的须割下一片肉来，煮熟了请他吃，[①]才算好人；母亲也没有说不行。一片吃得，整个的自然也吃得。但是那天的哭法，现在想起来，实在还教人伤心，这真是奇极的事！

十二

不能想了。

四千年来时时吃人的地方，今天才明白，我也在其中混了多年；大哥正管着家务，妹子恰恰死了，他未必不和在饭菜里，暗暗给我们吃。

我未必无意之中，不吃了我妹子的几片肉，现在也轮到我自己，……

有了四千年吃人履历的我，当初虽然不知道，现在明白，难见真的人！

十三

没有吃过人的孩子，或者还有？

救救孩子……

一九一八年四月

---

① 指“割股疗亲”。古代统治者提倡的一种忠孝德行。《庄子·盗跖》篇载有：“介子推至忠也，自割其股以食（晋）文公。”行孝中的“割股疗亲”，是割去自己的股肉为药引煎药，以医治父母的重病。《新五代史·何泽传》：“五代之际，民苦于兵，往往因亲疾以割股，或既丧而割乳庐墓，以规免州县赋役。”此行得到朝廷褒扬，以孝取仕，流弊更多。宋苏轼在给宋神宗奏议《议学校贡举状》中批评说：“上以孝取人，则勇者割股，怯者庐墓。……凡可以中上意，无所不至矣，德行之弊，一至于此。”

阿Q正传(节选)

鲁 迅

第二章 优胜记略

阿Q不独是姓名籍贯有些渺茫，连他先前的“行状”[①]也渺茫。因为未庄的人们之于阿Q，只要他帮忙，只拿他玩笑，从来没有留心他的“行状”的。而阿Q自己也不说，独有和别人口角的时候，间或瞪着眼睛道：

“我们先前——比你阔的多啦！你算是什么东西！”

阿Q没有家，住在未庄的土谷祠[②]里；也没有固定的职业，只给人家做短工，割麦便割麦，舂米便舂米，撑船便撑船。工作略长久时，他也或住在临时主人的家里，但一完就走了。所以，人们忙碌的时候，也还记起阿Q来，然而记起的是做工，并不是“行状”；一闲空，连阿Q都早忘却，更不必说“行状”了。只是有一回，有一个老头子颂扬说：“阿Q真能做！”这时阿Q赤着膊，懒洋洋的瘦伶仃的正在他面前，别人也摸不着这话是真心还是讥笑，然而阿Q很喜欢。

阿Q又很自尊，所有未庄的居民，全不在他眼睛里，甚而至于对于两位“文童”[③]也有以为不值一笑的神情。夫文童者，将来恐怕要变秀才者也；赵太爷钱太爷大受居民的尊敬，除有钱之外，就因为都是文童的爹爹，而阿Q在精神上独不表格外的崇奉，他想：我的儿子会阔得多啦！加以进了几回城，阿Q自然更自负，然而他又很鄙薄城里人，譬如用三尺长三寸宽的木板做成的凳子，未庄人叫“长凳”，他也叫“长凳”，城里人却叫“条凳”，他想：这是错的，可笑！油煎大头鱼，未庄都加上半寸长的葱叶，城里却加上切细的葱丝，他想：这也是错的，可笑！然而未庄人真是不见世面的可笑的乡下人呵，他们没有见过城里的煎鱼！

阿Q“先前阔”，见识高，而且“真能做”，本来几乎是一个“完人”了，但可惜他体质上还有一些缺点。最恼人的是在他头皮上，颇有几处不知起于何时的癞疮疤。这虽然也在他身上，而看阿Q的意思，倒也似乎以为不足贵的，因为他讳说“癞”以及一切近于“赖”的音，后来推而广之，“光”也讳，“亮”也讳，再后来，连“灯”“烛”都讳了。一犯讳，不问有心与无心，阿Q便全疤通红的发起怒来，估量了对手，口讷的他便骂，气力

---

① “行状” 指人的品行业绩。《后汉书·李善传》：钟离意“上书荐善行状”。

② 土谷祠 即土地庙。土谷，指土地神和五谷神。

③ “文童” 也称“童生”，指科举时代习举业而尚未考取秀才的人。

小的他便打;然而不知怎么一回事,总还是阿Q吃亏的时候多。于是他渐渐的变换了方针,大抵改为怒目而视了。

谁知道阿Q采用怒目主义之后,未庄的闲人们便愈喜欢玩笑他。一见面,他们便假作吃惊的说:

“哙,亮起来了。”

阿Q照例的发了怒,他怒目而视了。

“原来有保险灯在这里!”他们并不怕。

阿Q没有法,只得另外想出报复的话来:

“你还不配……”这时候,又仿佛在他头上的是一种高尚的光荣的癞头疮,并非平常的癞头疮了;但上文说过,阿Q是有见识的,他立刻知道和“犯忌”有点抵触,便不再往底下说。

闲人还不完,只撩他,于是终而至于打。阿Q在形式上打败了,被人揪住黄辫子,在壁上碰了四五个响头,闲人这才心满意足的得胜的走了,阿Q站了一刻,心里想,“我总算被儿子打了,现在的世界真不像样……”于是也心满意足的得胜的走了。

阿Q想在心里的,后来每每说出口来,所以凡有和阿Q玩笑的人们,几乎全知道他有这一种精神上的胜利法,此后每逢揪住他黄辫子的时候,人就先一着对他说:

“阿Q,这不是儿子打老子,是人打畜生。自己说:人打畜生!”

阿Q两只手都捏住了自己的辫根,歪着头,说道:

“打虫豸,好不好?我是虫豸——还不放么?”

但虽然是虫豸,闲人也并不放,仍旧在就近什么地方给他碰了五六个响头,这才心满意足的得胜的走了,他以为阿Q这回可遭了瘟。然而不到十秒钟,阿Q也心满意足的得胜的走了,他觉得他是第一个能够自轻自贱的人,除了“自轻自贱”不算外,余下的就是“第一个”。状元[①]不也是“第一个”么?“你算是什么东西”呢?!

阿Q以如是等等妙法克服怨敌之后,便愉快的跑到酒店里喝几碗酒,又和别人调笑一通,口角一通,又得了胜,愉快的回到土谷祠,放倒头睡着了。假使有钱,他便去押牌宝[②],一堆人蹲在地面上,阿Q即汗流满面的夹在这中间,声音他最响:

“青龙四百!”

“咳~~开~~啦!”桩家揭开盒子盖,也是汗流满面的唱。“天门啦~~角回啦~~!人和穿堂空在那里啦~~!阿Q的铜钱拿过来~~!”

“穿堂一百——一百五十!”

阿Q的钱便在这样的歌吟之下,渐渐的输入别个汗流满面的人物的腰间。他终于只好挤出堆外,站在后面看,替别人着急,一直到散场,然后恋恋的回到土谷祠,第二

---

① 状元　科举时代,经皇帝殿试取中的第一名进士叫状元。

② 押牌宝　一种赌博。赌局中为主的人叫“桩家”;下文的“青龙”、“天门”、“穿堂”等都是押牌宝的用语,指押赌注的位置;“四百”、“一百五十”是押赌注的钱数。

天，肿着眼睛去工作。

但真所谓“塞翁失马安知非福”[①]罢，阿Q不幸而赢了一回，他倒几乎失败了。

这是未庄赛神[②]的晚上。这晚上照例有一台戏，戏台左近，也照例有许多的赌摊。做戏的锣鼓，在阿Q耳朵里仿佛在十里之外；他只听得桩家的歌唱了。他赢而又赢，铜钱变成角洋，角洋变成大洋，大洋又成了叠。他兴高采烈得非常：

“天门两块！”

他不知道谁和谁为什么打起架来了。骂声打声脚步声，昏头昏脑的一大阵，他才爬起来，赌摊不见了，人们也不见了，身上有几处很似乎有些痛，似乎也挨了几拳几脚似的，几个人诧异的对他看。他如有所失的走进土谷祠，定一定神，知道他的一堆洋钱不见了。赶赛会的赌摊多不是本村人，还到那里去寻根柢呢？

很白很亮的一堆洋钱！而且是他的——现在不见了！说是算被儿子拿去了罢，总还是忽忽不乐；说自己是虫豸罢，也还是忽忽不乐：他这回才有些感到失败的苦痛了。

但他立刻转败为胜了。他擎起右手，用力的在自己脸上连打了两个嘴巴，热剌剌的有些痛；打完之后，便心平气和起来，似乎打的是自己，被打的是别一个自己，不久也就仿佛是自己打了别个一般，——虽然还有些热剌剌，——心满意足的得胜的躺下了。

他睡着了。

第三章 续优胜记略

然而阿Q虽然常优胜，却直待蒙赵太爷打他嘴巴之后，这才出了名。

他付过地保二百文酒钱，愤愤的躺下了，后来想：“现在的世界太不成话，儿子打老子……”于是忽而想到赵太爷的威风，而现在是他的儿子了，便自己也渐渐的得意起来，爬起身，唱着《小孤孀上坟》[③]到酒店去。这时候，他又觉得赵太爷高人一等了。

说也奇怪，从此之后，果然大家也仿佛格外尊敬他。这在阿Q，或者以为因为他是赵太爷的父亲，而其实也不然。未庄通例，倘如阿七打阿八，或者李四打张三，向来本不算一件事，必须与一位名人如赵太爷者相关，这才载上他们的口碑。一上口碑，则打的既有名，被打的也就托庇有了名。至于错在阿Q，那自然是不必说。所以者何？就因为赵太爷是不会错的。但他既然错，为什么大家又仿佛格外尊敬他呢？这可难解，穿凿起来说，或者因为阿Q说是赵太爷的本家，虽然挨了打，大家也还怕有些真，总不

---

① “塞翁失马安知非福” 据《淮南子·人间训》：“近塞上之人有善术者，马无故亡胡中，人皆吊之。其父曰：‘此何遽不能为福乎？’居数月，其马将胡骏马而归，人皆贺之。其父曰：‘此何遽不能为祸乎？’家富马良，其子好骑，堕而折其髀，人皆吊之。其父曰：‘此何遽不能为福乎？’居一年，胡人大入塞，丁壮者引弦而战，近塞之人死者十九，此独以跛之故，父子相保。故福之为祸，祸之为福，化不可极，深不可测也。”

② 赛神 即迎神赛会，旧时的一种民间习俗。用仪仗、鼓乐和杂戏迎神出庙，周游街巷，以酬神祈福。

③ 《小孤孀上坟》 当时流行的一出绍兴地方戏。

如尊敬一些稳当。否则,也如孔庙里的太牢[①]一般,虽然与猪羊一样,同是畜生,但既经圣人下箸,先儒们便不敢妄动了。

阿Q此后倒得意了许多年。

有一年的春天,他醉醺醺的在街上走,在墙根的日光下,看见王胡在那里赤着膊捉虱子,他忽然觉得身上也痒起来了。这王胡,又癞又胡,别人都叫他王癞胡,阿Q却删去了一个癞字,然而非常渺视他。阿Q的意思,以为癞是不足为奇的,只有这一部络腮胡子,实在太新奇,令人看不上眼。他于是并排坐下去了。倘是别的闲人们,阿Q本不敢大意坐下去。但这王胡旁边,他有什么怕呢?老实说:他肯坐下去,简直还是抬举他。

阿Q也脱下破夹袄来,翻检了一回,不知道因为新洗呢还是因为粗心,许多工夫,只捉到三四个。他看那王胡,却是一个又一个,两个又三个,只放在嘴里毕毕剥剥的响。

阿Q最初是失望,后来却不平了:看不上眼的王胡尚且那么多,自己倒反这样少,这是怎样的大失体统的事呵!他很想寻一两个大的,然而竟没有,好容易才捉到一个中的,恨恨的塞在厚嘴唇里,狠命一咬,劈的一声,又不及王胡的响。

他癞疮疤块块通红了,将衣服摔在地上,吐一口唾沫,说:

"这毛虫!"

"癞皮狗,你骂谁?"王胡轻蔑的抬起眼来说。

阿Q近来虽然比较的受人尊敬,自己也更高傲些,但和那些打惯的闲人们见面还胆怯,独有这回却非常武勇了。这样满脸胡子的东西,也敢出言无状么?

"谁认便骂谁!"他站起来,两手叉在腰间说。

"你的骨头痒了么?"王胡也站起来,披上衣服说。

阿Q以为他要逃了,抢进去就是一拳。这拳头还未达到身上,已经被他抓住了,只一拉,阿Q跄跄踉踉的跌进去,立刻又被王胡扭住了辫子,要拉到墙上照例去碰头。

"'君子动口不动手'!"阿Q歪着头说。

王胡似乎不是君子,并不理会,一连给他碰了五下,又用力的一推,至于阿Q跌出六尺多远,这才满足的去了。

在阿Q的记忆上,这大约要算是生平第一件的屈辱,因为王胡以络腮胡子的缺点,向来只被他奚落,从没有奚落他,更不必说动手了。而他现在竟动手,很意外,难道真如市上所说,皇帝已经停了考[②],不要秀才和举人了,因此赵家减了威风,因此他们也便小觑了他么?

阿Q无可适从的站着。

远远的走来了一个人,他的对头又到了。这也是阿Q最厌恶的一个人,就是钱太

---

① 太牢 按古代祭礼,原指牛、羊、豕三牲,后来单称牛为太牢。

② 皇帝已经停了考 光绪三十一年(1905),清政府下令自丙午科起,废止科举考试。

爷的大儿子。他先前跑上城里去进洋学堂，不知怎么又跑到东洋去了，半年之后他回到家里来，腿也直了，辫子也不见了，他的母亲大哭了十几场，他的老婆跳了三回井。后来，他的母亲到处说，“这辫子是被坏人灌醉了酒剪去了。本来可以做大官，现在只好等留长再说了。”然而阿Q不肯信，偏称他“假洋鬼子”，也叫作“里通外国的人”，一见他，一定在肚子里暗暗的咒骂。

阿Q尤其“深恶而痛绝之”的，是他的一条假辫子。辫子而至于假，就是没有了做人的资格；他的老婆不跳第四回井，也不是好女人。

这“假洋鬼子”近来了。

“秃儿。驴……”阿Q历来本只在肚子里骂，没有出过声，这回因为正气忿，因为要报仇，便不由的轻轻的说出来了。

不料这秃儿却拿着一支黄漆的棍子——就是阿Q所谓哭丧棒①——大踏步走了过来。阿Q在这刹那，便知道大约要打了，赶紧抽紧筋骨，耸了肩膀等候着，果然，拍的一声，似乎确凿打在自己头上了。

“我说他！”阿Q指着近旁的一个孩子，分辩说。

拍！拍拍！

在阿Q的记忆上，这大约要算是生平第二件的屈辱。幸而拍拍的响了之后，于他倒似乎完结了一件事，反而觉得轻松些，而且“忘却”这一件祖传的宝贝也发生了效力，他慢慢的走，将到酒店门口，早已有些高兴了。

但对面走来了静修庵里的小尼姑。阿Q便在平时，看见伊也一定要唾骂，而况在屈辱之后呢？他于是发生了回忆，又发生了敌忾了。

“我不知道我今天为什么这样晦气，原来就因为见了你！”他想。

他迎上去，大声的吐一口唾沫：

“咳，呸！”

小尼姑全不睬，低了头只是走。阿Q走近伊身旁，突然伸出手去摩着伊新剃的头皮，呆笑着，说：

“秃儿！快回去，和尚等着你……”

“你怎么动手动脚……”尼姑满脸通红的说，一面赶快走。

酒店里的人大笑了。阿Q看见自己的勋业得了赏识，便愈加兴高采烈起来：

“和尚动得，我动不得？”他扭住伊的面颊。

酒店里的人大笑了。阿Q更得意，而且为了满足那些赏鉴家起见，再用力的一拧，才放手。

他这一战，早忘却了王胡，也忘却了假洋鬼子，似乎对于今天的一切“晦气”都报了仇；而且奇怪，又仿佛全身比拍拍的响了之后更轻松，飘飘然的似乎要飞去了。

---

① 哭丧棒　旧时在为父母送殡时，儿子须手拄“孝杖”，以表示悲痛难支。阿Q因厌恶假洋鬼子，所以把他的手杖咒为“哭丧棒”。

“这断子绝孙的阿Q!”远远地听得小尼姑的带哭的声音。

“哈哈哈!”阿Q十分得意的笑。

“哈哈哈!”酒店里的人也九分得意的笑。

[文章来源:《鲁迅全集(第一卷)》,人民文学出版社2005年版]

文史知识地图

鲁迅(1881—1936),浙江绍兴人,原名周樟寿,号豫山,后改名为周树人,改字樟寿,号豫才,鲁迅是笔名,取“愚鲁而迅速之意”,中国现代伟大的文学家、思想家。代表作有短篇小说集《呐喊》《彷徨》,散文集《朝花夕拾》,散文诗集《野草》以及大量的杂文。

1881年9月25日,鲁迅出生于浙江绍兴城内一个没落的士大夫家庭,父亲是秀才。鲁迅自幼爱好艺术,爱看戏,喜描画。1887年进私塾读书,1892年入三味书屋读书,幼时多与乡村和大自然接触。1893年秋祖父因事下狱,父亲又抱重病,家庭陷入困顿,年幼的鲁迅经年出入当铺和药店,遭受了鄙夷和白眼,看清了世人势利眼的真面目,终生难忘。1896年秋,父亲病逝,悲痛之余,鲁迅对庸医延误病情分外痛恨,便萌生了对治病救人的强烈渴望。

1898年4月,鲁迅考入南京江南水师学堂,开始接触新思潮,次年改入江南陆师学堂附设的矿路学堂,学业优异,课余尤喜阅读译本新书,1902年1月毕业,4月由江南督练公所派赴日本留学,入东京弘文书院学习日文,课余读了大量文艺与哲学书籍,关注人性及国民性问题。1903年,鲁迅为《浙江潮》杂志等进步刊物撰文。1904年9月鲁迅入仙台医学专门学校学医,以实现治病救人的宏愿,与此同时,鲁迅从未放弃追寻“怎样才是最理想的人性?中国国民性中最缺乏的是什么?它的病根何在了?”的答案和解决方法。1906年7月,鲁迅毅然弃医从文,到东京学习文艺兼习德文、俄文,1907年筹办《新生》杂志(后因经费短缺未能成功),还积极参加革命党人活动,力图用文艺唤醒国民精神,治疗“中国的呆子,坏呆子”。1908年,鲁迅从章炳麟学《说文解字》,并加入光复会,又与周作人一起翻译域外小说,于次年出版《域外小说集》二册,介绍外国新文学,是中国介绍和翻译欧洲新文艺的第一人。1909年8月,鲁迅归国,先后在杭州、绍兴等地任教。1912年初,应蔡元培之邀,赴南京任职于教育部,5月又随部迁北京,业余编撰《后汉书》《嵇康集》,研究佛经、金石拓本等。

1918年4月起,鲁迅开始投入文艺创作,精品源源不绝,5月,短篇小说《狂人日记》发表,《狂人日记》是中国现代文学史上第一篇白话小说,也是第一次用鲁迅为笔名。9月起,鲁迅陆续在《新青年》“随感录”栏目发表短评。次年“五四”运动爆发,鲁迅积极参与,他参加《新青年》杂志工作,提倡新思想、新文化、新道德,是新文学运动的主力军,并发表小说《孔乙己》和《药》。1920年起,鲁迅一边写作、翻译,一边在北京大学和北京高等师范学校任讲师,发表小说《明天》《一件小事》《头发的故事》《风波》等。

1921 年 12 月中篇小说《阿 Q 正传》在北京《晨报副刊》发表，这是中国现代文学史上的不朽杰作。1923 年 9 月，小说集《呐喊》（收录 1918—1922 年所写的 14 篇小说）和《中国小说史略》上卷出版，同时鲁迅又兼任几所学校的讲师，次年 6 月，《中国小说史略》下卷出版，11 月《语丝》周刊创刊，发表小说《祝福》《在酒楼上》等。1925 年 4 月，《莽原》周刊出版，编辑《国民新报》副刊，出版《热风》集，发表小说《长明灯》《示众》等。1926 年，因支持学生运动，鲁迅被北洋政府通缉，四处避难，于 8 月南下厦门大学任教，同月出版小说集《彷徨》（收录 1924—1925 年所写的 11 篇小说），12 月因不满学校当局而辞掉教职，1927 年 1 月到广州任教中山大学，"四一二"反革命政变爆发，国民党反动派屠杀革命群众，鲁迅参与营救无果而辞职，7 月出版散文诗集《野草》，10 月抵达上海，此后与许广平长居上海，专事著译，12 月起主编《语丝》杂志。1928 年出版散文集《朝花夕拾》。1929 年 1 月组织朝花社，1930 年，与友人合编《萌芽》杂志，参加中国自由运动大同盟、中国左翼作家联盟（为主要发起人之一），以反抗国民党政府的独裁统治，粉碎国民党的文化控制，后被浙江省党部以"反动文人"之名通缉。1931 年 3 月，鲁迅主持"左联"机关刊物《前哨》，并撰文抗议国民党反动派屠杀革命作家。此后，鲁迅的创作主要以政论文、杂文为主，鲁迅晚年创作的历史小说集《故事新编》（1936 年）以荒诞的手法表现出严肃的主题，创新了历史小说的新形式。

1936 年 10 月 19 日，鲁迅因病逝世，上万人自发公祭。鲁迅把毕生精力献给了中国现代文化事业，他是伟大的作家、勇敢的斗士，被誉为"民族魂"，蜚声世界文坛。"横眉冷对千夫指，俯首甘为孺子牛"是其一生的写照，先生一生都在战斗，他奋笔战斗，为自由、为新生，直至生命的最终，对中国文化事业做出了巨大贡献，他领导、支持未名社、朝花社等进步文学团体的成长，主编《莽原》《语丝》《奔流》等进步刊物，积极培养青年作家、热忱保护进步人士，整理古代文化典籍，翻译外国文学，他留下的小说、散文、杂文（思想和社会评论）、译作、书信等，无不闪现着思想的光辉和艺术的精粹，是人类思想文化的精神财富。

分析与鉴赏导引

这里所选的是小说《狂人日记》和《阿 Q 正传》的第二、第三章，《狂人日记》借精神迫害狂的口吻描写了其发病期间的精神状态和心理活动，揭露了从家庭到社会的"吃人现象"，猛烈攻击封建统治和封建礼教的腐朽和弊端，意图匡正是非善恶的判断，同时在绝望中寄寓希望，是不朽的划时代杰作。《阿 Q 正传》是鲁迅的另一杰作，也是最早被介绍到国外的中国现代小说，这里所选的第二、三章形象描绘了阿 Q 的精神胜利法，而这恰是中国国民性弱点的深重之处，鲁迅意在以文艺的方式形象地揭示而引起疗救的注意。这两部小说不仅是鲁迅个人的代表作，也是中国现代文学的代表作。

《狂人日记》是鲁迅的第一篇白话小说，也是中国新文学史上的第一篇，最初刊载在 1918 年 5 月的《新青年》第四卷第五号，以"表现的深切和格式的特别"，一问世就引起巨大的反响,从此文学革命有了不可磨灭的文学实绩。《狂人日记》抨击封建制度与封建礼教的腐化堕落,是文学革命思想的急先锋,标志着五四新文学创作的伟大开端。《狂人日记》是我国现代文学史上第一篇猛烈抨击"吃人"的封建礼教的小说,有着明显的反封建主题,表现出强烈的反叛精神和变革意识,采用了现实主义与象征主义相结合的方式,达到了特别的艺术效果。作者除在《呐喊·自序》中提及它产生的缘由外,又在《〈中国新文学大系〉小说二集序》中指出它"意在暴露家族制度和礼教的弊害"。这种暴露是多层次、全方位的,首先"狂人"的生存环境是充满杀机,十分恶劣的,人们对他注视、围观、议论,甚至小孩子和赵家的狗也不怀好意,再由"狂人"的联想横向写出整个社会都在"吃人",纵向写出历史没有年代,只有"吃人"二字,继而将肉体上的吃人,上升到封建纲常、仁义道德束缚人、吃人的高度,且通过自省,认为自身也是逃不脱"吃人"的,而这个自身指代的是处于封建礼教控制之下的"中国人"。小说的反封建是彻底的,深层的,而为了消除"吃人"的腐朽制度,就必须推翻封建统治,逐步消除封建意识,小说大胆提出"从来如此,便对么?"以质疑因循数千年的传统思想,发出"救救孩子"的强烈呼声,渴望创造出不再吃人的新世界。

《阿Q正传》是一部讽刺小说,也是鲁迅的代表作,写于1921年12月至1922年2月,最初在北京《晨报副刊》连载,后收入小说集《呐喊》,小说以辛亥革命前后的凋敝农村为背景,用章回体立传的形式描述了阿Q——一个普通破产农民的悲剧一生,阿Q是未庄一个流浪的雇农,他一无所有,备受周围人的欺凌,而他则不以为意,用精神胜利法掩盖自己的失败和被奴役,后因向赵府女仆求爱而被打出门,为求生计被迫进城偷盗,当辛亥革命波及未庄时,他看到举人老爷对"造反"惊恐万状,本来对革命盲目深恶痛绝的他不禁对革命神往起来,做起了发财梦,赵家遭抢后,可怜的阿Q被当成"革命党"处决了。小说深刻展现了辛亥革命前后处于畸形状态的中国社会和中国人的真实面貌,揭出了国民劣根性,而这正是封建统治者利用封建礼教、愚民政策对大众精神奴役的后果。《阿Q正传》还深入探讨了中国农民问题和革命问题,揭示了辛亥革命没有动员和组织广大人民群众,尤其是占中国绝大多数的农民参加革命,因而失败的历史教训。《阿Q正传》使用夸张、幽默、反语等多种表现手法,以悲喜剧相结合的讽刺艺术达到了特别的艺术效果。

鲁迅的著作充满着战斗精神、创造精神,还满含着对普通劳苦大众的同情,鲁迅在《我怎么做起小说来》中说:"我的取材,多采自病态社会的不幸的人们中,意思是在揭出病苦,引起疗救的注意。"《狂人日记》《阿Q正传》深刻的思想意义是通过"狂人"和阿Q这两个独特的艺术形象传达出来的,"狂人"是中国现代文学史上出现的第一个人物形象,他兼具现实性和象征性。"狂人"受过教育,对封建思想有着清醒而深刻的认识,他不为周围的人接受,被冠以"狂人"的名号,作家利用医学知识,将他描画成"语颇错杂无伦次,又多荒唐之言"的真正的狂人状貌,生动而形象。《阿Q正传》创造了阿Q这一典型形象,他是旧中国的穷苦农民,长期承受封建制度压迫,同时又有着深重的国民性弱点,让人同情又让人痛恨,是被压迫、落后、不觉悟的农民的缩影,而我们中国人，多少都有点阿Q像，作家借阿Q控诉旧社会，抨击国民性弱点，要创造“中国历史上未曾有过的第三样时代”（从前只有两样时代：一、想做奴隶而不得的时代；二、暂时做稳了奴隶的时代），国民劣根性必须铲除，非进行彻底的革命不可。“狂人”和阿Q是现代文学人物谱系中两个令人难忘的经典形象。

鲁迅包括《狂人日记》《阿Q正传》在内的诸多文学作品对“五四”以后的中国社会思想文化发展产生了深远的影响，鲁迅的深刻认识离不开他的战斗思想，他所处的时代是国家民族最为困顿的时代，内里腐朽落后，外受强敌倾轧，可谓是内忧外患，鲁迅深刻认识到“中国人的不敢正视各方面，用瞒和骗，造出奇妙的逃路来，而自以为正路。在这路上，就证明着国民性的怯弱，懒惰，而又巧滑。一天一天的满足着，即一天一天的堕落着，但却又觉得日见其光荣。”从父亲重病，为庸医所误，到目睹中国人围观日军斩首同胞却神情麻木，愚昧不堪，鲁迅深感中国人精神、道德的弱点，又从凡人小事的帮困济贫、自我牺牲上觉得中国人还有希望，在绝望与希望之间坚韧不拔地与封建势力及帝国主义相抗争，对一切不合理的制度及现象给予最猛烈的抨击。

鲁迅读过矿学、医学、语言文学，有科学研究的素养，又有观察社会的深刻，他勇于冲破腐朽黑暗，不向恶势力低头，他对国民劣根性的研究、揭露、肃清，付出了终生不懈的努力，提出改造国民性的路径，努力为大众开启一条自由之路，鲁迅在《〈呐喊〉自序》中说：“凡是愚弱的国民，即使体格如何健全，如何茁壮，也只能做毫无意义的示众的材料和看客，病死多少是不必以为不幸的。所以我们的第一要著，是在改变他们的精神。”鲁迅呼吁新文艺创造者需有勇有谋：“世界日日改变，我们的作家取下假面，真诚地，深入地，大胆地看取人生并且写出他的血和肉来的时候早到了；早就应该有一片崭新的文场，早就应该有几个凶猛的猛将！……没有冲破一切传统思想和手法的闯将，中国是不会有真的新文艺的。”（《论睁了眼看》）毛泽东这样评价鲁迅：“鲁迅先生的骨头是最硬的，他没有丝毫的奴颜和媚骨。”真正做到了“我以我血荐轩辕”。

参考文献

[1]曹聚仁：《鲁迅评传》，复旦大学出版社2006年版。
[2]许寿裳：《鲁迅传》，东方出版社2009年版。

延伸阅读文本链接

1. 鲁迅：《鲁迅全集》，人民文学出版社2005年版。
2.〔日〕内山完造著：《我的朋友鲁迅》，何花等译，北京联合出版公司2012年版。

沉沦(节选)

郁达夫

他饭也不吃,一直在被窝里睡到午后四点钟的时候才起来。那时候夕阳洒满了远近。平原的彼岸的树林里,有一带苍烟,悠悠扬扬的笼罩在那里。他踉踉跄跄的走下了山,上了那一条自北趋南的大道,穿过了那平原,无头无绪的尽是向南的走去。走尽了平原,他已经到了A神宫前的电车停留处了。那时候恰好从南面有一乘电车到来,他不知不觉就乘了上去,既不知道他究竟为什么要乘电车,也不知道这电车是往什么地方去的。

走了十五六分钟,电车停了,开车的教他换车,他就换了一乘车。走了二三十分钟,电车又停了,他听见说是终点了,他就走了下来。他的前面就是筑港了。

前面一片汪洋的大海,横在午后的太阳光里,在那里微笑。超海而南有一发青山,隐隐的浮在透明的空气里,西边是一脉长堤,直驰到海湾的心里去。堤外有一处灯台,同巨人似的立在那里。几艘空船和几只舢板,轻轻的在系着的地方浮荡。海中近岸的地方,有许多浮标,饱受了斜阳,红红的浮在那里。远处风来,带着几句单调的话声,既听不清楚是什么话,也不知道是从哪里来的。

他在岸边上走来走去走了一会,忽听见那一边传过了一阵击磬的声来。他跑过去一看,原来是为唤渡船而发的。他立了一会,看有一只小火轮从对岸过来了。跟着了一个四五十岁的工人,他也进了那只小火轮去坐下了。

渡到东岸之后,上前走了几步,他看见靠岸有一家大庄子在那里。大门开得很大,庭内的假山花草,布置得楚楚可爱。他不问是非,就踱了进去。走不上几步,他忽听得前面家中有女人的娇声叫他说:

"请进来呀!"

他不觉惊了一下,就呆呆的站住了。他心里想:

"这大约就是卖酒食的人家,但是我听见说,这样的地方,总有妓女在那里的。"

一想到这里,他的精神就抖擞起来,好像是一桶冷水浇上身来的样子。他的面色立时变了。要想进去又不能进去,要想出来又不得出来;可怜他那同兔儿似的小胆,同猿猴似的淫心,竟把他陷到一个大大的难境里去了。

"进来吓!请进来吓!"里面又娇滴滴的叫了起来,带着笑声。

"可恶东西,你们竟敢欺我胆小么?"

这样的怒了一下,他的面色更同火也似的烧了起来。咬紧了牙齿,把脚在地上轻轻的蹬了一蹬,他就捏了两个拳头向前进去,好像是对了那几个年轻的侍女宣战的样子。但是他那青一阵红一阵的面色，和他的面上的微微儿在那里振动的筋肉，他总隐藏不过。他走到那几个侍女的面前的时候，几乎要同小孩似的哭出来了。

“请上来!”

“请上来!”

他硬了头皮，跟了一个十七八岁的侍女走上楼去，那时候他的精神已经有些镇静下来了。走了几步，经过一条暗暗的夹道的时候，一阵恼人的花粉香气，同日本女人特有的一种肉的香味，和头发上的香油气息合作了一处，扑上他的鼻孔里来。他立刻觉得头晕起来，眼睛里看见了几颗火星，向后面跌也似的退了一步。他再定睛一看，只见他的前面黑暗暗的中间，有一长圆形的女人的粉面，堆着了微笑在那里问他说：

“你！你还是上靠海的地方去呢？还是怎样?”

他觉得女人口里吐出来的气息，也热和和的喷上他的面来。他不知不觉把这气息深深的吸了一口。他的意识感觉到他这行为的时候，他的面色又立刻红了起来。他不得已只能含含糊糊的答应她说：

“上靠海的房间里去。”

进了一间靠海的小房间，那侍女便问他要什么菜。他就回答说：

“随便拿几样来吧。”

“酒要不要?”

“要的。”

那侍女出去之后，他就站起来推开了纸窗，从外边放了一阵空气进来。因为房里的空气沉浊得很，他刚才在夹道中闻过的那一阵女人的香味，还剩在那里，他实在是被这一阵气味压迫不过了。

一湾大海，静静的浮在他的面前。外边好像是起了微风的样子，一片一片的海浪，受了阳光的返照，同金鱼的鱼鳞似的在那里微动。他立在窗前看了一会，低声的吟了一句诗出来：

“夕阳红上海边楼。”

他向西的一望，见太阳离西南的地平线只有一丈多高了。呆呆的看了一会，他的心思怎么也离不开刚才的那个侍女。她的口里的头上的面上的和身体上的那一种香味，怎么也不容他的心思去想别的东西。他才知道他想吟诗的心是假的，想女人的肉体的心是真的了。

停了一会，那侍女把酒菜搬了进来，跪坐在他的面前，亲亲热热的替他上酒。他心里想仔仔细细的看她一看，把他的心里的苦闷都告诉了她，然而他的眼睛怎么也不敢平视她一眼，他的舌根怎么也不能摇动一摇动。他不过同哑子一样，偷看看她那搁在膝上一双纤嫩的白手，同衣缝里露出来的一条粉红的围裙角。

原来日本的妇人都不穿裤子，身上贴肉只围着一条短短的围裙。外边就是一件长袖的衣服，衣服上也没有钮扣，腰里只缚着一条一尺多宽的带子，后面结着一个方结。她们走路的时候，前面的衣服每一步一步的掀开来，所以红色的围裙，同肥白的腿肉，每能偷看。这是日本女子特别的美处,他在路上遇见女子的时候,注意的就是这些地方。他切齿的痛骂自己,畜生!狗贼!卑怯的人!也便是这个时候。

他看了那侍女的围裙角,心里便乱跳起来。愈想同她说话,他愈觉得讲不出话来。大约那侍女是看得不耐烦起来了,便轻轻的问他说:

"你府上是什么地方?"

一听了这一句话,他那清瘦苍白的面上,又起了一层红色;含含糊糊的回答了一声,他呐呐的总说不出话来。可怜他又站在断头台上了。

原来日本人轻视中国人,同我们轻视猪狗一样。日本人都叫中国人作"支那人",这"支那人"三字,在日本,比我们骂人的"贱贼"还更难听,如今在一个如花的少女前头,他不得不自认说"我是支那人"了。

"中国呀中国,你怎么不强大起来!"

他全身发起痉来,他的眼泪又快滚下来了。

那侍女看他发颤发得厉害,就想让他一个人在那里喝酒,好叫他把精神安静安静,所以对他说:

"酒就快没有了,我再去拿一瓶来吧。"

停了一会,他听得那侍女的脚步声又走上楼来。他以为她是上他这里来的,所以就把衣服整了一整,姿势改了一改。但是他被她欺了。她原来是领了两三个另外的客人,上间壁的那一间房间里去的。那两三个客人都在那里对那侍女取笑,那侍女也娇滴滴的说:

"别胡闹了,间壁还有客人在那里。"

他听了就立刻发起怒来。他心里骂他们说:

"狗才!俗物!你们都敢来欺侮我么?复仇复仇,我总要复你们的仇。世间哪里有真心的女子!那侍女的负心东西,你竟敢把我丢了么?罢了罢了,我再也不爱女人了,我再也不爱女人了。我就爱我的祖国,我就把我的祖国当作了情人吧。"

他马上就想跑回去发愤用功。但是他的心里,却很羡慕那间壁的几个俗物。他的心里,还有一处地方在那里盼望那个侍女再回到他这里来。

他按住了怒,默默的喝干了几杯酒,觉得身上热起来。打开了窗门,他看看太阳就快要下山去了。又连饮了几杯,他觉得他面前的海景都朦胧起来。西面堤外的那灯台的黑影,长大了许多。一层茫茫的薄雾,把海天融混作了一处。在这一层混沌不明的薄纱影里,西方那将落不落的太阳,好像在那里惜别的样子。他看了一会,不知道是什么缘故,只觉得好笑。呵呵的笑了一回,他用手擦擦自家那火热的双颊,便自言自语的说:

"醉了醉了!"

那侍女果然进来了。见他红了脸,立在窗口在那里痴笑,便问他说:

"窗开了这样大,你不冷的么?"

"不冷不冷,这样好的落照,谁舍得不看呢?"

“你真是一个诗人呀！酒拿来了。”

“诗人！我本来是一个诗人。你去把纸笔拿了来，我马上写一首诗给你看看。”

那侍女出去了之后，他自家觉得奇怪起来。他心里想：

“我怎么会变了这样大胆的？”

痛饮了几杯新拿来的热酒，他更觉得快活起来，又禁不得呵呵的笑了一阵。他听见间壁房间里的那几个俗物，高声的唱起日本歌来，他也放大了嗓子唱着说：

“醉拍栏杆酒意寒，江湖寥落又冬残。剧怜鹦鹉中州骨，未拜长沙太傅官。一饭千金图报易，五噫几辈出关难。茫茫烟水回头望，也为神州泪暗弹。”

高声的念了几遍，他就在席上醉倒了。

一醉醒来，他看见自家睡在一条红绸的被里，被上有一种奇怪的香气。这一间房间也不很大，但已不是白天的那一间房间了。房中挂着一盏十烛光的电灯，枕头边上摆着了一壶茶，两只杯子。他倒了二三杯茶，喝了之后，就踉踉跄跄的走到房外去。他开了门，却好白天的那侍女也跑过来了。她问他说：

“你！你醒了么？”

他点了一点头，笑微微的回答说：

“醒了。厕所是在什么地方的？”

“我领你去吧。”

他就跟了她去。他走过日间的那条夹道的时间，电灯点得明亮得很。远近有许多歌唱的声音，三弦的声音，大笑的声音，传到他的耳朵里来。白天的情节，他都想出来了。一想到酒醉之后，他对那侍女说的那些话的时候，他觉得面上又发起烧来。

从厕所回到房里之后，他问那侍女说：

“这被是你的么？”

侍女笑着说：

“是的。”

“现在是什么时候了？”

“大约是八点四十五分的样子。”

“你去开了账来罢！”

“是。”

他付清了账，又拿了一张纸币给那侍女，他的手不觉微颤起来。那侍女说：

“我是不要的。”

他知道她是嫌少了。他的面色又涨红了，袋里摸来摸去，只有一张纸币了，他就拿了出来给她说：

“你别嫌少了，请你收了吧。”

他的手震动得更加厉害，他的话声也颤动起来了。那侍女对他看了一眼，就低声的说：

“谢谢！”

他一直的跑下了楼，套上了皮鞋，就走到外面来。

外面冷得非常，这一天，大约是旧历的初八九的样子。半轮寒月，高挂在天空的左半边。淡青的圆形天盖里，也有几点疏星，散在那里。

他在海边上走了一会，看看远岸的渔灯，同鬼火似的在那里招引他。细浪中间，映着了银色的月光，好像是山鬼的眼波，在那里开闭的样子。不知是什么道理，他忽想跳入海里去死了。

他摸摸身边看，乘电车的钱也没有了。想想白天的事情看，他又不得不痛骂自己。

“我怎么会走上那样的地方去的，我已经变了一个最下等的人了。悔也无及，悔也无及。我就在这里死了吧。我所求的爱情，大约是求不到的了。没有爱情的生涯，岂不同死灰一样么？唉，这干燥的生涯，这干燥的生涯。世上的人又都在那里仇视我，欺侮我，连我自家的亲弟兄，自家的手足，都在那里挤我出去到这世界外去。我将何以为生，我又何必生存在这多苦的世界里呢！”

想到这里，他的眼泪就连连续续的滴下来。他那灰白的面色，竟同死人没有分别了。他也不举起手来揩揩眼泪，月光射到他的面上，两条泪线倒变了叶上的朝露一样放起光来。他回转头来，看看他自家的又瘦又长的影子，就觉得心痛起来。

“可怜你这清影，跟了我二十一年，如今这大海就是你的葬身地了，我的身子，虽然被人家欺辱，我可不该累你也瘦弱到这地步的。影子呀影子，你饶了我罢！”

他向西面一看，那灯台的光，一霎变了红一霎变了绿的，在那里尽它的本职。那绿的光射到海面上的时候，海面就现出一条淡青的路来。再向西天一看，他只见西方青苍苍的天底下，有一颗明星，在那里摇动。

“那一颗摇摇不定的明星的底下，就是我的故国。也就是我的生地。我在那一颗星的底下，也曾送过十八个秋冬，我的乡土吓，我如今再不能见你的面了。”

他一边走着，一边尽在那里自伤自悼的想这些伤心的哀话。走了一会，再向那西方的明星看了一眼，他的眼泪便同骤雨似的落下来。他觉得四边的景物，都模糊起来。把眼泪揩了一下，立住了脚，长叹了一声，他便断断续续的说：

“祖国呀祖国！我的死是你害我的！

“你快富起来！强起来吧！

“你还有许多儿女在那里受苦呢！”

［文章来源：《郁达夫选集（上）》，人民文学出版社 2001 年版］

文史知识地图

郁达夫(1896—1945)，浙江富阳人，中国现代作家，原名郁文，达夫为其表字，创造社的发起人，代表作有《沉沦》《春风沉醉的晚上》《迟桂花》等。

郁达夫 1896 年 12 月 7 日出生在浙江富阳一户世代教书行医却已经破落的书香

门第，三岁时丧父，家庭窘迫，郁达夫在自传中将之定义为“悲剧的出生”，将自己的出生称作是“一出结构并不很好而尚未完成的悲剧”。青山绿水的故乡及中落的家道孕育了郁达夫的多愁善感，他天资聪颖，六岁入私塾，读书勤奋，九岁就能赋诗，后在嘉兴、杭州的中学读书，成绩优异，1911年起创作旧体诗，并向报刊投稿，有深厚的古典文学基础。1912年郁达夫考入之江大学预科，后因参加学潮被校方开除，回家自学。

得母亲陆氏倾心教养，郁达夫三兄弟皆努力读书，1913年10月，郁达夫随长兄赴日本留学，经过艰苦补习日语和其他课程，次年考入东京第一高等学校预科，获“官费”资助。1915年9月，郁达夫进入名古屋第八高等学校预科继续学习，期间由医科转为文科，阅读了大量文学书籍，并开始尝试创作小说。1919年10月考入东京帝国大学经济部，却一直钟情于文学创作，1921年写作小说处女作《银灰色的死》。《沉沦》定稿于1921年5月9日，是郁达夫的代表作，一面世便因其大胆地袒露人物心理震撼了文坛。1921年6月8日，郁达夫和郭沫若、张资平等人在东京发起成立创造社，并与创造社同仁筹办《创造》季刊《创造》月刊《洪水》半月刊等，同年十月，上海泰东书局出版郁达夫短篇小说集《沉沦》，这是郁达夫的第一部，也是中国现代文学史上的第一部短篇小说集。郁达夫在日本期间，作为弱国子民饱受屈辱和歧视，激发了他的感时、忧愤，也激起了他的爱国热忱，他广泛阅读中外文学著作，潜心文学创作。

1922年3月，郁达夫从东京帝国大学毕业，获经济学学士学位，7月回国，结束了长达十年的留日生活到北大任教。后辗转于安庆、上海等地谋生。1926年，郁达夫与成仿吾、冯乃超等发起创办《创造》，1927年邂逅王映霞，上演了一段轰轰烈烈的爱情传奇。1927年8月，郁达夫退出创造社，1928年加入太阳社，并主编《大众文艺》，1930年3月，郁达夫与众多作家发起成立中国左翼作家联盟，后被开除出“左联”。1932年12月发表小说《迟桂花》，1933年4月移居杭州，追求归隐的生活，游历山川，书写下大量优美的诗词与游记。1936年，郁达夫赴福建从政，之后与王映霞闹僵，发表《毁家诗纪》直陈家丑。

抗战唤起了郁达夫的爱国热情，他积极投身抗日宣传工作，并当选为中华全国文艺界抗敌协会理事。1938年底，郁达夫应邀赴新加坡从事抗日救亡的宣传工作，主编《星洲日报》副刊，写了大量政论、短评及诗词，并利用职务之便保护了流亡的文化界朋友、爱国人士。1942年星洲沦陷后，郁达夫流亡至苏门答腊，被迫做了日本宪兵翻译，暗中保护了不少有志之士，还搜集了许多日军的罪行。1945年8月，郁达夫失踪，后遭日本宪兵杀害，终年49岁，1952年被追认为“为民族解放殉难的烈士”。

郁达夫的一生是真诚坦率的一生，他有将所作所为坦陈的勇气，他著述颇丰，小说、诗词、散文、评论兼有涉猎，且颇多珍品。郁达夫主张“文学作品，都是作家的自叙传”，而作家的修养是一己的体验，所以他的小说和散文常常取材于其真实生活，且毫不掩饰自己的情感，他是中国现代文学史上第一位在世时就出版日记的作家（爱情日记《日记九种》）。郁达夫开创了抒情浪漫的自叙传小说形式，直抒胸臆表现自我，率真地展现了动乱年月里下层知识分子苦闷、失意、感伤的心绪，创作风格独特，多以失意落魄的青年为主人公,大胆进行自我暴露、自我批评,常写到女人、烟酒和眼泪,极富浪漫主义感伤气息,文笔自然凄清,富于抒情色彩,而尤为珍贵的是作家追求个性自由的勇气和关注民族兴亡的责任在文学创作中的集中体现,对同时期很多青年作家产生深刻影响。

分析与鉴赏导引

这里所选的是《沉沦》的第七、八部分,也是小说的最后部分,描写了主人公造访酒肆妓家,却又矛盾、彷徨,最终在痛苦自责中赴死。小说下笔大胆,在同时期作品中风格独异,心理描摹生动形象,感情表达真挚炽烈,塑造了一个追求自由又深陷苦闷无法自拔的抒情主人公形象。

小说《沉沦》以郁达夫自身为蓝本,主人公"他"是一位患忧郁症的留日学生,小说细致描摹了"他"因性格孤僻而远离人群,渴望恋爱却得不到满足,又因是弱国子民而受异族欺凌,在多重打击下不堪重负,造成身心畸形变态,沉沦而内疚最终投海自尽的故事。1921 年,短篇小说集《沉沦》(包括郁达夫留日期间创作的三篇小说《银灰色的死》《沉沦》和《南迁》)的出版,以惊人的取材、大胆的描写震动了文坛,毁誉参半,曾因惊世骇俗和离经叛道的写作姿态受到众多批评,更因被人讥评嘲骂而声名鹊起;褒奖者认为《沉沦》真实抒写了现代青年的矛盾心理,开创了现代小说的新样式。周作人曾撰文认为《沉沦》"虽然有猥亵的分子而并无不道德的性质",创造社同人郭沫若更是肯定郁达夫的"大胆的自我暴露"对士大夫的虚伪以"暴风雨的闪击","使他们感受着作假的困难"。

《沉沦》突出表现了青年知识分子对个性解放的追求,刻画了一个自卑孤独、敏感脆弱的现代留学青年形象,"他"出生在中国传统家庭,在中日两种文化环境下成长,有着中国传统文人的特质,又接受了一定的自由进步思想,富于才华,饱读诗书,接受了个性解放思潮的洗礼而觉醒,自卑怯懦、处处压抑自己,这更加深了"他"与他人及社会之间的距离,造成了性的苦闷。生活在"性观念"比较开放的日本,"他"禁不住诱惑,纵情酒色:自渎、偷看房东女儿洗澡、偷窥男女偷情……然而受过封建思想影响的"他"在每次放纵之后又悔恨万分……抑制不了的"性苦闷"和身为弱国子民的羞耻,以及极度压抑都令他无颜苟活。这个主人公确实代表着这样一类中国现代青年知识分子,在传统观念与自由思想之间矛盾彷徨,不断进行自我交战,更因国家的贫弱而倍感悲哀,心中交织着个人和民族的双重积郁,以及"性的苦闷"和"生的苦闷"的双重压抑。

《沉沦》在中国现代文学史上有其不可替代的地位,不仅在于这是中国现代文学史上的第一部短篇小说集,更在于小说在艺术上的探索和创新,郁达夫开创了中国现代浪漫抒情小说的先河,并影响了一批作家。

《沉沦》以写景抒情见长,多写生活片段、心情独白,而缺少通常小说应有的情节结构,呈现明显的散文化倾向,情节虚淡、结构散漫,以清新的文笔、炽烈的情感见长,在其诞生的时代俨然是一枚重磅炸弹，撕破了伪善的外壳。就是在今天读来，亦能让人体味到浓浓的真情。

参考文献

[1]罗以民:《天涯孤舟——郁达夫传》，杭州出版社 2004 年版。
[2]郁达夫:《郁达夫自传》，江苏文艺出版社 2012 年版。
[3]王自立、陈子善编:《郁达夫研究资料》，知识产权出版社 2010 年版。

延伸阅读文本链接

1. 郁达夫:《郁达夫游记集》，浙江文艺出版社 1982 年版。
2. 郁达夫:《郁达夫散文》，浙江文艺出版社 1999 年版。
3. 郁达夫:《郁达夫小说》，浙江文艺出版社 2001 年版。

子夜(节选)

茅 盾

现在是午夜十二时了。工业的金融的上海人大部分在血肉相搏的噩梦中呻吟,夜总会的酒吧间里却响着叮叮当当的刀叉和嗤嗤的开酒瓶。吴荪甫把右手罩在酒杯上,左手支着头,无目的地看着那酒吧间里进出的人。他和王和甫两个虽然已经喝了半瓶黑葡萄酒,可是他们脸上一点也不红;那酒就好像清水,鼓动不起他们的闷沉沉的心情。并且他们自己也不明白为什么这样闷沉沉。

在铜人码头上了岸以后,他们到徐曼丽那里胡闹了半点钟,又访过著名的秘密艳窟九十四号,出一个难题给那边的老板娘;而现在,到这夜总会里也有了半个钟头了,也推过牌九,打过宝。可是一切这些解闷的法儿都不中用!两个人都觉得胸膛里塞满了橡皮胶似的,一颗心只是粘忒忒地摆布不开;又觉得身边全长满了无形的刺棘似的,没有他们的路。尤其使他们难受的,是他们那很会出计策的脑筋也像被什么东西胶住了——简直像是死了;只有强烈的刺激稍稍能够拨动一下,但也只是一下。

“唉!浑身没有劲儿!”

吴荪甫自言自语地拿起酒杯来喝了一口,眼睛仍旧迷惘地望着酒吧间里憧憧往来的人影。

“提不起劲儿,吁!总有五六天了,提不起劲儿!”

王和甫打一个呵欠应着。他们两个人的眼光接触了一下,随即又分开,各自继续他们那无目标的瞭望。他们那两句话在空间消失了。说的人和听的人都好像不是自己在说,自己在听;他们的意识界是绝对的空白!

忽然三四个人簇拥着一位身材高大的汉子,嚷嚷笑笑进来,从吴荪甫他们桌子边跑过,一阵风似的往酒吧间的后面去了。吴荪甫他们俩麻痹的神经上骤然受了一针似的!两个人的眼光碰在一处了,嘴角上都露出苦笑来。吴荪甫仍旧自言自语地说:

“那不是么?好像是老赵!”

“老赵!”

王和甫回声似的应了两个字,本能地向酒吧间的后进望了一眼。同时他又本能地问道:

“那几个又是谁呢?”

“没有看清。总之是没有尚仲礼这老头子。”

“好像内中一个戴眼镜的就是——哦,记起来了,是常到你公馆里的李玉亭!”

“是他么?嘿,嘿!”

吴荪甫轻声笑了起来，又拿起酒杯来喝了一口。可是一个戴眼镜的人从里边跑出来了，直走到吴荪甫他们桌子前，正是李玉亭。他是特地来招呼这两位老板。王和甫哈哈笑道：

“说起曹操，曹操就到，怎么你们大学教授也逛夜总会来了？明天我登你的报！”

“哦，哦，秋律师拉我来的。你们见着他么？”

“没有。可是我们看见老赵，同你一块儿进来。”

吴荪甫这话也不过是顺口扯扯，不料李玉亭的耳根上立刻红起了一个圈。仿佛女人偷汉子被本夫撞见了那样的忸怩不安也在他心头浮了起来。他勉强笑了一笑，找出话来说道：

“听说要迁都到杭州去呢！也许是谣言，然而外场盛传，你们没有听到么？”

吴荪甫他们俩都摇头，心里却是异样的味儿，有点高兴，又有点忧闷。李玉亭又接着说下去：

“北方要组织政府，这里又有迁都杭州的风声，这就是两边都不肯和，都要打到底，分个胜败！荪甫，战事要延长呢！说不定是一年半载！民国以来，要算这一次的战事最厉害了；动员的人数，迁延的时日，都是空前的！战线也长，中部几省都卷进了旋涡！并且共匪又到处扰乱。大局是真正可以悲观！”

“过一天，算一天！”

王和甫叹一口气说，他这样颓丧是向来没有的。李玉亭听着很难受，转眼去看吴荪甫，那又是惶惑而且焦灼的一张脸。这也是李玉亭从来不曾见过的。李玉亭忍不住也叹一口气，再找出话来消释那难堪的阴霾：

“可是近来公债市场倒立稳了，没有大跌风；可见社会上一般人对于时局前途还乐观呀！”

“哈哈！不错！”

吴荪甫突然狞笑着说，对王和甫使了个眼色。王和甫还没理会到，李玉亭却先看明白了；他立刻悟到自己无意中又闯了祸，触着了吴荪甫他们的隐痛了。他赶快一阵干笑混了过去，再拿秋律师做题目，转换谈话的方向：

“南市倒了一家钱庄，亏空四十多万；存款占五分之四。现在存户方面公请秋律师代表打官司。荪甫，令亲范博文也吃着了这笔倒账！近来他不做诗，研究民诉法了。听说那钱庄也是伤在做公债！”

吴荪甫点着头微笑，他是笑范博文吃着了倒账这才去研究法律。王和甫淡淡地说：

“没有人破产，哪里会有人发财！顶倒霉的是那些零星存户！”

“可不是！我就觉得近年来上海金融业的发达不是正气的好现象。工业发达才是国民经济活动的正轨！然而近来上海的工业真是江河日下。就拿奢侈品的卷烟工业来说，也不见得好；这两三年内，上海新开的卷烟厂，实在不算少，可是营业上到底不及洋商。况且也受了战事影响。牌子最老，资本最大的一家中国烟草公司也要把上海的制造厂暂时停工了。奢侈品工业尚且如此！”

李玉亭不胜感慨似的发了一篇议论，站起身来想走了，忽然又弯了腰，把嘴靠在吴荪甫耳朵边，轻声说道：

“老赵有一个大计划，想找你商量，就过去谈谈好么？那边比这里清静些。”

吴荪甫怔住了，一时间竟没有回答。李玉亭格格地笑着，似乎说“你斟酌罢”，就转身走了。

望着李玉亭的背影，吴荪甫怔怔地沉入了冥想。他猜不透赵伯韬来打招呼是什么意思，而且为什么李玉亭又是那么鬼鬼祟祟，好像要避过了王和甫？他转脸看了王和甫一眼，就决定要去看看老赵有什么把戏。

“和甫，刚才李玉亭说老赵有话找我们商量，我们去谈谈罢。”

“哦！——就是你去罢！我到那里去看一路宝。老赵是想学拿破仑，打了一个胜仗，就提出外交公文来了！”

两个人对看着哈哈笑起来，觉得心头的沉闷暂时减轻了一些了。

于是吴荪甫一个人去会老赵；在墙角的一张小圆桌旁边和赵伯韬对面坐定了后，努力装出镇静的微笑来。自从前次“合作”以后，一个多月来，这两个人虽然在应酬场中见过好多趟，都不过随便敷衍几句，现在他们又要面对面开始密谈了。赵伯韬依然是那种很爽快的兴高采烈的态度，说话不兜圈子，劈头就从已往的各种纠纷上表示了他自己的优越：

“荪甫，我们现在应得说几句开诚布公的话。我们的旧账可以一笔勾销！可是，有几件事，我不能不先对你声明一下：第一，银团托辣斯，我是有分的，我们有一个整计划；可是我们一不拒绝人家来合作，二不肯见食就吞；我们并没想过要用全力来对付你，我们并不注意缫丝工业；荪甫，那是你自己太多心！——”

吴荪甫笑了一笑，耸耸肩膀。赵伯韬却不笑，眼睛炯炯放光。他把雪茄猛吸一口，再说道：

“你不相信么？那么由你。老实说，朱吟秋押款那回事，我不过同你开玩笑，并不是存心捣你的蛋。要是你吃定我有什么了不起的计策，也不要紧，也许我做了你就也有那样的看法，我们再谈第二桩事情罢。你们疑心我到处用手段，破坏益中；哈哈，我用过一点手段，只不过一点，并未‘到处’用手段。你们猜度是我在幕后指挥‘经济封锁’，哎，荪甫！我未尝不能这么干，可是我不肯！自家人拚性命，何苦！”

“哈哈，伯韬！看来全是我们自己太多心了！我们误会了你？是不是？”

吴荪甫狂笑着说，挺一下眉毛。赵伯韬依旧很严肃，立即郑重地回答道：

“不然！我这番话并非要声明我们过去的一切都是误会！我是要请你心里明白：你我中间，并没有什么不可解的冤仇，也不是完全走的两条路，也不是有了你就会没有我，——益中即使发达起来，光景也不能容容易易就损害到我，所以我犯不着用出全副力量来对付你们！实在也没有用过！”

这简直是胜利者自负不凡的口吻了。吴荪甫再也耐不住，就尖利地回问道：

“伯韬！你找我来，难道就为了这几句话么？”

“不错，一半是为了这几句。算了，荪甫，旧账我们就不提，——本来我还有一桩事想带便和你说开，现在你既然听得不耐烦了，我们就不谈了罢。我是个爽快的脾气，说话不兜圈子，现在请你来，就想看看我们到底还能不能大家合作——”

“哦，可是，伯韬，还有一桩事要跟我说开么？我倒先要听听。”

吴荪甫拦住了赵伯韬，故意微笑地表示镇定，然而他的心却异常怔忡不宁；他蓦地想起了从前和老赵开始斗争的时候，杜竹斋曾经企图从中调停，——“总得先打一个胜仗，然后开谈判，庶几不为老赵所挟制”：那时他是根据着这样的策略拒绝了杜竹斋的，真不料现在竟弄成主客易位，反使老赵以胜利者的资格提议“合作”，人事无常，一至于此，吴荪甫简直不能相信自己的耳朵。

赵伯韬也微微一笑，似乎已经看透了吴荪甫的心情。他很爽利地说道：

“这第三桩事情倒确是误会。你们总以为竹斋被我拉了走，实在说，我并没拉竹斋，而我这边的韩孟翔却真真被你们钓了去了！荪甫，这件事，我很佩服你们的手腕灵敏！”

吴荪甫听着，把不住心头一跳，脸色也有点变了；赶快一阵狂笑掩饰了过去，他就故意探问道：

“你只晓得一个韩孟翔么？我还收买得比韩孟翔更要紧的人呢！”

“也许还有个把女的！可是不相干。你肯收买女的，我当真感谢得很！女人太多了，我对付不开；嗨嗨！”

现在是赵伯韬勉强笑着掩饰他的真正心情了。这也瞒不过吴荪甫的眼睛，于是吴荪甫也感到若干胜利的意味；他到底又渐渐恢复了他的自信力，他摆脱了失败的情绪，振起精神来，转取攻势。他劈头就把谈话转入那“合作”问题：

“你猜的很对！我们的收买政策也还顺利！伯韬，我想来就是你本人也可以收买的！我也是爽快的脾气，我们不说废话了，你先提出你的‘合作’条件来，要是可以商量的话，我一定开诚布公回答你！”

“那么，简简单单一句话，我介绍一个银团放款给益中公司！总数三百万，第一批先付五十万，条件是益中公司全部财产做担保！”

吴荪甫很注意地听着，眼光射定了赵伯韬的面孔。忽然他仰脸大笑起来，耸耸肩膀。赵伯韬却不笑，悠然抽着雪茄，静待吴荪甫的回答。吴荪甫笑定了，就正色问道：

“伯韬！你是不是开玩笑？益中是抱的步步为营的政策，虽然计划很大，眼前却用不到三百万的借款！益中现在还搁着资本找不到出路呢！”

“不是这么说的。借款的总数是三百万，第一批先交五十万，第二批的交付，另定办法。你是老门槛，你自然明白这笔借款实在只有五十万，不过放款的银团取得继续借与二百五十万的优先权！”

“然而益中公司连五十万的借款也用不到！”

“当真么？”

“当真!”

吴荪甫把心一横,坚决地回答。可是他这话刚刚出口,他的心立刻抖起来了。他知道自己从前套在朱吟秋头上的圈子,现在被赵伯韬拿去放大了来套那益中公司了;他知道经他这一拒绝,赵伯韬的大规模的经济封锁可就当真要来了,而益中公司在此战事未停,八个厂生产过剩的时候,再碰到大规模的经济封锁,那就只有倒闭或者出盘的了;他知道这就是老赵他们那托辣斯开始活动的第一炮!

赵伯韬微笑着喷一口烟,又逼进一步道:

“那么,到底不能合作!益中公司前途远大,就这么弄到搁浅下场,未免太可惜了!荪甫,你们一番心血,总不能白丢;你们仔细考虑一下,再给我回音如何?荪甫,我们打开天窗说亮话,益中目前已经周转不灵,我早就知道。况且战事看去要延长,战线还要扩大,益中那些厂的出品,本年内不会有销路;荪甫,你们仔细考虑一下,再给我回音罢!”

“哦——”

吴荪甫这么含糊应着,突然软化了;他仿佛听得自己心里梆的一响,似乎他的心拉碎了,再也振作不起来;他失了抵抗力,也失了自信力,只有一个意思在他神经里旋转:有条件地投降了罢?

蓦地他站了起来,冷冷地狞笑。最后一滴力又回到他身上了,并且他也不愿意让老赵看清了他是怎样苦闷而且准备投降;他在老赵肩膀上重拍一下,就大声说:

“伯韬!时局到底怎样,各人各看法!也许会急转直下。至于益中公司,我们局内人倒一点不担心。有机会吸收资本来扩充,自然也好。明天我把你的意思提到董事会,将来我们再碰头罢。”

接着又狂笑了一声,吴荪甫再不等老赵开口,就赶快走了。他找着了王和甫,把经过的情形说一个大概,皱了眉头。好半晌,两个人都不出声。后来王和甫从牙齿缝里迸出一句话来:

“明天早上我同吉人到你公馆里商量罢!”

[文章来源:《子夜》,中国工人出版社 2013 年版]

文史知识地图

茅盾(1896—1981),原名沈德鸿,字雁冰,浙江桐乡人。中国现代作家、文学评论家、社会活动家,茅盾是笔名,代表作有《子夜》《林家铺子》《蚀》三部曲(《幻灭》《动摇》《追求》)、农村三部曲(《春蚕》《秋收》《残冬》)等。

1896 年 7 月 4 日,茅盾出生于江南水乡乌镇一个世代书香门第,父亲是清末秀才,是位医生,母亲亦通文理,十岁丧父,由母亲教养长大,家教开明,读过私塾,也上过新学,幼时以阅读古典小说为乐,看的第一本“闲书”是《西游记》。中学时代,茅盾积极投身到辛亥革命浪潮中，因反对学监的专制而被嘉兴中学退学，辗转杭州安定中学求学。茅盾1913年考入北京大学预科，打下了深厚的国文功底和外语基础。三年预科期满后，由于家境贫寒无力升学，于1916年8月进入上海商务印书馆编译所，开始翻译、编纂中外书籍，业余自学外国文学，并开始发表文章。

五四运动开始后，茅盾深受《新青年》影响，以新文学运动拥护者的身份积极参与。1921年初，茅盾与郑振铎、周作人等发起组织成立文学研究会，这是中国现代文学史上成立最早、影响最大的文学社团，反对旧文学，提倡新文学，主张为人生的写实主义文学。随后茅盾主编并全面革新了老牌的《小说月报》，《小说月报》是第一个大型的中国新文学刊物，此后也成为文学研究会及进步作家发表新文学作品的阵地。茅盾不仅编辑作品，翻译外国文学作品，还书写了大量文学论文，对新文学的发展予以理论支持。茅盾是中国共产党最早的党员之一，1920年参加上海共产主义小组活动，筹建党组织，是第一批中国共产党党员。1924年茅盾担任党创办的上海大学的教学工作，培养了大批革命人才和知识青年，同年开始编译、研究神话，是中国神话研究的开创者之一。1925年茅盾亲历五卅运动，并将亲身经历写成纪实散文。

1926年，茅盾出席国民党第二次代表大会，在国共第一次合作期间出任国民党中央宣传部秘书，国共合作破裂后，茅盾先后在上海、武汉等地开展工作，同时开始投入小说创作，1927年9月发表小说《幻灭》，第一次署名为“茅盾”，以表达内心的矛盾，之后又完成《动摇》《追求》等。1930年4月，流亡日本两年的茅盾回到上海，并加入““左联””，陆续创作了《子夜》《春蚕》《林家铺子》等重要作品，还担任由良友图书出版公司发起的《中国新文学大系》小说一集的编选人，且最早提出“五四”新文学自1917年至1927年的断代时间。

抗日战争爆发后，茅盾积极投入抗日宣传，与巴金等人编辑出版《呐喊》(后改为《烽火》)，上海沦陷后辗转香港、武汉、广州、新疆等地，担任中华全国文艺界抗敌协会理事，编辑进步刊物《文艺阵地》(广州)、《立报·言林》(香港)，任教新疆学院。茅盾是1940年5月抵达延安的，受到了热烈欢迎，在鲁艺和陕甘宁边区文化协会讲学，10月离开延安抵达重庆，在重庆写下了《风景谈》《白杨礼赞》等经典散文。之后又辗转香港、桂林等地开展抗日救亡工作，并写下了《腐蚀》《霜叶红似二月花》等作品。

新中国成立后，茅盾历任文联副主席、文化部部长、作协主席，主编《人民文学》杂志，由于事务繁忙，不再进行文学创作，主要撰写文艺评论，发掘和提携文学新人，促进文学理论建设。1961年，《茅盾文集》十卷出齐。1981年，茅盾拿出25万元稿费设立茅盾文学奖，以鼓励优秀长篇小说的创作。1981年3月27日，茅盾病逝于北京，享年85岁。1984—1997年，人民文学出版社出版了38卷《茅盾全集》。

茅盾关注现实，其选材大多放在重大事件上，鞭挞旧中国黑暗势力，歌颂进步力量，小说视野开阔，叙事宏大，有极高的时代概括力，并以不断创新的艺术形象丰富了现代小说的人物画廊，以开放的现代意识开创了现代都市文学，对中国文学的发展作出了不懈的努力和突出的贡献。

分析与鉴赏导引

这里所选的是《子夜》的第十七章部分内容，描写了民族资本家吴荪甫在事业走向失败过程中的挣扎与无奈，丰富的心理描画体现出其外强中干、软弱无力的个性特征。

《子夜》，原名《夕阳》，是茅盾的代表作，约30万字的长篇小说，是中国现代文学史上的第一部社会分析小说，也是一部光彩夺目的现实主义杰作。《子夜》的创作经过了作家充分的思想和生活准备，茅盾阅读了大量理论文章，参观了证券交易所、企业，考察了民族资产阶级的现状，走访了革命者、企业家、公务员等各色人等，在掌握大量素材并进行了深入调查研究之后，于1931年10月开始动笔，1932年12月5日完稿，共19章。1932年的《小说月报》和《文学月报》曾发表过部分章节，1933年由上海开明书店出版，一出版即吸引了大量的读者，出版三个月内就重版四次，引起了强烈的反响，瞿秋白撰文给予极高的评价："这是中国第一部写实主义的成功的长篇小说。"茅盾的《子夜》与巴金的《家》、老舍的《骆驼祥子》在20世纪30年代的先后问世，标志着中国现代长篇小说的成熟。

《子夜》的创作最初由当时一场有关中国是半殖民地半封建社会，还是资本主义社会的讨论引发，茅盾用艺术的方式理性分析了中国的社会性质：中国没有走向资本主义发展的道路，中国在帝国主义的压迫下，是更加殖民地化了。小说的创作动机决定了《子夜》的社会分析特色，《子夜》是茅盾以近乎写史的态度创造的鸿篇巨制。20世纪30年代初期，中国社会经济凋敝，战乱频仍，内忧外患，民不聊生，社会矛盾极其复杂尖锐，然而在半殖民地化的都市上海，却有着纸醉金迷的生活和各种明争暗斗的算计。

《子夜》正是以这个时期上海真实的社会生活为着墨点，并以上海为中心，观照全中国，小说通过以吴荪甫为代表的民族资产阶级和以赵伯韬为代表的金融买办资产阶级之间的矛盾斗争，主要围绕公债市场斗争、工人罢工、农民反封建斗争三条重要线索展开，最终吴败赵胜，中国的民族工业在外资的压迫和农村动乱、经济破产的影响下，走向绝境，反映了资本主义国家把世界经济危机转嫁我国，中国的民族工商业濒临破产的事实，显示了作家对旧中国社会现实的深刻分析与全面估量，也预示着整个时代的发展趋向。从而实现了作家的写作意图："大规模地描写中国社会现象"，"使一九三零年动荡的中国得一全面的表现。" 茅盾素来眼光宏阔，写作喜以全景式描写社会生活，《子夜》更是以一种俯视的眼光，全景式地记录了30年代初期上海社会生活的方方面面：资本家的豪宅、工厂的斗争、证券市场的争执、娱乐场所的光怪陆离，以及在这些场所忙碌穿梭的各色人等，并从侧面描画了农村的情景以及正在发生的军阀混战。

《子夜》塑造了一系列典型的人物形象，而人物形象的塑造又是作家有意识地放在广阔的背景上进行的，突出"典型环境"中的"典型性格"，作家按他们的所属阶级特点赋予人物社会特性，他们是不同类型的资本家，如吴荪甫、赵伯韬；不同类型的地主，如吴老太爷、曾沧海；还有不同类型的知识分子，如李玉亭、范博文等，他们既有个人的特点，又有特定阶层的社会特点，而且作家更注重人物所体现的时代特色。

作家将小说主人公吴荪甫置于 20 世纪 30 年代广阔的社会历史背景中，通过错综复杂的矛盾冲突，多角度地进行刻画。吴荪甫是民族资本家的典型形象，他可谓是一个悲剧的英雄，雄心勃勃地出演了一场时代悲剧，他有理想、有胆识，富于冒险精神和实干经验，精明强干，坚韧刚毅，是民族资本家中的佼佼者，但同时他又自私贪婪，不择手段，软弱无助，空虚孤独，具有突出的两面性。他一方面对腐朽的封建制度及军阀混战的局面不满，也对帝国主义及其买办资产阶级不满；另一方面却专制独裁，对工农运动及革命武装极端仇视，并依靠反动势力进行镇压，具有封建性的一面。民族资产阶级的身份使他在正义性与软弱性、妥协性的夹缝中游走，并最终走向了失败。吴荪甫的悲剧命运不仅仅是其主观原因造成的，更主要的是由客观的社会历史条件导致了其失败的必然结局。凋敝的经济、腐败的政治、混战的社会局面扼杀了他振兴民族工业的梦想，他的失败不仅是个人的悲剧，更是一个国家和时代的哀歌。吴荪甫是现代文学史上为数不多的资产阶级形象中出现得最早、塑造得最成功的一个。

赵伯韬是《子夜》中最大的反派，他骄横奸诈、凶狠残酷，是一个典型的买办资本家，他凭借国民党反动政权及美帝国主义的力量操纵交易市场，施以毒辣手段遏制民族工业的发展，迫使民族资产阶级向帝国主义投降，致使中国经济日益落后，沦为殖民地经济。此外他极度荒淫、骄奢堕落，表现了买办资产阶级政治上的反动、经济上的掠夺和道德上的腐朽。

吴惠芳，吴家四小姐，她是《子夜》中集中体现了乡村与都市、封建与现代对立冲突的典型形象，也是饱受精神迫害的受难者。一方面固有的封建道德控制着四小姐的思想行动；另一方面，在大都市上海，物欲横流、光怪陆离，开放的现代观念带给她极大的心灵冲击，她羡慕同龄人的自由恋爱，自己却没有勇气主动追求，最终，她选择了烧香念经、潜心修行，然而与现代都市人之间的隔阂带来的精神创伤却始终伴随着她，封建意识和现代观念的对抗在她身上表现得淋漓尽致。《子夜》还塑造了一些可爱的女性形象，如张素素、林佩瑶等，她们是时代新女性，受新思潮的直接影响，她们不同于传统女性，她们讨厌平庸，崇尚享乐，在道德观念、物质追求，以及思想性格上都更接近西方。

《子夜》典型人物形象塑造的成功除了依靠描绘外部事件之外，更借重作家心理描写的成功运用，作家善于捕捉人物瞬间的内心活动，透过细腻的心理描写刻画人物的性格，挖掘人物的灵魂，细致入微、生动可感。小说中人物的下意识和幻觉描写十分突出，使得小说有着浓重的心理分析色彩。第十七章中，吴荪甫濒临绝境时刻，心情十分复杂，作家用多种笔墨将他的痛苦、绝望、疯狂的心理描绘得栩栩如生、跃然纸上。除吴荪甫外，林佩瑶的内心失落透过《少年维特之烦恼》和那朵枯萎的玫瑰，富有象征意味地得到了进一步强化。

《子夜》虽人物众多，情节复杂，线索繁复，却并不是随意拼贴，而是精心结构，细密布局，以城市为近景，以农村为远景，各条线索齐头并进，突出主线、照顾旁支，既相对独立又纵横交织，呈现为结构宏大且严谨有序。小说通过吴荪甫事业的兴衰和命运的变化，勾连其他线索，形成虚实相间、疏密有致的格局，从而将纷繁复杂且具有重大社会历史意义的事件表现出来，使得小说既有着深刻的意义指向，同时又展现了丰富多彩的场景。

子夜是黎明前最黑暗的时刻，茅盾以此做书名，形象展示了20世纪30年代初期中国社会所处的时代背景，是黎明前最黑暗的时刻，并预示着冲破黑暗之后，光明未来的即将到来。《子夜》堪称是一部描绘中国30年代社会生活的百科全书，《子夜》自出版以来，被翻译成英、日、德、俄等十几种文字，有着广泛的国际影响。茅盾开创的以《子夜》为代表的大规模描写中国社会生活的社会剖析小说，在20世纪30年代后吸引了一批作家的认同，形成稳定的创作模式并渐渐上升为主流，给中国文坛带来了重大影响。

参考文献

[1]叶子铭:《论茅盾四十年的文学道路》，上海文艺出版社1978年版。

[2]余连祥:《逃墨馆主——茅盾传》，浙江人民出版社2006年版。

延伸阅读文本链接

1. 茅盾:《茅盾精选集》，北京燕山出版社2011年版。

2. 茅盾:《茅盾珍档手迹》(日记—1961年、日记—1962年、日记—1963年、日记—1964年、子夜、书信)，浙江大学出版社2011年版。

3. 茅盾:《茅盾珍档手迹》(走上岗位、人民是不朽的、文论、诗词、红学札记)，浙江大学出版社2012年版。

家(节选)

巴　金

三十日终于到了。鸣凤的事公馆里知道的人并不太多,觉慧一点也不知道,因为:一则,在外面他们的周报社里发生了变故,他用了全副精神去应付这件事,就没有心肠管家里的事情;二则,他在家里时也忙着写文章或者读书,没有机会听见别人谈鸣凤的事。

三十日在觉慧看来不过是这个月的最后一日,然而在鸣凤却是她一生的最后一天了,她的命运就要在这一天决定了:或者永远跟他分离,或者永远和他厮守在一起。然而事实上后一个希望却是非常渺茫。她自己也知道。自然她满心希望他来拯救她,让她永远和他厮守在一起;但是在他们两个人的中间横着那一堵不能推倒的墙,使他们不能够接近。这就是身份的不同。她是知道的。她从前在花园里对他说"不,不……我没有那样的命"时,她就已经知道这个了。虽然他答应要娶她,然而老太爷、太太们以及所有公馆里的人全隔在他们两个人的中间,他又有什么办法?在老太爷的命令下现在连太太也没有办法,何况做孙儿的他?她的命运似乎已经决定,是无可挽回的了。然而她还不能放弃最后的希望,她不能甘心情愿地走到毁灭的路上去,而没有一点留恋。她还想活下去,还想好好地活下去。她要抓住任何的希望。她好像是在欺骗自己,因为她明明知道连一点希望也没有了,而且也不能够有了。

这一天她怀着颤抖的心等着跟觉慧见面。然而觉慧回来的时候已经是晚上九点钟了。她走到他的窗下,听见他的哥哥说话的声音,她觉得胆怯了。她在那里徘徊着,不敢进去,但是又不忍走开,因为要是这一晚再错过机会,不管是生与死,她永远不能再看见他了。

好容易挨过了一些时候,屋里起了脚步声,她知道有人走出,便往角落里一躲,果然看见一个黑影从里面闪出来。这是觉民。她看见他走远了,连忙走进房里去。

觉慧正埋着头在电灯光下面写文章,他听见她的脚步声并不抬起头,也不分辨这是谁在走路。他只顾专心写文章。

鸣凤看见他不抬头,便走到桌子旁边胆怯地但也温柔地叫了一声:"三少爷。"

"鸣凤,是你?"他抬起头惊讶地说,对她笑了笑。"什么事?"

"我想看看你……"她说话时两只忧郁的眼睛呆呆地望着他的带笑的脸。她的话没有说完,就被他接下去说:

"你是不是怪我这几天不跟你说话?你以为我不理你吗?"他温和地笑道,"不是,你不要起疑心。你看我这几天真忙,又要读书,又要写文章,还有别的事情。"他指着面前一大堆稿件,几份杂志和一叠原稿纸对她说:"你看我忙得跟蚂蚁一样。……再过两天就好了,我就把这些事情都做完了,再过两天。……我答应你,再过两天。"

"再过两天……"她绝望地悲声念着这四个字,好像不懂它们的意义,过后又茫然地问道:"再过两天? ……"

"对,"他笑着说,"再过两天,我的事情就做完了。只消等两天。再过两天,我要跟你谈许许多多的事情。"他又埋下头去写字。

"三少爷,我想跟你说两句话……"她极力忍住眼泪,不要哭出声来。

"鸣凤,你不看见我这样忙?"他短短地说,便抬起头来。看见她的眼里闪着泪光,他马上心软了。他伸手去捏了捏她的手,又站起来,关心地问道:"你受了什么委屈吗?不要难过。"他真想丢开面前的原稿纸,带着她到花园里好好地安慰她。可是他马上又想起明天早晨就要交出去的文章,想起周报社的斗争,便改变了主意说:"你忍耐一下,过两天我们好好地商量,我一定给你帮忙。我明天会找你,现在你让我安安静静地做事情。"他说完,放下她的手,看见她还用期待的眼光在看他,他一阵感情冲动,连自己也说不出是为了什么,他忽然捧住她的脸,轻轻地在她的嘴上吻了一下,又对她笑了笑。他回到座位上,又抬起头看了她一眼,然后埋下头,拿起笔继续做他的工作。但是他的心还怦怦地跳动,因为这是他第一次吻她。

鸣凤不说一句话,她痴呆地站在那里。她甚至不知道自己在这时候想些什么,又有什么样的感觉。她轻轻地摩抚她的第一次被他吻了的嘴唇。过了一会儿她又喃喃地念着:"再过两天……"

这时外面起了吹哨声,觉慧又抬起头催促鸣凤:"快去,二少爷来了。"

鸣凤好像从梦中醒过来似的,她的脸色马上变了。她的嘴唇微微动着,但是并没有说出什么。她的非常温柔而略带忧郁的眼光留恋地看了他几眼,忽然她的眼睛一闪,眼泪流了下来,她的口里迸出了一声:"三少爷。"声音异常凄惨。觉慧惊奇地抬起头来看,只看见她的背影在门外消失了。

"女人的心理真古怪,"他叹息地自语道,过后又埋下头写字。

觉民走进房里,第一句话就问:"刚才鸣凤来过吗?"

"嗯,"觉慧过了半晌才简单地答道。他依旧在写字,并不看觉民。

"她一点也不像丫头,又聪明,又漂亮,还认得字。可惜得很! ……"觉民自语似地叹息道。

"你说什么? 你可惜什么?"觉慧放下笔,吃惊地问。

"你还不晓得? 鸣凤就要嫁了。"

"鸣凤要嫁了! 哪个说的? 我不相信! 她这样年轻!"

"爷爷把她送给冯乐山做姨太太了。"

"冯乐山? 我不相信! 他不是孔教会里的重要分子吗? 他六十岁了,还讨小老婆?"

"你忘记了去年他们几个人发表梨园榜,点小旦薛月秋做状元,被高师的方继舜在

《学生潮》上面痛骂了一顿？他们那种人什么事都做得出来，横竖他们是本省的绅士，名流。明天就是他接人的日子。我真替鸣凤可惜。她今年才十七岁！”

“我怎么早不晓得？……哦，我明明听见过这样的消息，怎么我一点儿也记不起来？”觉慧大声说，他马上站起来，一直往外面走，一面拼命抓自己的头发，他的全身颤抖得厉害。

“明天！”“嫁！”“做姨太太！”“冯乐山！”这些字像许多根皮鞭接连地打着觉慧的头，他觉得他的头快要破碎了。他走出门去，耳边顿时起了一阵悲惨的叫声。突然他发现在他的面前是一个黑暗的世界。四周真静，好像一切生物全死灭了。在这茫茫天地间他究竟走向什么地方去？他徘徊着。他抓自己的头发，打自己的胸膛，这都不能够使他的心安静。一个思想开始来折磨他。他恍然明白了。她刚才到他这里来，是抱了垂死的痛苦来向他求救。她因为相信他的爱，又因为爱他，所以跑到他这里来要求他遵守他的诺言，要求他保护她，要求他把她从冯乐山的手里救出来。然而他究竟给了她什么呢？他一点也没有给。帮助、同情、怜悯，他一点也没有给。他甚至不肯听她的哀诉就把她遣走了。如今她是去了，永久地去了。明天晚上在那个老头子的怀抱里，她会哀哀地哭着她的被摧残的青春，同时她还会诅咒那个骗去她的纯洁的少女的爱而又把她送进虎口的人。这个思想太可怕了，他不能够忍受。

去，他必须到她那里去，去为他自己赎罪。

他走到仆婢室的门前，轻轻地推开了门。屋里漆黑。他轻轻地唤了两声“鸣凤”，没有人答应。难道她就上床睡了？他不能够进去把她唤起来，因为在那里还睡着几个女佣。他回到屋里，却不能够安静地坐下来，马上又走出去。他又走到仆婢室的门前，把门轻轻地推开，只听见屋里的鼾声。他走进花园，黑暗中在梅林里走了好一阵，他大声唤：“鸣凤”，听不见一声回答。他的头几次碰到梅树枝上，脸上出了血，他也不曾感到痛。最后他绝望地走回到自己的房里，他看见屋子开始在他的四周转动起来……

其实这时候他所寻找的她并不在仆婢室，却在花园里面。

鸣凤从觉慧的房里出来，她知道这一次真正是一点希望也没有了。她并不怨他，她反而更加爱他。而且她相信这时候他依旧像从前那样地爱她。她的嘴唇还热，这是他刚才吻过的；她的手还热，这是他刚才捏过的。这证明了他的爱，然而同时又说明她就要失掉他的爱到那个可怕的老头子那里去了。她永远不能够再看见他了。以后的长久的岁月只是无终局的苦刑。这无爱的人间还有什么值得留恋？她终于下了决心了。

她不回自己的房间，却一直往花园里走去。她一路上摸索着，费了很大的力，才走到她的目的地——湖畔。湖水在黑暗中发光，水面上时时有鱼的唼喋声。她茫然地立在那里，回想着许许多多的往事。他跟她的关系一幕一幕地在她的脑子里重现。她渐渐地可以在黑暗中辨物了。一草一木，在她的眼前朦胧地显露出来，变得非常可爱，而同时她清楚地知道她就要跟这一切分开了。世界是这样静。人们都睡了。然而他们都活着。所有的人都活着，只有她一个人就要死了。过去十七年中她所能够记忆的是打骂,流眼泪,服侍别人,此外便是她现在所要身殉的爱。在生活里她享受的比别人少,而现在在这样轻的年纪,她就要最先离开这个世界了。明天,所有的人都有明天,然而在她的前面却横着一片黑暗,那一片、一片接连着一直到无穷的黑暗,在那里是没有明天的。是的,她的生活里是永远没有明天的。明天,小鸟在树枝上唱歌,朝日的阳光染黄树梢,在水面上散布无数明珠的时候,她已经永远闭上眼睛看不见这一切了。她想,这一切是多么可爱,这个世界是多么可爱。她从不曾伤害过一个人。她跟别的少女一样,也有漂亮的面孔,有聪明的心,有血肉的身体。为什么人们单单要蹂躏她,伤害她,不给她一瞥温和的眼光,不给她一颗同情的心,甚至没有人来为她发出一声怜悯的叹息!她顺从地接受了一切灾祸,她毫无怨言。后来她终于得到了安慰,得到了纯洁的、男性的爱,找到了她崇拜的英雄。她满足了。但是他的爱也不能拯救她,反而给她添了一些痛苦的回忆。他的爱曾经允许过她许多美妙的幻梦,然而它现在却把她丢进了黑暗的深渊。她爱生活,她爱一切,可是生活的门面面地关住了她,只给她留下那一条堕落的路。她想到这里,那条路便明显地在她的眼前伸展,她带着恐怖地看了看自己的身子。虽然在黑暗里她看不清楚,然而她知道她的身子是清白的。好像有什么人要来把她的身子投到那条堕落的路上似的,她不禁痛惜地、爱怜地摩抚着它。这时候她下定决心了。她不再迟疑了。她注意地看那平静的水面。她要把身子投在晶莹清澈的湖水里,那里倒是一个很好的寄身的地方,她死了也落得一个清白的身子。她要跳进湖水里去。

忽然她又站住了。她想她不能够就这样地死去,她至少应该再见他一面,把自己的心事告诉他,他也许还有挽救的办法。她觉得他的接吻还在她的唇上燃烧,他的面颜还在她的眼前荡漾。她太爱他了,她不能够失掉他。在生活中她所得到的就只有他的爱。难道这一点她也没有权利享受?为什么所有的人都还活着,她在这样轻的年纪就应该离开这个世界?这些问题一个一个在她的脑子里盘旋。同时在她的眼前又模糊地现出了一幅乐园的图画,许多跟她同年纪的有钱人家的少女在那里嬉戏、笑谈、享乐。她知道这不是幻象,在那个无穷大的世界中到处都有这样的幸福的女子,到处都有这样的乐园,然而现在她却不得不在这里断送她的年轻的生命。就在这个时候也没有一个人为她流一滴同情的眼泪,或者给她送来一两句安慰的话。她死了,对这个世界,对这个公馆并不是什么损失,人们很快地就忘记了她,好像她不曾存在过一般。"我的生存就是这样地孤寂吗?"她想着,她的心里充满着无处倾诉的哀怨。泪珠又一次迷糊了她的眼睛。她觉得自己没有力量支持了,便坐下去,坐在地上。耳边仿佛有人接连地叫"鸣凤",她知道这是他的声音,便止了泪注意地听。周围是那样地静寂,一切人间的声音都死灭了。她静静地倾听着,她希望再听见同样的叫声,可是许久,许久,都没有一点儿动静。她完全明白了。他是不能够到她这里来的。永远有一堵墙隔开他们两个人。他是属于另一个环境的。他有他的前途,他有他的事业。她不能够拉住他,她不能够妨碍他,她不能够把他永远拉在她的身边。她应该放弃他。他的存在比她的更重要。她不能让他牺牲他的一切来救她。她应该去了,在他的生活里她应该永久地去了。她这样想着，就定下了最后的决心。她又感到一阵心痛。她紧紧地按住了胸膛。她依旧坐在那里，她用留恋的眼光看着黑暗中的一切。她还在想。她所想的只是他一个人。她想着，脸上时时浮出凄凉的微笑，但是眼睛里还有泪珠。

最后她懒洋洋地站起来，用极其温柔而凄楚的声音叫了两声："三少爷，觉慧，"便纵身往湖里一跳。

平静的水面被扰乱了，湖里起了大的响声，荡漾在静夜的空气中许久不散。接着水面上又发出了两三声哀叫，这叫声虽然很低，但是它的凄惨的余音已经渗透了整个黑夜。不久，水面在经过剧烈的骚动之后又恢复了平静。只是空气里还弥漫着哀叫的余音，好像整个的花园都在低声哭了。

[文章来源：《家》，人民文学出版社 1981 年版]

文史知识地图

巴金（1904—2005），中国现代作家、翻译家，原名李尧棠，字芾甘，四川成都人。巴金是笔名，另有笔名佩竿、极乐、黑浪、春风等，代表作有《激流三部曲》（包括《家》《春》《秋》）、《爱情三部曲》（包括《雾》《雨》《电》）、《随想录》等。

青年巴金

晚年巴金

1904 年 11 月 25 日，巴金出生在四川成都一个封建官僚地主大家庭内，父亲曾任四川广元知县，母亲知书达理，教授巴金诗书与爱的道理。1904 年和 1917 年母亲和父亲的相继病逝是巴金人生路上的第一次激变，他看到了仆人、同辈人的痛苦、挣扎，乃至死亡，感受到来自陈旧的封建家庭观念和封建礼教的重压，开始将目光从腐朽的家庭投向广阔的社会。五四运动爆发后，巴金深受新潮思想影响，打开了眼界，自觉开展反封建斗争，追求新的社会理想。1920 年考入成都外国语专门学校，接触到克鲁泡特金的无政府主义理论，深受影响。1923 年，巴金远赴南京求学，结交了一些志同道合的朋友,1928 年 8 月从南京东南大学附中毕业后,因病去上海休养,与北大失之交臂。9 月参加发起无政府主义组织的上海民众社,出版《民众》半月刊,并翻译克鲁泡特金的一些著作,开启了半个多世纪的文学创作生涯。1927 年 1 月,23 岁的巴金在无政府主义思想的影响下赴法国留学,一边参与世界性的无政府主义活动,一边阅读,同时进行文学创作,次年写成第一部长篇小说《灭亡》,并选择了“巴金”这一笔名。《灭亡》在追求进步的青年中间引起很大反响。1928 年底,巴金回国,在上海从事文学编辑、翻译工作。

30 年代是巴金小说创作的高峰期。1931 年,巴金创作了《雾》《新生》等小说,并开始了第一部长篇小说《家》的创作,次年完成《雨》,1933 年完成《电》,爱情三部曲完稿,这是巴金个人很看重的作品,是他早年对“革命”痛苦思索的总结。1933 年,巴金完成了《家》的创作,写了大量自传体回忆散文,次年以《巴金自传》为书名出版。1934 年年初,巴金与郑振铎等人筹办的《文学季刊》创刊,巴金任编委。1935 年 8 月,巴金担任上海文化生活出版社总编辑,主编《文化生活丛刊》《文学丛刊》等。1936 年,创办《文季月刊》,开始写作《春》。抗战爆发后,巴金积极投入抗日救亡运动,和茅盾共同主编《呐喊》(后改名《烽火》)杂志。1938 年 2 月完成小说《春》的写作,1940 年 5 月写完《秋》,至此《激流三部曲》完篇。

1940 年后,巴金辗转于昆明、重庆、成都、桂林、贵阳等地,从事抗日宣传活动。1944 年 5 月与结识八年的萧珊结婚,1944 年完成《憩园》,1945 年创作《第四病室》,日本投降后返回上海。1946 年巴金完成了他又一重要小说《寒夜》。1949 年 7 月,巴金参加第一次文代会,当选为文联委员,1950 年后任平明出版社总编辑,担任中国作家协会上海分会主席、上海文联副主席等职。1957 年 7 月,任《收获》杂志主编,同年开始编选《巴金文集》14 卷本,1961 年编定出版。

“文革”期间,巴金遭批判,被关进“牛棚”,1967 年 5 月《人民日报》点名批判巴金,巴金被送到“五七干校”劳动两年半,萧珊因巴金的关系受到残酷迫害,于 1972 年 7 月病逝。1979 年,巴金任中国作家协会第一副主席,1984 年任主席。1984 年 5 月,作为世界七大文化名人之一,巴金应邀参加在东京召开的第四十七届国际笔会。

1978 年后,巴金陆续写作《随想录》,这是巴金在“文革”后撰写的大部头著作,内容朴实,情感真挚,真切地剖析自我的灵魂,满溢虔诚而痛苦的忏悔和自省,巴金因此被誉为“二十世纪中国文学的良心”。90 年代后又出版随笔集《再思录》,编辑出版 26 卷本《巴金全集》,2003 年 11 月,国务院授予巴金“人民作家”的荣誉称号。2005 年 10 月 17 日,巴金在上海逝世,享年 101 岁。

鲁迅曾称赞巴金“是一个有热情的有进步思想的作家,在屈指可数的好作家之列的作家”。他具有强烈主观性、抒情性的《家》与茅盾的《子夜》、老舍的《骆驼祥子》一起,构成了 20 世纪 30 年代长篇小说的艺术高峰。巴金一生笔耕不辍,他以文学创作参与了中国现代文学与文化建设,和现代中国同行。

分析与鉴赏导引

这里所选的是《家》的第二十六章，描绘了高家丫环鸣凤因不满高家对她的任意践踏而走向自溺的一幕，描摹了鸣凤对觉慧的深切爱恋。然而，弱小的个人在封建礼教面前显得无可奈何，年轻的生命就此陨落。鸣凤的死在小说中起着重要的作用，直接刺激了觉慧的觉醒，而这个封建大家庭也走到了由盛而衰的转折点。

《家》以20世纪20年代的四川成都为背景，以半殖民地半封建社会下一个地主大家庭（高家）为观测点，描写了高家由盛转衰逐步走向没落的过程，揭露了封建地主阶级的腐朽和封建礼教的残酷，控诉了旧家庭的罪恶，从家庭的角度展现了“五四”精神影响下的时代特色，赞美了新思潮影响下年轻一代的觉醒与反抗，表现了封建专制制度必然灭亡的历史趋势。巴金在《关于〈家〉（十版代序）》中说：“我要向一个垂死的制度叫出我的I accuse（我控诉）……我要写这种家庭怎样必然地走上崩溃的道路，走到它自己亲手掘成的墓穴。我要写包含在那里面的倾轧、斗争和悲剧。我要写一些可爱的年轻的生命怎样在那里面受苦、挣扎而终于不免灭亡。”作品寄寓了作家对不合理的封建制度的严正控诉，对鸣凤等贫苦人的深切同情，《家》还展示了觉民、觉慧等年轻一代的不屈精神和崇高灵魂。

《家》从1931年4月18日开始在上海《时报》连载，当时名为《激流》，每天一千字左右，后因战争一度中断，又因更换编辑，极为不顺，后来巴金提出不要稿费才全部登载完，出版单行本时改名为《家》，随后，《春》和《秋》也陆续出版，三部长篇合称《激流三部曲》，《激流三部曲》是巴金最负盛名的小说，尤其是《家》，在现代文学家庭素材的小说中影响最大，成就最高，还被戏剧家曹禺改编为话剧，在舞台、银幕上经久不衰，影响着一批又一批读者。

巴金的创作强烈地体现着现实主义的“真”，《家》以巴金自己的家为原型，巴金亲眼目睹了封建大家庭的纷乱繁杂，各种钩心斗角和残酷压迫。小说以描写家庭生活的众生相为落脚点，展示了封建家庭这一社会缩影的日渐没落和分崩离析，并通过家庭这一窗口传达当时社会的风云变幻。

《家》展示了封建社会各个阶层的原貌及封建家庭中新旧交织、复杂悲怆的人际关系，预示着封建一辈的没落，年轻一代的崛起，重点刻画了年轻一代对自由、爱情、社会理想的追求及努力。小说塑造了一系列引人入胜的人物形象，以觉慧、觉民为代表的觉醒的一代；梅、瑞珏等家庭妇女，她们在封建大家庭生活痛苦，最终被封建礼教迫害致死；鸣凤、倩儿等丫环，她们有着自己的追求和思考，却逃不过阶级的压迫和命运的无情，选择了自杀……巴金以娴熟的艺术笔法塑造了一系列具有典型意义的文学形象。

高老太爷这一形象虽惹人讨厌，却真实生动地展现了一个企图维护封建秩序却最终一败涂地的封建家长，他是封建大家庭中至高无上的君王，也是封建宗法制度的代表，他专横、腐朽，包办儿女婚姻，反对一切新思想，他的无耻霸道造成了一幕幕血淋淋悲剧。

在这个“家”中,人物众多,性格不一,由不同性格又带来不同的人物命运。大哥觉新是封建礼教的牺牲者,他始终抱定牺牲自己便能成全更多人的想法,然而这种想法在严酷的封建礼教面前显得何其幼稚。他较早接受了新思想的熏陶,渴望自由和解放,一心想去上海、南京读书,完成自己的梦想,却因懦弱无力而退守家庭,放弃了理想和前程;他深爱着梅小姐,却顺从父亲的意思娶了瑞珏(竟是抓阄而定),他与瑞珏婚后倒也相敬如宾,然而在瑞珏临盆之期,却因信奉迷信思想将她送到城郊,致使瑞珏难产而死。而他只能含泪忍受,不敢吭一声。他对家庭的争斗不满,却在封建礼教束缚下一味行使着“作揖主义”,最终牺牲了家人,也牺牲了自己,展现了封建大家庭长子虽有心却无力的悲哀,有着那个时代众多无力反抗之青年人的影子。觉新是巴金以自己的大哥为原型创造的,倾注了他的爱与无奈,刻画得非常成功。

觉慧是作家心目中的理想人物,也是着力刻画的一个人物,他是旧礼教的叛徒,一个幼稚而大胆的叛徒。他就像暗夜里的一盏灯,正因为有他,《家》不再是死水一潭,他从《复活》《娜拉》等小说以及《新青年》等杂志中吸收进步思想的养分,汲取对抗丑陋旧制度的力量,他有理想,有热情,结交志同道合的朋友,编辑进步刊物,自觉扛起解放人类和改良社会的责任。他憎恨旧家庭,反对大哥的“作揖主义”,反对封建家庭的包办婚姻,帮助觉民逃婚,与鸣凤真诚恋爱。觉慧是封建家庭稳固链条上松动的一环,他使得黑暗家庭不再坚不可摧。觉慧是 20 世纪初中国现代进步青年知识分子的代表,巴金曾说觉慧是他全部作品中唯一的英雄人物,可见觉慧这一形象的塑造倾注了巴金个人的思想情感和忧患意识,也表达了巴金的理想追求。但作家并未神话觉慧,而是切实描写出一个成长中的青年,他的孤独、痛苦、软弱、激进,他的逐步成长,心理变化,一点一滴显露出来,最终,他忍受不了这个家庭的腐朽和堕落,他出走了,走出了家庭,走向了更为广阔的社会。

丫头鸣凤是我们难以忽略的一个可爱人物,小说开篇没多久,她就出场了,她活泼可爱,却是阶级压迫的受难者,十六七岁的年纪已在丫头的岗位上挣扎了七年,自觉遵循封建礼教的人们从来都将丫头视为低人一等,并将配人做小妾视为抬举她们,还将她们的生死视如草菅,麻木不仁。鸣凤受着大小姐的教导,有一定的知识和追求,常思索自己的命运和前景,她与三少爷觉慧有着朦朦胧胧的两情相悦,却碍于身份不能真正走到一起,而她竟被高家当人情,欲送予老头子当小妾,鸣凤自然不肯相从,遂选择自溺保全自己对觉慧的矢志不渝,鸣凤的悲剧是封建制度与礼教造成的,她的选择传达了对封建专制的反抗之音。

《家》还塑造了琴和许倩如等自觉追求个性解放的青年女性形象,她们渴望自由和个性解放,追求男女平等,主动加入反抗旧社会的大潮,与男青年并肩作战。

巴金的小说颇有特色,他善于构筑鸿篇巨制,书写系列三部曲,将众多人物在纷繁的事件中集结在一起,结构完美,情节跌宕,引人入胜。巴金作品的最大特色是文以情生,语言热烈明快,直接吐露内心的情感,具有很强的感染力,字里行间隐藏着作家的悲愤与不安,他是借文学创作、借小说人物来发泄心中块垒,因他有话要说,有热情要燃烧。《家》让广大青年看到了反抗与前进的动力及希望，青春就该如此有声有色，而不应成为封建制度的守望者和帮凶。较之同期的《骆驼祥子》《子夜》等长篇小说，《家》因其紧扣时代生活，贴近大众而广受欢迎，被“五四”思潮激荡了的青年，有着非常迫切的求知欲，时年27岁的巴金因此成为青年人之心中偶像，受到热烈追捧。

《激流三部曲》是巴金成就最高、影响最深远的一部巨制，尤其是《家》，不仅是巴金的代表作，也是其文学道路上的第一部长篇小说，更是中国现代文学史上杰出的长篇力作。以《家》为代表的巴金小说集中体现了他的信仰和追求，他不以沉重的思考见长，而以满纸的热情，反映知识青年反抗黑暗的革命斗争和追求自由的爱情生活，以及他们为着追求光明，不屈不挠的献身精神。

参考文献

[1]李辉：《巴金：在历史叙述中》，湖北人民出版社2006年版。

[2]彭小花编著：《巴金的知与真》，东方出版社2006年版。

延伸阅读文本链接

1. 巴金：《春》，人民文学出版社1981年版。
2. 巴金：《秋》，人民文学出版社1981年版。

骆驼祥子(节选)

老 舍

我们所要介绍的是祥子，不是骆驼，因为“骆驼”只是个外号；那么，我们就先说祥子，随手儿把骆驼与祥子那点关系说过去，也就算了。

北平的洋车夫有许多派：年轻力壮，腿脚灵利的，讲究赁漂亮的车，拉“整天儿”，爱什么时候出车与收车都有自由；拉出车来，在固定的“车口”①或宅门一放，专等坐快车的主儿；弄好了，也许一下子弄个一块两块的；碰巧了，也许白耗一天，连“车份儿”也没着落，但也不在乎。这一派哥儿们的希望大概有两个：或是拉包车；或是自己买上辆车，有了自己的车，再去拉包月或散座就没大关系了，反正车是自己的。

比这一派岁数稍大的，或因身体的关系而跑得稍差点劲的，或因家庭的关系而不敢白耗一天的，大概就多数的拉八成新的车；人与车都有相当的漂亮，所以在要价儿的时候也还能保持住相当的尊严。这派的车夫，也许拉“整天”，也许拉“半天”。在后者的情形下，因为还有相当的精气神，所以无论冬天夏天总是“拉晚儿”②。夜间，当然比白天需要更多的留神与本事；钱自然也多挣一些。

年纪在四十以上，二十以下的，恐怕就不易在前两派里有个地位了。他们的车破，又不敢“拉晚儿”，所以只能早早的出车，希望能从清晨转到午后三四点钟，拉出“车份儿”和自己的嚼谷③。他们的车破，跑得慢，所以得多走路，少要钱。到瓜市，果市，菜市，去拉货物，都是他们；钱少，可是无须快跑呢。

在这里，二十岁以下的——有的从十一二岁就干这行儿——很少能到二十岁以后改变成漂亮的车夫的，因为在幼年受了伤，很难健壮起来。他们也许拉一辈子洋车，而一辈子连拉车也没出过风头。那四十以上的人，有的是已拉了十年八年的车，筋肉的衰损使他们甘居人后，他们渐渐知道早晚是一个跟头会死在马路上。他们的拉车姿势，讲价时的随机应变，走路的抄近绕远，都足以使他们想起过去的光荣，而用鼻翅儿扇着那些后起之辈。可是这点光荣丝毫不能减少将来的黑暗，他们自己也因此在擦着汗的时节常常微叹。不过，以他们比较另一些四十上下岁的车夫，他们还似乎没有苦到了家。这一些是以前决没想到自己能与洋车发生关系，而到了生和死的界限已经不甚分明，才抄起车把来的。被撤差的巡警或校役，把本钱吃光的小贩，或是失业的工

---

① 车口，即停车处。

② 拉晚儿，是下午四点以后出车，拉到天亮以前。

③ 嚼谷，即吃用。

匠，到了卖无可卖，当无可当的时候，咬着牙，含着泪，上了这条到死亡之路。这些人，生命最鲜壮的时期已经卖掉，现在再把窝窝头变成的血汗滴在马路上。没有力气，没有经验，没有朋友，就是在同行的当中也得不到好气儿。他们拉最破的车，皮带不定一天泄多少次气；一边拉着人还得一边儿央求人家原谅，虽然十五个大铜子儿已经算是甜买卖。

此外，因环境与知识的特异，又使一部分车夫另成派别。生于西苑海甸的自然以走西山，燕京，清华，较比方便；同样，在安定门外的走清河，北苑；在永定门外的走南苑……这是跑长趟的，不愿拉零座；因为拉一趟便是一趟，不屑于三五个铜子的穷凑了。可是他们还不如东交民巷的车夫的气儿长，这些专拉洋买卖的[①]讲究一气儿由交民巷拉到玉泉山，颐和园或西山。气长也还算小事，一般车夫万不能争这项生意的原因，大半还是因为这些吃洋饭的有点与众不同的知识，他们会说外国话。英国兵，法国兵，所说的万寿山，雍和宫，"八大胡同"，他们都晓得。他们自己有一套外国话，不传授给别人。他们的跑法也特别，四六步儿不快不慢，低着头，目不旁视的，贴着马路边儿走，带出与世无争，而自有专长的神气。因为拉着洋人，他们可以不穿号坎，而一律的是长袖小白褂，白的或黑的裤子，裤筒特别肥，脚腕上系着细带；脚上是宽双脸千层底青布鞋；干净，利落，神气。一见这样的服装，别的车夫不会再过来争座与赛车，他们似乎是属于另一行业的。

有了这点简单的分析，我们再说祥子的地位，就像说——我们希望——一盘机器上的某种钉子那么准确了。祥子，在与"骆驼"这个外号发生关系以前，是个较比有自由的洋车夫，这就是说，他是属于年轻力壮，而且自己有车的那一类：自己的车，自己的生活，都在自己手里，高等车夫。

这可绝不是件容易的事。一年，二年，至少有三四年；一滴汗，两滴汗，不知道多少万滴汗，才挣出那辆车。从风里雨里的咬牙，从饭里茶里的自苦，才赚出那辆车，那辆车是他的一切挣扎与困苦的总结果与报酬，像身经百战的武士的一颗徽章。在他赁人家的车的时候，他从早到晚，由东到西，由南到北，像被人家抽着转的陀螺；他没有自己。可是在这种旋转之中，他的眼并没有花，心并没有乱，他老想着远远的一辆车，可以使他自由，独立，像自己的手脚的那么一辆车。有了自己的车，他可以不再受拴车的人们的气，也无须敷衍别人，有自己的力气与洋车，睁开眼就可以有饭吃。

他不怕吃苦，也没有一般洋车夫的可以原谅而不便效法的恶习，他的聪明和努力都足以使他的志愿成为事实。假若他的环境好一些，或多受着点教育，他一定不会落在"胶皮团"[②]里，而且无论是干什么，他总不会辜负了他的机会。不幸，他必须拉洋车；好，在这个营生里他也证明出他的能力与聪明。他仿佛就是在地狱里也能作个好鬼似的。生长在乡间，失去了父母与几亩薄田，十八岁的时候便跑到城里来。带着乡

---

① 从前外国驻华使馆都在东交民巷。

② 胶皮团，指拉车这一行。

间小伙子的足壮与诚实,凡是以卖力气就能吃饭的事他几乎全作过了。可是,不久他就看出来,拉车是件更容易挣钱的事;作别的苦工,收入是有限的;拉车多着一些变化与机会,不知道在什么时候与地点就会遇到一些多于所希望的报酬。自然,他也晓得这样的机遇不完全出于偶然,而必须人与车都得漂亮精神,有货可卖才能遇到识货的人。想了一想,他相信自己有那个资格:他有力气,年纪正轻;所差的是他还没有跑过,与不敢一上手就拉漂亮的车。但这不是不能胜过的困难,有他的身体与力气作基础,他只要试验个十天半月的,就一定能跑得有个样子,然后去赁辆新车,说不定很快的就能拉上包车,然后省吃俭用的一年二年,即使是三四年,他必能自己打上一辆车,顶漂亮的车!看着自己的青年的肌肉,他以为这只是时间的问题,这是必能达到的一个志愿与目的,绝不是梦想!

他的身量与筋肉都发展到年岁前边去;二十来的岁,他已经很大很高,虽然肢体还没被年月铸成一定的格局,可是已经像个成人了——一个脸上身上都带出天真淘气的样子的大人。看着那高等的车夫;他计划着怎样杀进他的腰[①]去,好更显出他的铁扇面似的胸,与直硬的背;扭头看看自己的肩,多么宽,多么威严!杀好了腰,再穿上肥腿的白裤,裤脚用鸡肠子带儿系住,露出那对“出号”的大脚!是的,他无疑的可以成为最出色的车夫;傻子似的他自己笑了。

他没有什么模样,使他可爱的是脸上的精神。头不很大,圆眼,肉鼻子,两条眉很短很粗,头上永远剃得发亮。腮上没有多余的肉,脖子可是几乎与头一边儿[②]粗;脸上永远红扑扑的,特别亮的是颧骨与右耳之间一块不小的疤——小时候在树下睡觉,被驴啃了一口。他不甚注意他的模样,他爱自己的脸正如同他爱自己的身体,都那么结实硬棒;他把脸仿佛算在四肢之内,只要硬棒就好。是的,到城里以后,他还能头朝下,倒着立半天。这样立着,他觉得,他就很像一棵树,上下没有一个地方不挺脱的。

他确乎有点像一棵树,坚壮,沉默,而又有生气。他有自己的打算,有些心眼,但不好向别人讲论。在洋车夫里,个人的委屈与困难是公众的话料,“车口儿”上,小茶馆中,大杂院里,每人报告着形容着或吵嚷着自己的事,而后这些事成为大家的财产,像民歌似的由一处传到一处。祥子是乡下人,口齿没有城里人那么灵便;设若口齿灵利是出于天才,他天生来的不愿多说话,所以也不愿学着城里人的贫嘴恶舌。他的事他知道,不喜欢和别人讨论。因为嘴常闲着,所以他有工夫去思想,他的眼仿佛是老看着自己的心。只要他的主意打定,他便随着心中所开开的那条路儿走;假若走不通的话,他能一两天不出一声,咬着牙,好似咬着自己的心!

他决定去拉车,就拉车去了。赁了辆破车,他先练练腿。第一天没拉着什么钱。第二天的生意不错,可是躺了两天,他的脚脖子肿得象两条瓠子似的,再也抬不起来。他忍受着,不管是怎样的疼痛。他知道这是不可避免的事,这是拉车必须经过的一关。

---

① 杀进腰,把腰部勒得细一些。

② 一边儿,即同样的。

非过了这一关，他不能放胆的去跑。

脚好了之后，他敢跑了。这使他非常的痛快，因为别的没有什么可怕的了：地名他很熟习，即使有时候绕点远也没大关系，好在自己有的是力气。拉车的方法，以他干过的那些推，拉，扛，挑的经验来领会，也不算十分难。况且他有他的主意：多留神，少争胜，大概总不会出了毛病。至于讲价争座，他的嘴慢气盛，弄不过那些老油子们。知道这个短处，他干脆不大到“车口儿”上去；哪里没车，他放在哪里。在这僻静的地点，他可以从容的讲价，而且有时候不肯要价，只说声：“坐上吧，瞧着给！”他的样子是那么诚实，脸上是那么简单可爱，人们好像只好信任他，不敢想这个傻大个子是会敲人的。即使人们疑心，也只能怀疑他是新到城里来的乡下老儿，大概不认识路，所以讲不出价钱来。以至人们问到，“认识呀？”他就又像装傻，又像耍俏的那么一笑，使人们不知怎样才好。

两三个星期的工夫，他把腿溜出来了。他晓得自己的跑法很好看。跑法是车夫的能力与资格的证据。那撇着脚，像一对蒲扇在地上扇乎的，无疑的是刚由乡间上来的新手。那头低得很深，双脚蹭地，跑和走的速度差不多，而颇有跑的表示的，是那些五十岁以上的老者们。那经验十足而没什么力气的却另有一种方法：胸向内含，度数很深；腿抬得很高；一走一探头；这样，他们就带出跑得很用力的样子，而在事实上一点也不比别人快；他们仗着“作派”去维持自己的尊严。祥子当然决不采取这几种姿态。他的腿长步大，腰里非常的稳，跑起来没有多少响声，步步都有些伸缩，车把不动，使座儿觉到安全，舒服。说站住，不论在跑得多么快的时候，大脚在地上轻蹭两蹭，就站住了；他的力气似乎能达到车的各部分。脊背微俯，双手松松拢住车把，他活动，利落，准确；看不出急促而跑得很快，快而没有危险。就是在拉包车的里面，这也得算很名贵的。

他换了新车。从一换车那天，他就打听明白了，像他赁的那辆——弓子软，铜活地道，雨布大帘，双灯，细脖大铜喇叭——值一百出头；若是漆工与铜活含忽一点呢，一百元便可以打住。大概的说吧，他只要有一百块钱，就能弄一辆车。猛然一想，一天要是能剩一角的话，一百元就是一千天，一千天！把一千天堆到一块，他几乎算不过来这该有多么远。但是，他下了决心，一千天，一万天也好，他得买车！第一步他应当，他想好了，去拉包车。遇上交际多，饭局①多的主儿②，平均一月有上十来个饭局，他就可以白落两三块的车饭钱。加上他每月再省出个块儿八角的，也许是三头五块的，一年就能剩起五六十块！这样，他的希望就近便多多了。他不吃烟，不喝酒，不赌钱，没有任何嗜好，没有家庭的累赘，只要他自己肯咬牙，事儿就没有个不成。他对自己起下了誓，一年半的工夫，他——祥子——非打成自己的车不可！是现打的，不要旧车见过新的。

他真拉上了包月。可是，事实并不完全帮助希望。不错，他确是咬了牙，但是到了一年半他并没还上那个誓愿。包车确是拉上了，而且谨慎小心的看着事情；不幸，世上

---

① 饭局，即宴会。

② 主儿，即是人。这里是指包车的主人。

的事并不是一面儿的。他自管小心他的,东家并不因此就不辞他;不定是三两个月,还是十天八天,吹了[①];他得另去找事。自然,他得一边儿找事,还得一边儿拉散座;骑马找马,他不能闲起来。在这种时节,他常常闹错儿。他还强打着精神,不专为混一天的嚼谷,而且要继续着积储买车的钱。可是强打精神永远不是件妥当的事:拉起车来,他不能专心一志的跑,好像老想着些什么,越想便越害怕,越气不平。假若老这么下去,几时才能买上车呢?为什么这样呢?难道自己还算个不要强的?在这么乱想的时候,他忘了素日的谨慎。皮轮子上了碎铜烂磁片,放了炮;只好收车。更严重一些的,有时候碰了行人,甚至有一次因急于挤过去而把车轴盖碰丢了。设若他是拉着包车,这些错儿绝不能发生;一搁下了事,他心中不痛快,便有点楞头磕脑的。碰坏了车,自然要赔钱;这更使他焦躁,火上加了油;为怕惹出更大的祸,他有时候懊睡一整天。及至睁开眼,一天的工夫已白白过去,他又后悔,自恨。还有呢,在这种时期,他越着急便越自苦,吃喝越没规则;他以为自己是铁作的,可是敢情他也会病。病了,他舍不得钱去买药,自己硬挺着;结果,病越来越重,不但得买药,而且得一气儿休息好几天。这些个困难,使他更咬牙努力,可是买车的钱数一点不因此而加快的凑足。

整整的三年,他凑足了一百块钱!

他不能再等了。原来的计划是买辆最完全最新式最可心的车,现在只好按着一百块钱说了。不能再等;万一出点什么事再丢失几块呢!恰巧有辆刚打好的车(定作而没钱取货的)跟他所期望的车差不甚多;本来值一百多,可是因为定钱放弃了,车铺愿意少要一点。祥子的脸通红,手哆嗦着,拍出九十六块钱来:"我要这辆车!"铺主打算挤到个整数,说了不知多少话,把他的车拉出去又拉进来,支开棚子,又放下,按按喇叭,每一个动作都伴着一大串最好的形容词;最后还在钢轮条上踢了两脚,"听听声儿吧,铃铛似的!拉去吧,你就是把车拉碎了,要是钢条软了一根,你拿回来,把它摔在我脸上!一百块,少一分咱们吹!"祥子把钱又数了一遍"我要这辆车,九十六!"铺主知道是遇见了一个心眼的人,看看钱,看看祥子,叹了口气:"交个朋友,车算你的了;保六个月:除非你把大箱碰碎,我都白给修理;保单,拿着!"

祥子的手哆嗦得更厉害了,揣起保单,拉起车,几乎要哭出来。拉到个僻静地方,细细端详自己的车,在漆板上试着照照自己的脸!越看越可爱,就是那不尽合自己的理想的地方也都可以原谅了,因为已经是自己的车了。把车看得似乎暂时可以休息会儿了,他坐在了水簸箕的新脚垫儿上,看着车把上的发亮的黄铜喇叭。他忽然想起来,今年是二十二岁。因为父母死得早,他忘了生日是在哪一天。自从到城里来,他没过一次生日。好吧,今天买上了新车,就算是生日吧,人的也是车的,好记,而且车既是自己的心血,简直没什么不可以把人与车算在一块的地方。

怎样过这个"双寿"呢?祥子有主意:头一个买卖必须拉个穿得体面的人,绝对不能是个女的。最好是拉到前门,其次是东安市场。拉到了,他应当在最好的饭摊上吃

---

① 吹,就是散了,完了的意思。

顿饭，如热烧饼夹爆羊肉之类的东西。吃完，有好买卖呢就再拉一两个；没有呢，就收车；这是生日！

自从有了这辆车，他的生活过得越来越起劲了。拉包月也好，拉散座也好，他天天用不着为"车份儿"着急，拉多少钱全是自己的。心里舒服，对人就更和气，买卖也就更顺心。拉了半年，他的希望更大了：照这样下去，干上二年，至多二年，他就又可以买辆车，一辆，两辆……他也可以开车厂子了！

可是，希望多半落空，祥子的也非例外。

［文章来源：《骆驼祥子》，人民文学出版社 2005 年版］

文史知识地图

老舍（1899—1966），中国现代作家，语言艺术大师，原名舒庆春，字舍予，满族正红旗人，北京人。代表作有小说《骆驼祥子》《四世同堂》，话剧《茶馆》《龙须沟》等。老舍的创作通俗易懂，朴实无华，诙谐幽默，被誉为"人民艺术家"。

1899 年 2 月 3 日，老舍出生在北京一个贫民家庭，父亲是守卫皇城的护军，老舍出生第二年，父亲在八国联军攻打北京城的炮火中阵亡，老舍的家曾遭八国联军劫掠，当时一岁半的老舍因倒扣在身上的箱子幸免于难。与母亲相依为命，靠母亲给人缝洗衣服、帮佣长大，9 岁时，得资助入私塾读书。老舍自幼广泛接触民间说唱，热爱古典诗词。1913 年，老舍考入京师第三中学，后因经济困难退学，同年考取公费的北京师范学校。1918 年 6 月，品学兼优的老舍从北京师范学校毕业，任教京师公立第十七高等小学校，后任校长。"五四"民主科学、个性解放的呼声冲击着老舍的心灵，1922 年 9 月，老舍到以开明新派著称的天津南开中学任教，在南开写下了第一篇短篇小说《小铃儿》。

1924 年秋，老舍赴英国伦敦大学东方学院任讲师，教授英国人中国语言及中国古典文学。业余时间，老舍阅读了大量英文著作，并开始进行文学创作，1926 年写成第一部长篇小说《老张的哲学》，第一次使用老舍作笔名，随后又创作了《赵子曰》《二马》，三部作品陆续在《小说月报》上连载，以浓郁的北京地方色彩和轻松酣畅的文笔见长，又因深受狄更斯作品影响，小说中颇多滑稽讽刺之笔，引起了广大读者的注意。1929 年，老舍离开英国，途经法、德、意、新加坡，因筹措旅费在新加坡一所中学任教半年，创作了童话体小说《小坡的生日》。1930 年春老舍回国，7 月起先后任教济南齐鲁大学和青岛山东大学，教学之余，老舍专注创作，陆续发表了《猫城记》《离婚》《牛天赐传》以及大量短篇小说，关注街头巷尾的市井生活，抨击人间不平。有感于第一次国内革命战争后日本帝国主义的肆意侵略和国民党政府的卖国行径，老舍创作了长篇小说《大明湖》，可惜书稿毁于战火，后将其中最精彩的部分写成中篇小说《月牙儿》。在青岛的日子是老舍创作的黄金期，1936 年，老舍辞职专事写作，创作了大量的理论作品、短篇小说以及长篇小说《骆驼祥子》《文博士》等，《骆驼祥子》是一部现实主义力作，奠定了老舍在现代文学史上的地位。

抗战爆发后，老舍离别家小只身前往武汉、重庆等地宣传抗日，团结广大文艺工作者为抗日而工作，同时专注于抗战文学创作，号召民族团结。1944年，老舍开始创作描写北平沦陷后各阶层人民的苦难和抗争的长篇小说《四世同堂》(《惶惑》《偷生》《饥荒》)。1946年3月，老舍应邀赴美讲学，在美期间，老舍完成了《四世同堂》第三部及《鼓书艺人》的创作。

新中国成立后，老舍历任中国文联副主席、中国作家协会副主席等职，创作了《茶馆》《龙须沟》等著名话剧，《茶馆》被翻译成多种文字在国外出版，老舍赢得了世界级的声誉。1951年，北京市政府授予老舍"人民艺术家"的荣誉。1962年开始，老舍许多作品遭批判，还被迫停止了《正红旗下》的创作，由于"文革"期间屡受残酷迫害，1966年8月24日，老舍不堪忍受暴力批斗而含冤自沉于北京太平湖，享年67岁。1978年，老舍得到平反。

老舍一生创作了小说、剧本、诗歌、曲艺等作品百余种，以长篇小说和剧作著称。老舍是中国现代文学史上占有突出地位的艺术大师，他的作品大多取材于市民生活，善于描摹城市贫民，以生活中的小事展现市民阶层的命运，文学语言贴近大众生活，具有大众化、通俗化的特征，描写的是北京的世态人情，民族色彩浓厚，呈现出浓郁的"京味"，老舍构筑的市民世界为中国现代文学开拓了新的题材领域。

分析与鉴赏导引

这里所选的是长篇小说《骆驼祥子》的开篇第一章，全景交代了北京城的底层市民——人力车夫的各种悲惨境遇，点出了祥子所处的环境，并介绍了祥子在勤快和努力下，终于实现了自己买车的心愿，他还憧憬着自己的第二、第三辆新车，信心满满，然而他的命运将是如何呢？第一章末尾"可是，希望多半落空，祥子的也非例外"道出了祥子的凄惨一生。《骆驼祥子》是老舍的代表作，小说以20世纪20年代北京市民生活为背景，以祥子的人力车夫生涯为着眼点，通过祥子买车的三起三落表现了在军阀混战的社会里城市贫民的悲剧命运，揭露了把祥子逼进堕落深渊的黑暗社会，控诉了封建统治对劳动者的残酷剥削。小说还通过祥子努力奋斗意图摆脱贫穷命运，最后逃不脱失败以致堕落的故事，揭示了在黑暗社会里，单靠个人努力是不够的，社会不变革，一切只是幻想。

《骆驼祥子》是老舍职业从事创作打响的第一炮，在创作《骆驼祥子》之前，老舍一直以教书为职业，业余从事文学创作。1936年春，同在山东大学的朋友不经意间向老舍谈起他雇佣过的一个车夫，买车又卖掉，三起三落，最后仍然受穷。另一个车夫被军队抓了去，却不想转祸为福，他趁军队转移偷偷牵了三匹骆驼逃走了。老舍受此启发，开始创作《骆驼祥子》。1936年春夏，老舍搜集了大量的素材，此时山东大学闹学潮，老舍辞去教职专心创作《骆驼祥子》。作品最初在《宇宙风》杂志(1936年9月～1937

年10月)连载,1939年由上海人间书屋出版单行本,1955年由于时代原因,老舍做了较大修改后出版,1982年才恢复初版本,编入《老舍文集》。老舍认为《骆驼祥子》是他自己最满意的作品。中国现代文学史上,许多作家都描写过人力车夫,但多从知识分子的角度以俯视的姿态表达对他们的同情,老舍出生于贫苦市民家庭,从小与下层民众接触,对于他们的生存状态和心理有着比较深入的了解,能够深入到他们内心和灵魂深处去体味他们的喜怒哀乐。

《骆驼祥子》以多重意义的悲剧,深切地反映了20世纪20年代前后中国社会军阀混战、民不聊生的境况,突出描写了旧中国城市下层劳动者痛苦的血泪生活和艰难的心路历程。《骆驼祥子》不单是人力车夫企图用个人奋斗解放自我的悲剧,还是劳苦大众没有出路的悲剧,更是中国社会、民族困境重重的悲剧。

老舍以现实主义笔法,用饱含同情的笔触描绘了一曲普通劳动者的悲歌,《骆驼祥子》的主要艺术成就在于典型人物的成功塑造,祥子、虎妞、小福子等都是动人的艺术形象。祥子是一个社会地位低下的城市底层劳动者的典型形象,他是一个破产的青年农民,外号"骆驼",他淳朴善良、勤劳壮实,有着骆驼一般吃苦耐劳、坚韧不屈的品质,他选择拉车这一行当,怀着发家的梦想,渴望在城市里创建新的生活。他努力拉车,把买上自己的车作为生活目标,这是他的"志愿,希望,甚至是宗教"。经过三年奋斗,祥子买上了车,可是半年后就被抢了,重新攒钱,却又被人勒索了去,再买车却遇困境而不得不卖掉,一次又一次因这社会的黑暗而陷入困顿,最终祥子从充满希望,到痛苦挣扎,最后精神崩溃走向堕落,祥子的命运正是这旧中国贫苦市民的典型命运。旧社会是吃人的社会,处于社会底层的普通市民再努力也无法实现愿望,生存权利的被剥夺是下层劳动者无法逃避的历史命运。同时,祥子的悲剧也是有其内在原因的,作为城市底层劳动者,祥子的生活理想、行为方式和价值观念都带有中国传统的个体劳动者的思想印记,他的脱离现实的盲目自信和软弱性格让他无法掌握自己的命运,最终向命运屈服而苟且堕落。

小福子,是一个善良可悲的弱女子,她逆来顺受,被侮辱和损坏却毫不反抗,是中国传统女性的典型形象,她虽对祥子有情有义,然而他们走不到一起。她受到虎妞侮辱却毫不计较,后被酗酒成性的父亲卖入妓院,最后自尽而亡,小福子是祥子最后的牵挂,小福子的死促成了祥子的最后堕落。小福子的一生是北京大杂院许多女孩的缩影,倾注了作家深深的同情。小福子的悲剧也是祥子悲剧的延伸与补充。

不同于小福子,虎妞的塑造是对中国传统女性形象的突破。虎妞有着双重的身份,她是剥削者的女儿与被剥削者的妻子,是剥削者,也是黑暗社会封建思想下的牺牲品。虎妞是车厂老板刘四爷的女儿,相貌丑陋,富于心计,却是个办事的好手,她身处封建家庭,是父亲赚取钱财的好帮手,直到三十七八岁也未婚嫁,对爱情的渴望被长期压抑着,身受封建家庭损害,心理因此而变态。她喜欢上了憨厚纯朴的祥子,并主动出击,以虎妞式的、近乎粗野的爱诱惑祥子和自己结婚,为此不惜与父亲断绝关系,勇敢维护个人的自由和爱情,把握住了自己的命运。同时,虎妞身上有着浓重的剥削阶级色彩,她好吃懒做,有着很多恶习,在与祥子的关系中,她处处居于支配地位,不容半点出入,她让祥子买车,企图过上剥削者的生活,与力图自食其力的祥子在思想上有着很大的分歧,她对祥子的爱是畸形的性的纠缠和索取,对祥子造成了身心的双重摧残。然而虎妞不久死于难产,她的一生备受不合理社会和封建家庭的压迫,她又造成了祥子的悲剧,她是祥子进取路上的阻力,是祥子走向堕落的外在原因。

《骆驼祥子》之所以能成为中国现代文学史上的经典之作,除了深刻的思想内涵,丰富的人物形象,还在于小说艺术手法的独特性。首先,《骆驼祥子》结构严谨,以人物为中心,围绕祥子的命运展开情节,以祥子买车、卖车的"三起三落"组织材料,结构单纯、明晰。其次,小说在行文中大量使用北京口语和方言,描写了北京的风土人情,展现了一幅幅北京社会的民俗画。老舍避用文绉绉的词汇,从生活中提炼了北京口语,形成了独具北京特色又便于反映现代生活的"京味"语言,平易俗白,不假雕饰,朗朗上口,准确、传神地传达出下层市民的言谈心理。

"五四"后的中国新文学多取材于知识分子和农民,老舍以城市贫民为描摹对象的小说扩展了新文学的题材和表现范围。《骆驼祥子》从内容到形式都雅俗共赏,较早突破了新文学只在知识青年间流传的小圈子,受到广泛喜爱,是 20 世纪 30 年代中国长篇小说艺术的高峰,是中国现代文学史上经典的长篇小说杰作。

参考文献

[1]王本朝编著:《老舍研究》,重庆大学出版社 2013 年版。

[2]朱栋霖、丁帆、朱晓进:《中国现代文学史》,高等教育出版社 1999 版。

延伸阅读文本链接

1. 老舍:《四世同堂》,人民文学出版社 1998 年版。
2. 老舍:《茶馆》,天津人民出版社 2005 年版。

边城(节选)

沈从文

由四川过湖南去,靠东有一条官路。这官路将近湘西边境到了一个地方名为“茶峒”的小山城时,有一小溪,溪边有座白色小塔,塔下住了一户单独的人家。这人家只一个老人,一个女孩子,一只黄狗。

小溪流下去,绕山岨流,约三里便汇入茶峒的大河。人若过溪越小山走去,则只一里路就到了茶峒城边。溪流如弓背,山路如弓弦,故远近有了小小差异。小溪宽约廿丈,河床为大片石头作成。静静的河水即或深到一篙不能落底,却依然清澈透明,河中游鱼来去皆可以计数。小溪既为川湘来往孔道,限于财力不能搭桥,就安排了一只方头渡船。这渡船一次连人带马,约可以载二十位搭客过河,人数多时则反复来去。渡船头竖了一枝小小竹竿,挂着一个可以活动的铁环,溪岸两端水面横牵了一段废缆,有人过渡时,把铁环挂在废缆上,船上人就引手攀缘那条缆索,慢慢的牵船过对岸去。船将拢岸时,管理这渡船的,一面口中嚷着“慢点慢点”,自己霍的跃上了岸,拉着铁环,于是人货牛马全上了岸,翻过小山不见了。渡头为公家所有,故过渡人不必出钱。有人心中不安,抓了一把钱掷到船板上时,管渡船的必为一一拾起,依然塞到那人手心里去,俨然吵嘴时的认真神气:“我有了口粮,三斗米,七百钱,够了。谁要这个!”

但不成,凡事求个心安理得,出气力不受酬谁好意思,不管如何还是有人要把钱的。管船人却情不过,也为了心安起见,便把这些钱托人到茶峒去买茶叶和草烟,将茶峒出产的上等草烟,一扎一扎挂在自己腰带边,过渡的谁需要这东西必慷慨奉赠。有时从神气上估计那远路人对于身边草烟引起了相当的注意时,这弄渡船的便把一小束草烟扎到那人包袱上去,一面说:“大哥,不吸这个吗?这好的,这妙的,味道蛮好,送人也合适!”茶叶则在六月里放进大缸里去,用开水泡好,给过路人随意解渴。

管理这渡船的,就是住在塔下的那个老人。活了七十年,从二十岁起便守在这小溪边,五十年来不知把船来去渡了若干人。年纪虽那么老了,骨头硬硬的,本来应当休息了,但天不许他休息,他仿佛便不能够同这一份生活离开。他从不思索自己的职务对于本人的意义,只是静静的很忠实的在那里活下去。代替了天,使他在日头升起时,感到生活的力量,当日头落下时,又不至于思量与日头同时死去的,是那个伴在他身旁的女孩子。他唯一的朋友是一只渡船和一只黄狗,唯一的亲人便只那个女孩子。

女孩子的母亲,老船夫的独生女,十五年前同一个茶峒军人唱歌相熟后,很秘密的背着那忠厚爸爸发生了暧昧关系。有了小孩子后,这屯戍兵士便想约了她一同向下游逃去。但从逃走的行为上看来,一个违悖了军人的责任,一个却必得离开孤独的父亲。

经过一番考虑后,屯戍兵见她无远走勇气,自己也不便毁去作军人的名誉,就心想:一同去生既无法聚首,一同去死应当无人可以阻拦,首先服了毒。女的却关心腹中的一块肉,不忍心,拿不出主张。事情业已为作渡船夫的父亲知道,父亲却不加上一个有分量的字眼儿,只作为并不听到过这事情一样,仍然把日子很平静的过下去。女儿一面怀了羞惭,一面却怀了怜悯,依旧守在父亲身边。待到腹中小孩生下后,却到溪边故意吃了许多冷水死去了。在一种奇迹中,这遗孤居然已长大成人,一转眼间便十三岁了。为了住处两山多篁竹,翠色逼人而来,老船夫随便给这个可怜的孤雏拾取了一个近身的名字,叫作"翠翠"。

翠翠在风日里长养着,故把皮肤变得黑黑的,触目为青山绿水,故眸子清明如水晶。自然既长养她且教育她,为人天真活泼,处处俨然如一只小兽物。人又那么乖,如山头黄麂一样,从不想到残忍事情,从不发愁,从不动气。平时在渡船上遇陌生人对她有所注意时,便把光光的眼睛瞅着那陌生人,作成随时皆可举步逃入深山的神气,但明白了人无机心后,就又从从容容的在水边玩耍了。

老船夫不论晴雨,必守在船头。有人过渡时,便略弯着腰,两手缘引了竹缆,把船横渡过小溪。有时疲倦了,躺在临溪大石上睡着了,人在隔岸招手喊过渡,翠翠不让祖父起身,就跳下船去,很敏捷的替祖父把路人渡过溪,一切皆溜刷在行,从不误事。有时又与祖父、黄狗一同在船上,过渡时与祖父一同动手牵缆索。船将近岸边,祖父正向客人招呼"慢点,慢点"时,那只黄狗便口衔绳子,最先一跃而上,且俨然懂得如何方为尽职似的,把船绳紧衔着拖船拢岸。

风日清和的天气,无人过渡,镇日长闲,祖父同翠翠便坐在门前大岩石上晒太阳。或把一段木头从高处向水中抛去,嗾使身边黄狗从岩石高处跃下,把木头衔回来。或翠翠与黄狗皆张着耳朵,听祖父说些城中多年以前的战争故事。或祖父同翠翠两人,各把小竹作成的竖笛,逗在嘴边吹着迎亲送女的曲子。过渡人来了,老船夫放下了竹管,独自跟到船边去,横溪渡人,在岩上的一个,见船开动时,于是锐声喊着:

"爷爷,爷爷,你听我吹——你唱!"

爷爷到溪中央便很快乐的唱起来,哑哑的声音同竹管声,振荡在寂静空气里,溪中仿佛也热闹了些。实则歌声的来复,反而使一切更寂静。

有时过渡的是从川东过茶峒的小牛,是羊群,是新娘子的花轿,翠翠必争着作渡船夫,站在船头,懒懒的攀引缆索,让船缓缓的过去。牛羊花轿上岸后,翠翠必跟着走,送队伍上山,站到小山头,目送这些东西走去很远了,方回转船上,把船牵靠近家的岸边。且独自低低的学小羊叫着,学母牛叫着,或采一把野花缚在头上,独自装扮新娘子。

茶峒山城只隔渡头一里路,买油买盐时,逢年过节祖父得喝一杯酒时,祖父不上城,黄狗就伴同翠翠入城里去备办东西。到了卖杂货的铺子里,有大把的粉条,大缸的白糖,有炮仗,有红蜡烛,莫不给翠翠一种很深的印象,回到祖父身边,总把这些东西说个半天。那里河边还有许多船,比起渡船来全大得多,有趣味得多,翠翠也不容易忘记。

茶峒地方凭水依山筑城，近山一面，城墙俨然如一条长蛇，缘山爬去。临水一面则在城外河边留出余地设码头，湾泊小小篷船。船下行时运桐油、青盐、染色的五倍子。上行则运棉花、棉纱，以及布匹、杂货同海味。贯串各个码头有一条河街，人家房子多一半着陆，一半在水，因为余地有限，那些房子莫不设有吊脚楼。河中涨了春水，到水脚逐渐进街后，河街上人家，便各用长长的梯子，一端搭在自家屋檐口，一端搭在城墙上，人人争骂着嚷着，带了包袱、铺盖、米缸，从梯子上进城里去，等待水退时，方又从城门口出城。某一年水若来得特别猛一些，沿河吊脚楼，必有一处两处为大水冲去，大家皆在城上头呆望，受损失的也同样呆望着，对于所受的损失仿佛无话可说，与在自然安排下，眼见其他无可挽救的不幸来时相似。涨水时在城上还可望着骤然展宽的河面，流水浩浩荡荡，随同山水从上流浮沉而来的有房子、牛、羊、大树。于是在水势较缓处，税关趸船前面，便常常有人驾了小舢舨，一见河心浮沉而来的是一匹牲畜、一段小木或一只空船，船上有一个妇人或一个小孩哭喊的声音，便急急的把船桨去，在下游一些迎着了那个目的物，把它用长绳系定，再向岸边桨去。这些诚实勇敢的人，也爱利，也仗义，同一般当地人相似。不拘救人救物，却同样在一种愉快冒险行为中，做得十分敏捷勇敢，使人见及不能不为之喝彩。

那条河水便是历史上知名的酉水，新名字叫作白河。白河下游到辰州与沅水汇流后，便略显浑浊，有出山泉水的意思。若溯流而上，则三丈五丈的深潭可清澈见底。深潭中为白日所映照，河底小小白石子、有花纹的玛瑙石子，全看得明明白白。水中游鱼来去，全如浮在空气里，两岸多高山，山中多可以造纸的细竹，长年作深翠颜色，逼人眼目。近水人家多在桃杏花里，春天时只须注意，凡有桃花处必有人家，凡有人家处必可沽酒。夏天则晒晾在日光下耀目的紫花布衣裤，可以作为人家所在的旗帜。秋冬来时，酉水中游如王村、汾岔、保靖、里耶和许多无名山村，人家房屋在悬崖上的、滨水的，无不朗然入目。黄泥的墙，乌黑的瓦，位置却永远那么妥帖，且与四周环境极其调和，使人迎面得到的印象，实在非常愉快。一个对于诗歌、图画稍有兴味的旅客，在这小河中，蜷伏于一只小船上，作三十天的旅行，必不至于感到厌烦。正因为处处若有奇迹可以发现，人的劳动的成果，自然的大胆处与精巧处，无一地无一时不使人神往倾心。

白河的源流，从四川边境而来，从白河上行的小船，春水发时可以直达川属的秀山。但属于湖南境界的，茶峒算是最后一个水码头。这条河水的河面，在茶峒时虽宽约半里，当秋冬之际水落时，河床流水处还不到二十丈，其余只是一滩青石。小船到此后，既无从上行，因此凡是川东的进出口货物，得从这地方落水起岸。出口货物俱由脚夫用桑木扁担压在肩膊上挑抬而来，入口货物也莫不从这地方成束成担的用人力搬去。

这地方城中只驻扎一营由昔年绿营屯丁改编而成的戍兵，及五百家左右的住户。（这些住户中，除了一部分拥有一些山田同油坊，或放账屯油、屯米、屯棉纱的小资本家外，其余多数是当年屯戍来此有军籍的人家。）地方还有个厘金局，办事机关在城外河街下面小庙里，经常挂着一面长长的幡信。局长则长住城中。一营兵士驻扎老参将衙门,除了号兵每天上城吹号玩,使人知道这里还驻有军队以外,其余兵士仿佛并不存在。冬天的白日里,到城里去,便只见各处人家门前各晾晒有衣服同青菜;红薯多带藤悬挂在屋檐下;用棕衣作成的口袋,装满了栗子、榛子和其他硬壳果,也多悬挂在檐口下。屋角隅各处有大小鸡叫着玩着。间或有什么男子,占据在自己屋前门限上锯木,或用斧头劈树,劈好的柴堆到敞坪里去如一座一座宝塔。又或可以见到几个中年妇人,穿了浆洗得极硬的蓝布衣裳,胸前挂有白布扣花围裙,躬着腰在日光下一面说话一面作事。一切总永远那么静寂,所有的人每个日子都在这种不可形容的单纯寂寞里过去。一分安静增加了人对于"人事"的思索力,增加了梦,在这小城中生活的,各人自然也一定各在分定一份日子里,怀了对于人事爱憎必然的期待。但这些人想些什么?谁知道。住在城中较高处,门前一站便可以眺望对河以及河中的景致,船来时,远远的就从对河滩上看着无数纤夫,那些纤夫也有从下游地方,带了细点心、洋糖之类,拢岸时却拿进城中来换钱的。船来时,小孩子的想象,应当在那些拉船人一方面。大人呢,孵一窠小鸡,养两只猪,托下行船夫打副金耳环,带两丈官青布,或一坛好酱油,一个双料的美孚灯罩回来,便占去了大部分作主妇的心了。

这小城里虽那么安静和平,但地方既为川东商业交易接头处,因此城外小小河街,情形却不同了一点。也有商人落脚的客店,坐镇不动的理发馆。此外饭店、杂货铺、油行、盐栈、花衣庄,莫不各有一种地位,装点这条小河街。还有卖船上檀木活车竹缆与锅罐铺子,介绍水手职业吃码头饭的人家。小饭店门前长案上常有煎得焦黄的鲤鱼豆腐,身上装饰了红辣椒丝,卧在浅口钵头里,钵旁大竹筒中插着大把朱红筷子,不拘谁个愿意花点钱,这人就可以傍了门前长案坐下来,抽出一双筷子捏到手上,那边一个眉毛扯得极细、脸上擦了白粉的妇人就走过来问:"大哥,副爷,要甜酒?要烧酒?"男子火焰高一点的,谐趣的,对内掌柜有点意思的,必故意装成生气似的说:"吃甜酒?又不是小孩子,还问人吃甜酒"那么,酽冽的烧酒,从大瓮里用木滤子舀出,倒进土碗里,即刻就来到身边案桌上了。这烧酒自然是浓而且香的,能醉倒一个汉子的,所以照例也不会多吃。杂货铺卖美孚油及点美孚油的洋灯与香烛、纸张。油行屯桐油。盐栈堆四川火井出的青盐。花衣庄则有白棉纱、大布、棉花,以及包头的黑绉绸出卖。卖船上用物的,百物罗列,无所不备,且间或有重到百斤的铁锚,搁在门外路旁,等候主顾问价的。专以介绍水手为事业,吃水码头饭的,在河街的家中,终日大门必敞开着,常有穿青羽缎马褂的船主与毛手毛脚的水手进出,地方像茶馆却不卖茶,不是烟馆又可以抽烟。来到这里的,虽说所谈的是船上生意经,然而船只的上下,划船拉纤人大都有个一定规矩,不必作数目上的讨论。他们来到这里大多数倒是在"联欢"。以"龙头管事"作中心,谈论点本地时事,两省商务上情形,以及下游的"新闻"。邀会的,集款时大多数都在此地;扒骰子看点数多少轮作会首时,也常常在此举行。真真成为他们生意经的,有两件事:买卖船只,买卖媳妇。

大都市随了商务发达而产生的某种寄食者,因为商人的需要,水手的需要,这小小边城的河街,也居然有那么一群人,聚集在一些有吊脚楼的人家。这种小妇人不是从附近乡下弄来，便是随同川军来湘流落后的妇人，穿了假洋绸的衣服，印花标布的裤子，把眉毛扯得成一条细线，大大的发髻上敷了香味极浓俗的油类，白日里无事，就坐在门口小凳子上做鞋子，在鞋尖上用红绿丝线挑绣双凤，或为情人水手做绣花抱肚，一面看过往行人，消磨长日。或靠在临河窗口上看水手起货，听水手爬桅子唱歌。到了晚间，却轮流的接待商人同水手，切切实实尽一个妓女应尽的义务。

由于边地的风俗淳朴，便是作妓女，也永远那么浑厚，遇不相熟的主顾，做生意时得先交钱，数目弄清楚后，再关门撒野。人既相熟后，钱便在可有可无之间了。妓女多靠四川商人维持生活，但恩情所结，却多在水手方面。感情好的，别离时互相咬着嘴唇咬着颈脖发了誓，约好了"分手后各人不许胡闹"；四十天或五十天，在船上浮着的那一个，同在岸上蹲着的这一个，便各在分上呆着打发这一堆日子，尽把自己的心紧紧缚定远远的一个人。尤其是妇人，情感真挚痴到无可形容，男子过了约定时间不回来，做梦时，就总常常梦船拢了岸，那一个人摇摇荡荡的从船跳板到了岸上，直向身边跑来。或日中有了疑心，则梦里必见那个男人在桅上向另一方面唱歌，却不理会自己。性格弱一点儿的，接着就在梦里投河、吞鸦片烟；性格强一点儿的，便手执菜刀，直向那水手奔去。他们生活虽那么同一般社会疏远，但是眼泪与欢乐，在一种爱憎得失间，揉进了这些人生命里时，也便同另外一片土地另外一些年轻生命相似，全个身心为那点爱憎所浸透，见寒作热，忘了一切。若有多少不同处，不过是这些人更真切一点，也就更近于糊涂一点罢了。短期的包定，长期的嫁娶，一时间的关门，这些关于一个女人身体上的交易，由于民情的淳朴，身当其事的不觉得如何下流可耻，旁观者也就从不用读书人的观念，加以指摘与轻视。这些人既重义轻利，又能守信自约，即便是娼妓，也常常较之讲道德知羞耻的城市中绅士还更可信任。

掌水码头的名叫顺顺，一个前清时便在营伍中混过日子来的人物，辛亥革命时在著名的陆军四十九标做个什长。同样做什长的，有因革命成了伟人名人的，有杀头碎尸的，他却带着少年喜事得来的脚疯痛，回到了家乡，把所积蓄的一点钱，买了一条六桨白木船，租给一个穷船主，代人装货在茶峒与辰州之间来往。气运好，两年之内船不坏事，于是他从所赚的钱上，又讨了一个略有产业的白脸黑发小寡妇。因此一来，数年后，在这条河上，他就有了大小四只船，一个妻子，两个儿子了。

［文章来源：《边城》，北岳文艺出版社 2002 年版］

文史知识地图

沈从文（1902—1988），苗族，原名沈岳焕，笔名休芸芸、甲辰、小兵等，中国现代作家，湖南凤凰县人。沈从文勤于写作，是位多产作家，著有短篇小说集三十多部，中长篇小说六部及大量散文，代表作有《边城》《长河》《从文自传》《湘西》《湘行散记》等。

沈从文出生于行伍之家，身上流淌着汉、苗、土家等民族的血液，祖父为曾国藩湘军的部属，官至贵州提督。父亲为军人，母亲是世家女，从小认字读书，对沈从文影响颇深。沈从文六岁入私塾，念的是《幼学琼林》《孟子》《论语》《诗经》，1915 年入新式小学，不管是私塾还是小学，都不能束缚沈从文的自然天性，他倾心于大自然里的一切快乐之事，爬树、钓鱼、挖笋、划船……他肯定人类与自然力量之间是一种和谐关系。1917 年小学毕业后，沈从文投身行伍，在湘川黔鄂边境及沅水流域当过卫兵、班长、司书，随部队在沅水流域各地驻扎，历时六年，结交了三教九流的人物：军官、土匪、私娼……目睹了流血的痛苦、乡民的惨状，感受了厮杀的残暴，这段经历对沈从文的文学创作意义重大，这些所见所闻所历化作他绵绵不绝的创作源泉，更增进了他对世事的洞见与把握。

1922 年，在报馆当校对的沈从文接触到《新潮》《创造》等刊物传递出的新思想与新文化，深受触动，只身奔赴北京。求学不成，一边在北京大学旁听，一边在"窄而霉小斋"学习写作，过着艰苦寂寞的日子。1924 年底开始，沈从文的作品陆续发表在《晨报副刊》《京报・民众文艺》《现代评论》等刊物上，并结识郁达夫、徐志摩等人。1925 年发表第一篇小说《福生》，1926 年出版第一本诗文合集《鸭子》，1927 年出版小说集《蜜柑》，其早期小说多写湘西风物，寄托乡思，把"生命所走过的痕迹写到纸上"，显得稚嫩、浅露，有理想化的倾向。1928 年，沈从文和丁玲、胡也频在上海筹办出版社、合编《红黑》杂志，后因资金短缺作罢。1928 至 1929 年间，沈从文创作了《龙朱》《神巫之爱》等小说，作品发表在上海各大刊物上，并出版了《山鬼》《长夏》等小说集。1929 年 8 月，沈从文赴胡适任校长的上海中国公学任教，结识张兆和。1930 年，胡适离开中国公学，沈从文旋即也离开，赴国立武汉大学任教，后应杨振声邀请前往山东，任教青岛大学中国文学系。教学之余，沈从文常常独自深思自己近十年的都市经历，感到沉重，并坚定了他"乡下人"的自我体认。期间，沈从文的创作进入了高峰期，创作了《月下小景》《八骏图》《从文自传》，艺术上日臻成熟。

1933 年，沈从文再度来到北京并在此长居，接编《大公报・文艺副刊》，并主持《大公报》文艺奖，这为沈从文的文学道路助了一臂之力，沈从文在中国文坛的地位迅速上升，他一面编辑刊物，一面投身创作，还尽力扶植青年作者。1934 年 1 月，沈从文时隔十余年再回湘西故地重游，这次游历，面对改变了颇多、离正直朴素的人情美越来越远的故乡风物，作家感触颇深，之后创作了著名的弥漫着浓重的乡土悲悯感的《边城》和《湘行散记》，成为京派的代表作家。抗战爆发后，沈从文南下西南联大任教，期间修改了大量旧作。1937 年冬，沈从文再赴湘西，历时四个多月，之后创作了《长河(第一卷)》(1938 年)和《湘西》。

抗战胜利后，沈从文任北京大学教授，并主编《大公报》《益世报》文学副刊。沈从文是一位坚持独立性的作家，一生未参加任何社团、流派，坚持独立创作，坚守文学的独立性，因为他不愿意忍受任何拘束，认为文学方面的自由正如职业选择的自由一样，每一个作家，都可以走他自以为正当的途径。然而，沈从文却因受到左翼文化界的激烈批判，不得不终止了文学创作，工作重心开始转移到文物研究。1949 年以后，沈从文在中国历史博物馆和中国社会科学院历史研究所工作，潜心从事中国古代史和古代服饰研究，出版了《中国古代服饰研究》等论著。1988 年 5 月在北京病逝，享年 86 岁。

分析与鉴赏导引

边城湘西，有着纯净的自然风光，湘西人有着明净的心灵世界。这里所选的是《边城》的开篇部分，主要描写了老船夫和翠翠日常生活的片段，表现了边城秀美的自然风光、朴素的人性人情。沈从文笔下的湘西普通人，他们淳朴、善良，勇敢、正直，人与人之间真诚相待，没有功利，一切在自然中生发，一切在自然中消融，《边城》所要着力刻画的湘西纯净的人生形式在所选部分已表现得淋漓尽致。

《边城》是牧歌式小说的代表，也是沈从文最负盛名的代表作，写于 1933 年至 1934 年初，分 11 次发表于《国闻周报》第 11 卷，1934 年 10 月由上海生活书店初版，1943 年 9 月开明书店出版改订本。小说主要讲述了地处湘川黔三省交界处的边城茶峒，风光秀丽，民风淳朴，翠翠和祖父相依为命，老人年到古稀依旧操持着摆渡船，女孩善良单纯正值情窦初开。端午节赛龙舟，翠翠与祖父走散，幸得傩送相助，两人情愫暗生，与此同时，傩送的哥哥天保也爱上了翠翠并托人说媒，而傩送又被王团总视为乘龙快婿，欲以碾坊为嫁妆。傩送舍碾坊而选渡船，与哥哥相约高歌让翠翠作选择，天保深知弟弟歌声优美，也为成全弟弟而外出闯滩，却不幸遇难。傩送悲痛欲绝选择离开，老祖父自责忧心而离世，独留翠翠在青山绿水间等候着不可知的将来。在青山绿水间，淳朴人性散发着无穷魅力，日常小事如摆渡、看龙舟、送葬等被作者描绘得如梦似幻，然而面对偶然与误会带来的不幸和无奈，无从争辩的人们，只能用静守和淡泊来消融忧愁，傩送选择出走，翠翠选择等候。《边城》着眼于普通人的命运变迁，描绘了一幅山高水长的秀丽图景，谱写了一曲悠扬美妙的抒情歌谣，展现了未经现代文明浸染的内地边城遗留着的自然人生形式。

沈从文认为"美在生命"，他对生命极关心，对古老中国的美好遗存有着极为虔诚的信仰，他以饱含深情的笔墨，书写了翠翠不幸的爱情故事，透过小儿女掌握不了自身命运的悲剧故事，寄托了作家深深的隐痛，小说基调清新悠远，诗情隽永，同时又令人深思。沈从文谈及《边城》的创作动机，说他要表现的是"一种'人生的形式'，一种'优美、健康、自然，而又不悖乎人性的人生形式'……想借重桃源上行七百里路酉水流域一个小城小市中几个愚夫俗子，被一件人事牵连在一处时，各人应有的一分哀乐，为人类'爱'字作一度恰如其分的说明"。作家有感于现实中物欲横流的庸俗、腐化，借助小说《边城》，在免受现代意识浸淫的湘西一角，在落后甚至原始的生存方式下，挖掘出遗留的美德、接近原始自然的风土人情，展现出湘西人朴素然而强大的生命力量。沈从文希望这样的作品给人"真善美感觉之外，还有一种引人'向善'的力量……从作品中接触另外一种人生，从这种人生景象中有所启发，对人生或生命能作更深一层的理解"。

夏志清在《中国现代小说史》中论述沈从文的创作目标时认为,沈从文强调“人类得跟神和自然保持着一种协调和谐的关系。只有这样才可以使我们保全做人的原始和骄傲,不流于贪婪与奸诈”。沈从文总以“乡下人”自居,他在《习题》中写道:“我实在是个乡下人,说乡下人我毫无骄傲,也不在自贬,乡下人照例有根深蒂固永远是乡巴佬的性情,爱憎和哀乐自有它独特的式样,与城市中人截然不同!他保守,顽固,爱土地,也不缺少机警,却不甚懂诡诈。”此种意识的背后隐藏着作家在城市中感到的深深压抑,对各种新兴主义的反思,从而引发对乡土更深切的怀恋,而这种怀恋又实则高于故土,是融合了对故土、生命、传统、自然在内的一种内在追索,一种诗性想象,源自作家对自我生命的追问。沈从文声称自己创作的神庙里“供奉的是‘人性’”,《边城》尽力表现着“于历史似乎毫无关系”的人性之常,讴歌美好的人性,抨击现代都市中异化的人性,而这也是沈从文诸多小说的主旨所在。

正是基于这样一种基本的认知,沈从文的小说创作主要由两类题材构成,一类是写都市日常生活,一类是写乡村自然人性,于前者,沈从文主要描摹城市中的知识阶层,他常自称“乡下人”,以此反观都市的病态,写就了《绅士的太太》《大小阮》(1937年)、《八骏图》《都市一妇人》等,描绘都市生活的腐化与道德沦丧的种种影像,嘲讽了戴上现代文明镣铐的都市人性。与此相对,沈从文构筑了完整的文学湘西世界,这一世界在与都市社会的对立中表现得尤为超然纯净,湘西人生活原始、生命自然、人性朴素,这是“一个原始氏族遗风与封建宗法关系并存的湘西社会,又是一个古老传统正在急剧损蚀、崩溃的湘西社会”。《龙朱》《雨后》赞美了原始粗犷的生命活力,《边城》《虎雏》诗意展现了湘西古老的习俗和朴素的民风,《月下小景》《媚金,豹子与那羊》再现了神秘的古老传说,《萧萧》《贵生》展现了湘西人在封建宗法制度下的悲惨命运……而《边城》则是沈从文努力构筑的湘西世界之基石。沈从文的创作题材宽广,表现含蓄,意蕴深沉,富有诗意地表现着湘西社会的方方面面,关注着湘西土著们在现代化进程中不断变化着的生存方式、历史命运。

《边城》是“中国现代文学牧歌传统中的顶峰之作,它巩固、发展和深化了乡土抒情模式”,它融纪实、写景、象征为一体,追求诗意效果,总体呈现朴实单纯的浪漫主义倾向。描摹湘西特有的风俗、人情,凸显湘西特有的地方色彩,是沈从文小说的另一个重要特点。《边城》结构紧凑,语言精练、优美,沈从文长于写景,《边城》的景物描写不仅令人身临其境,而且正是这种山川风物熏染了身处其中的人物性格的养成,他们尊重自然生命,人与人之间互助友爱,不为功利所动,他们是一系列令人难忘的人物,天保和傩送勇敢、热情又真实、坦诚;翠翠质朴纯真却外柔内刚;老船夫勤劳朴实,为孙女殚精竭虑;船总顺顺爽朗热情、刚正不阿……

朱光潜认为理想的文学应该是“一个国家民族的完整生命的表现”,作为京派同人,沈从文的《边城》实实在在谱写了一曲田园牧歌,创造了一幅内陆中国、远离时代漩涡带有中古遗风的世态图景,奏响了一曲理想主义的生命之歌。

参考文献

[1]刘洪涛:《〈边城〉:牧歌与中国形象》,《文学评论》2002 年第 1 期。
[2]杨义:《中国现代小说史》,人民文学出版社 2005 年版。
[3]凌宇:《沈从文传》,东方出版社 2009 年版。
[4]严家炎:《中国现代小说流派史》,人民文学出版社 1989 年版。
[5]夏志清:《中国现代小说史》,复旦大学出版社 2005 年版。

延伸阅读文本链接

1. 沈从文:《湘行散记》,长江文艺出版社 2012 年版。
2. 沈从文:《从文自传》,北京十月文艺出版社 2013 年版。
3. 沈从文:《长河》,江苏人民出版社 2014 年版。

雷雨(第四幕)(节选)

曹 禺

[三人——萍,四凤,鲁妈——走到饭厅门口,饭厅门开。蘩漪走出,三人俱惊视。]

四 凤 (失声)太太!

蘩 漪 (沉稳地)咦,你们到哪儿去?外面还打着雷呢!

周 萍 (向蘩漪)怎么你一个人在外面偷听!

蘩 漪 嗯,不只我,还有人呢。(向饭厅上)出来呀,你!

[冲由饭厅上,畏缩地。]

四 凤 (惊愕)二少爷!

周 冲 (不安地)四凤!

周 萍 (不高兴,向弟)弟弟,你怎么这样不懂事?

周 冲 (莫明其妙地)妈叫我来的,我不知道你们这是干什么。

蘩 漪 (冷冷地)现在你就明白了。

周 萍 (焦躁,向蘩漪)你这是干什么?

蘩 漪 (嘲弄地)我叫你弟弟来给你们送行。

周 萍 (气愤)你真卑——

周 冲 哥哥!

周 萍 弟弟,我对不起!——(突向蘩漪)不过世界上没有像你这样的母亲!

周 冲 (迷惑地)妈,这是怎么回事?

蘩 漪 你看哪!(向四凤)四凤,你预备上哪儿去?

四 凤 (嗫嚅)我……我?……

周 萍 不要说一句瞎话。告诉他们,挺起胸来告诉他们,说我们预备一块儿走。

周 冲 (明白)什么,四凤,你预备跟他一块儿走?

四 凤 嗯,二少爷,我,我是——

周 冲 (半质问地)你为什么早不告诉我?

四 凤 我不是不告诉你;我跟你说过,叫你不要找我,因为我——我已经不是个好女人。

周 萍 (向四凤)不,你为什么说自己不好?你告诉他们!(指蘩漪)告诉他们,说你就要嫁我!

周 冲 (略惊)四凤,你——

蘩 漪 (向冲)现在你明白了。(冲低头)

周　萍　(突向蘩漪,刻毒地)你真没有一点心肝!你以为你的儿子会替——会破坏么?弟弟,你说,你现在有什么意思,你说,你预备对我怎么样?说,哥哥都会原谅你。

[周冲望蘩漪,又望四凤,自己低头。]

蘩　漪　冲儿,说呀!(半晌,急促)冲儿,你为什么不说话?你为什么不抓着四凤问?你为什么不抓着你哥哥说话呀?(又顿,众人俱看冲,冲不语。)冲儿你说呀,你怎么,你难道是个死人?哑巴?是个糊涂孩子?你难道见着自己心上喜欢的人叫人抢去,一点儿都不动气么?

周　冲　(抬头,羊羔似地)不,不,妈!(又望四凤,低头)只要四凤愿意,我没有一句话可说。

周　萍　(走到冲面前,拉着他的手)哦,我的好弟弟,我的明白弟弟!

周　冲　(疑惑地,思考地)不,不,我忽然发现……我觉得……我好像我并不是真爱四凤;(渺渺茫茫地)以前——我,我,我——大概是胡闹!

周　萍　(感激地)不过,弟弟——

周　冲　(望着萍热烈的神色,退缩地)不,你把她带走吧,只要你好好地待她!

蘩　漪　(整个消灭,失望)哦,你呀!(忽然,气愤,)你不是我的儿子;你不是我的儿子;你不像我,你——你简直是条死猪!

周　冲　(受侮地)妈!

周　萍　(惊)你是怎么回事?

蘩　漪　(昏乱地)你真没有点男子气,我要是你,我就打了她,烧了她,杀了她。你真是糊涂虫,没有一点生气的。你还是父亲养的,你父亲的小绵羊。我看错你了——你不是我的,你不是我的儿子。

周　萍　(不平地)你是冲弟弟的母亲么?你这样说话。

蘩　漪　(痛苦地)萍,你说,你说出来;我不怕,你告诉他,我现在已经不是他的母亲?

周　冲　(难过地)妈,您怎么?

蘩　漪　(丢弃了拘束)我叫他来的时候,我早已忘了我自己(向冲,半疯狂地)你不要以为我是你的母亲,(高声)你的母亲早死了,早叫你父亲压死了,闷死了。现在我不是你的母亲。她是见着周萍又活了的女人,(不顾一切地)她也是要一个男人真爱她,要真真活着的女人!

周　冲　(心痛地)哦,妈。

周　萍　(眼色向冲)她病了。(向蘩漪)你跟我上楼去吧!你大概是该歇一歇。

蘩　漪　胡说!我没有病,我没有病,我神经上没有一点病。你们不要以为我说胡话。(揩眼泪,哀痛地)我忍了多少年了,我在这个死地方,监狱似的周公馆,陪着一个阎王十八年了,我的心并没有死;你的父亲只叫我生了冲儿,然而我的心,我这个人还是我的。(指萍)就只有他才要了我整个的人,可是他现在不要我,又不要我了。

周　冲　(痛极)妈,我最爱的妈,您这是怎么回事?

周　萍　你先不要管她,她在发疯!

蘩　漪　(激烈地)不要学你的父亲。没有疯——我这是没有疯!我要你说,我要你告诉他们——这是我最后的一口气!

周　萍　(狼狈地)你叫我说什么?我看你上楼睡去吧。

蘩　漪　(冷笑)你不要装!你告诉他们,我并不是你的后母。

[大家俱惊,略顿。]

周　冲　(无可奈何地)妈!

蘩　漪　(不顾地)告诉他们,告诉四凤,告诉她!

四　凤　(忍不住)妈呀!(投入鲁妈怀。)

周　萍　(望着弟弟,转向蘩漪)你这是何苦!过去的事你何必说呢?叫弟弟一生不快活。

蘩　漪　(失了母性,喊着)我没有孩子,我没有丈夫,我没有家,我什么都没有,我只要你说:我——我是你的。

周　萍　(苦恼)哦,弟弟!你看弟弟可怜的样子,你要是有一点母亲的心——

蘩　漪　(报复地)你现在也学会你的父亲了,你这虚伪的东西,你记着,是你才欺骗了你的弟弟,是你欺骗我,是你才欺骗了你的父亲!

周　萍　(愤怒)你胡说,我没有,我没有欺骗他!父亲是个好人,父亲一生是有道德的,(蘩漪冷笑。)——(向四凤)不要理她,她疯了,我们走吧。

蘩　漪　不用走,大门锁了。你父亲就下来,我派人叫他来的。

鲁侍萍　哦,太太!

周　萍　你这是干什么?

蘩　漪　(冷冷地)我要你父亲见见他将来的好儿媳妇再走。(喊)朴园,朴园!……

周　冲　妈,您不要!

周　萍　(走到蘩漪面前)疯子,你敢再喊!

[蘩漪跑到书房门口,喊。]

鲁侍萍　(慌)四凤,我们出去。

蘩　漪　不,他来了!

[朴园由书房进,大家俱不动,静寂若死。]

周朴园　(在门口)你叫什么?你还不上楼去睡?

蘩　漪　(倨傲地)我请你见见你的好亲戚。

周朴园　(见鲁妈,四凤在一起,惊)啊,你,你,——你们这是做什么?

蘩　漪　(拉四凤向朴园)这是你的儿媳妇,你见见。(指着朴园向四凤)叫他爸爸!(指着鲁妈向朴园)你也认识认识这位老太太。

鲁侍萍　太太！

蘩　漪　萍，过来！当着你父亲，过来，给这个妈叩头。

周　萍　（难堪）爸爸，我，我——

周朴园　（明白地）怎么——（向鲁妈）侍萍，你到底还是回来了。

蘩　漪　（惊）什么？

鲁侍萍　（慌）不，不，您弄错了。

周朴园　（悔恨地）侍萍，我想你也会回来的。

鲁侍萍　不，不！（低头）啊！天！

蘩　漪　（惊愕地）侍萍？什么，她是侍萍？

周朴园　嗯。（烦厌地）蘩，你不必再故意地问我，她就是萍儿的母亲，三十年前死了的。

蘩　漪　天哪！

［半晌。四凤苦闷地叫了一声，看着她的母亲，鲁妈苦痛地低着头。萍脑筋昏乱，迷惑地望着父亲同鲁妈。这时蘩漪渐渐移到周冲身边，现在她突然发现一个更悲惨的命运，逐渐地使她同情周萍，她觉出自己方才的疯狂，这使她很快地恢复原来平常母亲的情感。她不自主地愧恨地望着自己的冲儿。］

周朴园　（沉痛地）萍儿，你过来。你的生母并没有死，她还在世上。

周　萍　（半狂地）不是她！爸，您告诉我，不是她！

周朴园　（严厉地）混账！萍儿，不许胡说。她没有什么好身世，也是你的母亲。

周　萍　（痛苦万分）哦，爸！

周朴园　（尊严地）不要以为你跟四凤同母，觉得脸上不好看，你就忘了人伦天性。

四　凤　（向母）哦，妈！（痛苦地。）

周朴园　（沉痛地）萍儿，你原谅我。我一生就做错了这一件事。我万没有想到她今天还在，今天找到这儿。我想这只能说是天命。（向鲁妈叹口气）我老了，刚才我叫你走，我很后悔，我预备寄给你两万块钱。现在你既然来了，我想萍儿是个孝顺孩子，他会好好地侍奉你。我对不起你的地方，他会补上的。

周　萍　（向鲁妈）您——您是我的——

鲁侍萍　（不自主地）萍——（回头抽咽。）

周朴园　跪下，萍儿！不要以为自己是在做梦，这是你的生母。

四　凤　（昏乱地）妈，这不会是真的。

鲁侍萍　（不语，抽咽。）

蘩　漪　（笑向萍，悔恨地）萍，我，我万想不到是——是这样，萍——

周　萍　（怪笑，向朴园）父亲！（怪笑，向鲁妈）母亲！（看四凤，指她）你——

四　凤　（与周萍互视怪笑，忽然忍不住）啊，天！（由中门跑下，萍扑在沙发上，鲁妈死气沉沉地立着。）

［文章来源：《曹禺戏剧全集(1)》，人民文学出版社 2013 年版］

文史知识地图

曹禺(1910—1996),中国现代剧作家、戏剧教育家,代表作有《雷雨》《日出》《原野》《北京人》《家》等。

曹禺,原名万家宝,祖籍湖北潜江,1910 年 9 月 24 日出生在天津一个没落的封建官僚家庭,出生三天母亲因患产褥热去世,母亲的孪生妹妹成为继母,承担起抚养曹禺的重任。父亲早年留学日本,写得一手好诗文,然而性格软弱、官场失意、满腹牢骚,给家庭带来压抑的氛围,曹禺从小就感到苦闷,并对封建家庭产生厌恶。曹禺在家塾中学习了四书五经及《左传》《史记》等著作,上中学前,就读了《西游记》《红楼梦》《镜花缘》等众多古典小说,并从林纾用文言翻译的西洋小说中接触了西方文学,又常随继母进出各个戏院,观看各种戏曲,与戏剧结下了不解之缘。

1922 年 9 月,曹禺考入天津南开中学,1925 年加入南开新剧团和文学会,并与同学合办《玄背》周刊,1927 年又担任《南中周刊》编辑,之后又成为《南开双周》戏剧编辑,积极参与各种文学艺术活动。新剧团每逢节日都要演出新剧,18 岁的曹禺出演易卜生名剧《玩偶之家》的主角,是男扮女装的娜拉,这一精湛演出给曹禺带来了莫大的声誉。曹禺还先后出演过《国民公敌》(饰演女主角)、《织工》、《财狂》(《吝啬鬼》)等剧。这些戏剧活动令曹禺积累了丰富的舞台经验,对舞台演出及戏剧艺术有了进一步的认识。1930 年,曹禺转入清华大学西洋文学系。清华有着活跃的戏剧活动氛围,培养了曹禺对外国文学、戏剧的浓厚兴趣,他广泛阅读了从古希腊悲剧到奥尼尔,从莎士比亚到契诃夫等人的剧作,以及戏剧史和大量的戏剧理论,并写下大量读书笔记,还学习了英语、德语、俄语等好几门外语。

1933 年,曹禺开始创作以现代社会中的封建旧家庭为背景的剧作《雷雨》,历时五年终于创作完成。1934 年面世,次年被搬上舞台,年轻的剧作家开始驰名文坛。1935 年,曹禺创作了《日出》(四幕剧),描绘出都市社会中的人生世相:投机倒把的银行经理、过着寄生虫生活的女性、被压榨的城市小职员、潦倒的知识分子……他的剧作又一次轰动文坛,并获得《大公报》“文艺奖金”。1936 年,曹禺应邀任教国立戏剧专科学校(南京),培养了众多戏剧人才,同时还创作了《原野》(三幕剧),这是曹禺的又一力作。

抗战爆发后,曹禺随剧专师生从南京转赴重庆,后又转到四川江安,积极投入到抗日救亡工作中,写下《黑字二十八》(1938 年,与宋之的合编并参演)和《蜕变》(1940 年)等抗战剧,又相继创作了《北京人》(1940 年)、《家》(1942 年,由巴金同名小说改编)等,还翻译了莎士比亚的《柔蜜欧与幽丽叶》(1943 年)。1946 年,曹禺和老舍应邀赴美讲学,1947 年归国后,曹禺先后创作了电影剧本《艳阳天》、历史剧《胆剑篇》(1961 年,五幕剧,与梅阡、于是之合作)和《王昭君》(1978 年,五幕剧)等剧。

曹禺的戏剧创作推动了中国话剧创作的发展,标志着中国话剧艺术的日趋成熟,丰富了中国现代文学的样式。

分析与鉴赏导引

这里所选的是《雷雨》的第四幕的片段，是戏剧矛盾的最高潮，真相大白的一刻，悲剧完成的瞬间，深刻凸显了人物在悲剧命运驱使下的无奈与悲凉。曹禺用雷雨意象，烛照封建旧家庭的罪恶，同情女性的不幸遭遇，也以雷雨意象预示着暴风雨将要来临，以摧毁顽固不化的封建统治，给社会注入新生力量。

曹禺的艺术思维受易卜生戏剧和古希腊悲剧影响很深，《雷雨》吸收了古希腊悲剧关于命运巧合引发悲剧结果的灵感，以现代社会中的封建家庭关系为着力点，描述了由分属贫富两大阵营的鲁侍萍和周朴园繁衍而下的两个家庭之间的血缘纠葛和离奇命运，戏剧冲突紧张而激烈，人物因命运而起的无力感与悲哀感弥漫整个戏剧。同时，这一命运悲剧又深刻反映了严酷的人生世相及现实的社会内容，包含着爱情纠葛、阶级斗争、工人罢工……曹禺有意将《雷雨》写成一个悲剧，将人物命运的巧合展现出高度的戏剧化，表现“愈挣扎，愈深沉地陷落在死亡的泥沼里”的悲剧观念。《雷雨》常被称为是“家庭剧”，其实，除了反映由血缘结成的错综复杂的家庭关系外，剧作反映了深刻的社会矛盾斗争，是一部杰出的现实主义戏剧。

《雷雨》在巴金的关心下，于 1934 年 7 月发表在《文学季刊》第 1 卷第 3 期上。曹禺时年 23 岁，《雷雨》是他的第一部戏剧作品，也是中国现代话剧走向成熟的标志。《雷雨》的构思很早，曹禺 19 岁还在读中学时就产生了一些想法，到 1932 年，《雷雨》的故事架构基本成形，1933 年终于成功问世。曹禺写《雷雨》是一种情感的迫切需要，他在《雷雨・序》中谈到：“我并没有显明地意识着我是要匡正、讽刺或攻击些什么。也许写到末了，隐隐仿佛有一种情感的汹涌流来推动我，我在发泄着被抑压的愤懑，毁谤着中国的家庭和社会。然而在起首，我初次有了《雷雨》一个模糊的影像的时候，逗起我的兴趣的，只是一两段情节，几个人物，一种复杂而又原始的情绪。”

曹禺特别注重人物形象的塑造。蘩漪是曹禺最早想出的一个人物，也是曹禺塑造的一个典型形象，代表着受个性解放思想影响的妇女的抗议与挣扎。曹禺在《雷雨・序》中说：“我算不清我亲眼看见多少蘩漪（当然她们不是蘩漪，她们多半没有她的勇敢）。她们都在阴沟里讨着生活，却心偏偏天样高；热情原是一片浇不熄的火，而上帝偏偏罚她们枯干地生长在沙上。这类的女人许多有着美丽的心灵，因为不正常的发展和环境的窒息，她们变为乖戾，成为人所不能了解的、受着人的嫉恶、社会的压制，这样抑郁终身，呼吸不着一口自由的空气的女人，在我们这个现社会里不知有多少吧。”蘩漪有着鲜明的个性，她和周朴园年龄相差甚远，思想、性格更是天差地别，她受着周朴园的专横和压制，天天被迫喝药，让全家人都以为她得了疯病，这一切都使她痛苦万分，在高压氛围中，她爱上了继子周萍，敢爱敢恨、敢作敢当，勇敢地对抗着旧制度、旧道德，她复杂的心理呈现交织着感性与理性的交战，同时她又是软弱的，她遭受了双重悲剧，无力对抗旧制度，迫使她性格阴鸷，最终逃不出疯魔。她的性格和心理刻画得栩栩如生，这一人物形象的出现给陈旧的道德观念以猛烈抨击，表达了一个被压迫妇女的血泪控诉。

封建家长周朴园是家庭矛盾与悲剧的根源，也是《雷雨》着力表现的主要人物，他既有着重情义的一面，又冷酷、自私，是一个浸透着封建思想的资本家，自觉维护着封建秩序，创作只从侧面透露出他的心理矛盾和忏悔。对待蘩漪和其他人，周朴园则专制压迫，用不近人情的手段统治着封建家庭。其他人物，如周冲，是理想青年的形象，散发着作家倾注的浪漫主义情怀；鲁大海是抗争中的时代青年，代表着社会前进的一股新生力量；软弱、卑怯、矛盾的周萍是封建家庭的典型产物……可以说，《雷雨》的每个人物都倾注着作家深沉的思索。

《雷雨》是曹禺倾五年心力的杰作，戏剧结构颇为精巧，作家描述的是一个非常态的紧急事件，利用回溯式结构，将整个故事(前后 30 年)的矛盾触发点嵌在集中的时间段(一天)内，以周家和鲁家两个场景，在激烈并且交织的冲突中交代了 30 年间发生的事，完成了两个家庭的悲剧故事。此外，《雷雨》的戏剧语言极具“动作性”，又不乏抒情性，每个人物都有符合身份、性格的台词。

《雷雨》极富舞台魅力，自诞生以来，历演不衰，是戏剧舞台的常青树。

参考文献

[1]朱栋霖:《曹禺:心灵的艺术》，北京大学出版社 2010 年版。
[2]田本相:《曹禺剧作论》，广西师范大学出版社 2010 年版。
[3]田本相:《曹禺传》，东方出版社 2009 年版。

延伸阅读文本链接

1. 钱理群:《大小舞台之间——曹禺戏剧新论》，北京大学出版社 2007 年版。
2. 梁秉堃:《老师曹禺的后半生》，作家出版社 2010 年版。
3. 刘家思:《曹禺戏剧的剧场性研究》，中国社会科学出版社 2010 年版。
4. 曹禺:《曹禺戏剧全集》，人民文学出版社 2013 年版。

金粉世家(节选)

张恨水

清秋等她走了,把揉的那个纸团,重新打开,看了一看。心里一想,到西山去,来去要一天整的,骗着母亲说是去会同学,恐怕母亲不肯信,若是不去吧?又对燕西失了信。踌躇了好一会,竟不能决。但是盘算的结果,赴约的心事,究竟战胜了她怕事的念头。次日一早起来,就赶着梳头。梳好了头,又催着韩妈作饭。冷太太道:"你又忙什么,吃了饭要出去吗?"清秋道:"一个同学,邀我到她家里去练习算学。"冷太太见她如此说,也就不追问。一会儿吃了饭,清秋换了衣鞋,就要走。冷太太道:"你这孩子,有几件好衣服,就要把它穿坏了事。到同学家里去,何必穿这些好衣服?"清秋道:"你老人家都是这样想,有了衣服,留着不穿。可是到了后来,衣服不时新,又要把新的改着穿了。"冷太太道:"你要穿就穿起走罢,别说许多了。"清秋坐车到了公园,早见燕西的汽车,停在门口,清秋走进去,遥遥地就见燕西在树林底下的路上徘徊瞻望。他一看见,连忙迎上前来。笑道:"你才来,我可饿极了。"清秋道:"你怎样饿极了?"燕西道:"我没吃饭,等着你来吃饭呢。"清秋道:"你早又不告诉我,我已经吃了饭了。"燕西道:"吃了饭吗?你陪我到大餐馆里去吃点东西,成不成?"清秋道:"我吃了饭来的,我怎样又吃得下?"燕西道:"我这是痴汉……"说时,连忙把话忍住了。清秋笑道:"你就说我是丫头也不要紧。我看你们府上的丫头,都花朵儿似的,恐怕我还比不上哩。"说着,对燕西抿嘴一笑。燕西笑道:"不用着急。也许将来有法子证明你这话不确。走罢,我们去吃点东西。"清秋道:"我实在是不要吃了,陪你去坐一会儿得了。"

二人走到露台上,拣了一副座头。燕西便叫西崽递了菜牌子过来,转交给清秋看。清秋道:"我实在不吃。"燕西道:"不能吃,你就静坐在这里看我吗?"清秋道:"也罢,我吃一点果子冻。"燕西道:"不可,刚吃饱饭,不宜吃凉的。"于是叫西崽另送来一杯咖啡,放在她面前,自己一面自吃大菜。菜都吃完了,西崽送了一碟果子冻上来。燕西刚拿了茶匙,将那块冻下的半片桃子一拨,只觉一个沸热的东西,按在手背上。低头看时,乃是清秋将喝咖啡的那个小茶匙伸了过来。她笑道:"刚才你不要我吃冷的,为什么你自己吃起冷的来?"燕西笑道:"吃西餐是不忌生冷的。但是你不让我吃,我就不吃。"清秋道:"我也让你吃,你也让我吃,好不好?"燕西道了一想说道:"好,就是这样办。"于是将这碟果子冻,送到清秋面前。清秋道:"你的给我,你呢?"燕西道:"我只要一点儿,你吃剩下的给我罢。"清秋用小茶匙划着一半冻子,低着头笑道:"这样有钱的大少爷,又这样省钱,舍不得请人另吃一碟。"燕西笑道:"可不是。不但省钱,我还捡人的小便宜呢。"说时,在身上掏出一条手绢,向空中一扬。说道:"你瞧,这不是捡便宜来的呢?"清秋笑道:“你不提起,我倒忘了。你是怎样在我身上把手绢偷去的,我怎么一点儿也不知道?”燕西道:“岂但手绢而已哉?”清秋见他话中有话,也不往下问,只是用那茶匙去翻果子冻,一点儿一点儿向嘴里送。约摸吃了一半,将碟子一推,笑道:“太凉了。”燕西见她将碟子推开,顺手一把就将碟子拿了放在面前。清秋笑道:“你真那么馋,把它拿下去罢。”燕西不答,带着笑,一会儿工夫,把两片桃子,半块冻子,一阵风似的吃下去了。抬手一看手表,已是一点了。便问清秋道:“我们到香山?还是到八大处?还是到汤山?”清秋道:“谁到汤山去?那是洗澡的地方,就是香山罢。”

燕西会了饭帐,和清秋同坐了汽车,出了西直门,直向香山而来。到了山脚,燕西扶着清秋下了汽车,燕西问道:“我们先到旅馆里去,还是先在山上玩玩?”清秋道:“我们既然是来逛山的,当然先逛山。”燕西道:“你不怕累吗?”清秋道:“我们在学校里也常跑着玩,这点儿算什么?”说时,两人顺着石阶,上了一个小山坡。清秋负着那柄小绸伞,越走越望后垂,竟有负不起的样子。站在一个小坦地上,抽出手绢来揩汗。燕西顺手接过伞,笑道:“怎么样,觉得累吧?那边上甘露旅馆是很平稳的,上那边去吧?”于是燕西站在清秋身后,撑着伞,给她遮住太阳,向这边大道而来。走到甘露旅馆,靠着露台的石栏边拣了一副座头坐下。茶房送了茶来,燕西便斟了一杯放到清秋面前。清秋笑道:“为什么这样客气?”燕西笑道:“古人不是说,相敬如宾吗?”清秋端起茶杯来,呷了一口,却是没有作声。燕西喝着茶,朝东南一望,只见山下青纱帐起,一碧万顷。左一丛右一丛的绿树,在青地里簇拥起来,里面略略露出屋角,冒着青烟。再远些,就是一层似烟非烟,似雾非雾的东西,从地而起,远与天接。燕西道:“你看,到了这里,眼界是多么空阔?常常得到这种地方来坐坐,岂不是好?”清秋笑道:“可惜生长这种地方的人,他领略不到。能领略的人,又没法子来。”燕西道:“为什么没法子来?坐汽车来也很快的,一个钟头,可以到了。”清秋笑道:“这是你少爷们说的话。别人家里,不能都放着汽车,预备逛山用吧?”燕西道:“我不是说别人,我是说你呢。”清秋道:“你说我,我有汽车吗?”燕西道:“你自然会有的。”清秋见他说到这句,抓了碟子里一把瓜子,放在面前,一粒一粒捡起来,用四题雪白的门牙,慢慢地嗑着,心里可是极力地忍住了笑。燕西又追着问道:“你想,我这句话在理吗?”清秋微笑,点着头道:“在理在理!我若不是有道法,可以变出一辆汽车来,就是做个女强盗,抢一辆来。”燕西道:“都不用,你自然会有。你看我这话对不对?”清秋笑道:“你这话,或者也对,或者也不对,我可不知道。”燕西道:“老实说了吧!我有汽车,就等于你有汽车。”清秋听了,只是不作声。燕西说了这句话,似乎到了极点了,要怎样接着往下说,也是想不起来。于是两人相对默然,坐着喝了一会儿茶。燕西指着右边一片坦地,说道:“那边的路很好走,我们到那里散步散步去。”清秋道:“刚坐一会儿,又要走。”燕西道:“那里有一道青溪,水非常地清,咱们看看鱼去。”说道,燕西已站起身来。清秋虽不大愿去,也不知不觉地,跟着他走。

走到那溪边,一片树荫,映着泉水都成了绿色。东南风从山谷中穿来,非常地凉爽。靠着溪边,一块洁白的山石,清秋斜着身子,坐在石上,向清溪里面看鱼。燕西在石头下面,一块青草上坐了,两只手抱着膝盖,望着清溪里的水发呆。清秋的长裙,被风吹着，时时刮到他的脸上，他都会不知道。半晌，燕西才开口说道："我今天请你到香山来的意思，你明白吗？"清秋依旧脸望着水，只是摇摇头，没有作声。燕西道："你不能不明白，前天在王家花园里，我已经对你说了一半了。"说时突然站立起来，一只手牵着清秋的手，一只手在袋里摸出一个金戒指来。清秋回头一看，也站起来了。且不将那只被握的手夺回去，可是另伸出一只手，握住燕西拿戒指的那只手。燕西见她这样，倒是有拒绝的意思，实在出于不料。清秋也不等他开口，先就说道："你这番意思，不在今日，不在前日，早我就知道了。可是我仔细想了一想，你是什么门第，我是什么门第？我能这样高攀吗？"燕西道："我真不料你会说出这句话，你以为我是假意吗？"清秋道："你当然是真意。"燕西道："我既然是真意，你我之间，怎样分出门第之见来？"清秋道："你既然对我有这番诚意，当然已无门第之见，但是你家老太爷，老太太，还有令兄令姊，许多人都没有门第之见吗？"清秋说完了，撒开手，便坐在石头上，拣着石头上的小砂子，缓缓地向水里扔，只管望着水出神。燕西道："你这是多虑了。婚姻问题，是我们的事，与他们什么相干？只要你爱我，我爱你，这婚约就算成立了。况且我们家里，无论男女，各人的婚姻，都是极端自由的，他们也决不会干涉我的事。"清秋道："我问你一句话，府上有人和贫寒人家结亲的吗？"燕西道："有虽然没有，可是也没有谁禁止谁和贫寒人家结亲呀！婚姻既然可以自由，那我爱和谁结婚，就和谁结婚，家里人是不能问的。况且你家不过家产薄弱一点，一样是体面人家，我为什么不能向你求婚？"清秋道："你说的话，都很有理，我不能驳你。但是我不敢说府上一致赞成。"燕西道："我不是说了吗？婚姻自由，他们是不能过问的。只要你不嫌弃我。这事就成立了。漫说他们不能不赞成，就是实行反对，他还能打破我们这婚约吗？你若是拒绝我的要求，就请你明说。不然，为了两家门第的关系，将我们纯洁的爱情发生障碍，那未免因小失大。而且爱情的结合，只要纯正，就是有压力来干涉，也要冒万死去反抗，何况现在并没有什么阻碍发生呢？"清秋坐在那里，依然是望着水出神，默然不作一声。燕西又握着她的手道："清秋，你当真拒绝我的要求吗？是了，我家里有几个臭钱，你嫌我有铜臭气，我父亲我哥哥都做官，你又嫌我家是官僚，没有你家干净，对不对？"清秋道："我不料你会说出这种话来，这简直不是明白我心事的话了。"燕西道："你说怕我家里人反对。我已说了，不成问题。现在我疑你嫌我家不好，你又说不是。那末，两方都没有阻碍了，你为什么还没有表示？"清秋坐在石上，目光看着水，还是不作声，不过她的脸上，已经微微有点笑容了。燕西紧紧地握着她的手，说道："你说，究竟还有异议没有？"清秋笑着把脸偏到一边去，说道："我要说的话，都已说了，没有什么可说的了。"燕西道："你总得说一句，我才放心。"清秋道："你叫我说什么呀？"燕西笑道："你以为应该怎样说，就怎样说。"燕西越逼得厉害，清秋越是笑不可抑，索性抬起一只胳膊来将脸藏在袖子下面笑。燕西把她的胳膊极力地压下来，说道："我非要你说一句不可。这样罢，省得我不好直说，你也不好直答，我说句英语罢。你不答应我，我今天就和你在这里站到天黑，由天黑站到天亮。"清秋把头一摆，笑道："我不懂英文。"燕西道："不要客气了，你真不懂吗？我就直说了。"于是一只手拿出戒指来，给清秋看了一看，问道："清秋，你愿……"清秋不让他说完,连忙将手绢捂住燕西的口,笑道:“别往下说了,怪不中听的。”燕西道:“这就难了。说英国语,你说不懂,说中国语,你又嫌不中听,就这样糊里糊涂,就算事吗?那末,这戒指戴的也没有原由了。无论如何,我总要你说一句。”清秋道:“你实在是太麻烦,你就说句英文试试看。”燕西道:“我说了,你要不答应,我这话可收不转来。”清秋道:“我若是答应不来,怎么办呢?”燕西道:“很容易答应的,你只要说一个字,答应一个yes就行了。你说不说?”清秋笑道:“就说一个yes吗?这个总行的吧。”燕西道:“你不要装傻了,也不要难我了,我可说了,你可要答应。”清秋笑道:“当真光说一个yes吗?那或者行。”燕西道:“不要或者两个字,要光说行。”清秋笑道:“就不要或者两个字,你说罢。”燕西于是将清秋的手举起一点儿来,他也微微的伸出无名指,意思是让她戴上戒指。燕西便道:“I love you”清秋早是格格地笑起来,哪里还说得出话。燕西道:“怎么了,你不答应我吗?”清秋被他逼不过,只得点点头。燕西道:“你这头点得不凑巧,好象是说不答应我呢。”清秋道:“别麻烦了,我是答应你那句英文呢。”

在此时间,那一班游客果然渐走渐近。清秋当着人,慢慢地步回原路,燕西没有法子,也只好一路到旅馆里来。清秋坐下,低头将戒指看了一看,于是对燕西道:“我有一句话说,你可别疑心。这事情,我母亲同意不同意,我是一点把握都没有,得慢慢地和她去说。在未和她说明以前,我这戒指暂时不能戴着。”燕西道:“那是自然。但是我看伯母的意思,对我并不算坏,决不会不赞成的。”清秋道:“我也是这样想,不至于不赞成,这个我倒不耽心。我最耽心的,还是你那一方面。你上面有好几位老人家,又是大家庭,你回去一说,他们要知道是我这样一个人,一定舆论大哗起来,就是你,恐怕也受窘。”燕西道:“你总是这一点放心不下。我就斩钉截铁说一句,就让他们不赞成这一件婚事,我和母亲私下开谈判,请他给我们几万块钱到外国留学去。等我们毕了业回来,我们自己就可以撑持门户。那个时候,他们决不能对我们怎样了。”清秋道:“照你这样说,倒是很容易解决的。不过说起来容易做起来难。”燕西道:“有什么难?我说要去留学,家里还能不给钱吗?只要他给钱,我们就随便什么时候,都可以走了。”清秋道:“照你说,样样都有理。只是你将来能有这个决心吗?”燕西道:“怎么没有?我能说出来,就能做出来。你尽管放心,不要怀疑,我若说了不能履行,就是社会所不齿的人,永不将金燕西三个字,和社会见面。”清秋笑道:“你为什么发急?”燕西道:“我不起誓你不相信,那有什么法子呢?”清秋笑道:“这是你自己要这样,并不是我逼你的呀!”燕西道:“这是我诚意的表示,非这样,你不能放心的。”清秋道:“你不要提了,说别的罢。”燕西道:“我心里很快乐,仿佛得了一种可爱的东西一样,可是又说不出来,你也是这一样吗?”清秋抿嘴一笑。燕西道:“我们吃点什么?”清秋道:“你不是吃了饭出城的吗,怎样又要吃东西?”燕西笑道:“我们似乎当喝一杯酒,庆祝庆祝。”清秋道:“我可是什么也吃不下。”燕西道:“坐在这里也是很无聊的,我们顺着山坡,到山上去玩玩。走饿了,回来再喝酒。”清秋道:“我走不动。”燕西道:“路很平的,而且也不远。”清秋笑道:“我穿着这白缎子鞋,回头只剩光鞋底了。”燕西道:“鞋子坏了,你要什么样的鞋子,我打一个电话到鞋庄上去,就可叫他们送到家来。值什么?”清秋道:“不怕晒吗?”燕西道:“我们拣一个树荫坐下，不很凉快吗？”清秋道：“山上没人，怪冷静的。”燕西道：“游山自然是冷静的，难道象前门大街那样热闹吗？”清秋笑道：“我怎么样说，你怎么样答复，你总是对的。”燕西道：“并不是我说的完全就对，实在因为你问的是诚心搅扰，所以我一说，你就没有法子回答了。别麻烦了，走罢。”于是燕西在前，清秋在后，两人一同走上山去。这一去，一直过了好几个钟头，等到太阳偏西，方才回到原处。燕西道：“由山上走来走去，现该饿了，我们应当吃点东西吧？”清秋道：“你老要我吃东西做什么？”燕西道：“我不是说了吗？庆祝庆祝呀。”于是燕西叫茶房开了两客西菜，斟上两杯葡萄酒，和清秋对喝。清秋将手抚摩着杯子道：“这一大杯酒我怎样喝得下去？”燕西笑道：“你喝罢，喝不了再说。”说毕，将玻璃杯子对清秋一举。清秋没法，也只得将杯子举了一举。可是只把嘴唇皮对酒杯口上浸了一浸，就把杯子放下了。燕西道：“无论如何，你得真喝一点。这种喝酒，是和酒杯接吻，我不能承认的。”清秋对燕西一笑道：“你说什么？”燕西笑道：“我没说什么，可是敬茶敬酒无恶意，你也不能怪我吧？”说毕，又举着杯子。清秋见他举了杯子，老不放下来，只得真喝了一口。燕西道：“你那杯也太多了，我只剩小半杯呢，你倒给我喝罢。”便将清秋大半杯酒接了过来，向自己杯子里一倾，剩了一个空杯，然后再将自己杯子里的酒，分了一小半倒在那里面。清秋笑道：“这为什么，你发了呆吗？”燕西道：“酒多了，怕你喝不了，给你分去一点，不好吗？”于是将酒杯递给她道：“你喝。”清秋拿着那个杯子，她不肯喝，只是红着脸，笑嘻嘻的。燕西道：“你为什么不喝？”清秋道：“你心里不准又在那捣什么鬼呢？”燕西也笑道：“你知道就更好了，那是非喝不可的。”清秋道：“你这人说起来样样文明，为什么这一点，这样顽固？”燕西道：“我就是这样，文明得有趣，我就文明。顽固得有趣，我就顽固。”清秋见他说得这样顽皮，也就笑起来了。这一天，他们一对未婚夫妇，在香山闹了一个兴尽意足，夕阳下山，方始进城。

［文章来源：《金粉世家》，国际文化出版公司 2013 年版］

文史知识地图

张恨水（1895—1967），中国现代作家，通俗文学大师，一生创作了一百多部小说和大量散文、诗词和游记等，主要作品有《春明外史》《金粉世家》《啼笑因缘》《八十一梦》等。

张恨水原名张心远，祖籍安徽潜山，生于江西广信（今江西省上饶市信州区）一个小官吏家庭。1901 年，张恨水入私塾学习，念《三字经》《百家姓》《千字文》，阅读了《西游记》《封神》《水浒》《东周列国志》等古典小说，尤被《红楼梦》吸引，并于其中领会作文之法。14 岁入大同小学，接受了一些新教育，自视为维新少年，但嗜好依旧，喜欢风花雪月的辞章、风流才子的小说。16 岁开始尝试通俗小说创作，17 岁时写了一篇武侠小说，但不为发表，只为说故事好玩。1912 年，17 岁的张恨水想去英国留学，却因父亲客死宦所只得返回原籍，于次年考入孙中山在苏州创办的蒙藏垦殖学校。1913 年《小说月报》刊登征稿启事，标明每千字 3 元，张恨水为此在三天里赶写了两篇通俗小说《旧新娘》《桃花劫》，这是他第一次投稿，虽未被刊出，但得到了编辑的鼓励。二月革命失败后，学校被迫解散，张恨水再度返乡，继续进行创作，他模仿清代小说《花月痕》的套子，创作第一部章回体白话小说《青衫泪》，写了17回后，因觉不满而放弃。

张恨水于1914年赴汉口为一小报写补白，走上了报人之路，开始用“恨水”作笔名，其名源于南唐后主李煜《乌夜啼》“自是人生长恨水长东”。1918年，张恨水结束漂泊流浪生活，在友人推荐下去芜湖《皖江日报》担任总编辑。这一时期，他创作了文言中篇小说《紫玉成烟》和长篇言情小说《南国相思谱》(连载)等。又于1919年在上海《民国日报》发表白话讽刺小说《真假宝玉》和《小说迷魂游地府记》。张恨水的早期创作基本只是依凭自己的兴趣和读者的喜好，迎合编辑的口味，以争取发表为重。

1919年秋，张恨水前往北京，先后在《益世报》《申报》驻京办当编辑，1920年创作了《皖江潮》，开始摆脱旧言情小说的窠臼，渐渐走上讽刺和谴责的路子。1924年4月，成舍我创办《世界晚报》，邀请张恨水主编副刊《夜光》，并约其创作连载小说一篇，于是就有了1924年4月12日起连载的长篇小说《春明外史》，直到1929年1月24日完篇，历时六年，风靡北方，张恨水一举成名，这标志着他真正踏上了通俗文学的创作之路。此后，张恨水无论在何处报社任职，都要编一个副刊并创作一两篇小说，按日连载。1925年，济南惨案发生后，张恨水接连发表了《中国不会亡国，敬告野心的国民》《学越王呢？学大王呢?》等短评，谴责和声讨了日本帝国主义的侵华暴行。1926年“三一八”惨案后，张恨水撰写杂文，针砭时弊，并创作了长篇小说《荆棘山河》，以揭露军阀混战、民不聊生的社会现实。《春明外史》连载的后半期，张恨水开始创作长篇小说《金粉世家》，并于1927年2月至1932年5月在《世界日报》副刊《明珠》(张恨水主编)上连载，这进一步扩大了张恨水的影响力，吸引了大量读者。张恨水成了各大报纸的红人，他们争相请他写小说。

1929年，上海《新闻报》副刊《快活林》主编严独鹤旅游北京，知道了张恨水的流行，遂向张恨水约稿，便有了真正把张恨水推向文学创作高峰的长篇小说《啼笑因缘》。该作将言情、武侠、社会谴责集于一身，连载开始于1930年3月，自刊出伊始，便引来关注，且《新闻报》是面向全国发行，又是发行量最大的报纸，张恨水成了读者崇拜的偶像，轰动一时。1931年，张恨水在北平创办了北华美术专科学校，他被推为校长，并讲授中国古典小说及小说创作。《啼笑因缘》之后，《新闻报》陆续又发表了他的《太平花》《现代青年》《燕归来》《夜深沉》《秦淮世家》等众多长篇小说。张恨水还为上海世界书局写了三部不经报纸刊载的小说《满江红》《落霞孤鹜》和《美人恩》。这一时期，张恨水以惊人的创造力和速度，同时在北京、上海、南京、沈阳、太原等各地报刊发表长篇小说，真正是驰名南北。1935年，成舍我在上海办《立报》，邀张恨水主编副刊《花果山》，并连载长篇《艺术之宫》。20世纪20年代中期至30年代，是张恨水写作的黄金时期，作品被大量印行，并被改编为电影、戏剧及曲艺评弹等，这在当时的作家中是极为罕见的，他的描写细腻生动，文字浅显自然，读者遍布社会各个阶层，达到了“老妪都解”的程度。

1931年“九一八”事变后，张恨水有感于家国受难，开始创作抗战小说，并以“射日”为隐语，结集《弯弓集》。1936年4月，张恨水与友人张友鸾合作，自费创办《南京人报》，发表抗战主题小说《鼓角声中》和《中原豪侠传》等。1937年底，日军进军南京，《南京人报》停刊，张恨水内迁重庆，担任重庆《新民报》副刊《最后关头》主编，与此同时，张恨水继续创作抗战小说《冲锋》（单行本改为《巷战之夜》）、《游击队》《大江东去》《虎贲万岁》等。有感于重庆各种浮世相，张恨水先后创作了《魍魉世界》《八十一梦》等批判谴责小说，对国民党统治下重庆的腐败现实和社会丑闻进行了揭露。1941年《八十一梦》在《新民报》连载，因其文笔嬉笑怒骂，读者觉得痛快，作品颇受欢迎，但因触犯当局而受到干涉，只写了八九个梦就遭腰斩。

抗战结束后，张恨水任北平《新民报》经理，并主编副刊《北海》，连载了小说《巴山夜雨》《五子登科》，讽刺国民党官员的官僚主义，发泄对国民党反动统治的不满。1949年初发表回忆录《写作生涯回忆》。后因写作能力衰退而改长篇小说为中短篇，改创作为再创作，于是有了一系列历史题材小说《梁山伯与祝英台》《白蛇传》《孟姜女》《孔雀东南飞》《牛郎织女》《凤求凰》等的诞生。1967年2月15日，张恨水突发脑出血离世，享年72岁。

分析与鉴赏导引

这里所选的是《金粉世家》第十三回“约指勾金名山结誓后，撩人杯酒小宴定情时”，描写的是冷清秋和金燕西游西山、私定情的片段，展现了男女主人公认同平等思想、冲破门第观念、对自由爱情的追求，同时也描绘出了冷清秋温婉可人的气质和金燕西重享受的富家子弟特征。长篇章回体小说《金粉世家》，于1927年2月14日—1932年5月22日连载于北京《世界日报》副刊《明珠》，小说以豪门弃妇为引子，叙写了一个高门巨族的由盛而衰，描绘了官僚家庭的醉生梦死、骄奢淫逸，同时也展示了民国社会的世态人情，全书九十多万字，一经发表便吸引了大量读者。

张恨水从事创作的最初，是鸳鸯蝴蝶派、礼拜六派的盛行期，他继承了中国古典文学才子佳人的写作模式，还自称是“礼拜六派的胚子”。《金粉世家》中，富贵闲人、国务总理的小儿子金燕西在西山初见平民女子冷清秋，即被其清纯的容颜、清新的气质吸引，冷清秋来自破落的书香门第，且受过新式教育，兼备古典诗情，极富才华，这远不同于其他女子的一切都深深吸引着金燕西的目光；而冷清秋亦在金燕西百般安排下对风度翩翩的金燕西产生了好感，于是，他们抛弃门当户对的旧观念，走到了一起。他们之间有着才子佳人的一见钟情，也有着年轻恋人的心心相印，他们的爱情充满了才子佳人的浪漫气质，又弥漫着无奈和伤感。金燕西对冷清秋的追求，并不是建立在平等的基础上，他有这么一段心理活动：“若是我把那个女孩子娶了回来，她的爱情，一定是纯一的，人也是很温和的，决不像交际场中的女子，不但不能干涉她的行动，她还要干涉你的行动啦。”他的出发点只在于自己的方便，而很少顾及对对方的尊重。进入婚姻之后,金燕西依旧如常过着自在的日子,并没有承担起应有的责任。最终,冷清秋遭遇了金燕西的始乱终弃,她在痛苦悲伤、万般无奈之下毅然携子离家、自食其力,而随着父亲的去世,金燕西也遭遇了悲惨的结局。

《金粉世家》即是张恨水口中的“以社会为经,言情为纬”的小说,于描摹男女主人公的爱情悲剧之外,力图通过对官僚家庭日常生活的描写,反映较为广阔的时代画面。小说展现了内阁总理整个家族的寄生虫式的生活,宗法社会大家庭子辈承续父辈的荫庇,导致不思进取,造成依赖性,一朝金铨去世,金家便失却了赖以生存的经济来源,变得混乱不堪、惨不忍睹,走向了穷途末路。小说还展示了上层官僚社会的世态人情,侧面批判了北洋军阀统治时期的官僚黑暗、腐败堕落。张恨水“以报人的冷峻眼光看世界,看当时制造着社会荒唐空气的纨绔子弟”,是借冷清秋之眼“从寒素之士的世界去看高门巨族的世界,在两个世界的纠缠、反差和裂变的过程中反省人间的清与浊”。(杨义语)

一部作品深受读者喜爱离不开丰富的人物形象,《金粉世家》描绘了具有丰富性和复杂性的各式人物,他们血肉丰满、立体可感。金燕西是总理的小儿子,他贪图享受、挥金如土,且处处留情,没有责任感,但在他的意识里,有着一定的现代民主思想。他对下人和善;开车压死驴子,能主动扶起赶驴人并道歉、赔偿;他追求自由恋爱,为吸引冷清秋而成立诗社并定期开展诗会;他要求婚姻自主,他对冷清秋说:“婚姻问题,是我们的事,与他们什么相干? 只要你爱我,我爱你,这婚约就算成立了。”他是一个花花公子,却又不乏可爱之处。小说还刻画了内阁总理金铨的丰富形象。身为封建大家庭的家长,他纳妾、利用职权为儿子谋职,骨子里流露着封建传统意识,但又要求子女有上进心,主张婚姻自由,支持金燕西与冷清秋在一起。在婚宴上,他还发表讲究门第的弊端,描绘出了金铨的立体形象。

《金粉世家》刻画最多,也最成功的要数冷清秋。作家对冷清秋的不幸遭遇倾注着同情,对她的自立又透露着欣赏。冷清秋具有既新又旧的双重人格,她出身书香门第的平民家庭,深受传统观念影响,有着高尚品质和道德修养,同时她又接受了现代教育,追求自由独立、男女平等,向往自由恋爱;她自尊自爱,又具有一定的独立意识和独立人格;她嫁入豪门不为锦衣玉食,只为与金燕西的两情相悦,且尊重人人平等,不用侍女,也不卷入妯娌争斗。相对金燕西来说,清秋对爱情可谓是忠贞不渝,她对金燕西婚后的挥霍与放荡婉言相劝,希望能建立好他们的小家庭,然而金燕西积习难改,冷清秋毅然与他分居,最后她带着儿子离家过起自食其力的简单生活,并不将爱情和家庭看作是全部,更不自暴自弃,显示了她人格的独立性。这种大胆追求自我独立、自由生活的决断深得作家肯定,作家在她身上倾注了自己的人生旨趣和理想。当然,冷清秋也有缺点,她和金燕西二人的相处游玩、看电影、买鞋子无不需要金钱的装点,清秋对燕西的倾心自然也有着爱慕虚荣的因素,且轻易以身相许也过于草率。婚后受到金燕西的冷遇,她只是消极感伤度日,并将婚姻的失败归结于“齐大非偶”,这些都是封建传统思想在她身上的投射。鲁迅曾断言娜拉出走后只有两条路:不是堕落,就是回来。

然而冷清秋毕竟走得比《伤逝》中的子君要稳健，因为她有着经济自主思想，也有着谋生的能力；她又比《日出》的陈白露走得正派，因为她洁身自好，意志坚韧。冷清秋是20世纪二三十年代徘徊在传统与现代之间，不愿当封建家庭牺牲品，却又缺乏反叛意识的女性典型形象，她们接受了男女平等的新思想，却又不知道妇女解放的真正出路，但是她们的成功出走和独立生存已经体现了巨大的勇气，这无疑也是一种历史的进步。

《金粉世家》深受《红楼梦》的影响，被誉为“民国《红楼梦》”，小说在形式上将单一的言情小说改良为社会言情小说，还克服了当时连载小说在结构上单线递进、结构松散的弊端，在构思小说的初始便有完整的计划，预先想好故事梗概以及主要人物的性格特征，努力做到布局完整，结构严谨，首尾呼应，并将新文学及西方文艺的写作技法（如心理描写）融入到传统的章回体小说之中，以适应时代的发展，使得这种文学旧样式显示出新的活力，达到了雅俗共赏。茅盾曾在《关于〈吕梁英雄传〉》（1946年）中说：“在近三十年来，运用‘章回体’而能善为扬弃，使‘章回体’延续了新生命的，应当首推张恨水先生。”当代评论家袁进在《张恨水评传》中认为张恨水是“由旧向新转换过渡的小说家”，“领导了通俗小说变革的潮流”，“改良了章回小说，使通俗小说出现了一个崭新的局面”，并“承担了促进新文学与通俗文学交流，帮助通俗文学跟上时代的发展的作用”。张恨水非新文学作家，但他却创造了一个新旧衔接的文学世界，他的创作无疑是新文学的有益补充。

张恨水一度被排除在现代文学史之外，并遭到诸多不公正定位，新时期以来，中国现代文学史改变了忽略通俗文学的传统，逐渐正视通俗文学的地位，关于张恨水的评述日益增多，对张恨水的文学史地位也给予了公正的评判。钱理群等人的《中国现代文学三十年》（1987年）认为张恨水“以章回言情小说反映市民思想意识，通过恋爱悲剧反映北洋军阀统治的黑暗”，“在思想上有轻微的反封建的积极意义，具有进步性”。并特别提出张恨水“在注意满足读者对象的欣赏习惯、文化心理与要求方面，是能够给现代小说的发展提供有益的启示的”。

参考文献

[1]张友鸾：《章回小说大家张恨水》，《新文学史料》1982年第1期。
[2]杨义：《中国现代小说史》，人民文学出版社1986年版。
[3]张占国、魏守忠：《张恨水研究资料》，天津人民出版社1986年版。
[4]杨义：《张恨水：热闹中的寂寞》，《文学评论》1995年第5期。

延伸阅读文本链接

1. 张恨水：《春明外史》，北岳文艺出版社1993年版。
2. 张恨水：《啼笑因缘》，北岳文艺出版社1993年版。
3. 张恨水：《八十一梦》，北岳文艺出版社1993年版。

“三八节”有感

丁 玲

“妇女”这两个字，将在什么时代才不被重视，不需要特别的被提出呢？

年年都有这一天。每年在这一天的时候，几乎是全世界的地方都开着会，检阅着她们的队伍。延安虽说这两年不如前年热闹，但似乎总有几个人在那里忙着。而且一定有大会，有演说的，有通电，有文章发表。

延安的妇女是比中国其他地方的妇女幸福的。甚至有很多人都在嫉羡地说：“为什么小米把女同志吃得那么红胖？”女同志在医院，在休养所，在门诊部都占着很大的比例，似乎并没有使人惊奇，然而延安的女同志却仍不能免除那种幸运：不管在什么场合都最能作为有兴趣的问题被谈起。而且各种各样的女同志都可以得到她应得的非议。这些责难似乎都是严重而确当的。

女同志的结婚永远使人注意，而不会使人满意的。她们不能同一个男同志比较接近，更不能同几个都接近。她们被画家们讽刺：“一个科长也嫁了么？”诗人们也说：“延安只有骑马的首长，没有艺术家的首长，艺术家在延安是找不到漂亮的情人的。”然而她们也在某种场合聆听着这样的训词：“他妈的，瞧不起我们老干部，说是土包子，要不是我们土包子，你想来延安吃小米！”但女人总是要结婚的。（不结婚更有罪恶，她将更多地被作为制造谣言的对象，永远被诬蔑。）不是骑马的就是穿草鞋的，不是艺术家就是总务科长。她们都得生小孩。小孩也有各自的命运：有的被细羊毛线和花绒布包着，抱在保姆的怀里；有的被没有洗净的布片抱着，扔在床头啼哭，而妈妈和爸爸都在大嚼着孩子的津贴（每月二十五元，价值二斤半猪肉）要是没有这笔津贴，也许他们根本就尝不到肉味。然而女同志究竟应该嫁谁呢，事实是这样，被逼着带孩子的一定可以得到公开的讥讽：“回到家庭了的娜拉。”而有着保姆的女同志，每一个星期可以有一天最卫生的交际舞。虽说在背地里也会有难比的诽语悄声地传播着，然而只要她走到哪里，哪里就会热闹，不管骑马的，穿草鞋的，总务科长，艺术家们的眼睛都会望着她。这同一切的理论都无关，同一切主义思想也无关，同一切开会演说也无关。然而这都是人人知道，人人不说，而且在做着的现实。

离婚的问题也是一样。大抵在结婚的时候，有三个条件是必须注意到的。一、政治上纯洁不纯洁；二、年龄相貌差不多；三、彼此有无帮助。虽说这三个条件几乎是人人具备（公开的汉奸这里是没有的。而所谓帮助也可以说到鞋袜的缝补，甚至女性的安慰），但却一定堂皇地考虑到。而离婚的口实，一定是女同志的落后。我是最以为一个女人自己不进步而还要拖住她的丈夫为可耻的，可是让我们看一看她们是如何落后的。她们在没有结婚前都抱着有凌云的志向，和刻苦的斗争生活，她们在生理的要求和“彼此帮助”的蜜语之下结婚了，于是她们被逼着做了操劳的回到家庭的娜拉。她们也惟恐有“落后”的危险，她们四方奔走，厚颜地要求托儿所收留她们的孩子，要求刮子宫，宁肯受一切处分而不得不冒着生命的危险悄悄地去吃堕胎的药。而她们听着这样的回答：“带孩子不是工作吗？你们只贪图舒服，好高骛远，你们到底做过一些什么了不起的政治工作！既然这样怕生孩子，生了又不肯负责，谁叫你们结婚呢？”于是她们不能免除“落后”的命运。一个有了工作能力的女人，而还能牺牲自己的事业去作为一个贤妻良母的时候，未始不被人所歌颂，但在十多年之后，她必然也逃不出“落后”的悲剧。即使在今天以我一个女人去看，这些“落后”分子，也实在不是一个可爱的女人。她们的皮肤在开始有褶皱，头发在稀少，生活的疲惫夺取她们最后的一点爱娇。她们处于这样的悲运，似乎是很自然的，但在旧社会里，她们或许会被称为可怜，薄命，然而在今天，却是自作孽，活该。不是听说法律上还在争论着离婚只须一方提出，或者必须双方同意的问题么？离婚大约多半都是男子提出的，假如是女人，那一定有更不道德的事，那完全该女人受诅咒。

我自己是女人，我会比别人更懂得女人的缺点，但我却更懂得女人的痛苦。她们不会是超时代的，不会是理想的，她们不是铁打的。她们抵抗不了社会一切的诱惑，和无声的压迫，她们每人都有一部血泪史，都有过崇高的感情（不管是升起的或沉落的，不管有幸与不幸，不管仍在孤苦奋斗或卷入庸俗），这对于来到延安的女同志说来更不冤枉，所以我是拿着很大的宽容来看一切被沦为女犯的人的。而且我更希望男子们，尤其是有地位的男子，和女人本身都把这些女人的过错看得与社会有联系些。少发空议论，多谈实际的问题，使理论与实际不脱节，在每个共产党员的修身上都对自己负责些就好了。

然而我们也不能不对女同志们，尤其是在延安的女同志有些小小的企望；而且勉励着自己。勉励着友好。

世界上从没有无能的人，有资格去获取一切的。所以女人要取得平等，得首先强己。我不必说大家都懂的。而且，一定在今天会有人演说的“首先取得我们的政权”的大话，我只说作为一个阵线中的一员（无产阶级也好，抗战也好，妇女也好），每天所必须注意的事项。

第一，不要让自己生病。无节制的生活，有时会觉得浪漫，有诗意，可爱，然而对今天环境不适宜。没有一个人能比你自己还会爱你的生命些。没有什么东西比今天失去健康更不幸些。只有它同你最亲近，好好注意它，爱护它。

第二，使自己愉快。只有愉快里面才有青春，才有活力，才觉得生命饱满，才觉得能担受一切磨难，才有前途，才有享受。这种愉快不是生活的满足，而是生活的战斗和进取。所以必须每天都做点有意义的工作，都必须读点书，都能有东西给别人，游惰只使人感到生命的空白，疲软，枯萎。

第三，用脑子。最好养成一种习惯。改正不作思索，随波逐流的毛病。每说一句话，每做一件事，最好想想这话是否正确？这事是否处理得得当，不违背自己做人的原则，是否自己可以负责。只有这样才不会有后悔。这就叫通过理性，这，才不会上当，被一切甜蜜所蒙蔽，被小利所诱，才不会浪费热情，浪费生命，而免除烦恼。

第四，下吃苦的决心，坚持到底。生为现代的有觉悟的女人，就要有认定牺牲一切蔷薇色的温柔的梦幻。幸福是暴风雨中的搏斗，而不是在月下弹琴，花前吟诗。假如没有最大的决心，一定会在中途停歇下来。不悲苦，即堕落。而这种支持下去的力量却必须在"有恒"中来养成。没有大的抱负的人是难于有这种不贪便宜，不图舒服的坚忍的。而这种抱负只有真真为人类，而非为己的人才会有。

一九四二年"三八节"清晨

附记：文章已经写完了，自己再重看一次，觉得关于企望的地方，还有很多意见，但因发稿时间紧迫，也不能整理了。不过又有这样的感觉，觉得有些话假如是一个首长在大会中说来，或许有人认为痛快。然而却写在一个女人的笔底下，是很可以取消的。但既然写了就仍旧给那些有同感的人看看吧。

[文章来源：《丁玲集》，花城出版社 2006 年版]

风雨中忆萧红

丁　玲

本来就没有什么地方可去，一下雨便更觉得闷在窑洞里的日子太长。要是有更大的风雨也好，要是有更汹涌的河水也好，可是仿佛要来一阵骇人的风雨似的那么一块肮脏的云成天盖在头上，水声也是那么不断地哗啦哗啦在耳旁响，微微地下着一点看不见的细雨，打湿了地面，那轻柔的柳絮和蒲公英都飘舞不起而沾住泥土上了。这会使人有遐想，想到随风而倒的桃李，在风雨中更迅速迸出的苞芽。即使是很小的风雨或浪潮，都更能显出百物的凋谢和生长，丑陋或美丽。

世界上什么是最可怕的呢，决不是艰难险阻，决不是洪水猛兽，也决不是荒凉寂寞。而难于忍耐的却是阴沉和絮聒；人的伟大也不只是能乘风而起，青云直上，也不只是能抵抗横逆之来，而是能在阴霾的气压下，打开局面，指示光明。

时代已经非复少年时代了，谁还有悠闲的心情在闷人的风雨中煮酒烹茶与琴诗为侣呢？或者是温习着一些细腻的情致，重读着那些曾经被迷醉过被感动过的小说，或者低徊冥思那些天涯的故人？流着一点温柔的泪，那些天真、那些纯洁、那些无疵的赤子之心，那些轻微的感伤，那些精神上的享受都飞逝了，早已飞逝得找不到影子了。这个飞逝得很好，但现在是什么呢？是听着不断的水的絮聒，看着脏布也似的云块，痛感着阴霾，连寂寞的宁静也没有，然而却需要阿底拉斯的力背负着宇宙的时代所给予的创伤，毫不动摇地存在着，存在便是一种大声疾呼，便是一种骄傲，便是给絮聒以回答。

然而我决不会麻木的，我的头成天膨胀着要爆炸，它装得太多，需要呕吐。于是我写着，在白天，在夜晚，有关节炎的手臂因为放在桌子上太久而疼痛，患沙眼的眼睛因为在微小的灯光下而模糊。但幸好并没有激动，也没有感慨，我不缺乏冷静，而且很富有宽恕，我很愉快，因为我感到我身体内有东西在冲撞；它支持了我的疲倦，它使我会看到将来，它使我跨过现在，它会使我更冷静，它包括了真理和智慧，它是我生命中的力量，比少年时代的那种无愁的青春更可爱啊！

但我仍会想起天涯的故人的，那些死去的或是正受着难的。前天我想起了雪峰，在我的知友中他是最没有自己的了。他工作着，他一切为了党，他受埋怨过，然而他没有感伤，他对名誉和地位是那样地无睹，那样不会趋炎附势，培植党羽，装腔作势，投机取巧。昨天我又苦苦地想起秋白，在政治生活中过了那么久，却还不能彻底地变更自己，他那种二重的生活使他在临死时还不能免于有所申诉。我常常责怪他申诉的“多余”，然而当我去体味他内心的战斗历史时，却也不能不感动，哪怕那在整体中，是很渺小的。今天我想起了刚逝世不久的萧红，明天，我也许会想到更多的谁，人人都与这社会有关系，因为这社会我更不能忘怀于一切了。

萧红和我认识的时候，是在一九三八年春初。那时山西还很冷，很久生活在军旅之中，习惯于粗犷的我，骤睹着她的苍白的脸，紧紧闭着的嘴唇，敏捷的动作和神经质的笑声，使我觉得很特别，而唤起许多回忆，但她的说话是很自然而真率的。我很奇怪作为一个作家的她，为什么会那样少于世故，大概女人都容易保有纯洁和幻想，或者也就同时显得有些稚嫩和软弱的缘故吧。但我们都很亲切，彼此并不感觉到有什么孤僻的性格。我们尽情地在一块儿唱歌，每夜谈到很晚才睡觉。当然我们之中在思想上，在感情上，在性格上都不是没有差异，然而彼此都能理解，并不会因为不同意见或不同嗜好而争吵，而揶揄。接着是她随同我们一道去西安，我们在西安住完了一个春天。我们痛饮过，我们也同度过风雨之夕，我们也互相倾诉。然而现在想来，我们谈得是多么的少啊！我们似乎从没有一次谈到过自己，尤其是我。然而我却以为她从没有一句话是失去了自己的，因为我们实在都太真实、太爱在朋友的面前赤裸自己的精神，因为我们又实在觉得是很亲近的。但我仍会觉得我们是谈得太少的，因为，像这样的能无妨嫌、无拘束、不须警惕着谈话的对手是太少了啊！

那时候我很希望她能来延安，平静地住一时期之后而致全力于著作。抗战开始后，短时期的劳累奔波似乎使她感到不知在什么地方能安排生活。她或许比我适于幽美平静。延安虽不够作为一个写作的百年长计之处，然在抗战中，的确可以使一个人少顾虑于日常琐碎，而策划于较远大的。并且这里有一种朝气，或者会使她能更健康些。但萧红却南去了。至今我还很后悔那时我对于她生活方式所参与的意见是太少了，这或许由于我们相交太浅，和我的生活方式离她太远的缘故，但徒劳的热情虽然常常于事无补，然在个人仍可得到一种心安。

我们分手后，就没有通过一封信。端木曾来过几次信，在最后的一封信上(香港失陷约一星期前收到)告诉我，萧红因病始由皇后医院迁出。不知为什么我就有一种预感，觉得有种可怕的东西会来似的。有一次我同白朗说："萧红决不会长寿的。"当我说这话的时候，我是曾把眼睛扫遍了中国我所认识的或知道的女性朋友，而感到一种无言的寂寞。能够耐苦的，不依赖于别的力量，有才智、有气节而从事于写作的女友，是如此其寥寥啊！

不幸的是我的杞忧竟成了现实，当我昂头望着天的那边，或低头细数脚底的泥沙，我都不能压制我丧去一个真实的同伴的叹息。在这样的世界中生活下去，多一个真实的同伴，便多一分力量，我们的责任还不只在于打于局面，指示光明，而且还要创造光明和美丽；人的灵魂假如只能拘泥于个体的褊狭之中，便只能陶醉于自我的小小成就。我们要使所有的人都能有崇高的享受，和为这享受而做出伟大牺牲。

生在现在的这世界上，要顽强地活着，给整个事业添一分力量，而死，对人对己都是莫大的损失。因为这世界上有的是戮尸的遗法，从此你的话语和文学将更被歪曲，被侮辱；听说连未死的胡风都有人证明他是汉奸，那么对于已死的人，当然更不必贿买这种无耻的人证了。鲁迅先生的《阿Q正传》曾被那批御用文人歪曲地诠释，那么《生死场》的命运也就难免于这种灾难。在活着的时候，你不能不被逼走到香港；死去，却还有各种污蔑在等着，而你还不会知道；那些与你一起的脱险回国的朋友们还将有被监视和被处分的前途。我完全不懂得到底要把这批人逼到什么地方才算够？猫在吃老鼠之前，必先玩弄它以娱乐自己的得意。这种残酷是比一切屠戮都更恶毒，更需要毁灭的。

只要我活着，朋友的死耗一定将陆续地压住我沉闷的呼吸。尤其是在这风雨的日子里，我会更感到我的重荷。我的工作已经够消磨我的一生，何况再加上你们的屈死，和你们未完的事业，但我一定可以支持下去的。我要借这风雨，寄语你们，死去的，未死的朋友们，我将压榨我生命所有的余剩，为着你们的安慰和光荣。哪怕就仅仅为着你们也好，因为你们是受苦难的劳动者，你们的理想就是真理。

风雨已停，朦朦的月亮浮在西边的山头上，明天将有一个晴天。我为着明天的胜利而微笑，为着永生而休息。我吹熄了灯，平静地躺到床上。

一九四二年四月二十五日

［文章来源：《丁玲集》，花城出版社 2006 年版］

文史知识地图

丁玲（1904—1986），中国现代女作家。原名蒋伟，字冰之，湖南临澧人，主要作品有《莎菲女士的日记》《母亲》《太阳照在桑干河上》等。

丁玲祖辈四代是清朝官员，父亲早亡，母亲余曼贞出身书香门第，具有民主思想，对丁玲影响很大。丁玲于 1918 年考入桃源湖南省立第二女子师范学校，次年入长沙周南女子中学，后入首次接受女生的岳云男子中学就读，期间深受五四运动影响，参加了游行、讲演、剪辫子等学生运动，阅读了许多新文学作品。1922 年，在母亲的支持下，丁玲冲破封建家庭，解除和大表哥的婚约，与好友王剑虹同赴上海，开启了自由飞翔的生活，先是进平民女子学校读书，1923 年入上海大学中文系，次年夏赴北京。在北京，丁玲接受了五四新文化、新思潮的影响，因为“对社会不满，自己生活的无出路，有许多话须要说出来，却找不到人听，很想做些事，又找不到机会，于是便提起了笔”，叙写她熟悉的青年知识分子，尤其是女性的苦闷。1927 年底，23 岁的丁玲发表处女作《梦珂》，第一次使用“丁玲”作笔名，1928 年初发表代表作《莎菲女士的日记》。其早期小说主要结集为《在黑暗中》（1928 年）、《自杀日记》（1929 年）、《一个女人》（1930 年），丁玲的创作带着强烈的女性意识，关注着知识女性的命运，描写背负时代苦闷的女性的觉醒与挣扎，小说一经发表便引起了文坛强烈的反响。

1929 年 1 月，丁玲与胡也频及好友沈从文在上海创办红黑出版社，编辑《红黑》杂志，后因资金问题破产。1930 年 5 月，丁玲加入中国左翼作家联盟，9 月出版第一部长篇小说《韦护》，1931 年 2 月，爱人胡也频被捕遇难，5 月出版丁玲与胡也频的合集《一个人的诞生》。9月，丁玲主编的“左联”机关刊物《北斗》创刊，12月，与周建人、胡愈之等发起上海文化界反帝抗日联盟。1932年3月，丁玲加入中国共产党，5月长篇小说《母亲》开始连载。

1933年5月14日，丁玲被国民党特务绑架，拘禁在南京，历时三年有余，肉体上受尽折磨，精神上历尽痛苦。1936年9月，在党的帮助下，丁玲逃离南京，奔赴陕北，成为到达中央苏区的第一位知名作家，受到毛泽东、周恩来等领导同志的欢迎。丁玲在陕北历任中国文艺协会干事会主任、西北战地服务团主任、《解放日报》文艺副刊主编、陕甘宁边区文协副主任等职。初到延安的丁玲创作了《一颗未出膛的枪弹》《东村事件》《在医院中》(1940年)、《我在霞村的时候》(1940年)、《夜》等作品，丁玲以饱满的热情投身于根据地的革命与建设中，用文艺形式积极反映人民群众火热的斗争生活，这些作品主要涉及阶级斗争和民族解放的宏大叙事主题。1945年10月，丁玲离开延安，赴东北从事新闻报道工作，后因交通中断留在张家口工作，主编《晋察冀日报》文艺副刊。1948年丁玲完成长篇小说《太阳照在桑干河上》，1949年5月出版，1952年荣获苏联斯大林文学奖。

新中国成立后，丁玲先后任中央文学研究所所长、中共中央宣传部文艺处长、《人民文学》主编、中国作家协会副主席等职。丁玲在繁忙工作之余，写出了大量散文和小说，并扶植了许多文学新人。1955年和1957年，丁玲两次遭受左倾路线迫害，下放到北大荒农场，“文革”期间又被投入监狱，直到1979年平反后重返文坛，写出《魍魉世界》(1983年)、《风雪人间》等作品，创办并主编《中国》文学杂志，热情培养青年作家。1986年3月4日，丁玲因病在北京逝世，享年82岁。

分析与鉴赏导引

这里选编的《“三八节”有感》和《风雨中忆萧红》，作品体裁相同，创作时间相近，均关注女性个人命运、生命价值与精神世界，并审视女性的现实困境与未来出路，体现了作家的深刻思索与女性意识的可贵觉醒。

丁玲是以创作于20世纪20年代的《莎菲女士的日记》而跻身并震惊文坛的，她的创作锋芒毕露、个性彰显，后因社会动荡、个人遭遇突变(1931年爱人胡也频牺牲，1933年丁玲被囚，历时三年)转而曲折奔赴延安，之后丁玲的创作改变了早期的风貌，而散文《“三八节”有感》《风雨中忆萧红》以及小说《在医院中》《我在霞村的时候》当属例外，呈现出丁玲创作的独特个性魅力。

《“三八节”有感》是应《解放日报》之约，于1942年3月8日写就，发表在次日的延安《解放日报》文艺专栏，《“三八节”有感》展现了革命区妇女的困境，女性“被逼着做了操劳的回到家庭的娜拉”，也因此被革命男性认为她们在婚后变得“落后”了，其实，“革命的男女之间并没有因为平等制度的建立而消除了性别歧视和性别压迫”，《“三八节”有感》简单直白地表露了女性生存的艰难与困苦：“她们不是铁打的，她们抵抗不了社会一切的诱惑，和无声的压迫，她们每人都有一部血泪史”，丁玲并不止揭露事实，还提出了对女人抗争的谆谆告诫：第一，不要让自己生病。第二，使自己愉快。第三，用脑子。第四，下吃苦的决心，坚持到底。这种告诫亦隐藏着许多无奈，虽然作家对女性命运有着极为深刻的思索，也表达出了强烈的个性特征和深刻的女性意识，然而这一切的改观却是何其之难。《“三八节”有感》是丁玲“贯注了血泪”、“安置了多年苦痛”的作品，表露了作家鲜明的个性精神，这是一个历尽沧桑的知识女性对现实问题的强烈揭示，对女性同胞的深情劝告，体现了可贵的女性觉醒和心灵诉求，是一篇妇女心声的宣言：“关注女性日常经验，并暗示革命和民族国家的价值目标未能在女性日常生活领域得到验证。”而也正是这篇《“三八节”有感》，几乎给丁玲带来了灭顶之灾，带给她漫漫岁月里无穷的灾难。

在《“三八节”有感》受到太多批评后，丁玲写下了抒情性散文《风雨中忆萧红》，以写景、忆人为引子，诉说了身为女性的心志。《风雨中忆萧红》写于 1942 年 4 月 25 日，发表在 1942 年 6 月 15 日《谷雨》第五期。与《“三八节”有感》迥异，《风雨中忆萧红》笔墨婉曲，亦未受到太多评论，然而这何尝是一篇普通的忆人散文，开篇有一长段景物描写，展示了丁玲所处的环境，诉说着丁玲当时正感受着来自“阴沉与絮聒”带来的抑郁、烦闷、隐忍、无奈的心境，延安在当时是很多人期盼的理想之境，然而居住长久后，丁玲发现延安还存在着诸多问题和黑暗面，“外面的人原想延安是一个天堂，去后一看，还有缺点，文化也落后。”（丁玲：《会见加拿大作家代表团的讲话》）尤其是在《“三八节”有感》发表后所受到的非议，让丁玲特别期盼“能在阴霾的气压下，打开局面，指示光明”。然而现实的困境是“我完全不懂得到底要把这批人逼到什么地方才算够？猫在吃老鼠之前，必先玩弄它以娱乐自己的得意。这种残酷是比一切屠戮都更恶毒，更需要毁灭的”，无奈的作家只能以笔倾诉内心无法排解的愤懑与不满，然而此中又满含着丁玲的自我情感和心灵取向，她在困境中选择了对个性的坚守，对女性力量的力挺，五四传统给知识分子带来的独立精神深深地支撑着作家，她在风雨中回忆起思想上的朋友，他们是“那些死去的或是正受着难的”冯雪峰、瞿秋白和萧红，丁玲以饱含深情地笔墨叙写了与萧红在短暂聚首时期的点点滴滴，萧红的“自然而直率”，她的“保有纯洁和幻想”，“从没有一句话是失去了自己的”，让丁玲深以为这是“一个真实的同伴”，而萧红的英年早逝使友人感到莫大的悲哀。此文正是“一篇述志之作——它借助于写景、怀人，以个人絮语方式表现了个体存在的困境以及在困境中对个性的坚守，并以此在精神上对《‘三八节’有感》作出了宛曲而又直截的回应”。

丁玲的《“三八节”有感》和《风雨中忆萧红》是真正站在女性立场上，基于女性视角的个性言说，从女性生存、心理层面到精神个性，作了深沉的叩问，让男权感到震颤，鼓励女性真切认识自我处境，勇敢迈向新征程。虽然丁玲之后的创作不再有鲜明的个性特征显露，然而这创作于 20 世纪 40 年代初的两篇散文却给文坛留下了极为浓重的一笔。

参考文献

[1]齐红:《女性个体生命的探究与表达——关于丁玲20世纪40年代的个性化写作》,《苏州大学学报(哲学社会科学版)》2005年第1期。

[2]常彬:《延安时期丁玲女性立场的坚持与放弃》,《文学评论》2005年第5期。

[3]冷嘉:《大风雨中的漂泊者——从1942年的"三八节有感"说起》,《文学评论》2012年第2期。

[4]秦林芳:《"阴沉和絮聒"中的个性坚守——丁玲散文〈风雨中忆萧红〉解读》,《名作欣赏》2009年第3期。

延伸阅读文本链接

1. 丁玲:《太阳照在桑干河上》,人民文学出版社2005年版。
2. 丁玲:《丁玲集》,花城出版社2006年版。

呼兰河传(节选)

萧　红

下半天冯歪嘴子就把小孩搬到磨房南头那草棚子里去了。

那小孩哭的声音很大,好像他并不是刚刚出生,好像他已经长大了的样子。

那草房里吵得不得了,我又想去看看。

这回那女人坐起来了,身上披着被子,很长的大辫子垂在背后,面朝里,坐在一堆草上不知在干什么,她一听门响,她一回头。我看出来了,她就是我们同院住着的老王家的大姑娘,我们都叫她王大姐的。

这可奇怪,怎么就是她呢?她一回头几乎是把我吓了一跳。

我转身就想往家里跑。跑到家里好赶快地告诉祖父,这到底是怎么回事?

她看是我,她就先向我一笑,她长的是很大的脸孔,很尖的鼻子,每笑的时候,她的鼻梁上就皱了一堆的褶。今天她的笑法还是和从前的一样,鼻梁处堆满了皱褶。

平常我们后园里的菜吃不了的时候,她就提着筐到我们后园来摘些茄子、黄瓜之类回家去。她是很能说能笑的人,她是很响亮的人,她和别人相见之下,她问别人:

"你吃饭了吗?"

那声音才大呢,好像房顶上落了喜鹊似的。

她的父亲是赶车的,她牵着马到井上去饮水,她打起水来,比她父亲打得更快,三绕两绕就是一桶。别人看了都说:"这姑娘将来是个兴家立业好手!"

她在我家后园里摘菜,摘完临走的时候,常常就折一朵马蛇菜花戴在头上。

她那辫子梳得才光呢,红辫根,绿辫梢,干干净净,又加上一朵马蛇菜花戴在鬓角上,非常好看。她提着筐子前边走了,后边的人就都指指划划地说她的好处。

老厨子说她大头子大眼睛长得怪好的。

有二伯说她膀大腰圆的带点福相。

母亲说她:"我没有这么大的儿子,有儿子我娶她,这姑娘真响亮。"

同院住的老周家三奶奶则说:"哟哟,这姑娘真是一棵大葵花,又高又大,你今年十几啦?"

周三奶奶一看到王大姐就问她十几岁?已经问了不知几遍了,好像一看见就必得这么问,若不问就好像没有话说似的。

每逢一问,王大姐也总是说:"二十了。"

"二十了,可得给说一个媒了。"再不然就是,"看谁家有这么大的福气,看吧,将来看吧。"

隔院的杨家的老太太,扒着墙头一看见王大姐就说:“这姑娘的脸红得像一盆火似的。”

现在王大姐一笑还是一皱鼻子,不过她的脸有一点清瘦,颜色发白了许多。

她怀里抱着小孩。我看一看她,她也不好意思了,我也不好意思了。我的不好意思是因为好久不见的缘故,我想她也许是和我一样吧。我想要走,又不好意思立刻就走开。想要多呆一会又没有什么话好说的。

我就站在那里静静地站了一会,我看她用草把小孩盖了起来,把小孩放到炕上去。其实也看不见什么是炕,乌七八糟的都是草,地上是草,炕上也是草,草捆子堆得房梁上去了。那小炕本来不大,又都叫草捆子给占满了。那小孩也就在草中偎了个草窝,铺着草盖着草地就睡着了。

我越看越觉得好玩,好像小孩睡在喜鹊窝里了似的。

到了晚上,我又把全套我所见的告诉了祖父。

祖父什么也不说。但我看出来祖父晓得的比我晓得的多的样子。我说:“那小孩还盖着草呢!”

祖父说:“嗯!”

我说:“那不是王大姐吗?”

祖父说:“嗯。”

祖父是什么也不问,什么也不听的样子。

等到了晚上在煤油灯的下边,我家全体的人都聚集了的时候,那才热闹呢!连说带讲的。这个说,王大姑娘这么的。

那个说王大姑娘那么着……说来说去,说得不成样子了。

说王大姑娘这样坏,那样坏,一看就知道不是好东西。

说她说话的声音那么大,一定不是好东西。哪有姑娘家家的,大说大讲的。

有二伯说:“好好的一个姑娘,看上了一个磨房的磨官,介个年头是啥年头!”

老厨子说:“男子要长个粗壮,女子要长个秀气。没见过一个姑娘长得和一个抗大个的(抗工)似的。”

有二伯也就接着说:“对呀!老爷像老爷,娘娘像娘娘,你没四月十八去逛过庙吗?那老爷庙上的老爷,威风八面,娘娘庙上的娘娘,温柔典雅。”

老厨子又说:“哪有的勾当,姑娘家家的,打起水来,比个男子大丈夫还有力气。没见过,姑娘家家的那么大的力气。”

有二伯说:“那算完,长的是一身穷骨头穷肉,那穿绸穿缎的她不去看,她看上了个灰秃秃的磨官。真是武大郎玩鸭子,啥人玩啥鸟。”

第二天,左邻右居的都晓得王大姑娘生了小孩了。

周三奶奶跑到我家来探听了一番,母亲说就在那草棚子里,让她去看。她说:“哟哟!我可没那么大的工夫去看的,什么好勾当。”

西院的杨老太太听了风也来了。穿了一身浆得闪光发亮的蓝大布衫,头上扣着银扁方，手上戴着白铜的戒指。

一进屋，母亲就告诉她冯歪嘴子得了儿子了。杨老太太连忙就说："我可不是来探听他们那些猫三狗四的，我是来问问那广和银号的利息到底是大加一呢，还是八成？因为昨天西荒上的二小子打信来说，他老丈人要给一个亲戚拾几万吊钱。"

说完了，她庄庄严严地坐在那里。

我家的屋子太热，杨老太太一进屋来就把脸热的通红。母亲连忙打开了北边的那通气窗。

通气窗一开，那草棚子里的小孩的哭声就听见了，那哭声特别吵闹。

"听听啦，"母亲说，"这就是冯歪嘴子的儿子。"

"怎么的啦？那王大姑娘我看就不是个好东西，我就说，那姑娘将来好不了。"杨老太太说，"前些日子那姑娘忽然不见了，我就问她妈，'你们大姑娘哪儿去啦？'她妈说，'上她姥姥家去了。'一去去了这么久没回来，我就有点觉景。"

母亲说："王大姑娘夏天的时候常常哭，把眼圈都哭红了，她妈说她脾气大，跟她妈吵架气的。"

杨老太太把肩膀一抱说："气的，好大的气性，到今天都丢了人啦，怎么没气死呢。那姑娘不是好东西，你看她那双眼睛，多么大！我早就说过，这姑娘好不了。"

而后在母亲的耳朵上嘁嘁喳喳了一阵，又说又笑地走了。

把她那原来到我家里来的原意，大概也忘了。她来是为了广和银号利息的问题，可是一直到走也没有再提起那广和银号来。

杨老太太，周三奶奶，还有同院住的那些粉房里的人，没有一个不说王大姑娘坏的。

说王大姑娘的眼睛长得不好，说王大姑娘的力气太大，说王大姑娘的辫子长得也太长。

这事情一发，全院子的人给王大姑娘做论的做论，做传的做传，还有给她做日记的。

做传的说，她从小就在外祖母家里养着，一天尽和男孩子在一块，没男没女。有一天她竟拿着烧火的叉子把她的表弟给打伤了。又是一天刮大风，她把外祖母的二十多个鸭蛋一次给偷着吃光了。又是一天她在河沟子里边采菱角，她自己采的少，她就把别人的菱角倒在她的筐里了，就说是她采的。说她强横得不得了，没有人敢去和她分辩，一分辩，她开口就骂，举手就打。

那给她做传的人，说着就好像看见过似的，说腊月二十三，过小年的那天，王大姑娘因为外祖母少给了她一块肉吃，她就跟外祖母打了一仗，就跑回家里来了。

"你看看吧，她的嘴该多馋。"

于是四边听着的人，没有不笑的。

那给王大姑娘做传的人，材料的确搜集得不少。

自从团圆媳妇死了，院子里似乎寂寞了很长的一个时期，现在虽然不能说十分热闹,但大家都总要尽力地鼓吹一番。虽然不跳神打鼓,但也总应该给大家多少开一开心。

于是吹风的,把眼的,跑线的,绝对的不辞辛苦,在飘着白白的大雪的夜里,也就戴着皮帽子,穿着大毡靴,站在冯歪嘴子的窗户外边,在那里守候着,为的是偷听一点什么消息。若能听到一点点,哪怕针孔那么大一点,也总没有白挨冻,好作为第二天宣传的材料。

所以冯歪嘴子那门下在开初的几天,竟站着不少的探访员。

这些探访员往往没有受过教育,他们最喜欢造谣生事。

比方我家的老厨子出去探访了一阵,回家报告说:"那草棚子才冷呢!五风楼似的,那小孩一声不响了,大概是冻死了,快去看热闹吧!"

老厨子举手舞脚的,他高兴得不得了。

不一会他又戴上了狗皮帽子,他又去探访了一阵,这一回他报告说:"他妈的,没有死,那小孩还没冻死呢!还在娘怀里吃奶呢。"

这新闻发生的地点。离我家也不过五十步远,可是一经探访员们这一探访,事情本来的面目可就大大的两样了。

有的看了冯歪嘴子的炕上有一段绳头,于是就传说着冯歪嘴子要上吊。

这"上吊"的刺激,给人们的力量真是不小。女的戴上风帽,男的穿上毡靴,要来这里参观的,或是准备着来参观的人不知多少。

西院老杨家就有三十多口人,小孩不算在内,若算在内也有四十口了。就单说这三十多人若都来看上吊的冯歪嘴子,岂不把我家的那小草棚挤翻了吗!就说他家那些人中有的老的病的,不能够来,就说最低限度来上十个人吧。那么西院老杨家来十个,同院的老周家来三个——周三奶奶,周四婶子,周老婶子——外加周四婶子怀抱着一个孩子,周老婶子手里牵着个孩子——她们是有这样的习惯的——那么一共周家老少三辈总算五口了。

还有磨房里的漏粉匠,烧火的,跑街送货的等等,一时也数不清是几多人,总之这全院好看热闹的人也不下二三十。

还有前后街上的,一听了消息也少不了来了不少的。

"上吊。"为啥一个好好人,活着不愿意活,而愿意"上吊"呢?大家快去看看吧,其中必是趣味无穷,大家快去看看吧。

再说开开眼也是好的,反正也不是去看跑马戏的,又要花钱,又要买票。

所以呼兰河城里凡是一有跳井投河的,或是上吊的,那看热闹的人就特别多,我不知道中国别的地方是否这样,但在我的家乡确是这样的。

投了河的女人,被打捞上来了,也不赶快的埋,也不赶快的葬,摆在那里一两天,让大家围着观看。

跳了井的女人,从井里捞出来,也不赶快的埋,也不赶快的葬,好像国货展览会似的,热闹得车水马龙了。

其实那没有什么好看的，假若冯歪嘴子上了吊，那岂不是看了很害怕吗！

有一些胆小的女人，看了投河的，跳井的，三天五夜的不能睡觉。但是下次，一有这样的冤魂，她仍旧是去看的，看了回来就觉得那恶劣的印象就在眼前，于是又是睡觉不安，吃饭也不香。但是不去看，是不行的，第三次仍旧去看，哪怕去看了之后，心里觉得恐怖，而后再买一匹黄钱纸，一扎线香到十字路口上去烧了，向着那东西南北的大道磕上三个头，同时嘴里说："邪魔野鬼可不要上我的身哪，我这里香纸的也都打发过你们了。"

有的谁家的姑娘，为了去看上吊的，回来吓死了。听说不但看上吊的，就是看跳井的，也有被吓死的。吓出一场病来，千医百治的治不好，后来死了。

但是人们还是愿意看，男人也许特别胆子大，不害怕。

女人却都是胆小的多，都是乍着胆子看。

还有小孩，女人也把他们带来看，他们还没有长成为一个人，母亲就早把他们带来了，也许在这热闹的世界里，还是提早地演习着一点的好，免得将来对于跳井上吊太外行了。

有的探访员晓得了冯歪嘴子从街上买来了一把家常用的切菜的刀，于是就大放冯歪嘴子要自刎的空气。

冯歪嘴子，没有上吊，没有自刎，还是好好地活着。过了一年，他的孩子长大了。

［文章来源：《呼兰河传》，辽宁人民出版社 2014 年版］

文史知识地图

萧红(1911—1942)，中国现代女作家，被誉为 20 世纪 30 年代的文学洛神。黑龙江省呼兰县人，本名张乃莹，萧红是笔名。1911 年 6 月生于一个地主家庭，十岁丧母，幼年跟随性情宽厚的祖父生活，过得无忧无虑，受到祖父以古诗为主的启蒙教育。然而父亲对萧红很冷漠，这促使她最终走上了远离家庭的道路。1920 年入小学，成绩优秀，作文尤其出彩。1927 年考入哈尔滨"东特女一中"，接触到一些新思想和新观念，阅读了鲁迅的《呐喊》和茅盾的《追求》等新文学作品。1929 年祖父去世，萧红十分悲痛，对家庭再无留恋。1930 年为反抗包办婚姻而逃离家庭，永远离开了家乡，但受窘于经济压力又遭情人始乱终弃，过着潦倒而痛苦的日子。

1932 年，萧红与萧军相识，开始为报刊写稿，从此走上了写作之路。在这段时间里，萧红体味到了处于生活最底层的贫穷和刻骨铭心的饥饿，所幸二人虽生活贫困而能患难与共，虽处境艰难而能感情融洽。1933 年，萧红以悄吟为笔名发表了第一篇作品《弃儿》，又连续创作了《王阿嫂之死》《看风筝》等。萧红和萧军经常参与罗峰、白朗、舒群等左翼文化人的聚会，还参加抗日演出，这些活动使萧红开阔了眼界，增加了学识。1933 年 8 月，长春《大同报》文艺周刊《夜哨》创刊，萧红在该刊发表了《哑老人》《夜风》《八月天》等作品。1933 年 10 月，萧红与萧军自费出版了两人创作的合集《跋涉》,揭露日伪侵占下社会的黑暗,歌颂人民的抗争,在东北文坛崭露头角,但集子遭到了日军的查禁,两人也被迫于1934年5月离开哈尔滨。6月他们到青岛,萧红全力投入写作,完成了《生死场》。同年10月前往上海,在鲁迅支持下,《生死场》在1935年底得以出版,鲁迅作序,胡风写后记,列入"奴隶丛书",萧红这一笔名正式启用。《生死场》以"九一八"前后的东北乡村为背景,真实描绘了农民的悲惨生活,揭露了日伪统治下东北社会的黑暗,表现了农民经过不断挣扎,最后走向反抗斗争的英勇。萧红还以敏锐的笔触表达了对人性的关注、对国民性的探寻。鲁迅在序言中称赞《生死场》中"北方人民对于生的坚强,对于死的挣扎……已经力透纸背"。《生死场》一出版即被查禁,然而越查禁越畅销,有着相当的社会影响力,引起文坛不俗的反响。1935年5月,写成自传体散文集《商市街》(1936年8月出版),以优美简洁的文笔生动地记述了与萧军在商市街的生活,相较实际生活的困顿,作品显示的却是幽默而轻松。

1936年7月,为摆脱精神痛苦,萧红只身东渡日本,先后写下了《孤独的生活》《牛车上》《家族以外的人》等作品,后结集为《牛车上》(1937年出版)。11月出版了小说散文集《桥》。1937年1月萧红返回上海,抗战爆发后辗转各地,积极投入抗战文艺活动。9月到武汉,次年与萧军正式分手,后与端木蕻良在武汉举行婚礼,这是萧红第一次做了真正的新娘。9月,萧红转移到重庆,1939年早春写了不少小说和散文,还有一册《回忆鲁迅先生》,而《呼兰河传》也是于重庆开始创作的。

1940年1月底,萧红随端木蕻良奔赴香港,迎来了又一个创作高峰期。4月,发表自传体短篇小说《后花园》,10月发表纪念鲁迅先生的哑剧《民族魂——鲁迅》,年底长篇小说《马伯乐》问世,还完成了《呼兰河传》的创作。《呼兰河传》是回忆性的长篇小说,带有浓厚的乡土气息,饱含了作家的深情,艺术风格独特。《后花园》是以东北农民悲凉的命运遭遇为主题,《马伯乐》则以犀利的幽默与讽刺刻画了一个自私自利却无能为力的市民形象。萧红笔下展现了战时形形色色人的嘴脸,将人性的弱点暴露无遗。而萧红的身体也因多年的漂泊流浪而每况愈下,在贫病交加中,萧红依然坚持创作,陆续发表了《马伯乐》续篇、《北中国》和《小城三月》。1942年1月日军占领香港,兵荒马乱、颠沛流离中,萧红于1月22日病逝,年仅31岁。萧红的一生是艰难的一生,也是她不向命运低头、勇敢抗争的一生。

萧红是东北作家群的代表人物,也是最具艺术才情的一位,在她近十年的文学生涯里,为中国现代文学创造了多部优秀作品,然而在当时主流社会的价值观中,萧红的创作,尤其是《呼兰河传》等并不为人全然理解,萧红处在寂寞之境,孤独地用手中的笔记录着自己的情。

分析与鉴赏导引

这里所选的是小说《呼兰河传》第七章中的部分精彩内容,描写的是磨倌冯歪嘴子的故事。磨倌冯歪嘴子是小说描绘的人物中生命力最强的一个,按着人们的惯常思维，他在经历了生活重重打击之后，必然会消沉堕落，然而冯歪嘴子对于生的渴望依然强烈，他的生命力特别顽强，虽然这只是一种原始性的本能的顽强。

《呼兰河传》是带有自传性质的长篇小说，于1940年底在香港完稿，这是萧红的代表作，也是中国现代文学宝库中的瑰宝。经历了祖父的死、家庭的背弃、恋人的抛弃、生产的苦痛和生活的饥寒交迫以及常年的四处流浪，旅居香港的萧红越发对在祖父庇佑下童年无忧无虑的生活产生了深深的怀念，也对十年未见的家乡风物激发了由衷的想念，小说细腻地记录了乡村的真实图景，记录了乡村的生死，表达了个人的感怀，弥漫着颇为浓重的忧郁的感伤气息，寄托了身在异乡的寂寞女儿对故乡浓浓的怀念之情。

作家以童年的所见所闻为题材，以1920年代的东北乡村为背景，凭借敏锐而纤细的艺术感受力，用儿童的视角细腻地写出了东北乡村和小镇的荒凉和闭塞，描绘了封建社会的黑暗，批判了国民性，表现了对女性命运和前途的深切关注。作为长篇小说，《呼兰河传》结构散漫，没有连贯的故事情节和完整贯串的叙事线索，全书七章之间可以单独成篇，而无必然的因果联系，然而它们虽然分散，却是有机统一在作家构建的呼兰河这一整体叙事对象之下。一二章描绘了呼兰河城的地理风貌和民俗风情，人们在麻木不自知中度过了年复一年，三四章作家展开了对童年生活的回忆，五六七章则分别以一个主要人物为描述对象，以幼年的“我”为叙述视角展开对这一人物命运的书写，如小团圆媳妇的不幸、有二伯的悲凉、冯歪嘴子的凄惨然而坚强。再辅以短小尾声，小说就此完篇。

小说通过“我”——一个年幼女孩子的目光看到的呼兰河的城和人来结构全篇，用白描手法，原生态书写出发生在呼兰河城土地上的活动和事件。呼兰是一座宁静而落后的小城，它的居民主要是一些保守的农民、手艺人和小贩，他们刻板而有规律地生活着，他们的“精神盛举”只有跳大神、唱秧歌、放河灯、上演野台子戏、赶四月十八娘娘庙大会。

小说中的人物，以自然形态呈现出来，他们是立体的，然而又多半是消极地在这世上胡乱地生活着，他们大多是甘愿依照惯例稀里糊涂然而又自怨自艾地过着一年又一年，他们可怜而又可悲。作家对他们的态度和情感也是复杂的，她把些微的揭露、讽刺和对故乡的依恋、向往揉在了一起，一方面揭露着呼兰河城人的种种病态：迷信、麻木和愚蠢，呼兰河城的盛举诸如跳大神、放河灯“都是为鬼而做的，并非为人而做的”；另一方面又不乏对这些处于无知中的人们的同情，因为他们的本质是善良的，他们辛勤肯干还容易满足，像有二伯、小团圆媳妇的婆婆，都是这样的。在生机盎然的后花园，有的是和祖父相处的温馨快乐；在储藏室的旧物翻寻中，有的是得到新鲜物件的新奇，充满了天真的童趣，然而作者又再三强调“我家是荒凉的”。作家无意于描写日本帝国主义的血腥侵略，也不愿费笔墨控诉封建统治阶级对人们的剥削和压迫，只愿描绘着冬去春来的后花园，好奇着自然存在的图景和事物，痛并同情着这一群愚昧保守、自食其果而又生活得还算悠然自得的乡邻们。小团圆媳妇、有二伯、冯歪嘴子是小说中比较有血有肉且专章主要描绘的人物，而比较容易被忽略的是叙述者“我”，以及“我”的祖父，然而正如小说标题所示，作家书写的真正对象是呼兰河城，是呼兰河城的现实环境、人物活动、社会风俗、精神内蕴，作家力图为生于斯长于斯的故乡立传，即便写人物、写故事，也都是为了更凸显呼兰河城，这些都只是呼兰河城的表征。

区别于作家早期以《生死场》为代表的左翼文学创作，《呼兰河传》有着独特的风格，显示了萧红个性化、自我化的创新，在左翼文学阵营中受到了批评。然而由于作家的全情投入，《呼兰河传》是其最有魅力也最有价值的作品，在艺术上取得了巨大成功，萧红的特长在于"描写环境，渲染气氛，揣摩心理，刻画风俗"。茅盾评论说："要点不在《呼兰河传》不像是一部严格意义的小说，而在于它这'不像'之外，还有些别的东西——一些比'像'一部小说更为'诱人'些的东西：它是一篇叙事诗，一幅多彩的风土画，一串凄婉的歌谣。"萧红这独特的小说文体显示了小说的散文化倾向，是诗化小说的精品。正如鲁迅在《生死场》序言中所言，萧红的叙事和写景要胜于人物的描写，《呼兰河传》没有贯串全书的线索，没有完整的故事情节，只以小女孩的视线勾连了一串人和事，而故事和人物的呈现也都是片段式的，尤其注重对呼兰河城的环境描写，显示出小女孩的天真和困惑，从而更强烈地反衬出现实世界的残酷。"《呼兰河传》之所以能够成为一部不朽的名作，是因为从小说艺术的角度来考察，这部小说灌注了萧红自觉的文体创造意识——它形象而集中地诠释了萧红作为一位小说家的独特的艺术质素和萧红文体的独特风格。"小说破除了传统小说以人物形象和情节发展为中心的叙事模式，而以环境和氛围为中心内容，呈现出一种信马由缰的随意。小说"以长篇小说的崭新形态出现在中国现代文学史上，它是中国现代长篇小说的'完全'散文化的实现。……为中国现代长篇小说冲破传统叙述模式的樊篱树起了良好的示范"。《呼兰河传》中的很多经典段落还入选了当代的中小学语文教材。

《呼兰河传》是萧红在现实生活陷入极度困难和迷茫之时创作的，面对祖国的混乱和破败，国土受到日本帝国主义的践踏，作家内心承受着莫大的痛苦，在文学创作中，萧红试图通过对无忧无虑童年生活的美好回忆获得一些精神上的慰藉，以儿童天真烂漫的视角，用回忆性的温馨语调，对故乡呼兰河城风土人情展开诗情画意的描写，有着强烈的感染效果。

参考文献

[1]杨义：《中国现代小说史(第二卷)》，人民文学出版社 1986 年版。

[2]秦林芳：《童年视角与〈呼兰河传〉的文体构成》，《中国现代文学研究丛刊》2011 年第 9 期。

[3]姜振昌、宋娴：《〈呼兰河传〉：长篇小说与散文化叙述》，《烟台大学学报》2009 年第 1 期。

延伸阅读文本链接

1. 萧红：《萧红全集》，辽宁人民出版社 2014 年版。

2. 萧红：《永久的憧憬和追求——萧红自述》，万卷出版公司 2014 年版。

金锁记（节选）

张爱玲

风从窗子里进来，对面挂着的回文雕漆长镜被吹得摇摇晃晃，磕托磕托敲着墙。七巧双手按住了镜子。镜子里反映着的翠竹帘子和一副金绿山水屏条依旧在风中来回荡漾着，望久了，便有一种晕船的感觉。再定睛看时，翠竹帘子已经褪了色，金绿山水换为一张她丈夫的遗像，镜子里的人也老了十年。

去年她戴了丈夫的孝，今年婆婆又过世了。现在正式挽了叔公九老太爷出来为他们分家。今天是她嫁到姜家来之后一切幻想的集中点。这些年了，她戴着黄金的枷锁，可是连金子的边都啃不到，这以后就不同了。七巧穿着白香云纱衫，黑裙子，然而她脸上像抹了胭脂似的，从那揉红了的眼圈儿到烧热的颧骨。她抬起手来揾了揾脸，脸上烫，身子却冷得打颤。她叫祥云倒了杯茶来。（小双早已嫁了，祥云也配了个小厮。）茶给喝了下去，沉重地往腔子里流，一颗心便在热茶里扑通扑通跳。她背向着镜子坐下来，问祥云道："九老太爷来了这一下午，就在堂屋里跟马师爷查账？"祥云应了一声是。七巧又道："大爷大奶奶三爷三奶奶都不在跟前？"祥云又应了一声是。七巧道："还到谁的屋里去过？"祥云道："就到哥儿们的书房里兜了一兜。"七巧道："好在咱们白哥儿的书倒不怕他查考……今年这孩子就吃亏在他爸爸他奶奶接连着出了事，他若还有心念书，他也不是人养的！"她把茶吃完了，吩咐祥云下去看看堂屋里大房三房的人可都齐了，免得自己去早了，显得性急，被人耻笑。恰巧大房里也差了一个丫头出来探看，和祥云打了个照面。

七巧终于款款下楼来了。堂屋里临时布置了一张镜面乌木大餐台，九老太爷独当一面坐了，面前乱堆着青布面、梅红签的账簿，又搁着一只瓜楞茶碗。四周除了马师爷之外，又有特地邀请的"公亲"，近于陪审员的性质。各房只派了一个男子作代表，大房是大爷，二房二爷没了，是二奶奶，三房是三爷。季泽很知道这总清算的日子于他没有什么好处，因此他到得最迟。然而来既来了，他决不愿意露出焦灼懊丧的神气。腮帮子上依旧是他那点丰肥的，红色的笑。眼睛里依旧是他那点潇洒的不耐烦。

九老太爷咳嗽了一声，把姜家的经济状况约略报告了一遍，又翻着账簿子读出重要的田地房产的所在与按年的收入。七巧两手紧紧扣在肚子上，身子向前倾着，努力向她自己解释他的每一句话，与她往日调查所得一一印证。青岛的房子、天津的房子、北京城外的地、上海的房子……三爷在公账上拖欠过巨，他的一部分遗产被抵消了之后，还净欠六万，然而大房二房也只得就此算了，因为他是一无所有的人。他所仅有的那一幢花园洋房，他为一个姨太太买了，也已经抵押了出去。其余只有老太太陪嫁过来的首饰，由兄弟三人均分，季泽的那一份也不便充公，因为是母亲留下的一点纪念。七巧突然叫了起来道："九老太爷，那我们太吃亏了！"

堂屋里本就肃静无声，现在这肃静却是沙沙有声，直锯进耳朵里去，象电影配音机器损坏之后的锈轧。九老太爷睁了眼望着她道："怎么？你连他娘丢下的几件首饰也舍不得给他？"七巧道："亲兄弟，明算帐，大哥大嫂不言语，我可不能不老着脸开口说句话。我须比不得大哥大嫂——我们死掉的那个若是有能耐出去做两任官，手头活便些，我也乐得放大方些，哪怕把从前的旧账一笔勾销呢？可怜我们那一个病病哼哼一辈子，何尝有过一文半文进账，丢下我们孤儿寡妇，就指着这两个死钱过活。我是个没脚蟹，长白还不满十四岁，往后苦日子有得过呢！"说着，流下泪来。九老太爷道："依你便怎样？"七巧呜咽道："哪儿由得我出主意呢？只求九老太爷替我们做主！"季泽冷着脸只不做声，满屋子的人都觉不便开口。九老太爷按捺不住一肚子的火，哼了一声道："我倒想替你出主意呢，只怕你不爱听！二房里有田地没人照管，三房里有人没有地，我待要叫三爷替你照管，你多少贴他些，又怕你不要他！"七巧冷笑道："我倒想依你呢，只怕死掉的那个不依！来人哪！祥云你把白哥儿给我找来！长白，你爹好苦呀！一下地就是一身的病，为人一场，一天舒坦日子也没过着，临了丢下你这点骨血，人家还看不得你，千方百计图谋你的东西！长白谁叫你爹拖着一身病，活着人家欺负他，死了人家欺负他的孤儿寡妇！我还不打紧，我还能活个几十年么？至多我到老太太灵前把话说明白了，把这条命跟人拼了。长白你可是年纪小着呢，就是喝西北风你也得活下去呀！"九老太爷气得把桌子一拍道："我不管了！是你们求爹爹拜奶奶邀了我来的，你道我喜欢自找麻烦么？"站起来一脚踢翻了椅子，也不等人搀扶，一阵风走得无影无踪。众人面面相觑，一个个悄没声儿溜走了。惟有那马师爷忙着拾掇账簿子，落后了一步，看看屋里人全走光了，单剩下二奶奶一个人坐在那里捶着胸脯号啕大哭，自己若无其事地走了，似乎不好意思，只得走上前去，打躬作揖叫道："二太太！二太太……二太太！"七巧只顾把袖子遮住脸，马师爷又不便把她的手拿开，急得把瓜皮帽摘下来扇着汗。

维持了几天的僵局，到底还是无声无息照原定计划分了家。孤儿寡妇还是被欺负了。

七巧带着儿子长白，女儿长安另租了一幢屋子住下了，和姜家各房很少来往。隔了几个月，姜季泽忽然上门来了。老妈子通报上来，七巧怀着鬼胎，想着分家的那一天得罪了他，不知他有什么手段对付。可是兵来将挡，她凭什么要怕他？她家常穿着佛青实地纱袄子，特地紧上一条玄色铁线纱裙，走下楼来。季泽却是满面春风地站起来问二嫂好，又问白哥儿可是在书房里，安姐儿的湿气可大好了，七巧心里便疑惑他是来借钱的，加意防备着，坐下笑道："三弟你近来又发福了。"季泽笑道："看我象一点心事都没有的人。"七巧笑道："有福之人不在忙吗！你一向就是无牵无挂的。"季泽笑道："等我把房子卖了，我还要无牵无挂呢！"七巧道："就是你做了押款的那房子，你要卖？"季泽道，"当初造它的时候，很费了点心思，有许多装置都是自己心爱的，当然不愿意脱手。后来你是知道的，那边地皮值钱了，前年把它翻造了弄堂房子，一家一家收租，跟那些住小家的打交道，我实在嫌麻烦，索性打算卖了它，图个清净。”七巧暗地里说道：“口气好大！我是知道你的底细的，你在我跟前充什么阔大爷！”

虽然他不向她哭穷，但凡谈到银钱交易，她总觉得有点危险，便岔了开去道：“三妹妹好么？腰子病近来发过没有？”季泽笑道：“我也有许久没见过她的面了。”七巧道：“这是什么话？你们吵了嘴么？”季泽笑道：“这些时我们倒也没吵过嘴。不得已在一起说两句话，也是难得的，也没那闲情逸致吵嘴。”七巧道：“何至于这样？我就不相信！”季泽两肘撑在藤椅的扶手上，交叉十指，手搭凉棚，影子落在眼睛上，深深的唉了一声。七巧笑道：“没有别的，要不就是你在外头玩得太厉害了。自己做错了事，还唉声叹气的仿佛谁害了你似的。你们姜家就没有一个好人！”说着，举起白团扇，作势要打。季泽把那交叉着的十指往下移了一移，两只大拇指按在嘴唇上，两只食指缓缓抚摸着鼻梁，露出一双水汪汪的眼睛来。那眼珠却是水仙花缸底的黑石子，上面汪着水，下面冷冷的没有表情。看不出他在想什么。七巧道：“我非打你不可！”季泽的眼睛里突然冒出一点笑泡儿，道：“你打，你打！”七巧待要打，又掣回手去，重新一鼓作气道：“我真打！”抬高了手，一扇子劈下来，又在半空中停住了，吃吃笑起来，季泽带笑将肩膀耸了一耸，凑了上去道：“你倒是打我一下罢！害得我浑身骨头痒痒着，不得劲儿！”七巧把扇子向背后一藏，越发笑得格格的。

季泽把椅子换了个方向，面朝墙坐着，人向椅背上一靠，双手蒙住了眼睛，又是长长地叹了口气。七巧啃着扇子柄，斜瞟着他道：“你今儿是怎么了？受了暑吗？”季泽道：“你哪里知道？”半晌，他低低的一个字一个字说道：“你知道我为什么跟家里的那个不好，为什么我拼命地在外头玩，把产业都败光了？你知道这都是为了谁？”七巧不知不觉有些胆寒，走得远远的，倚在炉台上，脸色慢慢的变了。季泽跟了过来。七巧垂着头，肘弯撑在炉台上，手里擎着团扇，扇子上的杏黄穗子顺着她的额角拖下来。季泽在她对面站住了，小声道：“二嫂！……七巧！”

七巧背过脸去淡淡笑道：“我要相信你才怪呢！”季泽便也走开了，道：“不错。你怎么能够相信我？自从你到我家来，我在家一刻也待不住，只想出去。你没来的时候我并没有那么荒唐过，后来那都是为了躲你。娶了兰仙来，我更玩得凶了，为了躲你之外又要躲她，见了你，说不了两句话我就要发脾气——你哪儿知道我心里的苦楚？你对我好，我心里更难受——我得管着我自己——我不得平白的坑坏了你，家里人多眼杂，让人知道了，我是个男子汉，还不打紧。你可了不得！”七巧的手直打颤，扇柄上的杏黄须子在她额上苏苏摩擦着。季泽道：“你信也罢！不信也罢！信了又怎样？横竖我们半辈子已经过去了，说也是白说。我只求你原谅我这一片心。我为你吃了这些苦，也就不算冤枉了。”

七巧低着头，沐浴在光辉里，细细的音乐，细细的喜悦……这些年了，她跟他捉迷藏似的，只是近不得身，原来还有今天！可不是，这半辈子已经完了——花一般的年纪已经过去了。人生就是这样的错综复杂，不讲理。当初她为什么嫁到姜家来？为了钱么？不是的，为了要遇见季泽，为了命中注定她要和季泽相爱。她微微抬起脸来，季泽立在她跟前，两手合在她扇子上，面颊贴在她扇子上。他也老了十年了，然而人究竟还是那个人呵！他难道是哄她么？他想她的钱——她卖掉她的一生换来的几个钱？仅仅这一转念便使她暴怒起来。就算她错怪了他，他为她吃的苦抵得过她为他吃的苦么？好容易她死了心了，他又来撩拨她，她恨他。他还在看着她。他的眼睛——虽然隔了十年，人还是那个人呵！就算他是骗她的，迟一点儿发现不好么？即使明知是骗人的，他太会演戏了，也跟真的差不多罢？

不行！她不能有把柄落在这厮手里。姜家的人是厉害的，她的钱只怕保不住。她得先证明他是真心不是。七巧定了一定神，向门外瞧了一瞧，轻轻惊叫道："有人！"便三脚两步赶出门去，到下房里吩咐潘妈替三爷弄点心去，快些端了来，顺便带把芭蕉扇进来替三爷打扇。七巧回到屋里来，故意皱着眉道："真可恶，老妈子在门口探头探脑的，见了我抹过头去就跑，被我赶上去喝住了。若是关上了门说两句话，指不定造出什么谣言来呢！饶是独门独户住了，还没个清净。"潘妈送了点心与酸梅汤进来，七巧亲自拿筷子替季泽拣掉了蜜层糕上的玫瑰与青梅，道："我记得你是不爱吃红绿丝的。"有人在跟前，季泽不便说什么，只是微笑。七巧似乎没话找话说似的，问道："你卖房子，接洽得怎样了？"季泽一面吃，一面答道："有人出八万五，我还没打定主意呢。"七巧沉吟道："地段倒是好的。"季泽道："谁都不赞成我脱手，说还要涨呢。"七巧又问了些详细情形，便道："可惜我手头没有这一笔现款，不然我倒想买。"季泽道："其实呢，我这房子倒不急，倒是咱们乡下你那些田，早早脱手的好。自从改了民国，接二连三的打仗，何尝有一年闲过，把地面上糟蹋得不成样子，中间还被收租的、师爷、地头蛇一层一层勒啃着，莫说这两年不是水就是旱，就遇着了丰年，也没有多少进账轮到我们头上。"七巧寻思着，道："我也盘算过来，一直挨着没有办。先晓得把它卖了，这会子想买房子，也不至于钱不凑手了。"季泽道："你那田要卖趁现在就得卖，听说直鲁又要开仗了。"七巧道："急切间你叫我卖给谁去？"季泽顿了一顿道："我去替你打听打听，也成。"七巧耸了耸眉毛笑道："得了，你那些狐群狗党里头，又有谁是靠得住的？"季泽把咬开的饺子在小碟里蘸了点醋，闲闲说出两个靠得住的人名，七巧便认真仔细盘问他起来，他果然回答得有条不紊，显然他是筹之已熟的。

七巧虽是笑吟吟的，嘴里发干，上嘴唇粘在牙仁上，放不下来。她端起盖碗来吸了一口茶，舔了舔嘴唇，突然把脸一沉，跳起身来，将手里的扇子向季泽头上滴溜溜掷过去，季泽向左偏了一偏，那团扇敲在他肩膀上，打翻了玻璃杯，酸梅汤淋淋漓漓溅了他一身。七巧骂道："你要我卖了田去买你的房子？你要我卖田？钱一经你的手，还有得说么？你哄我——你拿那样的话来哄我——你拿我当傻子——"她隔着一张桌子探身过去打他，然而她被潘妈下死劲抱住了。潘妈叫唤起来，祥云等人都奔了来，七手八脚按住了她，七嘴八舌求告着。七巧一头挣扎，一头叱喝着，然而她的一颗心直往下坠——她很明白她这举动太蠢——太蠢——她在这儿丢人出丑。

季泽脱下了他那湿濡的白云纱长衫，潘妈绞了手巾来代他揩擦，他理也不理，把衣服夹在手臂上,竟自扬长出门去了,临行的时候向祥云道:“等白哥儿下了学,叫他替他母亲请个医生来看看。”祥云吓糊涂了,连声答应着,被七巧兜脸给她一个耳刮子。

季泽走了。丫头老妈子也给七巧骂跑了。酸梅汤沿着桌子一滴一滴朝下滴,象迟迟的夜漏——一滴,一滴……一更,二更……一年,一百年。真长,这寂寂的一刹那。七巧扶着头站着倏地掉转身来上楼去,提着裙子,性急慌忙,跌跌跄跄,不住的撞到那阴暗的绿粉墙上,佛青袄子上沾了大块的淡色的灰。她要在楼上的窗户里再看他一眼。无论如何,她从前爱过他。她的爱给了她无穷的痛苦。单只这一点,就使她值得留恋。多少回了,为了要按捺她自己,她迸得全身的筋骨与牙根都酸楚了。今天完全是她的错。他不是个好人,她又不是不知道。她要他,就得装糊涂,就得容忍他的坏。她为什么要戳穿他?人生在世,还不就是那么一回事?归根究底,什么是真的,什么是假的?

她到了窗前,揭开了那边上缀有小绒球的墨绿洋式窗帘,季泽正在弄堂里望外走,长衫搭在臂上,晴天的风象一群白鸽子钻进他的纺绸裤褂里去,哪儿都钻到了,飘飘拍着翅子。

[文章来源:张爱玲:《倾城之恋》,中国文联出版公司 1986 年版]

文史知识地图

张爱玲(1920—1995),中国现代作家,原名张瑛,是上海沦陷时期有名的女作家,代表作有《金锁记》《倾城之恋》《红玫瑰与白玫瑰》《十八春》《小团圆》《红楼梦魇》等。

张爱玲 1920 年出生于上海,祖父张佩纶是清末名臣,祖母为李鸿章的女儿,1922 年张爱玲随父迁居天津。1924 年接受私塾教育,熟读唐诗宋词。1928 年春天迁回上海,在母亲的调理下,张爱玲开始学习绘画、英文和钢琴,1930 年入黄氏小学插班读六年级,母亲匆匆为其改名为张爱玲。不久父母离婚,张爱玲随父亲生活,孤独寂寞,感受着贵族家庭的繁华与没落,常常埋头书房,最爱《红楼梦》。1931 年,张爱玲进入圣玛利亚女校读中学,寄宿在学校。受母亲影响,张爱玲在阅读古典名著的同时也读老舍、张恨水及毛姆、萧伯纳的作品。14 岁的张爱玲模仿张恨水写成长篇章回小说《摩登红楼梦》,写作能力得到进一步提升。1933 年在校刊上发表散文《迟暮》,还创作了小说《牛》和《霸王别姬》,引起全校轰动。父亲再婚后,少年张爱玲显得越发黯然,因与后母发生口角遭父亲责打、拘禁半年,后于 1938 年趁夜投奔海外回来的母亲,并于次年参加伦敦大学远东区入学考试,获得第一名,然因战乱只得改入香港大学。

1939 年,张爱玲赴香港大学专攻文学,结识了终生好友炎樱。1940 年,张爱玲向《西风》月刊三周年征文投稿《我的天才梦》,获名誉奖第三名。1941 年底,香港沦陷,张爱玲在战乱里感受了生死,1942 年春返回上海,与姑姑同住。先是入读圣约翰大学,不久因经济原因而辍学开始了写作生涯,给《泰晤士报》和《二十世纪》写剧评、影评及一些短文，同时开始投入文学创作。1943 年 5 月《沉香屑：第一炉香》在周瘦鹃主编的《紫罗兰》上发表，6 月又有《沉香屑：第二炉香》，引起上海文坛关注。张爱玲打响了第一炮，在文坛崭露头角，之后又在《上海杂志》《万象》《古今》等杂志上陆续发表了《茉莉香片》《到底是上海人》《心经》《倾城之恋》《金锁记》等作品，一时炙手可热。1944 年又连续发表了《红玫瑰与白玫瑰》《私语》等小说和散文。8 月，小说集《传奇》出版，四天即再版，畅销一时，成就了孤岛上海的文坛传奇。12 月，《倾城之恋》编成舞台剧上演。又有散文集《流言》出版，收录了 1943 年至 1945 年的散文三十篇，亦是畅销一时。张爱玲文学生涯的鼎盛辉煌基本集中在 1943－1945 的两三年间，可谓是横空出世。她的创作远离抗战烽火，专注凡人的日常生活，深度开掘超越时空的恒常人性，思考人类的终极命运，其成就不以数量取胜，而是凭着独特的艺术魅力登上高峰的，期间她结识了胡兰成，与之一见倾心，1944 年 8 月结婚，1947 年 6 月分手。

1947 年张爱玲投身电影剧本创作，写下《不了情》《太太万岁》等，当年又发表了《华丽缘》《多少恨》等小说。1950 年以梁京为笔名发表第一部长篇小说《十八春》，又是一番轰动，次年发表中篇小说《小艾》。1952 年 7 月，张爱玲离开上海赴香港，创作了一些电影剧本，还翻译了《老人与海》《爱默森选集》，又为维持生计写了《秧歌》和《赤地之恋》，然而反应惨淡。1955 年秋，张爱玲离开香港前往美国独自艰难生活，1956 年 3 月得到麦克道威尔文艺营两年的写作奖金，并结识美国作家赖雅，两人于同年 8 月结婚，过着平凡的日子。1958 年创作了《情场如战场》《桃花运》等电影剧本。1966 年，张爱玲作品在台湾重新出版，兴起了一股“张爱玲热”，这年，根据《金锁记》改编的长篇小说《怨女》在香港发表。1967 年赖雅去世。此后，张爱玲致力于红楼梦的研究，完成《红楼梦魇》，还致力于《海上花列传》的翻译(1981 年发表)。1978 年发表小说《相见欢》《色戒》《浮花浪蕊》。1993 年完成《对照记》，1994 年，皇冠出版公司出版《张爱玲全集》15 册。1995 年 9 月 8 日，张爱玲在洛杉矶租住的公寓内去世，终年 75 岁。

近年来，张爱玲的爱好者又发掘出不少未见世的作品，如《同学少年都不贱》《小团圆》等。张爱玲的一生是富有传奇意味的一生，后人对她的解读和认知更是从未停歇。

分析与鉴赏导引

这里所选的是张爱玲小说《金锁记》的一部分，描写了曹七巧在分家别居后，小叔子姜季泽登门叙旧，撩拨起七巧内心的渴慕，然而当七巧意识到落魄的姜季泽此举是为争夺她的钱财，便浇灭了内心的欲望之火，把他驱赶出门，又因内心的失落和对爱的缅怀而凭窗巴巴地看着他离去，演绎了一出关于金钱与情欲的心理较量，从此七巧耗尽了生而为人的一切光泽，落入了沉沉黑幕之中，戴稳了黄金的枷锁。

张爱玲的创作是主流文学而外的一朵奇葩，其小说多以家庭为题材，写的都是凡人琐事，张爱玲在《自己的文章》中有言：“我发现弄文学的人向来是注重人生飞扬的一面，而忽视人生安稳的一面。其实，后者正是前者的底子。……而人生安稳的一面则有着永恒的意味,虽然这种安稳常是不完全的,而且每隔多少时候就要破坏一次,但仍然是永恒的。它存在于一切时代。”着眼于凡人琐事却又不浮于表层,张爱玲的小说揭露了丰富的人性特征,有着超越时空的永恒意义。《金锁记》主要刻画了麻油店老板的女儿曹七巧,她伶牙俐齿,能干泼辣,为了钱财与身份嫁给了簪缨望族之姜家患骨痨瘫痪的二爷,暗淡了青春与爱情,又遭到妯娌乃至丫鬟的鄙夷,七巧常常无事生非,做着令人反感之举。面对无生命力的丈夫,七巧的情欲蠢蠢欲动,她对风流倜傥的三爷姜季泽甚为留心,且常出轻佻之语,然姜季泽却对她敬而远之,因为他深知这一位惹不得。七巧失去了正常人的生活,黄金是她一辈子的枷锁,让她扭曲了性格,失却了人性,甚至变态到破坏儿女的正常生活,拆散儿女的姻缘。七巧的一生又是苍凉的一生,女性在几千年的封建宗法制下没有地位,不能自主,只能依附于男人,倚傍金钱,一个正常的生命,为了金钱和名分,扭曲了人性尊严和本能情欲,最终失落了自我,也祸害了最亲近的人。《金锁记》将深受经济之压迫的女性生命痛苦的本质表达得淋漓尽致,张爱玲说:“因为我是写小说的人,我想这是我的本分,把人生的来龙去脉看得很清楚。”在描摹小市民的日常生活与情感变化中,在时空的大跨度变化下,张爱玲准确把握了在时代变动中旧家庭急转而下的衰败,表达了对人性人情尤其是女性命运的深切关注,这种人性和命运又透露着浓重的悲凉感。

《金锁记》于 1943 年 11 月 10 日至 12 月 10 日连载在上海《杂志》月刊第十二卷第 2、3 期,这部小说的发表标志着张爱玲小说艺术达到了巅峰状态。小说不仅注重人物、情节、环境甚至服饰的描摹,更努力开掘了人物的人性特征,完成了曹七巧从牺牲品到虐待狂的人性发展,她是一步一步走向了黑暗的所在。1944 年 5 月,傅雷发表《论张爱玲的小说》,比较全面而中肯地评论了张爱玲的创作,认为《金锁记》是当时张爱玲的“最完满之作”,“至少也该列为我们文坛最美的收获之一”,高度评价了张爱玲艺术技巧的成就,这代表了老一辈作家对文坛新人的关注。海外学者夏志清更对《金锁记》推崇备至,称其为“中国从古以来最伟大的中篇小说”。

《金锁记》受到评论家如此激赏,是与其成功的小说艺术创造分不开的。张爱玲的小说创作可谓雅俗共赏,这从她的小说一经发表便受各界关注而可见一斑,五六十年代受海外汉学家高度肯定,到八九十年代为国内学者重新发掘,到时隔半个多世纪依旧受文学界及广大读者关注,这得益于张爱玲“化俗为雅”的超凡功力,这种功力不仅来自于作家对人性的深度开掘,也源于其成功的叙事艺术。张爱玲在旧家庭长大,耳濡目染诗书礼乐,深受中国传统文化熏陶,又接受教会学校的西方文化教育,后入香港大学读书,身受中西文化的双重浸染,这促使作家成功地将中国传统小说和西方现代小说的叙事技巧熔于一炉。她用古典小说做套子,以模拟说书人口吻的“入话”起笔,又融入了诸多现代小说新元素。张爱玲善用月亮意象,并出色地融合在人物所处的环境中,彰显了人物的复杂内心。月亮是中国古典文学中一个常见意象,在张爱玲众多小说中出现,一方面她传承了古典文学的审美意识,同时她还创新了月亮意象的象征意味,月亮在不同的场景下拥有着不一样的深意,随着出场人物的变换而传达出特别的味道，营造着特定的艺术氛围。《金锁记》开篇笔调轻松，然而幽幽叙述下的月光却带着无比的凄凉，这种凄凉感统摄整部小说的苍凉基调；七巧强留儿子、打听儿媳隐私的夜晚，月亮是狰狞可怕的；长安在痛苦中瞧见的月亮，是模糊而凄凉的……《金锁记》的出色还在于植入了许多重要的现代元素，如情欲、意识流、心理独白等，张爱玲对曹七巧变态心理的刻画，可谓细腻深刻、入木三分。在童世舫登门拜访一段，七巧幽幽而冷漠地叙述着长安的抽鸦片，刻薄而失却人性，仿佛在诉说于己无关的遥远的故事，并透露出对子女的残害，体现着小说强烈的心理解剖功能。张爱玲还注重语言的修饰，精致而绮丽，她擅用比喻，且想象丰富、绚烂独特、出人意料。如描写姜季泽："正在弄堂里往外走，长衫搭在臂上，晴天的风像一群白鸽子钻进他的纺绸裤褂里去，哪儿都钻到了，飘飘拍着翅子……"而七巧对季泽调情时"两眼直勾勾朝前望着，耳朵上的实心小金坠子像两只铜钉把她钉在门上——玻璃匣子里蝴蝶的标本，鲜艳而凄怆……"直勾勾的神情泄露了七巧对于爱的渴求，然而她只是标本，还被关在玻璃匣子中，完全身不由己，只留凄凉和悲怆。

风从窗子里进来，对面挂着的回文雕漆长镜被吹得摇摇晃晃，磕托磕托敲着墙。七巧双手按住了镜子。镜子里反映着的翠竹帘子和一副金绿山水屏条依旧在风中来回荡漾着，望久了，便有一种晕船的感觉。再定睛看时，翠竹帘子已经褪了色，金绿山水换了一张她丈夫的遗像，镜子里的人也老了十年。

借景换境，将十年时间一抹而过，这一段是《金锁记》的神来之笔，旧家庭沉闷的生活，十年如一日倏忽而逝，跳跃式的空间结构借鉴了电影的表现手法，画面感极强，简洁的时空转换勾勒出七巧由青春少妇煎熬到了没了丈夫死了婆婆，然后获得了分家，进而掌握了财权，进一步沦为黄金奴隶。此后，她教儿女抽鸦片，揭露儿媳妇隐私，破坏儿女婚姻，用黄金枷锁锁住了自己，更劈杀了她周围的人，圈禁了儿女。

张爱玲在《自己的文章》中表示："我不喜欢壮烈。我是喜欢悲壮，更喜欢苍凉……苍凉之所以有更深长的回味，就因为它像葱绿配桃红，是一种参差的对照。"她的小说多描写封建遗老遗少的堕落和腐败，他们虚伪和猥琐，如寄生虫般坐吃山空，每况愈下，无论哪一种人生，都透着悲凉的生命底色，而这种悲凉亦来自张爱玲的内心深处，来自她的传奇人生历练。《金锁记》的结尾，是一个可怖又发人深省的场面，七巧"摸索着腕上的翠玉镯子，徐徐将那镯子顺着骨瘦如柴的手臂往上推，一直推到腋下。她自己也不能相信她年轻的时候有过滚圆的胳膊。"三十年的压抑和无奈，就如那镯子，一推到底，小说以一滴自发干枯的眼泪作结，给人无尽的思索。小说在家庭日常生活的描摹中洞悉了人性发展的脉络，在命运的幽微变化间捕捉着生命无常的悲凉。

参考文献

[1]于青：《张爱玲传》，中国华侨出版社 2003 年版。

[2]程丽蓉：《论张爱玲小说"化俗为雅"的叙事艺术》，《社会科学研究》2003 年第

3 期。

[3]杨义:《中国现代小说史(第三卷)》,人民文学出版社 1986 年版。

延伸阅读文本链接

1. 张爱玲:《半生缘》,花城出版社 1997 年版。
2. 张爱玲:《流言》,花城出版社 1997 年版。
3. 张爱玲:《小团圆》,北京十月文艺出版社 2009 年版。

围城(节选)

钱钟书

回家路上,鸿渐再三代母亲道歉。柔嘉只简单地说:"你当时尽她说,没有替我表白一句。我又学了一个乖。"一到家,她说胃痛,叫李妈冲热水袋来暖胃。李妈忙问:"小姐怎么吃坏了?"她说,吃没有吃坏,气倒气坏了。在平时,鸿渐准要怪他为什么把主人的事告诉佣人,今天他敢说。当夜柔嘉没再理他。明早夫妇间还是鸦雀无声。吃早点时,李妈问鸿渐今天中饭要吃什么。鸿渐说有事要到老家去,也许不回来吃了,叫她不必做菜。柔嘉冷笑道:"李妈,以后你可以省事了。姑爷从此不在家吃饭,他们老太太说你做的菜里放毒药的。"

鸿渐皱眉道:"唉!你何必去跟她讲——"

柔嘉重顿着右脚的皮鞋跟道:"我偏要跟她讲。李妈在这儿做见证,我要讲讲明白。从此以后你打死我,杀死我,我不再到你家去,我死了,你们诗礼人家做羹饭祭我,我的鬼也不来的——"说到此处眼泪夺眶而出,鸿渐心痛,站起来抚慰,她推开他——"还有,咱们从此河水不犯井水,一切你的事都不用跟我来说。我们全要做汉奸,只有你方家养的狗都深明大义的。"说完,回身就走,下楼时一路哼着英文歌调,表示她满不在乎。

鸿渐郁闷不乐,老家也懒去。遯翁打电话来催。他去听了遯翁半天议论,并没有实际的指示和帮助。他对家里的人都起了憎恨,不肯多坐。出来了,到那家转运公司去找它的经理,想问问旅费,没碰见他,约明天再去。上王先生家去也找个空。这时候电车里全是办公室下班的人,他挤不上,就走回家,一壁想怎样消释柔嘉的怨气。在街口瞧见一部汽车,认识是陆家的,心里就鲠一鲠。开后门经过跟房东合用的厨房,李妈不在,火炉上炖的罐头喋喋自语个不了。他走到半楼,小客室门罅开,有陆太太高声说话。他冲心的怒,不愿进去,脚仿佛钉住。只听她正说:"鸿渐这个人,本领没有,脾气倒很大,我也知道,不用李妈讲。柔嘉,男人像小孩子一样,不能 spoil 的,你太依顺他——"他血升上脸,恨不能大喝一声,直扑进去,忽听李妈脚步声,向楼下来,怕给她看见,不好意思,悄悄又溜出门。火冒得忘了寒风砭肌,不知道这讨厌的女人什么时候滚蛋,索性不回去吃晚饭了,反正失业准备讨饭,这几个小钱不用省它。走了几条马路,气愤稍平。经过一家外国面包店,橱窗里电灯雪亮,照耀各式糕点。窗外站一个短衣褴褛的老头子,目不转睛地看窗里的东西,臂上挽个篮,盛着粗拙的泥娃娃,和蜡纸粘的风转。鸿渐想现在都市里的小孩子全不要这种笨朴的玩具了,讲究的洋货有的是,可怜的老头子,不会有生意。忽然联想到自己正像他篮里的玩具,这个年头没人过问,所以找职业这样困难。他叹口气,掏出柔嘉送的钱袋来,给老头子两张钞票。面包店门口候客人出来讨钱的两个小乞丐，就赶上来要钱，跟了他好一段路。他走得肚子饿了，挑一家便宜的俄国馆子，正要进去，伸手到口袋一摸，钱袋不知去向，急得在冷风里微微出汗，微薄得不算是汗，只譬如情感的蒸气。今天真是晦气日子！只好回家，坐电车的钱也没有，一股怨毒全结在柔嘉身上。假如陆太太不来，自己决不上街吃冷风，不上街吃冷风，不上街就不会丢钱袋，而陆太太是柔嘉的姑母，是柔嘉请上门的——柔嘉没请也要冤枉她。并且自己的钱一向前后左右口袋里零碎搁着，扒手至多摸空一个口袋，有了钱袋一股脑儿放进去，倒给扒手便利，这全是柔嘉出的好主意。

李妈在厨房洗碗，见他进来，说："姑爷，你吃过晚饭了？"他只作没听见。李妈从没有见过他这样板着脸回家，担心地目送他出厨房，柔嘉见是他，搁下手里的报纸，站起来说："你回来了！外面冷不冷？在什么地方吃的晚饭？我们等等你不回来，就吃了。"

鸿渐准备赶回家吃饭的，知道饭吃过了，失望中生出一种满意，仿佛这事为自己的怒气筑了牢固的基础，今天的吵架吵得响，沉着脸说："我又没有亲戚家可以去吃饭，当然没有吃饭。"

柔嘉惊异道："那么，快叫李妈去买东西。你到什么地方去了？叫我们好等！姑妈特来看你的。等等你不来，我就留她吃晚饭了！"

鸿渐像落水的人，捉到绳子的一头，全力挂住，道："哦！原来她来了！怪不得！人家把我的饭吃掉了，我自己倒没得吃。承她情来看我，我没有请她来呀！我不上她的门，她为什么上我的门？姑母要留住吃饭，丈夫是应该挨饿的。好，称了你的心罢，我就饿一天，不要李妈去买东西。"

柔嘉坐下去，拿起报纸，道："我理了你都懊悔，你这不识抬举的家伙。你愿意挨饿，活该，跟我不相干。报馆又不去了，深明大义的大老爷在外面忙些什么国家大事呀？到这时候才回来！家里的开销，我负担一半的，我有权利请客，你管不着。并且，李妈做的菜有毒，你还是少吃为妙。"

鸿渐饿上加气，胃里刺痛，身边零用一个子儿没有了，要明天上银行去付，这时候又不肯向柔嘉要，说："反正我饿死了你快乐，你的好姑母会替你找好丈夫。"

柔嘉冷笑道："啐！我看你疯了。饿不死的，饿了可以头脑清楚点。"

鸿渐的愤怒像第二阵潮水冒上来，说："这是不是你那位好姑母传授你的秘诀？'柔嘉，男人不能太 spoil 的，要饿他，冻他，虐待他。'"

柔嘉仔细研究她丈夫的脸道："哦，所以房东家的老妈子说看见你回来的。为什么不光明正大上楼呀？偷偷摸摸像个贼，躲在半楼梯偷听人说话。这种事只配你那二位弟媳妇去干，亏你是个大男人！羞不羞？"

鸿渐道："我是要听听，否则我真蒙在鼓里，不知道人家在背后怎么糟蹋我呢？"

"我们怎样糟蹋你？你何妨说？"

鸿渐摆空城计道："你心里明白，不用我说。"

柔嘉确曾把昨天的事讲给姑母听，两人一唱一和地笑骂，以为全落在鸿渐耳朵里了，有点心慌，说："本来不是说给你听的，谁教你偷听？我问你，姑母说要替你在厂里找个位置,你的尖耳朵听到没有?”

鸿渐跳起来大喝道:“谁要她替我找事?我讨饭也不要向他讨!她养了 Bobby 跟你孙柔嘉两条狗还不够么?你跟她说,方鸿渐‘本领虽没有,脾气很大’,资本家走狗的走狗是不做的。”

两人对站着。柔嘉怒得眼睛异常明亮,说:“她那句话一个字儿没有错。人家可怜你,你不要饭碗,饭碗不会发霉。好罢,你父亲会替你‘找出路’。不过,靠老头子不稀奇,有本领自己找出路。”

“我谁都不靠。我告诉你,我今天已经拍电报给赵辛楣,方才跟转运公司的人全讲好了。我去了之后,你好清静,不但留姑妈吃晚饭,还可以留她住夜呢。或者干脆搬到她家去,索性让她养了你罢,像 Bobby 一样。”

柔嘉上下唇微分,睁大了眼,听完,咬牙说:“好,咱们算散伙。行李衣服,你自己去办,别再来找我。去年你浪荡在上海没有事,跟着赵辛楣算到了内地,内地事丢了,靠赵辛楣的提拔到上海,上海事又丢了,现在再到内地投奔赵辛楣去。你自己想想,一辈子跟住他,咬住他的衣服,你不是他的狗是什么?你不但本领没有,连志气都没有,别跟我讲什么气节了。小心别讨了你那位好朋友的厌,一脚踢你出来,那时候又回上海,看你有什么脸见人。你去不去,我全不在乎。”

鸿渐再熬不住,说:“那么,请你别再开口,”伸右手猛推她的胸口。她跟跄退后,撞在桌子边,手臂把一个玻璃杯带下地,玻璃屑混在水里,气喘说:“你打我?你打我!”李妈像爆进来一粒棉花弹,嚷:“姑爷,你怎么动手打人?老爷太太没打过你,我从小喂你吃奶,用气力拍你一下都没有,他倒动手打你!”说着眼泪滚下来。柔嘉也倒在沙发里心酸啜泣。鸿渐扯她哭得可怜,而不愿意可怜,恨她转深。李妈在沙发边庇护着柔嘉,道:“小姐,你别哭!你哭我也要哭了——”说时又拉起围裙擦眼泪——“瞧,你打得她这个样子!小姐,我真想去告诉姑太太,就怕我去了,他又要打你。”

鸿渐厉声道:“你问你小姐,我打她没有?你快去请姑太太,我不打你小姐得了,”半推半搡,把李妈直推出房,不到一分钟,她又冲进来,说:“小姐,我请房东家大小姐替我打电话给太太,她马上就来,咱们不怕他了。”鸿渐和柔嘉都没想到她会当真,可是两人这时候还是敌对状态,不能一致联合怪她多事。柔嘉忘了哭,鸿渐惊奇地望着李妈,仿佛小孩子见了一只动物园里的怪兽。沉默了一会,鸿渐道:“好,她来我就走,你们两个女人结了党不够,还要添上一个,说起来倒是我男人欺负你们,等她走了我回来。”到衣架上取外套。柔嘉不愿意姑母来把事闹大,但瞧丈夫这样退却,鄙薄得不复伤心,嘶声说:“你是个懦夫!懦夫!懦夫!我再不要看见你这个懦夫!”每个字像鞭子打一下,要鞭出她丈夫的胆气来,她还嫌不够狠,顺手抓起桌上一个象牙梳子尽力扔他。鸿渐正回头要回答,躲闪不及,梳子重重地把左颧打个着,迸到地板上,折为两段。柔嘉只听他“啊哟”叫痛,瞧梳子打处立刻血隐隐地红肿,倒自悔过分,又怕起来,准备他还手。李妈忙在两人间拦住。鸿渐惊骇她会这样毒手,看她扶桌僵立,泪渍的脸像死灰,两眼全红,鼻孔翕开,嘴咽唾沫,又可怜又可怕,同时听下面脚步声上楼,不计较了,只说:

"你狠，啊！你闹得你家里人知道不够，还要闹得邻舍全知道，这时候房东家已经听见了。你新学会泼辣不要面子，我还想做人，倒要面子的。我走了。你老师来了再学点新的本领，你真是个好学生，学会了就用！你替我警告她，我饶她这一次。以后她再来教坏你，我会上门找她去，别以为我怕她。李妈，姑太太来，别专说我的错，你亲眼瞧见的是谁打谁。"走近门大声说："我出去了，"慢慢地转门钮，让门外偷听的人得讯走开然后出去。柔嘉眼睁睁看他出了房，瘫倒在沙发里，扶头痛哭，这一阵泪不像只是眼里流的，宛如心里、整个身体里都挤出了热泪合在一起宣泄。

鸿渐走出门，神经麻木，不感觉冷，意识里只有左颊在发烫。头脑里，情思弥漫纷乱像个北风飘雪片的天空。他信脚走着，彻夜不睡的路灯把他的影子一盏盏彼此递交。他仿佛另外有一个自己在说："完了！完了！"散杂的心思立刻一撮似的集中，开始觉得伤心。左颊忽然星星作痛，他一摸湿腻腻的，以为是血，吓得心倒定了，腿里发软。走到灯下，瞧手指上没有痕迹，才知道流了眼泪。同时感到周身疲乏、肚子饥饿。鸿渐本能地伸手进口袋，想等个叫卖的小贩，买个面包，恍然记起身上没有钱。肚子饿的人会发火，不过这火像纸头烧起来的，不会耐久。他无处可去，想还是回家睡，真碰见了陆太太也不怕她。就算自己先动手，柔嘉报复得这样狠毒，两下勾销。他看表上十点已过，不清楚自己什么时候出来的，也许她早走了。他一进门，房东太太听见声音，赶来说："方先生，是你！你家少奶奶不舒服，带了李妈到陆家去了，今天不回来了。这是你房门的钥匙，留下来交给你的。你明天早饭到我家来吃，李妈跟我讲好。"鸿渐心直沉下去，捞不起来，机械地接钥匙，道声谢。房东太太像还有话说，他三脚两步逃上楼。开了卧室的门，拨亮电灯，破杯子跟断梳子仍在原处，成堆的箱子少了一只。他呆呆地站着，身心迟钝得发不出急，生不出气。柔嘉走了，可是这房里还留下她的怒容、她的哭声、她的说话，在空气里没有消失。他望见桌上一张片子，走近一看，是陆太太的。忽然怒起，撕为粉碎，狠声道："好，你倒自由得很，撇下我就走！滚你的蛋，替我滚，你们全替我滚！"这简短一怒把余劲都使尽了，软弱得要傻哭个不歇。和衣倒在床上，觉得房屋旋转，想不得了！万万生不得病！明天要去找那位经理，说妥了再筹旅费，旧历年可以在重庆过。心里又生希望，像湿柴虽点不着火，而开始冒烟，似乎一切会有办法。不知不觉中黑地昏天合拢、裹紧，像灭尽灯火的夜，他睡着了。最初睡得脆薄，饥饿像镊子要镊破他的昏迷，他潜意识挡住它。渐渐这镊子松了、钝了，他的睡也坚实得镊不破了，没有梦，没有感觉，人生最原始的睡，同时也是死的样品。

那只祖传的老钟从容自在地打起来，仿佛积蓄了半天的时间，等夜深人静，搬出来一一细数："当、当、当、当、当、当"响了六下。六点钟是五个钟头以前，那时候鸿渐在回家的路上走，蓄心要待柔嘉好，劝她别再为昨天的事弄得夫妇不欢；那时候，柔嘉在家里等鸿渐回来吃晚饭，希望他会跟姑母和好，到她厂里做事。这个时间落伍的计时机无意中包含对人生的讽刺和感伤，深于一切语言、一切啼笑。

[文章来源：《围城》，人民文学出版社 1991 年版]

文史知识地图

钱钟书（1910—1998），江苏无锡人，原名仰先，字哲良，后改名钟书，字默存，号槐聚，中国现代作家、学者。代表作有《围城》《谈艺录》《管锥编》《写在人生边上》等。

1910 年，钱钟书出生于江苏无锡一个书香世家，从小过继给伯父，由慈爱宽容的伯父抚养、教育，童年比较轻松自由，吃着酥饼，阅读着《说唐》《济公传》《七侠五义》等“不登大雅”的书，然因疏于功课而常被父亲——文学史学者钱基博责骂。钱钟书 13 岁考上美国圣公会办的苏州桃坞中学，但在清华大学任教的父亲对钱钟书的文章大为不满，甚至将其痛打一顿，从此激起了他发奋读书的志气，开始系统阅读大量书籍，并做笔记，文章越写越好，一生治学从此起步。1927 年桃坞中学停办，钱钟书考入美国圣公会办的无锡辅仁中学，打下了坚实的外语基础，又常有父亲管教，常为父亲写信、写文章，中西文底子深厚。

1929 年，钱钟书考入清华大学外文系，且名震清华，因其数学只考了 15 分，更因其国文及英文水平的高超。在清华，钱钟书获取了大量的知识，也收获了诸多良师益友，并开始试笔写作。1932 年，钱钟书在清华校园结识夫人杨绛女士。大学毕业后，钱钟书受聘上海光华大学，两年后考取英国庚子赔款奖学金，赴牛津大学留学，1937 年完成学位论文《十七、十八世纪英国文学中的中国》，获文学硕士学位，后到巴黎大学从事研究。1938 年 9 月，钱钟书回国，被清华大学（抗战时期的西南联大）破例聘为教授，在昆明，钱钟书的外语课大受欢迎，他还继续着牛津时期的随笔写作，以《冷屋随笔》为题发表，后结集为《写在人生边上》（1941 年出版）。1939 年秋，钱钟书受邀赴任湖南蓝田国立师范学院英文系主任，1941 年暑假，钱钟书从广西乘船到上海，由于珍珠港事件爆发，被困上海沦陷区，在震旦女子文理学院任教，生活拮据，艰难度日，大量时间闭门著书，完成了《谈艺录》《围城》以及一些短篇小说。

抗战胜利后，钱钟书任上海暨南大学外文系教授兼南京中央图书馆英文馆刊《书林季刊》编辑，并陆续出版短篇小说集《人・兽・鬼》（1946 年）、长篇小说《围城》（1947 年）和苦心经营多年的文学评论集《谈艺录》（1948 年）。

1949 年，钱钟书举家迁往北京，回到清华任教。1953 年后调到文学研究所，专事研究工作，先后完成《宋诗选注》，翻译《毛泽东诗词》，参与《中国文学史》唐宋部分编写及《唐诗选》的选注、审订工作。1966 年，“文革”爆发，钱钟书和杨绛作为“资产阶级学术权威”受到极大冲击，先后到河南“五七干校”劳动改造。1972 年 3 月，返回北京，8 月开始写作积聚毕生心力的《管锥编》，1979 年出版《管锥编》4 册及《旧文四篇》。1980 年《围城》重印，1983 年出版《七缀集》。

在中国现代文学及文化史上，钱钟书有着自己鲜明的独特性，他精通多国语言，记忆超群，学富五车，经史子集能信手拈来。他又是个幽默大师，健谈善辩，奇思妙语，常常令人捧腹。钱钟书在文学创作和研究方面成绩卓著，以批判精神和理性意识观照中国和世界，科学地扬弃中华传统文化，有选择地译介西方文化，极大地推进了中西文化交流。

分析与鉴赏导引

这里所选的是《围城》的结尾部分，方鸿渐和孙柔嘉结婚定居上海后，因双方家庭和亲戚佣人的介入，不断发生龃龉和纠纷，夫妻矛盾更为复杂，终因方鸿渐辞去报馆工作面临再次失业时激化，新建小家庭解体，而前路漫漫不知路在何方。雪片的纷飞，形象地描绘了方鸿渐心绪的繁多凌乱，表现了他内心的凄冷痛苦，也暗示了婚姻的最终解体。晚点的时钟形象地讽刺了方鸿渐生活在新的时代却有着根深蒂固的传统观念，在现代与传统之间无所适从的知识分子，在阴暗的围城里，终难找到突围之路。

《围城》是以抗日战争为大背景，以方鸿渐留学归国后的事业、爱情和生活变化为主要线索展开的反映知识分子众生相的优秀长篇小说，反映了那个时代某些知识分子生活和心理的变迁沉浮。钱钟书在序中说："在这本书里，我想写现代中国某一部分社会、某一类人物。写这类人，我没忘记他们是人类，只是人类，具有无毛两足动物的基本根性。"方鸿渐留学海外，小有聪明却无真才实学，买了一纸假文凭匆匆归国，归来却总是不能安顿，生活、事业、爱情总不顺利，他一再踏上漂泊旅程。围绕在他身边的亦是一群斯文扫地的文化人，他们大多留过洋、见过世面，然而自私空虚，自欺欺人，一无所成。在归国轮船上，他们无所事事，热衷打麻将、调情；在十里洋场，他们应酬交际、谈诗论文，极度无聊；在同赴三闾大学途中，他们慵懒，好享受，又钩心斗角；在三闾大学，他们明争暗斗，本无真才实学，却夸夸其谈，博取名声；在婚姻生活的"围城"里，方鸿渐和孙柔嘉互不相让，痛苦不堪，最后各奔东西……

小说没有提供明确结论，在围城里的男男女女，他们虽身处抗战洪流，却置身战斗风暴之外，没有追求光明的勇气，也没有反抗黑暗的能力，只是随波逐流地维持着一己的体面，展开着钩心斗角与相互倾轧，一部《围城》写尽了知识分子的阴暗面，也借重人物旅行活动广泛描绘了社会生活的方方面面：有传统大家庭因琐事而起的计较与心机，有大学的官场化，有银行、报馆人员的势利……显露了作家对社会和人性的细微观察。杨绛在《记钱钟书与〈围城〉》中指出："钟书从他熟悉的时代、熟悉的地方、熟悉的社会阶层取材。但组成故事的人物和情节全属虚构。"小说主要写抗战初期知识分子的群相，关注中国在现代化进程中现代文化与传统文化的对立和冲突。中华民族的古老文明与西方的现代文明有着激烈的碰撞和冲突并渐渐融合，这在留洋学生身上具体地表现出来。

《围城》不仅主旨厚重，艺术上亦是卓尔不群。小说塑造的人物逼近现实，性格典型。小说文笔犀利，极富幽默和讽刺，内蕴深刻，有力针砭了浮华的病态社会，这一点除了体现在小说人物语言中之外，还体现在作家穿插其中的议论里，尤其是惟妙惟肖的比喻和讽刺，妙语连珠，十分精彩。《围城》是中国现代杰出的讽刺小说，被誉为"新儒林外史"，其讽刺多是基于对知识分子普遍人性的解剖：虚荣软弱的方鸿渐，心思缜密、工于心计的孙柔嘉，夸夸其谈的赵辛楣，吝啬无耻的半旧遗老李梅亭，道貌岸然、老奸巨猾的高松年，招摇撞骗的假洋博士韩学愈，浅薄猥琐的陆子潇、顾尔谦……在揭露这些普遍人性的同时,作家写出了中西文化在碰撞中显露的尴尬,凝结了作家对现代文明的深入思考。

《围城》一书是钱钟书"锱铢积累"而写成的,没有太严谨的结构,犀利、精妙的语言是其一大亮点。开篇这样描绘印度洋上的夜色:"夜仿佛纸浸了油,变成半透明体;它给太阳拥抱住了,分不出身来,也许是给太阳陶醉了,所以夕照晚霞隐褪后的夜色也带着酡红",比喻、拟人混用得恰到好处,将自然景物写得分外迷人。小说更善于在讽刺人物时使用精妙比喻,如有意招方鸿渐为女婿的张先生,说话喜欢夹些无谓的英文字,小说用了这样的比喻,"说话里嵌的英文字还比不得嘴里嵌的金牙,因为金牙不仅妆点,尚可使用,只好比牙缝里嵌的肉屑,表示饭菜吃得好,此外全无用处",这一比喻生动而准确,虚荣的假洋鬼子形象跃然纸上。

小说的心理描写非常深刻,钱钟书在《〈宋诗选注〉序》中表示,文学作品应"曲传人物的未吐露的心理",《围城》主要通过情节发展和一系列精妙比喻传达人物心理,深化了人物形象的塑造。然而,"小说里各个细节虽然令人捧腹大笑,全书的气氛,正如小说结尾所说:'包含对人生的讽刺和伤感,深于一切语言、一切啼笑',令人回肠荡气。"(杨绛《记钱钟书与〈围城〉》)正是这一种深藏于喜剧外表下的悲剧内蕴,使小说具有了独特的艺术魅力,令读者在发笑后掩卷深思。

"围城"作为书名,含义丰富。"围城"的象征源于小说人物对话中提及的外国成语,英国古话说,结婚仿佛金漆的鸟笼,笼子外面的鸟想住进去,笼内的鸟想飞出来;所以结而离,离而结,没有了局。法国也有这么一句话,是被围困的城堡,城外的人想冲进去,城里的人想逃出来。围城有着多层次的象征意义,不仅指向爱情、婚姻,也指向工作、事业,贯穿于人生的各个层次,带给人多重困境,努力追求的过程与追求成功之后的不满,甚至厌烦,周而复始。在小说第五章中,方鸿渐说:"我近来对人生万事,都有这个感想……狗为着追求水里肉骨头的影子,丧失了到嘴的肉骨头!跟爱人如愿以偿结了婚,恐怕那时候肉骨头下肚,倒要对水怅惜这不可再见的影子了。"方鸿渐渴望冲出围城,却又不得不进入另一个围城,精神困境尤为凸显,孤独感、荒诞感油然而生。在小说结尾,方鸿渐回顾自己失败的事业、爱情、婚姻时感慨:"在小乡镇时,他怕人家倾轧,到了大都市,他又恨人家冷淡,倒觉得倾轧还是瞧得起自己的表示。就是条微生虫,也沾沾自喜,希望有人搁它在显微镜下放大了看的。拥挤里的寂寞,热闹里的凄凉,使他像许多住在这孤岛上的人,心灵也仿佛一个无凑畔的孤岛。"如何冲破这种虚妄与焦虑?作者赋予了主人公知识分子的基本操守,他虽软弱无能、缺乏理性力量、不通人情世故,却不苟同于高松年、李梅亭之流,亦不与伪政府合作,第一个提出离职,让他在懦弱之余保留一定的良知和正义感,不令人十分讨厌却又无半分优点的方鸿渐在围城里左突右进,扮演着人生的小丑。

在小说的结尾部分,由于双方家人的介入,方鸿渐与孙柔嘉之间的矛盾更趋复杂。在婆媳、翁婿、妯娌、亲朋乃至主仆之间,一度曾发生了一系列龃龉和纠纷。终于,两人的矛盾终因方鸿渐辞去报馆资料室主任一职而面临再次失业时彻底激化了。方鸿渐的新家最终宣告解体，他再次冲出一个“围城”，却又来到一个“围城”的入口——他打算投奔在重庆当官的赵辛楣谋取职业，这又是一条前途未卜、坎坷不平的道路。最后，小说在一阵老式自鸣钟的“当、当……”声中结束。如过去一切杰出的现实主义作品一样，《围城》也没有提供什么关于社会和人生出路的明确结论，但作家描写的生活本身，“深于一切语言，一切啼笑”。

参考文献

[1]张文江：《钱钟书传——营造巴比塔的智者》，复旦大学出版社 2011 年版。

[2]田梦：《人生边上，心城内外——钱钟书的围城人生》，中国华侨出版社 2013 年版。

延伸阅读文本链接

1. 钱钟书：《写在人生边上》，北京三联书店 2002 年版。
2. 钱钟书：《管锥编》，北京三联书店 2007 年版。
3. 钱钟书：《谈艺录》，北京三联书店 2007 年版。

吾国吾民(节选)

林语堂

要了解中国人的人生理想,就必须先了解中国的人文主义,“人文主义”这个词含义模糊含混,然而中国的人文主义却有它明确的界说。它的意思是:第一,对人生目的的确切认识;第二,为实现这一目的而行动;第三,实现的方式是心平气和,即中庸之道,也可称作“庸见的崇拜”。

人生的意义是什么,这个问题一直使西方哲学家备受困惑。他们从目的论出发,认为包括蚊子乃至伤寒菌在内的万事万物,都是为这个自负的人类的利益而存在的。如此这般,人生的意义就从来没有揭示出来过。今世今生自有百般磨难,因而自傲的人类始终无法事事如意。于是目的论又转向来生来世,把今生的世俗生活看作为来世所进行的准备。这与苏格拉底的逻辑恰好符合,即认为一个凶悍的妻子对她丈夫的性格锤炼来说,是一种天然的恩赐。以此躲避人生的难题固然可以使人暂时心平气和,但问题仍旧没有答案:“人生的意义何在?”另外有一些人,像尼采那样知难而上,否认人生“必须”有什么意义,认为人类的进步不过是一种循环,一种野蛮人的舞蹈,而不是去市场采购,所以没有什么特殊的含义。然而问题还是没能解决,它就像海浪一样不断冲击着堤岸:“人生的意义究竟何在?”

中国的人文主义者认为自己找到了人生的真谛,并时时意识到这一点。在中国人看来,人生在世并非为了死后的来生,对于基督教所谓此生为来世的观点,他们大惑不解。他们进而认为:佛教所谓升入涅槃境界,过于玄虚;为了获得成功的欢乐而奋斗,纯属虚荣;为了进步而去进步,则是毫无意义。中国人明确认为:人生的真谛在于享受淳朴的生活,尤其是家庭生活的欢乐和社会诸关系的和睦。儿童入学伊始,第一首诗便是:

云淡风轻近午天,
傍花随柳过前川。
时人不识余心乐,
将谓偷闲学少年。

在中国人看来,这不仅代表片刻的诗意般的快乐心境,并且是追求人生幸福的目标。中国人就是陶醉在这样一种人生理想之中,它既不暧昧,又不玄虚,而是十分实在。我必须说,这是一种异常简单的理想,简单到非中国人老实巴交的头脑想不出来。我们时常纳闷,西方人何以竟想不到人生的意义在于纯净平安地享受生活。中国与欧洲的不同，似乎在于西方人有更大的能力去获取和创造，享受事物的能力则较小，而中国人享受仅有一点东西的决心和能力都比较大。把精力集中在世俗的幸福，这一特性是我们缺乏宗教的原因，也是它的结果。因为如果一个人不相信有一个紧接着今生今世的来生来世，他就会在今生的一切消逝之前尽情享受，而宗教的缺乏又使这种想法变成可能。

由此生发出一个人文主义，它坦白地宣告了人类是宇宙的主义，并规定一切知识都是为人类的幸福服务。知识同人类的结合并非易事，因为人类一旦动摇起来，就会被自己的逻辑所左右，成为知识的工具。人文主义只有坚定地把握住人生的真谛才能保佑自己。比方说，人文主义只有在宗教信仰的来生来世与现代世界的实利主义之间，占据一个中间位置。佛教也许在中国引起了人们的普遍兴趣，然而与之相对的真正的儒家，对它的影响总感到愤然不平，因为在人文主义看来它只是一种对生活的逃避和对真正人生的否定。

另一方面，当今世界由于机器的迅猛发展，人类无暇享受自己创造的一切。美国管道工人的荣耀使人忘记了没有冷热自来水我们也能过上幸福的生活。在法国和德国，许多人伴随着自己的水壶和老式脸盆也照样在他们安逸而漫长的一生中，作出了重大的科学发明，写出了不少宏篇巨著。需要有一种宗教来宣扬耶稣关于安息日的著名教义，并时常告诫人们：造机器为人，而非造人为机器。因为无论如何，人类的一切智慧和知识所要解决的问题都是：人类如何保养自己，如何最大程度地享受生活。

［文章来源：《中国人》(《吾国吾民》中译本)，上海学林出版社 1994 年版］

文史知识地图

林语堂(1895—1976)，中国现代作家，他既有扎实的中国古典文学功底，又有很高的英文造诣，还致力于现代白话文的研究推广。他一生笔耕不辍，留下了数量颇丰且领域颇广的中英文著作，包括小说、散文、文学批评、文化评论、人物传记、英语教材、辞典、翻译作品等，代表作有《京华烟云》《吾国吾民》《生活的艺术》《苏东坡传》。他是第一位以英文书写扬名海外的中国作家，积极将孔孟、老庄哲学和陶渊明、李白、苏东坡、曹雪芹等人的文学作品英译到海外。

林语堂原名和乐，又名玉堂，后改为语堂，福建龙溪(现福建漳州)人，父亲林至诚为基督教牧师。林语堂六岁启蒙，十岁到鼓浪屿教会学校上学，十三岁入厦门寻源书院读书，自小接受西方教育，倾慕西方文明。他于 1912 年入上海圣约翰大学学习，在这所当时国内最著名的英文大学，林语堂对西方哲学和社会科学产生了浓厚兴趣，对西方的思想观念、文化修养，甚至生活方式有了进一步思考。1916 年获英文学士学位后到清华大学英文系任教，从教之余，在《新青年》上发表有关文字改革的文章，并支持白话文运动。

1919 年 8 月，林语堂偕新婚夫人廖翠凤赴哈佛大学研究比较文学，获硕士学位，后赴德国莱比锡大学攻读语言学，1923 年获博士学位后回国，任教于北京大学和北京女子师范大学。1924 年 5 月，林语堂富有创造性地把 Humor 译为幽默，"五四"时期，广为流传运用。林语堂是《语丝》主要撰稿人，积极支持进步学生运动，揭露黑暗，抨击时弊，批判教育界的封建势力，主张民主、提倡欧化，见解深刻、行文流畅，显露了作家的真性情。1926 年林语堂继许寿裳之后出任女师大教务长，"三一八惨案"发生后，林语堂在《语丝》发表《悼刘和珍杨德群女士》，深刻哀悼死难学生，并谴责了反动政府的残暴。这期间的杂文、随笔后结集为《翦拂集》(1928 年)。

1927 年 8 月，林语堂到上海全心投入写作，11 月应蔡元培邀请出任中央研究院英文编辑。1928 年 11 月在《奔流》发表独幕悲喜剧《子见南子》，辛辣讽刺了孔子，表达了他的反封建立场。1930 年 7 月开始为《中国评论周报》(英文)专栏撰稿。1932 年 9 月，创办《论语》半月刊，第二年提出以"两脚踏东西文化，一心评宇宙文章"为杂志态度。《论语》对中国幽默文学的发展起了很大作用，林语堂被称为"幽默大师"。1934 年 4 月创办《人间世》半月刊，提倡"以自我为中心，以闲适为格调"的小品文，是中国第一本纯散文小品刊物，对文学界影响深远。1935 年 9 月创办《宇宙风》半月刊，以畅谈人生为主旨，以言必近情为戒约。林语堂谈吐诙谐，热衷幽默，主张文风"清淡""隽永""甘美"，作品具有"性灵""闲适"的特点，林语堂及同人逐渐自成一个小品散文流派。同时，林语堂还通过这些杂志将一些西方现代理念介绍给中国读者。

1935 年 9 月，林语堂第一部英文著作 *My Country and My People*(《吾国吾民》)在纽约出版，向西方社会系统介绍了中国文化和中国人。1936 年林语堂携全家赴美，致力于英文写作，出版了众多作品，包括介绍中国人生活观的《生活的艺术》(1937 年)，该书成为 1938 年全美畅销书冠军；《孔子的智慧》(1938 年)；以《红楼梦》为蓝本，描写近代中国变迁的《京华烟云》(1939 年)，这是林语堂第一部长篇小说；描写抗战期间爱情悲剧的《风声鹤唳》(1941 年)；《苏东坡传》(1947 年)等，在西方社会掀起了一股"林语堂热"。林语堂学贯中西，对东西方文化见解深刻，在著述中，饱含了他对家国故土的热爱，对不同文化传统的尊重，还浸透了他跨越国界的人文关怀。1947 年林语堂还成功发明了"明快中文打字机"，并申请了美国专利。1948 年，林语堂出任联合国教科文组织艺文组主任。1948 年出版《唐人街》和《老子的智慧》，1950 年出版《美国的智慧》并定居纽约。1952 年，在纽约创办半月刊《天风》杂志，1953 年出版长篇小说《朱门》。1954 年赴新加坡筹建南洋大学，任校长。

1966 年 6 月，林语堂定居台湾阳明山，1967 年受聘为香港中文大学教授，在七十七岁高龄上完成《当代汉英词典》。1975 年，出版《八十自叙》。1976 年病逝于香港玛丽医院，长眠于阳明山故居后园中。

分析与鉴赏导引

这里所选的是《吾国吾民》第一部分第四章第一篇"中国的人文主义"，文章认为中国人的人生真谛在于享受淳朴的生活，尤其是家庭生活的欢乐和社会诸关系的和谐，而且中国人陶醉在这样一种人生理想之中。林语堂在这篇短文里旁征博引，并在中西文化对比中凸显出中国人朴素的人生理想，笔法极具幽默情味。

写于1934年的英文著作《吾国吾民》(*My Country and My People*)，又名《中国人》，是林语堂在西方文坛的成名作，介绍和阐述了中国的政治社会和文化艺术，以及中国人的性格、精神、生活等，知识内涵丰富，文笔生动幽默，向西方社会传达了中华民族的精神特质，展示了真实而丰富的中国及中国人形象，描绘了一幅审美化人文中国的图景，是现代欧美人士了解中国的重要著作，也在一定程度上让中国人更清醒地认识自己和自己的国家。

在《吾国吾民》问世前，西方对中国形象的定位在“理想化”和“妖魔化”之间游移，缺乏真实理性，20世纪30年代，中国贫穷落后，社会动荡混乱，中华民族精神在错综复杂的局面中模糊不堪，中国人的形象在西方人看来更是消极、负面，大多停留在鸦片烟鬼和小脚女人上，并认为中国人面子要紧、麻木不仁，对中国国民性颇多贬抑，这一切构成了林语堂书写《吾国吾民》的话语环境。《吾国吾民》是一部超越了国家、民族和语言界限的著作，是一部反映中国社会、文化和生活哲学的著作，让更多西方人对中国、中国人、中国文化有了比较客观、全面的认识。《吾国吾民》在美国一经出版便登上纽约时报畅销图书排行榜，引起了巨大的反响，开了华人作家作品畅销美国的先例，还被译成多种文字，广泛流传。赛珍珠在序中这样评价《吾国吾民》：“它实事求是，不为真实而羞愧。它写得骄傲，写得幽默，写得美妙，既严肃又欢快，对古今中国都能给予正确的理解和评价。”

《吾国吾民》追溯了中华民族曾有的辉煌，这一度雄视世界、为世界文明做出巨大贡献的强大国家，在连年战乱中，满目疮痍，作家力求探究中华民族的前途，探寻中国人生存的条件。《吾国吾民》分为两大部分：第一部分是“背景”，从整体上描述中国人与中国文化，篇幅较小；第二部分是“生活”，篇幅较大，具体而极尽诗意地描绘了中国人的文艺生活、妇女生活和人生的艺术等。

作家有意针对固有的“中国形象”话语，肯定其客观真实的部分，同时也拆解了某些负面成分，讽刺了所谓的“中国通”，力图深入而不流于表面。作家勾勒了中国人的优点：尊重智力，中国文明的显著特点是尊重脑力劳动者；知足常乐、随遇而安，能够让人在困苦中找寻快乐，得到精神慰藉；中国人永远厌恶战争，爱好和平……同时作家也清醒地认识到中国传统文化的弊端，认为中国人性格中有消极避世、超脱老滑、因循守旧等特征，表现为自私和麻木，中国人普遍的遇事忍耐的特征已然成为一种恶习，造成逆来顺受而对暴政屈服，使得国家陷入更为艰难的境地。还认为中国人的心灵中缺乏科学，习惯用情理作为思考和判断的依据，这是与严密的逻辑推演相对立的。由于家庭制度的负面影响，中国人缺乏公共精神，造成社会腐败。在揭示这些弊端的背后，是作家在相互矛盾的双重文化意识之间的艰难抉择，面对西方，他不能批判太过，又不能矫情夸赞，这种矛盾、尴尬和焦虑萦绕在包括林语堂在内的，所有意图向世界介绍中国的文人学者心头。

第二部分"生活",讲中国人的生活方式。作家从中国传统典籍、资料和自己的现实生活出发,描画了有异于现实世界的另外一个中国,这个中国不仅美好,而且高雅。尤其是最后一章《生活的艺术》,作家以"我们只有知道一个国家人民生活的乐趣,才会真正了解这个国家"为开端,颇有情致地书写了中国人在吃住行乐上的闲情逸趣,展现了中国人无与伦比的审美能力。林语堂从中西文化差异中捕捉到中国文化独特的美,他在书的最后,为未来的中国和人类铺陈了一种理想的生活方式。作家对中国有着万分的热爱,对中国的命运抱有足够的信心,始终流露出乐观的情绪,他说:"我可以坦诚相见……我并不为我的国家感到惭愧。我可以把她的麻烦公之于世,因为我没有失去希望。中国比她那些小小的爱国者要伟大得多,所以不需要他们来涂脂抹粉。她会再一次恢复平稳,她一直就是这样做的。"

林语堂最为得意的一副对联是:两脚踏东西文化,一心评宇宙文章。他在自传中说:"我的最长处是对外国人讲中国文化,而对中国人讲外国文化。"林语堂深受中西两种文化的熏染,接受了西方现代理念和精神,致力于中西文化交流,向中国人引入西方先进文化,并有自觉的"文化输出"意识,且持续为之努力。在《吾国吾民》中,林语堂将西方读者作为潜在读者,用中西两种眼光看中国人和中国文化,以渊博的学识和深刻的洞察力客观真实地介绍了中国文化传统、社会现象,还分析了中华民族的特性,其语言通达,措辞幽默,行文灵动,分析深刻。

林语堂讲了半个世纪幽默,他希望在这个假道学充斥而幽默极为缺乏的国度里,幽默能成为一种人生的观点,一种应付人生的方法。《吾国吾民》是一部智慧的书,一部思想与现实交相辉映的著作,它不仅是对中国文化的忠实记录和深刻总结,同时还增进了对文化差异性的理解,在中西文化交流史上具有重要意义。

参考文献

[1]林语堂:《中国人》(《吾国吾民》中译本),上海学林出版社 1994 年版。
[2]陈平原:《林语堂与东西方文化》,《中国现代文学研究丛刊》1985 年第 3 期。

延伸阅读文本链接

1. 林语堂:《京华烟云》,陕西师范大学出版社 2005 年版。
2. 林语堂:《苏东坡传》,陕西师范大学出版社 2006 年版。

林海雪原(节选)

曲　波

威虎厅里，两盏野猪油灯，闪耀着蓝色的光亮。座山雕和七个金刚，凶严地坐在他们自己的座位上，对面垂手站立着栾匪。这群匪魔在静默不语。杨子荣跨进来看到这种局面，也猜不透事情已有什么进程，这群匪魔是否已计议了什么？

“不管怎样，按自己的原套来。”他想着，便笑嘻嘻地走到座山雕跟前，施了个匪礼，“禀三爷，老九奉命来见！”

“嘿！我的老九！看看你这个老朋友。”座山雕盯着杨子荣，又鄙视了一下站在他对面的那个栾警尉。

杨子荣的目光早已盯上了背着他而站的那个死对头，当杨子荣看到这个栾匪神情惶恐、全身抖颤、头也不敢抬时，他断定了献礼时的基本情况还没变化，心里更安静了，他便开始施用他想定的“老朋友”见面的第一招，他故意向座山雕挤了一下眼，满面笑容地走到栾匪跟前，拍了一下他那下坠的肩膀，“噢！我道是谁呀，原来是栾大哥，少见！少见！快请坐！请坐。”说着他拉过一条凳子。

栾匪蓦一抬头，惊讶地盯着杨子荣，两只贼眼像是僵直了，嘴张了两张，也不敢坐下，也没说出什么来。

杨子荣深恐他这个敌手占了先，便更凑近栾匪的脸，背着座山雕和七个金刚的视线，眼中射出两股凶猛可怕的凶气，威逼着他的对手，施用开他的先发制敌的手段，“栾大哥，我胡彪先来了一步，怎么样？你从哪来？嗯？投奔蝴蝶迷和郑三炮高抬你了吗？委了个什么官？我胡彪祝你高升。”

栾匪在杨子荣威严凶猛的目光威逼下，缩了一下脖子。被杨子荣这番没头没脑、盖天罩地、云三吹五的假话，弄得蒙头转向，目瞪口呆。他明明认出他眼前站的不是胡彪，胡彪早在奶头山落网了；他也明明认出了他眼前站的是曾擒过他、审过他的共军杨子荣，可是在这个共军的威严下却说不出半句话来。

座山雕和七个金刚一阵狞笑。“蝴蝶迷给你个什么官？为什么又到我这来？嗯？”

杨子荣已知道自己的话占了上风，内心正盘算着为加速这个栾匪毁灭来下一招。可是这个栾匪，神情上一秒一秒的起了变化，他由惊怕，到镇静，由镇静，又到轻松，由轻松，又表现出了莫大希望的神色。他似笑非笑地上下打量着杨子荣。

杨子荣看着自己的对手的变化，内心在随着猜测，“这个狡猾的匪徒是想承认我是胡彪，来个将计就计借梯子下楼呢，还是要揭露我的身份以讨座山雕的欢心呢？”在这两可之间，杨子荣突然觉悟到自己前一种想法的错误和危险，他清醒到在残酷的敌我斗争中不会有什么前者,必须是后者。即便是前者,自己也不能给匪徒当梯子,必须致他一死,才是安全,才是胜利。

果不出杨子荣的判断,这个凶恶的匪徒,眼光又凶又冷地盯着杨子荣冷冷地一笑,“好一个胡彪!你——你——你不是……”

“什么我的不是,”杨子荣在这要紧关头摸了一下腰里的二十响,发出一句森严的怒吼,把话岔到题外,“我胡彪向来对朋友讲义气,不含糊,不是你姓栾的,当初在梨树沟你三舅家,我劝你投奔三爷,你却硬要拉我去投蝴蝶迷,这还能怨我胡彪不义气?如今怎么样?”杨子荣的语气略放缓和了一些,但含有浓厚的压制力,“他们对你好吗?今天来这儿有何公干哪?”

七个金刚一起大笑,“是啊!那个王八蛋不够朋友,不是你自己找了去的?怎么又到这里来?有何公干哪?”

杨子荣的岔题显然在匪首当中起了作用,可是栾匪却要辩清他的主题。瞧七个金刚一摆手,倒露出一副理直气壮的神气,“听我说,我不是这个意思,我是说……”

“别扯淡,今天是我们三爷的六十大寿,”杨子荣厉声吓道,“没工夫和你辩是非。”

“是呀,你废话少说,”座山雕哼了哼鹰嘴鼻子,“现在我只问你,你从哪里来?来我这干什么?”

栾匪在座山雕的怒目下,低下了头,咽了一口冤气,身上显然哆嗦起来,可也不知是吓的,还是气的,干哑哑的嗓子挤出了一句:“我从……蝴蝶迷那里来……”

杨子荣一听他的对手说了假话,不敢说出他的被俘,心中的底更大了,确定了迅速进攻,大岔话题。别让这个恶匪喘息过来,也别让座山雕这个老匪回味。他得意地晃了晃脑袋,“那么栾大哥,你从蝴蝶迷那里来干什么呢?莫非是来拿你的‘先遣图’吗?嗯?”杨子荣哈哈地冷笑起来。

这一句话,压的栾匪大惊失色,摸不着头绪,他到现在还以为他的“先遣图”还在他老婆那里,可是共军怎么知道了这个秘密呢?他不由得两手一张,眼一僵。

“怎么?伤动你的宝贝啦?”杨子荣一边笑,一边从容地抽着小烟袋,“这没法子,这叫着前世有缘,各保其主呀!”

这个匪徒愣了有三分钟,突然来了个大进攻,他完全突破了正进行的话题,像条疯狗一样吼道:“三爷,你中了共军的奸计了!”

“什么?”座山雕忽地站起来瞧着栾匪惊问。

“他……他……”栾匪手指着杨子荣,“他不是胡彪,他是一个共军。”

“啊!”座山雕和七个金刚,一起惊愕地瞅着杨子荣,眼光是那样凶恶可畏。

这一刹那间,杨子荣脑子和心脏轰的一阵,像爆炸一样。

他早就提防的问题可怕的焦点,竟在此刻,在节节顺利的此刻突然爆发,真难住了,威虎厅的空气紧张得像要爆炸一样,“是开枪呢,还是继续舌战?”他马上选择了后者,因为这还没到万不得已的境地。

于是他扑哧一笑,磕了磕吸尽了的烟灰,更加从容和镇静,慢吞吞地、笑嘻嘻地吐了一口痰，把嘴一抹说道："只有疯狗，才咬自家的人，这叫作六亲不认。栾大哥，我看你像条被挤在夹道里的疯狗，翻身咬人，咬到咱多年的老朋友身上啦。我知道你的'先遣图'，无价宝，被我拿来，你一定恨我，所以就诬我是共军，真够狠毒的。你说我是共军，我就是共军吧！可是你怎么知道我是共军呢？嗯?！你说说我这个共军的来历吧?"说着他朝旁边椅上一坐，掏出他的小烟袋，又抽起烟来。

座山雕等被杨子荣那派从容镇静的神态，和毫无紧张的言语，减轻了对杨子荣的惊疑，转过头来对栾匪质问道："姓栾的，你怎么知道他是共军？你怎么又和他这共军相识的?"

"他……他……"栾匪又不敢说底细，但又非说不可，吞吞吐吐地，"他在九龙汇，捉……捉……过我。"

"哟!"杨子荣表示出一副特别惊奇的神情，"那么说，你被共军捕过吗?"杨子荣立起身来，更凶地逼近栾匪，"那么说，你此番究竟从哪里来的？共军怎么把你又放了？或者共军怎么把你派来的?"

他回头严肃地对着座山雕道："三爷，咱们威虎山可是严严实实呀！所以共军他才打不进来，现在他被共军捉去过，他知道咱们威虎山的底细，今番来了，必有鬼!"

"没有！没有!"栾匪有点慌了，"三爷听我说！……"

"不管你有没有，"杨子荣装出怒火冲天的样子，"现在遍山大雪，你的脚印，已经留给了共军，我胡彪守山要紧。"说着他高声叫道："八连长!"

"有!"威虎厅套间跳出一个匪连长，带一块黄布值日袖标，跑到杨子荣跟前。

杨子荣向那个八连长命令道："这混蛋，踏破了山门，今天晚上可能引来共军，快派五个游动哨，顺他来的脚印警戒，没有我的命令，不许撤回。"

"是!"匪连长转身跑出去。

杨子荣的这一招安排，引起了座山雕极大的欢心，所有的疑惑已被驱逐得干干净净。他离开了座位，大背手，逼近栾匪，格格一笑，"你这条疯狗，你成心和我作对，先前你拉老九投蝴蝶迷，如今你又来施离间计，好小子！你还想把共军引来，我岂能容你。"

栾匪被吓得倒退了两步，扑倒跪在地上，声声哀告："三爷，他不是胡彪，他是共军!"

杨子荣心想时机成熟了，只要座山雕再一笑，愈急愈好，再不能纠缠，他确定拿拿架子，于是袖子一甩，手枪一摘，严肃地对着座山雕道："三爷，我胡彪向来不吃小人的气，我也是为把'先遣图'献给您而得罪了这条疯狗，这样吧，今天有他无我，有我无他，三爷要是容他，快把我赶下山去，叫这个无义的小子吃独的吧！我走！我走！咱们后会有期。"说着他袖子一甩就要走。

这时门外急着要吃百鸡宴的群匪徒，正等得不耐烦，一看杨子荣要走，乱吵吵地喊道："胡团副不能走……九爷不能走……"吵声马上转到对栾匪的叫骂，"那个小子，是条癞疯狗，砸碎他的骨头，尿泡的……"

座山雕一看这个情景，伸手拉住杨子荣，"老九！你怎么耍开了孩子气，你怎么和条疯狗耍性子？三爷不会亏你。”说着回头对他脚下的那个栾匪格格又一笑，狠狠地像踢狗一样地踢了一脚，“滚起来！”他笑嘻嘻地又回到他的座位。

杨子荣看了座山雕的第二笑，心里轻松多了，因为座山雕有个派头，三笑就要杀人，匪徒中流传着一句话：“不怕座山雕暴，就怕座山雕笑。”

座山雕回到座位，咧着嘴瞧着栾匪戏耍地问道：“你来投我，拿的什么作进见礼？嗯？”

栾匪点头弯腰地装出一副可怜相，“丧家犬，一无所有，来日我下山拿来‘先遣图’作为……”

“说得真轻快，”座山雕一歪鼻子，“你的‘先遣图’在哪里？”

“在我老婆的地窖里。”

杨子荣扑哧笑了，“活见鬼，又来花言巧语地骗人，骗到三爷头上了。”

座山雕格格又一笑，顺手从桌下拿出一个小铁匣，从里面掏出几张纸，朝着栾匪摇了两摇，“哼……哼……它早来了！我崔某用不着你雨过送伞，你这空头人情还是去孝敬你的姑奶奶吧。”

栾匪一看座山雕拿的正是他的“先遣图”，惊得目瞪口呆，满脸冒虚汗。

“栾大哥，没想到吧？”

杨子荣得意而傲慢地道，“在你三舅家喝酒，我劝你投奔三爷，你至死不从，我趁你大醉，连你的衣服一块，我就把它拿来了！看看！”杨子荣掀了一下衣襟，露出擒栾匪时在他窝棚里所得栾匪的一件衣服，“这是你的吧？今天我该还给你。”

栾匪在七大金刚的狞笑中，呆得像个木鸡一样，死僵的眼睛盯着傲慢的杨子荣。他对杨子荣这套细致无隙的准备，再也没法在座山雕面前尽他那徒子徒孙的反革命孝心了。他悲哀丧气地喘了一口粗气，像个泄了气的破皮球，稀软稀软地几乎站不住了。可是这个匪徒突然一眨巴眼，大哭起来，狠狠照着自己的脸上打了响响的两个耳光子。“我该死！我该死！三爷饶我这一次，胡彪贤弟，别见我这个不是人的怪，我不是人！我不是人！”说着他把自己的耳朵扭了一把，狠狠地又是两个耳光子。

杨子荣一看栾匪换了这套伎俩，内心发出一阵喜笑，暗喜他初步的成功。“不过要治死这个匪徒，还得费一些唇舌，绝不能有任何一点松懈。对敌人的仁慈，就是对人民对革命的罪恶。必须继续进攻，严防座山雕对这匪徒发万一可能的恻隐之心，或者为了发展他的实力而收留了这个匪徒。必须猛攻直下，治他一死，否则必是心腹患。现在要施尽办法，借匪徒的刀来消灭这个匪徒。这是当前的首要任务。”

他想到这里，便严肃恭敬地把脸转向座山雕，“禀三爷，再有五分钟就要开宴，您的六十大寿，咱的山礼山规，可不能被这条丧家的癞疯狗给扰乱了！弟兄们正等着给您拜寿呢！”

拥挤在门口的匪徒们，早急着要吃吃喝喝了，一听杨子荣的话，一起在门口哄起来，“三爷！快收拾了这条丧家狗！”

“今天这个好日子，这个尿泡的来了，真不吉利！”“这是个害群马，丧门星，不宰了他，得倒霉一辈子！”群匪徒吵骂成一团。

“三爷……三爷……”

栾匪听了这些，被吓得颤抖地跪在座山雕面前，苦苦哀告。“饶我这条命……弟兄们担待……胡……胡……”

“别他妈的装洋熊，”

杨子荣眼一瞪，袖子一甩，走到大门口，向挤在门口气汹汹、乱哄哄的匪徒高喊道：“弟兄们！司宴官胡彪命令，山外厅里一起掌灯！准备给三爷拜寿，弟兄们好大饮百鸡宴！”

匪徒们一听，嗷的一声喊：“九爷！得先宰了这个丧门星！”

喊着一哄拥进了十几个，像抓一只半死的狐狸一样，把个栾匪抓起来，狠狠地扭着他的胳臂和衣领，拼命地搡了几搡，一起向座山雕请求道：“三爷早断。”

座山雕把脚一跺，手点着栾匪的脑门骂道：“你这个刁棍，我今天不杀了你，就冲了我的六十大寿；也对不起我的胡老九。”说着他把左腮一摸，“杀了丧门星，逢凶化吉；宰了猫头鹰，我好益寿延年。”

说着他身子一仰，坐在他的大椅子上。

七大金刚一看座山雕的杀人信号，齐声喊道：“架出去！”

匪徒们一阵呼喊怪叫，吵成一团，把栾匪像拖死狗一样，拖出威虎厅。

杨子荣胜利心花顿时开放，随在群匪身后，走出威虎厅，他边走边喊道：“弟兄们！今天是大年三十，别伤了你们的吉利，不劳驾各位，我来干掉他。你们快摆宴张灯。”杨子荣走上前去，右手操枪，左手抓住栾匪的衣领，拉向西南。群匪徒一片忙碌，山外厅里，张灯摆宴，威虎山灯火闪烁。

[文章来源：《林海雪原》，人民文学出版社 2005 年版]

文史知识地图

曲波(1923—2002)，中国当代作家。山东省黄县(今龙口市风仪区枣林庄)人，1923 年出生于一个贫苦农民家庭。父亲做过染匠，后失业归农。曲波只念过五年半私塾。13 岁即失学在家，务农砍柴，15 岁入八路军胶东公学(今鲁东大学)。他少年时代曾熟读了《说岳全传》《水浒传》《三国演义》等中国古典小说。同时，他常去赶庙会，观看了《打渔杀家》《狮子楼》《八大锤》《群英会》《铡美案》等戏剧，达到了不仅可以背诵全部戏词，而且还能够学唱词段的程度。

1938 年，年仅 15 岁的曲波正式加入八路军，两年后光荣加入中国共产党。入伍后，他又阅读了大量新文学作品，例如鲁迅的《狂人日记》《阿 Q 正传》《祝福》，马烽、西戎的长篇小说《吕梁英雄传》，孔厥、袁静的长篇小说《新儿女英雄传》以及赵树理的长篇小说《李有才板话》和《小二黑结婚》等。抗日战争时期，他曾在山东地区作战，并任连、营指挥员。解放战争时期,他又随部队开赴东北作战,很快被任命为东北民主联军牡丹江军区第二团副政委。1946 年冬,新婚第二天的曲波即率领一支英勇善战的小分队,深入东北牡丹江一带深山密林与敌人周旋,进行了艰苦卓绝的剿匪战斗。1948 年,曲波在参加东北辽沈战役的战争中两次身负重伤。1949 年转调到海军学校任领导工作。1950 年他转入工业建设战线,先后在工厂、设计院及工业管理部门担任领导工作。

1955 年,曲波开始从事业余文学创作。1957 年,作家出版社正式推出了他的第一部长篇小说《林海雪原》。该书出版之前,即 1957 年 2 月,《人民文学》以《奇袭虎狼窝》为题,从《林海雪原》中选载了《受命》《杨子荣智识小炉匠》《刘勋苍猛擒刁占一》《夜审》《蘑菇老人神话奶头山》《破天险奇袭奶头山》六章,副主编秦兆阳还为此亲自写了按语,由此引发了读者的极大关注与兴趣。同年 9 月,《林海雪原》由人民文学出版社隆重推出,书名则是由曲波的妻子刘波女士亲自题写的。该书自出版后,立即产生了巨大的社会反响,曲波也因此一举成名。1958 年 6 月《奇袭虎狼窝》被译成俄文,中国作家代表团出席在苏联塔什干召开的亚非作家会议时,该文是带去的文学作品之一。《林海雪原》曾先后被译成英文、俄文、日文、蒙古文、朝鲜文、越南文、挪威文、阿拉伯文等多种外文在国外出版,并多次被改编为电影、电视剧和京剧等上映上演,特别是根据小说改编而成的京剧《智取威虎山》,以及由八一电影制片厂资深导演刘沛然根据小说和随部队在东北战斗过的经验拍摄而成的电影《林海雪原》,在全国影响巨大,而小说中“智取威虎山”的情节被改编成京剧以后,更是成为“文革”中颇受欢迎的八部革命样板戏之一。1959 年至 1962 年,曲波又先后完成了《山呼海啸》和《桥隆飙》两部长篇小说的初稿,还创作了反映工业建设题材的小说《热处理》《争吵》和散文《散观平武》等。曲波成名后,被调回部队授予上校军衔,在部队工作 5 年后又转业到国家铁道部机车车辆制造总局任副局长。

“文化大革命”时期,曲波饱受打击迫害,身心受到极大摧残。尤其是有人指责《林海雪原》中的“少剑波雪夜萌情心”等章节有小资产阶级情调,曲波因此屡遭批斗。在这种严峻的形势下,他仍坚持文学创作并写下 20 多万字的自传。然而,准备发行的小说《桥隆飙》还是被红卫兵视为毒草而烧毁,直至“文化大革命”后才得以成功出版。1977 年,曲波的代表作《林海雪原》重新得以出版,这在当时的国内再度掀起一股“曲波热”。随后,其反映抗日战争题材的长篇小说《山呼海啸》于是年正式由中国青年出版社出版。此外,曲波创作的另一部反映战场行医、火线办院以及描写部队医务人员生活的长篇小说《戎萼碑》也于 1977 年 6 月由山东人民出版社倾力推出。出版前,该作曾于 1977 年 6、7 月由《山东文艺》选载,并被译为朝鲜文。曲波晚年多病,身体健康状况的极度糟糕终使之未能圆满完成构思许久的几部新作。2002 年 6 月,百病缠身的曲波在北京一家医院走完了他坎坷而传奇的一生。

分析与鉴赏导引

这里所选的是《林海雪原》的第二十回“逢险敌，舌战小炉匠”，描写的正是杨子荣舌战小炉匠，与少剑波等战友里应外合智取威虎山、活捉座山雕前的一个高潮片段，它集中展现了小说主人公杨子荣足智多谋、果敢镇定的英雄形象。《林海雪原》是曲波最富代表性的作品。作为我国当代文学史中一部深受广大读者欢迎和喜爱的优秀长篇小说，《林海雪原》以其扣人心弦的故事、惊险曲折的情节、富于传奇色彩的人物以及长白山林海雪原的独特风光与习俗，深深地吸引着广大读者，成为一版再版、享誉中外的畅销书，迄今为止已经在国内印发近 400 万册。

1957 年 11 月 9 日，《北京日报》发表了曲波的《关于〈林海雪原〉》，这是作者较早公开发表的有关《林海雪原》的创作谈。曲波在该文章中道明了自己创作这部作品的动力来源于“让杨子荣等同志的名字永垂不朽，传给劳动人民，传给子孙历代”。其后，《林海雪原》的编辑龙世辉也在一篇文章中再次提及曲波“写这部作品的动机就是为了怀念自己的战友”。

事实上，《林海雪原》正是曲波根据他本人在 1946 年冬亲自率一支解放军小分队深入牡丹江地区的深山老林，以半年时间清剿国民党土匪残部的真实经历作为背景创作而成的，而书中所写的正是有关 1946 年冬天，东北民主联军一支小分队，在团参谋长少剑波的率领下，深入林海雪原执行剿匪任务的全过程，同时着重描写了传奇侦察英雄杨子荣与威虎山座山雕等土匪斗智斗勇的传奇故事。作品具体通过奇袭奶头山、智取威虎山、绥芬草甸大周旋、大战四方台等主要情节，真实而生动地再现了小分队在远离主力部队的莽莽林海雪原中所进行的艰苦卓绝的战斗历程，热情而真挚地讴歌了小分队指战员对党和人民的无限忠诚及其崇高伟大的革命英雄情怀。

《林海雪原》吸引广大读者的一大特色在于它成功地塑造出杨子荣、少剑波等一批个性鲜明而又极具传奇色彩的经典英雄人物形象。毋庸置疑，在曲波所塑造出的这些英雄形象里，当以杨子荣的形象最为出彩。杨子荣是曲波以现实战斗中的真人为原型而塑造出的人物形象，更是一位革命斗争经验丰富、智勇双全的侦察英雄。小说通过讲述他智识小炉匠；化装成土匪胡彪，只身打入匪巢，取得悍匪座山雕的信任；一次次战胜敌人的阴谋，舌战小炉匠，活捉座山雕，与战友里应外合智取威虎山等一系列精彩纷呈的英雄壮举，成功地表现了杨子荣超凡的智慧和胆气，深刻地揭示了其坚定崇高的精神信仰和革命信念。少剑波则是小说的中心人物。作为小分队的最高指挥员，少剑波深知自身所肩负的重任和所面临的严峻斗争形势，但他始终对革命事业的胜利充满信心。在战斗中，他冷静地分析敌情，周密部署、屡出奇兵，先后机智果断地率领小分队奇袭奶头山，智取威虎山，并利用战斗的间隙消灭九彪等，这些作战行动充分展现出少剑波足智多谋、胆识过人、指挥果敢的性格特征。

其他英雄人物，还有如猛擒刁占一、袭击虎狼窝、活捉许大马棒的刘勋苍；善于登攀，有飞越天堑“绝技”的栾超家；具有超人耐力，能日行百里的孙达德等小分队英雄们。他们都以其生动鲜明的个性特征和富于传奇色彩的战斗事迹,给读者留下了难以磨灭的印象。另一方面,作品对反面人物的描写同样出色。曲波在注意表现他们凶残暴虐、狰狞面目的同时,又着重突出了他们虚弱的本质和不同的个性。如老奸巨猾、嗜血成性的座山雕;冷酷无情、凶狠残暴的许大马棒;顽固不化的马希山;十分狡猾,又贪生怕死的"小炉匠"栾平;凶狠毒辣的"一撮毛"刘维山;道貌岸然、双手沾满鲜血的老特务宋宝森;嗜杀成性的惯匪郑三炮、"蝴蝶迷"等等,都具有较为鲜明的个性特征。

特别需要指出的是,曲波从小就深受中国古典小说和民间传奇故事的熏染,这一点使得他在创作《林海雪原》的过程中较为出色地做到了革命战争题材与小说一般艺术特征以及民间传奇审美趣味的统一,并将原来革命战争题材小说那种相对刻板、僵硬的创作模式很好地融入到民间传奇的浪漫情趣中。

首先,在小说的结构上,既注意运用二元对立的模式,凸显双方的强烈差异,又注意通过紧张惊险、曲折多变的情节来不断增强作品的传奇色彩和可读性。曲波充分借鉴了传奇小说的模式和手法,在传统的"两军对阵"思维模式的基础上,刻意突出"好人极好,坏人极坏"的模式,并具体通过小分队与国民党残匪、惯匪的作战冲突,着重突出革命力量与正义力量的不可战胜,表现出作家强烈的爱憎情怀。另一方面,传奇小说本身实际上就具有追求情节曲折生动与故事浪漫夸张的传统,而这种二元对立的强烈凸显更进一步强化了这种艺术效果。其次,在小说之中始终洋溢着强烈的英雄主义精神和浪漫主义基调。小分队在人迹罕至的林海雪原,依靠集体英雄主义的大智大勇出奇制胜,消灭数十倍于己的顽匪,这一题材本身就具有浓厚的传奇意味,同时曲波在真实反映其战斗经历的基础上,又对故事情节、人物性格、斗争环境等进行了适度的艺术夸张和渲染,使整部《林海雪原》充满了强烈的英雄主义精神和浪漫主义色彩。譬如,杨子荣形象的塑造就是作家以现实生活中的同名战斗英雄为原型而进行艺术加工所形成的结晶,曲波出于"让杨子荣同志的事迹永垂不朽,传给劳动人民,传给子孙万代"的真实想法,在《林海雪原》中将杨子荣生动地塑造成了一个智勇双全的革命英雄和理想人物。第三,小说在描写小分队战士的性格和塑造其英雄形象时,既考虑到了所谓的"阶级本质"等程式,又在人物性格与形象的塑造上较为明显地受到民间传统小说"五虎将"模式的影响。如,颇似张飞、李逵品性的刘勋苍,身怀绝技、粗俗诙谐的栾超家犹如水浒传里的时迁,而在雪地里健步如飞的"长腿"孙达德很容易让人想到带上"马甲"飞行的水浒好汉戴宗等等,作品中这一系列主要人物形象的塑造,是曲波继承了古典文学传统的精心创作,他们个性鲜明独特,洋溢着强烈的英雄主义精神和浪漫主义情调。除此之外,经过曲波的文学艺术加工,小说以精妙生动的笔触创造性地描摹了林海雪原奇特迥异的自然环境,这也成为造就作品浪漫主义基调不可或缺的组成部分,并强烈有力地烘托了作品的浪漫主义传奇色彩。

《林海雪原》一直被视作"革命通俗小说"的典型代表,并被誉为"新的政治思想和传统的表现形式互相结合"的光辉典范,它更是整个"十七年文学"发展之中不可替代的重要小说作品。

参考文献

[1]曲波:《关于〈林海雪原〉》,《北京日报》1957 年 11 月 9 日。

[2]龙世辉:《〈林海雪原〉的人物刻画及其他》,《人民文学》1958 年第 1 期。

[3]邱岚:《中国当代文学史略》,高等教育出版社 1986 年版。

[4]吴岩:《谈〈林海雪原〉》,新文艺出版社 1958 年版。

延伸阅读文本链接

曲波:《山呼海啸》,中国青年出版社 1977 年版。

青春之歌(节选)

杨　沫

“好,好极啦!再来一个!”一个生人的声音突然把全屋子的人吓了一跳。大家扭头向门口一望:原来早有一个青年人站在门口听着。这人一来,有认识他的立刻欢呼起来:“老卢,老卢,你可来啦!”白莉苹跳上前去紧握住来人的手,亲切地向他微笑道:“卢嘉川,好久不见你啦!”

林道静的心里微微一动。那高高的挺秀身材,那聪明英俊的大眼睛,那浓密的黑发,和那和善的端正的面孔,不正是她在北戴河教书时,曾经一度相遇的青年吗?虽然那时只是短短的交谈,但是,这个富有才华的聪睿的人,却给她留下了深刻的印象,使她有时还会想起他来。但是此刻,卢嘉川却没有看出是她,她也不好意思上去和他招呼。

卢嘉川和大伙招呼完了,找个凳子坐下,就对罗大方笑着说:“来,伙计,把杰作朗诵完。完了,我也有好作品贡献给大家。”

“对!重新打鼓开张。”罗大方张着大嘴笑了两声,又咳嗽两声清清嗓子接着说道,“那夜里,雨越下越大,我们把大家情绪鼓动起来,人们渐渐安静下去。这时,深夜的孝陵卫只有军营中一二未熄的灯火隐约可见,再就是四处守卫我们的岗兵在泥水里来往践踏的声音。突然我们的纠察队走来报告:‘报告!政府当局派了三十多辆汽车,一千多名军警,要强迫我们回北平!’这一声霹雳不要紧,我们又领着全体同学喊起来了!”他轻松的声调变得沉重了,虽然是低声说着,却洪亮有力。他说:“我们呐喊的声音比刚才还响亮、还有力。‘不走!不走!先得恢复我们的自由!你们既绑来还得绑去,你们要的是升官发财和小民的血,我们要的是祖国的幸福和自由。自由!自由!不走!不走!’”罗大方比划着,挥着拳头、红涨着面孔小声呐喊着。人们鸦雀无声,没有一个人笑了。一阵沸腾的热流激荡在每个青年人的心头。大家目不转睛地望着罗大方,许多人的眼睛里蕴满了泪水。

屋子里又沉默了。

那个驴子脸的王健夫先走掉了。过了一会儿,人们才开始吃着、喝着、喊喊喳喳地说起话来。

“我也来讲个笑话。”卢嘉川看看左右的人们微笑着说,“最近听说的这个笑话,正可以和蒋介石在中央军校对学生们高谈三年之内必可收复失地的鬼话来媲美:前几天,正当热河紧张的时候,宋子文飞到了承德。一下飞机,他立刻对热河守军慷慨激昂地发表了一番动人的谈话。他说:‘你们只管打吧!子文敢断言,中央必为诸君后盾。

诸君打到哪里，子文跟到哪里，——诸君打到天上，子文跟到天上；诸君打到海里，子文跟到海里……'可是热河战争刚开战的第一天，敌人还离着不知有多远，这位宋老官也没上天、也没下海，却人不知鬼不觉地悄悄飞回了南京。”

奇怪，卢嘉川的笑话并没有像白莉苹的笑话那样引起大笑，相反的，人们像被揭破了陈旧的创伤，唤起了痛苦的记忆，都面面相觑地沉默起来。半晌，小崔才低声说了一句：“糟啦！热河一完，华北也快……”

许宁忍不住了，他晃晃自己的拳头，拉拉崔秀玉的衣角，对卢嘉川要求道：“卢兄，请你把最近的形势给我们大家讲讲吧！自从形势一紧张，我、我连课都听不下去啦。”

“是呀，老卢给讲讲！”小崔和白莉苹同时看着卢嘉川。

“不，我比你们知道得也不多。”卢嘉川摇摇头，笑着。

“老卢，谈谈。大伙都要求，谈谈吧。”罗大方亲切地望着卢嘉川，对他努努嘴。

看着大伙都对卢嘉川流露着一种尊敬而渴望的神情，林道静不由得对他更加注意了。她很想挨近他，向他招呼，但是，她又有点害羞。这一屋子人都比她知道的多，都不同于她过去所接触过的人。他们都有一种向上的热情和爱国爱民的责任感。处在这么个新鲜的环境中，她自惭形秽般只呆在一个黑暗的角落里，不敢发一言。

“现在的情形确实叫人很激愤！”卢嘉川看看周围的人，低声说道，“叫每一个有良心的中国人忍受不下去。自从‘一二八’以后，政府虽然口头上喊着‘一面抵抗，一面交涉’，实际上还是个不抵抗。最近山海关打了不到五天，驻在那里的何柱国便奉命退出了；热河只打了七天，承德也失守了。现在日寇正准备向长城各口进攻。……”卢嘉川掏出手巾擦擦头上的汗珠，他已经不像刚才那样神色自若了，带着愤慨和富于煽动性的音调继续讲道，“中华民族到了这个生死存亡的关头，蒋介石却说我们的敌人不是倭寇而是‘共匪’。几百万中国军队不去打日本，却更加凶残地‘围剿’红军，屠杀共产党和爱国青年。……但是毛泽东和朱德领导的红军已经粉碎了蒋介石亲自指挥的‘围剿’，得到了很大的胜利……”

“‘宁赠友邦，不与家奴！’”许宁激愤地打断了卢嘉川的话，抡着拳头喊起来，“嘿，知道吗？这就是他们的‘攘外必先安内’呀！”

屋里十来个青年沸腾似的议论起来了。只有林道静仍然坐在角落里不声也不响。她细心地听着他们的谈话。这些话，不知怎的，好像甘雨落在干枯的禾苗上，她空虚的、窒息的心田立刻把它们吸收了。她心里开始激荡起一种从未有过的热情。她渴望和这些人融合在一起，她想参加到人群里面谈一谈。但是，由于习惯——她孤独惯了，加上自尊，因此，她一直不为人注意地坐在人们的背后不发一言。

“卢兄，”许宁冲着卢嘉川突然又喊了起来，“卢兄，你说我们怎么办啊？我们的出路在哪里？……”

一屋子的青年——包括林道静，听了许宁这句话，都目不转睛地望着卢嘉川——好像他们的出路都在他身上似的。

一个个的脸上都显出不可抑制的苦闷和焦灼。

卢嘉川看看对他流露着无限期望的一屋子青年，也向林道静那儿望了一眼，就用低沉的声音轻轻地说："你们想找出路么？对，咱们大家都在找出路——整个中国也都在找出路。那么，出路在哪儿？我想出路就在反抗，出路就在斗争，出路也就在把咱们个人的命运和国家、人民的命运结合在一起。半封建、半殖民地的中国知识分子能有什么出路？今天，我们首先就要求得中华民族的解放，然后才有我们个人的出路和解放……"

"要找个人的出路，先找民族的出路……对！"许宁挥挥拳头点了点头。

"对，是这样！"崔秀玉看看许宁轻声说。

"可是，我还是苦闷……"也有人这样嘟囔。

屋子里又沸腾似的纷纷议论起来了。

青年们正在议论着，罗大方忽然跳到桌子边，击了一下桌子说道："嘿，诸位！我说，光研究理论还是不行，现在咱们商量怎么做点实际有益的工作吧！"接着人们围着罗大方又热烈地谈起来了。这时，卢嘉川站起身来悄悄走到林道静身边，向她伸出了手："还认识吗？林道静！"

道静赶快站起身来握住卢嘉川的手。脸不觉一红："认识——北戴河见过你……"

"到北平来啦？你离开杨庄多久了？"卢嘉川语调亲切、自然，好像多年不见的老朋友。

"一年多了。你好？还在北大吗？"道静微笑着，她对卢嘉川也有一种亲切的好像熟朋友样的感情。

没等卢嘉川回答，白莉苹一回头，看见他们两人在说话，她就走过来插了一句："你们俩早就认识吗？嘿，可没想到。"

"一年多以前我们就认识。而且是在一个非常重要的时间，非常美妙的地方。"卢嘉川向白莉苹玩笑似的述说着过去的情形，"那天，林道静正和我那位老姐夫在争论，真怪有意思。嗨，你怎么不在那儿教书啦？现在在做什么？"

道静的脸孔霎地红到耳根。她怎么能够向他讲，她不教书了，她做了余永泽的爱人，就什么也不能干了。不，这不能说出嘴。她只能红着脸看着卢嘉川讷讷地微笑。

"你问她的情形吗？她有了一块绊脚石把她绊得牢牢的！"

白莉苹看出道静的窘状，向卢嘉川作了个鬼脸笑着说，"小林可是个好姑娘，可爱的好姑娘，就是她那位老夫子绊住了她的腿。"

"小白，小白，过来！"一堆人中有人在喊小白。白莉苹向他们两人笑笑："两位故人，你们谈吧！"就到人堆中去了。

卢嘉川和林道静两人真地谈起来了。而且谈了很久。

黎明前，道静回到自己冷清的小屋里。疲倦、想睡，但是倒在床上却怎么也睡不着。除夕的鞭炮搅扰着她，这一夜的生活，像突然的暴风雨袭击着她。她一个个想着这些又生疏又亲切的面影，卢嘉川、罗大方、许宁、崔秀玉、白莉苹……都是多么可爱的人呵，他们都有一颗热烈的心，这心是在寻找祖国的出路，是在引人去过真正的生活。

……想着这一夜的情景，想着和卢嘉川的许多谈话，她紧抱双臂，望着发白的窗纸忍不住独自微笑了。

［文章来源：《青春之歌》，人民文学出版社 1990 年版］

文史知识地图

杨沫（1914—1995），中国当代女作家。原名杨成业，曾用笔名杨君默、杨默，原籍湖南湘阴（今湖南省汨罗市古仑乡）。1914 年 8 月，杨沫出生于北京一个书香门第，上面有一个哥哥叫杨成勋，下面还有两个妹妹：二妹杨成亮，三妹杨成芸，就是后来著名电影演员的白杨。杨沫那时即叫杨成业。然而，因家中父母关系不和，各自寻欢作乐，杨沫从小便缺少父母的关怀与呵护。书香之家，没有给过她温暖的亲情，却使她在孤寂的童年中能躲到书籍、牌匾、对联以至昆曲中寻找别样的欢乐。十四岁时，杨沫读完高小一年级，差一年就能毕业，但为躲避传统腐朽的家庭，她私下独自一人跑到北京西郊并考进了西山温泉女子中学，过起了住校生活。在校园里，杨沫除了应付必要的功课以外，全身心倾注在读书之中，广泛涉猎古今中外文学名著。

1931 年春，杨沫的父亲因破产而逃亡失踪，整个杨家因此很快瓦解，杨沫的母亲则将十六岁的杨沫从学校带回家中，并强迫她嫁给一个国民党军官。然而，深受文学作品中反封建反礼教、自由民主等思想熏染的杨沫对这种家庭包办婚姻的做法极为不满，她毅然选择反抗，重新跑回西山的学校。至此，杨沫的母亲断绝了对她的一切生活供给，但年轻的杨沫仍未因此屈服，坚强地抗争与前进着。1932 年，在河北香河教书时，杨沫结识了北京大学国文系一位姓玄的学生，并与之相爱同居，住在北京沙滩一带一个小公寓里，仅靠玄家寄来的少许钱维持生计。然而，此时的杨沫并不甘于过着这种琐碎的小家庭生活，但迫于生计和其他束缚，她又无其他更好的选择，这些都使得杨沫在精神上倍感孤寂，并时常陷入极度的空虚苦闷之中。

1933 年，一个偶然的机遇彻底改变了杨沫的一生。除夕夜晚，杨沫来到小妹白杨的公寓，而公寓里竟聚集着十几位爱国的东北流亡青年。这些人都是大学生，他们当中既有共产党外围组织“剧联”的成员，也有真正的共产党员。与这么多的爱国青年相聚一堂，杨沫的心第一次受到了极大震动，那除夕之夜也俨然成为其人生新的里程碑。她再也不能忍受小家庭的束缚，渴望到广阔天地里飞翔。为了摆脱束缚，杨沫四处奔波寻找工作，努力追寻共产党，寻找新的力量和新的生活方向。

1934 年，杨沫开始走上文学创作之路，并发表了不少作品，主要以一些反映抗日战争的散文和短篇小说为主。1937 年发表的短篇小说《怒涛》写的是女知识青年美真为大众的幸福而割舍小家庭的爱、牺牲个人感情投身火热斗争的故事。小说还集中描写了青年学生和知识分子到农村宣传抗日的场景。显然，女主人公美真有杨沫自己生活遭遇的影子，也是《青春之歌》的女主角林道静的雏形。这篇小说也成为《青春之歌》

最早的胚胎。

1951年,杨沫正式开始长篇小说《青春之歌》的创作,到1952年底完成了二十万字的初稿。其间,杨沫被调到中央电影局剧本创作所担任编剧,从事专业创作。而这时的她又一直处在病痛的折磨中。杨沫常常是躺在床上写作,写了又改,改了又写,满意的留下,不行的撕掉再写,经过反复多次的修改、重写,艰难地熬过了六年漫长的时日,杨沫终于完成了长篇小说《青春之歌》。1959年,小说拍成同名电影上映,影响了我国几代青年。《青春之歌》为杨沫赢得了巨大的声望和荣誉。盛名之下的杨沫继续吸收读者的一些意见,用时三个月,又进行了一次修改,并增加了十一章,全书累计达四十多万字,并于1960年由人民文学出版社再版。《青春之歌》深深吸引着千百万读者的心,前后销售达四五百万册,并被翻译成日、英、法、越、朝、俄、希腊、阿拉伯、印尼、保加利亚、阿尔巴尼亚等十几国文字出版。

然而,在"文化大革命"期间,文化专制主义者却把《青春之歌》诬蔑为"反党、反毛主席,为反党分子树碑立传的大毒草",说"在青年读者中起了极坏的腐蚀作用"。由此,这部小说因其所谓的小资情调和知识分子题材饱受谩骂指责,甚至在全国遭到二百多种报纸的严厉批判。"文革"后,《青春之歌》于1978年由人民文学出版社再次隆重推出发行。杨沫也重拾文笔,创作出了《东方欲晓》《芳菲之歌》《英华之歌》三部长篇小说,继承并发展《青春之歌》的特色,从复杂的历史背景、斗争环境以及人物的爱情纠葛与政治分野中,不仅表现出事件的曲折过程和人物之间的错综关系,还注意到揭示时代、环境、人际关系对人物内心情感的刺激、推动、催化和调整,各色人物的心理活动历程及时代所赋予的印记,但又不失普通人的性格特征。

分析与鉴赏导引

这里所选的是《青春之歌》第十一章、第十二章的片段,它较为生动具体地叙述了林道静的整个人生命运开始发生巨大转折的重要情景。《青春之歌》是"十七年文学"的一部经典之作,也是中国当代文学史上第一部描写学生运动、塑造革命知识分子形象的优秀长篇小说,它的出版在当时即产生了深远广泛的社会影响。周恩来、彭真、周扬、茅盾等都在不同场合称赞这部作品,共青团中央也号召全国青年学习这部作品。1959年,《青春之歌》被改编成同名电影搬上银幕后,更成为家喻户晓的经典之作。因此,将《青春之歌》称之为"影响了一代人的作品"毫不为过。

《青春之歌》向读者讲述的是一个女性自身成长的故事。出生于大地主家庭的林道静,从小遭继母虐待,却因继母发现其具有潜在"投资价值"而被送入学校,林道静也由此得以接触外面的世界,并受到较好的教育。不料,家中经济状况陡转,父亲携小妾逃走,而继母欲将她作为资本嫁给有钱人,她选择了离家出走。孤立无助的林道静在社会上根本无法立足,在爱情的诱惑和现实生活压力的双重作用下,她开始了和北大学生余永泽的同居生活。但是,随着平庸枯燥生活的袭来,林道静陷入了新困境,即女性的自身价值如何在社会生活中得以体现或实现。终日围绕家务和丈夫转的狭小生活圈子显然不是林道静所要的最终归宿。心胸狭窄、目光短浅、只关心自己前途却对社会现实漠不关心的恋人余永泽更是让她失去了对美好理想与现实生活的憧憬，此时的林道静极度渴望走出毫无生机的生活。

共产党人卢嘉川的出现彻底改变了林道静的生活轨迹。卢嘉川将林道静从沉闷枯燥的狭小圈子里解脱出来，让她不断接触到充满激情的革命生活。他不仅影响和引导着林道静的政治信仰，而且在个人情感上也给予她不小的期待与遐想，以至于卢嘉川牺牲很久以后，他的个人影响力仍旧存在而难以消退。即便如此，《青春之歌》实际上并未对卢嘉川和林道静两人的爱做过多的叙述和渲染，而是采用比较隐晦的方式来暗示，或借用纯洁的革命话语来掩饰。譬如，小说中有一处这样写道，当许久不见的卢嘉川突然出现在林道静面前时，林道静特别惊喜和激动，她说："卢兄，你说我该怎么办好呢？……我总盼望你——盼望党来救我这快要沉溺的人……"这句话非常含蓄而饶有意味，因为林道静开始是尤为急切地说着"我总盼望你"，但话未说完她旋即意识到这么说会过于露骨，而且林道静当时还没有脱离余永泽，于是慌忙之间又加上了"盼望党来救我这快要沉溺的人"。这其中的缘由应是：在当时的写作环境与政治氛围的规约下，过分表达儿女私情显然是不合时宜、不合社会主流的。因此，杨沫非常巧妙地利用了革命话语所带来的遮饰效果。而卢嘉川的过早牺牲，更是让两人之间带有的那种两情相悦性质的感情结合进一步升华为革命者和追随革命者之间的信仰传递。

相比卢嘉川，江华在林道静人生中则是更好地担当起了革命引导者的角色。他冷静客观、不动声色的评价总是让林道静意识到自己的思想永远处于不成熟阶段。面对江华时，林道静的敬仰之情事实上也远胜于对他的爱恋，以至于当江华最终当她的面说出"咱俩的关系，可以比同志的关系更进一步吗"的时候，林道静的第一反应不是激动和喜悦，而是不敢相信。林道静最终接受江华的爱慕与追求，起决定作用的不是爱情，而是她所深信的革命信仰。终于，在江华等人的指引下，林道静的成长得到了众多革命者的认同。她改变了先前脱离群众的孤立状态，开始广泛接触周围群众。为了响应无产阶级政党到工农群众中去的号召，她把发动群众斗争的工作开展到了田间地头，不断拉近与劳苦大众的距离。特别是林道静再次被捕入狱后，她在优秀共产党员林红的精神感召下，经历了一次彻底的精神洗礼，从而完成了真正意义上的精神升华。至此，林道静完成了蜕变，她已不再是小资产阶级知识女性，而是一名有着坚定革命信仰的共产党员。

《青春之歌》的成功，首先还是因为它是一部成功的政治小说。通过女主人公林道静从一个个人主义、民主主义、自由主义的知识分子改造和成长为一个共产主义战士，杨沫在小说中着力叙述了中国现代"知识分子"的"成长史"。如同"十七年文学"所有的主流作品一样，《青春之歌》对历史的叙述同样无法避免主流叙述模式。在无产阶级革命中，小资产阶级知识分子必须经历一个"再锻炼、再教育和再改造"的过程，通过不断地向无产阶级学习，逐步克服自身的阶级属性所带来的弱点，才有可能成长为无产阶级战士。林道静从一个天真少女转变成为一名坚定的共产主义战士,前后经历了三个阶段。第一阶段,林道静在初恋爱人、“骑士兼诗人”的余永泽影响下受到西方人道主义思想的影响,崇尚民主和自由。第二阶段,林道静通过共产党人卢嘉川的指引,阅读了“用马克思列宁主义理论写成的一般社会科学的书籍”,因而对马克思主义抱有强烈热情,渐渐学会用阶级观点来分析中国社会。第三阶段,共产党员江华引导林道静将马克思主义理论与中国革命的具体实践联系起来,在经历了农村生活和监狱斗争之后,林道静终于成长为一个坚定的共产主义战士。

在《青春之歌》诞生的“十七年时期”,“政治正确”无疑是当时的小说乃至整个文学成功的必要条件,但并不是所有政治小说都能够像《青春之歌》这样深受大众欢迎。它之所以能在众多政治小说中脱颖而出,受到来自不同社会阶层的读者的喜爱,一个主要的原因就是《青春之歌》充分借助巧妙的叙述方式,将林道静的个人成长经历与知识分子思想改造的主流意识形态的历史叙述很好地结合在一起。毋庸置疑,林道静是一名女性,但更是一个以知识分子形象出现的女性主人公。不仅如此,余永泽、卢嘉川、江华、王晓燕等与之关系密切的人物也都属于知识分子这一独特群体。在《青春之歌》中,作家明显是在将知识分子的道路选择与最终归宿作为一个重要话题来加以挖掘探讨,而在这种巧妙叙述与挖掘探讨中,杨沫也最终完成了她本人对当时特定的政治意识形态的独特迎合与深刻体认。总而言之,作为一部描写知识分子题材的小说,《青春之歌》无疑是在艺术性地处理好了个人叙述与历史叙述关系的基础之上,才成为中国当代文学史上的一部经典之作的。

参考文献

[1]李杨:《“人在历史中成长”——〈青春之歌〉与“新文学”的现代性问题》,《文学评论》2009 年第 3 期。
[2]张钟:《当代文学概观》,北京大学出版社 1980 年版。
[3]杨沫:《〈青春之歌〉后记》,人民文学出版社 1960 年版。

延伸阅读文本链接

1. 杨沫:《芳菲之歌》,花城出版社 1986 年版。
2. 杨沫:《英华之歌》,花城出版社 1990 年版。
3. 杨沫:《杨沫文集》,北京十月文艺出版社 1994 年版。

茶馆（节选）

老　舍

第一幕(节选)

[牛儿搀着庞太监走进来。小牛儿提着水烟袋。]

庞太监　哟！秦二爷！

秦仲义　庞老爷！这两天您心里安顿了吧？

庞太监　那还用说吗？天下太平了，圣旨下来，谭嗣同问斩！告诉您，谁敢改祖宗的章程，谁就掉脑袋！

秦仲义　我早就知道！

[茶客们忽然全静寂起来，几乎是闭住呼吸地听着。]

庞太监　您聪明，二爷，要不然您怎么发财呢！

秦仲义　我那点财产，不值一提！

庞太监　太客气了吧？您看，全北京城谁不知道秦二爷！您比做官的还厉害呢！听说呀，好些财主都讲维新！

秦仲义　不能这么说，我那点威风在您的面前可就施展不出来了！哈哈哈！

庞太监　说得好，咱们就八仙过海，各显其能吧！哈哈哈！

秦仲义　改天过去给您请安，再见！（下）

庞太监　（自言自语）哼，凭这么个小财主也敢跟我逗嘴皮子，年头真是改了！（问王利发）刘麻子在这儿哪？

王利发　总管，您里边歇着吧！

[刘麻子早已看见庞太监，但不敢靠近，怕打搅了庞太监、秦仲义的谈话。]

刘麻子　喝，我的老爷子！您吉祥！我等了您好大半天了！（搀庞太监往里面走）

[宋恩子、吴祥子过来请安，庞太监对他们耳语。]

[众茶客静默了一阵之后，开始议论纷纷。]

茶客甲　谭嗣同是谁？

茶客乙　好像听说过！反正犯了大罪，要不，怎么会问斩呀！

茶客丙　这两三个月了，有些做官的，念书的，乱折腾乱闹，咱们怎能知道他们搞的什么鬼呀！

茶客丁　得！不管怎么说，我的铁杆庄稼又保住了！姓谭的，还有那个康有为，不是说叫旗兵不关钱粮,去自谋生计吗?心眼多毒!

茶客丙　一份钱粮倒叫上头克扣去一大半,咱们也不好过!

茶客丁　那总比没有强啊!好死不如赖活着,叫我去自己谋生,非死不可!

王利发　诸位主顾,咱们还是莫谈国事吧!

[大家安静下来,都又各谈各的事。]

庞太监　(已坐下)怎么说?一个乡下丫头,要二百银子?

刘麻子　(侍立)乡下人,可长得俊呀!带进城来,好好地一打扮、调教,准保是又好看,又有规矩!我给您办事,比给我亲爸爸做事都更尽心,一丝一毫不能马虎!

[唐铁嘴又回来了。]

王利发　铁嘴,你怎么又回来了?

唐铁嘴　街上兵荒马乱的,不知道是怎么回事!

庞太监　还能不搜查搜查谭嗣同的余党吗?唐铁嘴,你放心,没人抓你!

唐铁嘴　嗻,总管,您要能赏给我几个烟泡儿,我可就更有出息了。

[有几个茶客好像预感到什么灾祸,一个个往外溜。]

松二爷　咱们也该走了吧!天不早啦!

常四爷　嗻,走吧!

[二灰衣人——宋恩子和吴祥子走过来。]

宋恩子　等等!

常四爷　怎么啦?

宋恩子　刚才你说"大清国要完"?

常四爷　我,我爱大清国,怕它完了!

吴祥子　(对松二爷)你听见了?他是这么说的吗?

松二爷　哥儿们,我们天天在这儿喝茶。王掌柜知道:我们都是地道老好人!

吴祥子　问你听见了没有?

松二爷　那,有话好说,二位请坐!

宋恩子　你不说,连你也锁了走!他说"大清国要完",就是跟谭嗣同一党!

松二爷　我,我听见了,他是说……

宋恩子　(对常四爷)走!

常四爷　上哪儿?事情要交代明白了啊!

宋恩子　你还想拒捕吗?我这儿可带着"王法"呢!(掏出腰中带着的铁链子)

常四爷　告诉你们,我可是旗人!

吴祥子　旗人当汉奸,罪加一等!锁上他!

常四爷　甭锁,我跑不了!

宋恩子　量你也跑不了!(对松二爷)你也走一趟,到堂上实话实说,没你的事!

[黄胖子同三五个人由后院过来。]

黄胖子 得啦，一天云雾散，算我没白跑腿！

松二爷 黄爷！黄爷！

黄胖子 （揉揉眼）谁呀？

松二爷 我！松二！您过来，给说句好话！

黄胖子 （看清）哟，宋爷，吴爷，二位爷办案啊？请吧！

松二爷 黄爷，帮帮忙，给美言两句！

黄胖子 官厅儿管不了的事，我管！官厅儿能管的事呀，我不便多嘴！（问大家）是不是？

众　人 嗻，对！

［宋恩子、吴祥子带着常四爷、松二爷往外走。］

松二爷 （对王利发）看着点我们的鸟笼子！

王利发 您放心，我给送到家里去！

［常四爷、松二爷、宋恩子、吴祥子同下。］

黄胖子 （唐铁嘴告以庞太监在此）哟，老爷在这儿哪？听说要安份儿家，我先给您道喜！

庞太监 等吃喜酒吧！

黄胖子 您赏脸！您赏脸！（下）

［乡妇端着空碗进来，往柜上放。小妞跟进来。］

小　妞 妈！我还饿！

王利发 唉！出去吧！

乡　妇 走吧，乖！

小　妞 不卖妞妞啦？妈！不卖啦？妈！

乡　妇 乖！（哭着，携小妞下）

［康六带着康顺子进来，立在柜台前。］

康　六 姑娘！顺子！爸爸不是人，是畜生！可你叫我怎办呢？你不找个吃饭的地方，你饿死！我不弄到手几两银子，就得叫东家活活地打死！你呀，顺子，认命吧，积德吧！

康顺子 我，我……（说不出话来）

刘麻子 （跑过来）你们回来啦？点头啦？好！来见见总管！给总管磕头！

康顺子 我……（要晕倒）

康　六 （扶住女儿）顺子！顺子！

刘麻子 怎么啦？

康　六 又饿又气，昏过去了！顺子！顺子！

庞太监 就要活的，可不要死的！

［文章来源：《茶馆》，人民文学出版社2012年版］

文史知识地图

老舍(1899—1966),中国现代著名小说家、戏剧家、文学家。本名舒庆春,字舍予,北京满族正红旗人,原姓舒觉罗氏(一说姓舒穆禄氏,存疑)。老舍是其最为常用的笔名,另有絜青、絜予、口青等笔名。因为老舍生于阴历年底,故父母为他取名"庆春",含有庆贺春来、前景美好之意。舒庆春上学后,自己更名为舒舍予,"舍予"是"舒"字的分拆:舍,舍弃;予,我。含有"舍弃自我",亦即"忘我"的意思。

1899 年,老舍出生于北京一个旗人家庭。次年,八国联军进攻北京,老舍的父亲身为护军镇守正阳门(《清史稿》作天安门),面对来犯的日本军队力战殉国。八国联军攻入北京后,老舍的家曾遭意大利军人劫掠,当时才一岁半的老舍因为一个倒扣在身上的箱子而幸免于难。父亲的阵亡使得老舍与母亲相依为命,过着清贫生活。然而,在家中大杂院里度过的童年生活使老舍从小就熟悉车夫、手工业工人、小商贩、下等艺人、娼妓等挣扎在社会底层的城市贫民,深知他们的喜怒哀乐。老舍从小也喜爱流传于市井里巷的传统艺术(如曲艺、戏曲),这些都是他将来倾向于写作北京平民生活和长于话剧创作的重要生活基础。9 岁的时候,由满族贵族刘寿绵(宗月大师)资助,老舍才得以入私塾读书。1913 年,老舍考入京师第三中学(现北京三中),数月后因经济困难退学。同年,老舍考取公费的北京师范学校,于 1918 年顺利毕业。1919 年,"五四运动"爆发时,老舍在北京公立第十七高等小学任校长。1922 年 9 月,老舍辞去在北京的所有职务,到以开明新派著称的天津南开学校中学部任国文教员,并在那写下第一篇新文学习作《小铃儿》。而在这以前,他还坚决退掉母亲包办的婚约。次年,老舍回到北京,任顾孟余主持的北京教育会的文书,同时在京师第一中学兼课,闲暇时间还到燕京大学旁听英文,并一度信仰过基督教。

1924 年秋,老舍远赴英国,在伦敦大学东方学院华语学系担任华语讲师,教导英国人学习中国的官话和中国古典文学。业余时间,他阅读了大量英文作品,并开始从事文学创作。1926 年,老舍在《小说月报》上发表和连载了第一部长篇小说《老张的哲学》,作品的署名为"舒庆春",但自第 8 号起连载上的署名改为"老舍",直至小说全部载完。其后,他又相继在《小说月报》上发表了《赵子曰》和《二马》两部重要作品。作品本身文笔轻松酣畅,极富北京地方色彩,善于刻画市民生活和心理,老舍的创作由此引起当时读者的广泛关注。旅居英国五年后,老舍于 1929 年夏取道法、德、意等国回国,途中因为筹措旅费,又在新加坡一所华侨中学任教半年,并在此写下了一部反映被压迫民族觉醒的中篇小说《小坡的生日》。

1930 年 3 月,老舍回到国内。同年 7 月,到山东济南齐鲁大学任教。翌年夏,与后来成为国画家的胡絜青结婚。1934 年,老舍改任青岛山东大学教授。在这两所大学任教期间,他先后讲授过《文学概论》《欧洲文艺思潮》《外国文学史》以及写作方面的课程。课余时间,老舍继续从事文学创作,成果颇丰。老舍和普通的教员、记者、车夫、厨子、说唱艺人、民间拳师为友，汲取民间养分，先后创作了 4 部长篇小说，即《大明湖》《猫城记》《离婚》《牛天赐传》，还出版了包括《黑白李》《微神》等 15 部短篇小说在内的短篇小说集《赶集》和幽默诗文集《老舍幽默诗文集》，以及散文《趵突泉》《济南的冬天》《济南的秋天》等，并翻译发表了大量外国文学作品。此间，他看到第一次国内革命战争失败后日本帝国主义的肆意侵略和国民党反动派的卖国行径，创作了长篇小说《大明湖》，为济南人民以及所有蒙受侵略之苦的祖国人民抒发愤慨。在这部小说里，他第一次描写了中国共产党人的形象。可惜，小说手稿在战火中被焚。《猫城记》以寓言的形式揭露了旧中国的腐败，大力针砭了保守愚昧的民族习性和畏惧洋人的奴才心理，同时也流露出对于国事的悲观和对于革命的误解，是一部瑕瑜互见、存有争议的作品。《离婚》描写了一群公务员的庸碌生活，并对此进行嘲弄和揶揄，充分表现出老舍幽默讽刺的艺术特色，是一部很能代表老舍创作风格的作品。而《牛天赐传》则是从街头市巷摄下市井小民的生活场景，对庸俗的世俗生活和小市民心理进行嘲讽，笑料不断。1935 年，老舍与洪深、王统照、臧克家等联合在《青岛民报》附出《避暑录话》周刊，题名语意双关，一是避时令之暑，二是避"当局"之"暑"，所刊诗文俱出名家，不但文字生动活泼，常有精美之作，而且立意精到，令人刮目相看，赢得了广大读者的喜爱。完成于 1936 年夏，发表在同年 9 月至翌年 10 月的《宇宙风》上的长篇杰作《骆驼祥子》，以北平一个人力车夫祥子的行踪为线索，向人们集中展示了军阀混战及其黑暗统治下的北平底层贫苦市民痛苦悲惨的生活图景，同时从祥子试图依靠个人奋斗摆脱悲惨生活命运，最终失败以至于堕落的故事，深刻地警示人们，城市底层贫苦民众要翻身做主人，仅靠个人奋斗是行不通的。1939 年，《骆驼祥子》由上海人间书屋正式出版单行本，1943 年后更被译为日文、英文、法文、德文、瑞典文、捷克文，影响极其广泛深远，是老舍的经典之作。

1937 年"七七事变"爆发，抗日战争全面打响。老舍亦告别妻子，只身前往武汉，投入到文艺界的抗日洪流之中。1938 年 3 月，"中华全国文艺界抗敌协会"在武汉成立，老舍被选为理事兼总务部主任，主管协会的日常事务，成为这个团体实际上的主要负责人。1939 年 6 月，老舍参加全国慰劳总会北路慰问团，深入开展慰问抗战军民工作。近半年之中，慰问团行程两万余里，历经川、鄂、豫、陕、宁、青、甘、绥八省，包括延安和陕甘宁抗日民主根据地。这开阔了老舍的视野，丰富了他的生活。过去由于与革命力量、革命运动有些隔膜，产生过误解，但通过这些工作，老舍进一步增进了对革命的了解，他的政治态度明显地激进起来。此后，"文协"又转赴重庆，并在艰难困苦的环境中顽强坚持了七年时间，直到抗日战争取得最后胜利。老舍以满腔热血和耐心细致的工作，积极团结各方面的文艺家，共同致力于文艺抗战运动的推动工作。1944 年 4 月，重庆等地的各界人士举行老舍创作生活 20 周年的纪念活动，从不同方面对他作出了高度评价。此时的老舍已不再是一个只知埋头写作的作家，他成了文艺界的组织者和社会活动家，成了抗日和争取民主的战士。另一方面，老舍自己以笔为武器，坚持进行多种文艺形式的创作。其中，长诗《剑北篇》用大鼓体写成，《王家镇》《忠烈图》用京剧形式写成,《残雾》《归去来兮》《面子问题》用话剧形式写成。此外,他还先后创作发表了短篇小说集《火车集》《贫血集》以及长篇小说《火葬》等,顺利完成了另一部长篇巨著《四世同堂》的前两部《偷生》和《惶惑》,并撰写了大量杂文、散文、诗歌。

抗战胜利后,老舍和曹禺作为中国民间第一批文化人于 1946 年应邀赴美国访问和讲学。在美期间,老舍先后完成了《四世同堂》的第三部《饥荒》、长篇小说《鼓书艺人》以及短篇小说《断魂枪》。毫无疑问,《四世同堂》是老舍完成的规模最宏大的小说作品,全书约一百万字。作家以北平一个名叫"小羊圈"胡同里的多种人物为主体,特别是以祁家祖孙四代为中心,深入而细致地展开了错综复杂的故事情节描写,生动地展现了沦陷区人民的苦难经历,以及他们在幻想破灭后,终于觉醒,坚决抗战的复杂过程,并深刻地揭露了日本侵略者的残暴和汉奸的无耻,也写出了知识分子的善良、懦弱与苦闷,以及下层市民坚强不屈的意志和决心。整部《四世同堂》包含着老舍强烈崇高的爱国主义精神,为中华民族的伟大抗战留下了一座不朽的丰碑。

1949 年 12 月,应周恩来委托文艺界之邀,老舍回到北京。从 1949 年老舍归国到他逝世的 17 年间,是他戏剧创作的第二个丰收期。1950 年,老舍创作了五幕话剧《方珍珠》,它表现了北京曲艺艺人在新旧社会的不同生活遭遇和命运,通过对比,歌颂了新中国对艺人的关怀和尊重,呼吁艺人们要自尊自重,团结起来为新社会服务。1951 年,他又创作了歌颂人民政府为普通市民办实事的话剧《龙须沟》。该剧上演后,老舍获得了北京市政府授予的"人民艺术家"荣誉称号。之后,他还创作了歌剧《消灭细菌》《大家评理》,话剧《生日》《春华秋实》等。特别引人瞩目的是,1957 年,老舍创作完成了其经典剧作——中国当代著名话剧作品《茶馆》,并于 1958 年由北京人民艺术剧院首排,焦菊隐、夏淳导演,于是之、郑榕、蓝天野、英若诚、黄宗洛等人主演。全剧以老北京一家大茶馆的兴衰变迁为背景,向人们展示了从清末到抗战胜利后的 50 年间,北京的社会风貌及各阶层人物的不同命运,由此也深刻地揭示了半封建、半殖民地中国的历史命运。从 1958 年首演到 1992 年老版的告别演出,30 多年间《茶馆》一共演了 374 场。1992 年 7 月 16 日,65 岁的于是之最后一次演出《茶馆》,当时首都剧场盛况空前。虽然已经演了近 400 场,但因为疾病缠身,于是之还是忘词了,而且每幕戏都出现了漏词。但观众仍然热情高涨,直至演出结束仍不肯散去。于是之因此含泪写下"谢谢观众的宽容"。老版《茶馆》1992 年告别演出后,老艺术家们纷纷隐退,此剧几成绝唱。1999 年 10 月,以创新著称的北京人艺导演林兆华重排《茶馆》,并推出了梁冠华、濮存昕、杨立新领衔的全新阵容。2005 年,北京人艺为纪念老导演焦菊隐 100 周年诞辰,又将《茶馆》恢复为 1958 年版本,由林兆华导演担任复排指导,舞台设计恢复写实主义风格,结尾也停留在老掌柜上吊的戏码上。2007 年,何群导演再次将这部名作翻拍成了 39 集电视连续剧,于 2010 年在央视播出,并由著名演员陈宝国在剧中饰演茶馆掌柜王利发。

从 1962 年开始,我国许多文艺作品遭到严厉的政治批判,老舍也被迫停止了《正红旗下》的创作。1965 年 3 月至 4 月,老舍率领中国作家代表团访问日本。回到中国后，将旅日见闻写成长篇散文《致日本作家的公开信》，但没有被获准发表，老舍只得被迫停笔。此后老舍曾试图参加文艺工作队，想通过写竹板快书、相声等，来宣传计划生育、科学种田，但也未获批准。1966 年春季，老舍独自前往北京郊区顺义县以养猪而闻名的陈各庄，跟那里的农民生活在一起，写了一篇科学养猪的快板书《陈各庄上养猪多》，成为他公开发表的最后一篇作品。1966 年 8 月 23 日，本应在家继续休养的老舍，被迫到北京市文联参加“文化大革命”运动。当天下午，北京女八中的红卫兵开始冲击文联，老舍与 30 多位作家、艺术家一道，被挂上“走资派”“牛鬼蛇神”“反动文人”的牌子，押至北京孔庙大成门前，并被押着向焚毁京剧服装、道具的大火下跪，惨遭污辱、毒打。此后，血流满面、遍体鳞伤的老舍被押回市文联，又因还手“对抗红卫兵”，被加挂上“现行反革命”的牌子，遭到“红卫兵”变本加厉的残酷殴打，随后他被文联革委会副主任浩然送到西长安街派出所(出于保护他)，直至 8 月 24 日凌晨回到家中。然而，红卫兵组织仍要求他 24 日上午到市文联继续接受批斗。清晨，绝望之至、身心交瘁的老舍独自出走到北京城西北角外的太平湖畔，当日深夜，中国现代文学大师老舍含冤自沉于太平湖，享年 67 岁。

1978 年初，文学大师老舍终于得到平反，并恢复了“人民艺术家”的称号。象征性的骨灰盒里面，放着老舍使用过的钢笔、毛笔、眼镜、一支手表、一筒茉莉花茶以及一小片被保留下来的他的血衣残片。在墓上，墨绿色花岗岩左下角有一副老舍浮雕铜像，围绕铜像刻着几道水波溅起的涟漪，两边汉白玉矮墙，一边以菊花做成浅浮雕为背景，上面镌刻着老舍在抗战爆发前所写的《入会誓词》中的一句话：“文艺界尽责的小卒，睡在这里。”

分析与鉴赏导引

《茶馆》创作完成于 1957 年，最初发表在《收获》创刊号上。翻看当代文学史，我国五六十年代的话剧作品如今绝大部分已经不能再演或不堪再读，只有老舍的《茶馆》是个特例。从 1957 年创作完成至今，《茶馆》前后经历了北京人民艺术剧院两班人员的 5 次排演，其间除了非正常年代的政治因素干扰外，观众对它的热情历来都是只增不减，《茶馆》俨然成为文学荒芜年代遗留下来的一大经典。

《茶馆》的艺术构思独具匠心。它生动而精练地描绘了三个时代和三个社会：戊戌政变后的清末社会、辛亥革命失败后各军阀派系混战统治中的民国社会和抗战后国民党统治下的国统区。这三个社会显然是老舍经过慎重考虑而精心选择的。在清代社会，老舍选择了戊戌政变后这段独特的历史画面。在这段历史时期中，作家又通过在茶馆中进出的各色人物，把一幅民不聊生、腐朽不堪的场景推到读者和观众面前：太监竟要买大姑娘当老婆，农民无法生活不得不卖儿卖女，流氓暗探横行乡里，正直的人因一句话就要坐牢……面对这些悲惨的现实，人们岂能不对这种社会的继续存在产生怀疑？就连身为满人的常四爷也十分心痛却无奈地说出了“大清国完了”，表达了老舍对满族政权文化衰亡的浩叹、惋惜。而对于军阀混战、战后国民党统治时期的选择和描绘，老舍也同样是出于这样一种艺术构思。连王利发、秦仲义、常四爷这些当年尚可苟活的人最终也活不下去的时候，不单大清国完了，军阀统治也同样避免不了走向衰亡的命运。那么国民党反动派的黑暗统治呢？答案是显而易见的。在此，老舍对于他所要阐发的主题，引而不发，极为巧妙地在反面大做文章，让观众从反面否定的直观感受中去深入思考与领悟“埋葬三个旧时代”的深刻主题。

《茶馆》的艺术构思中使用了独特的“侧面透露法”。老舍在《答复有关〈茶馆〉的几个问题》一文中介绍他如何构思《茶馆》一剧时曾说：“我不熟悉政治舞台上的高官大人，没法子正面描写他们的促进与促退。我也不十分懂政治。我只认识一些小人物。这些人物是经常下茶馆的。那么，我要是把他们集合到一个茶馆里，用他们生活上的变迁反映社会的变迁，不就侧面地透露出一些政治消息吗?”以小见大，以个别表现一般，“侧面透露法”讲究的是主题与典型环境之间的关系。

在《茶馆》中，老舍既没有选取某个特殊的旧式家庭或家族，也没有选取某个特殊的地域，而是别出心裁地选择了北京一个普普通通的大茶馆。这个选择看似寻常，却是《茶馆》这个剧作成功的关键。首先，中国的茶馆是极富地方特色和民族特色的。它虽和西方的酒吧、咖啡馆性质有些相近，但更具中国特色。老舍描写的是几十年前北京的一个大茶馆，这使老舍的《茶馆》一开幕就染上浓厚的地方色彩和民族色彩。其次，旧中国的茶馆是个五方杂处的地方，各色人等都可以在这里自由出入。这里可以有上流社会的达官贵人，也可以有下层社会的流民乞丐，甚至还可以有无赖流氓与打手。让这些三教九流的人物同时聚集在一起，除了茶馆，这在中国其他地方都是很难办到的。老舍选择这样一个地方作为他戏剧展开的环境，不仅可以把中国社会各阶层的人按他的意愿“集合”起来，让他们各自“亮相”，而且没有一点生硬勉强之嫌。再次，正因为中国社会各阶层人士都在茶馆活动，所以各阶层，以及各种政治力量之间的矛盾和冲突必然会在这里有所反映。如《茶馆》中所描写的以庞太监为代表的封建统治阶级与以康有为代表的知识阶级的巨大反差，以秦仲义为代表的资产阶级民主派与以庞太监为代表的封建顽固派的矛盾冲突。由于各种政治力量都在这里出没，所以各种政治信息也自然会显现出来。最后，茶馆还具有其独特的象征意味。《茶馆》用一个茶馆象征一个社会时代，茶馆是中国社会的一个微缩，茶馆五十年的历史就是中国社会五十年的历史。作者通过茶馆的变迁和命运来见证社会历史的变迁和命运，而裕泰茶馆的最终倒闭则象征了黑暗社会将寿终正寝。这种典型环境的巧妙选择与描述，也正是老舍的“侧面透露法”取得成功的关键。

显而易见，《茶馆》的时代背景分别是戊戌政变、民国军阀混战时期和抗战后国民党统治时期。这三个时期都有一个共同点，即是当权者统治最黑暗的年月，旧式统治走向穷途末路的时候，也是社会最为破落衰困的岁月，水深火热，民不聊生。因此，《茶馆》的主题一直以来多被认为是“葬送三个时代”，预示旧社会必然被新社会埋葬。《茶馆》写成以后，曾有人建议老舍在剧作中增加一条“革命红线”以增强故事性，老舍不赞同并说:“有人认为此剧的故事性不强,并且建议,用康顺子的遭遇和康大力的参加革命为主,去发展剧情,可能比我写的更像戏剧。我感谢这种建议,可是不能采用。因为那么一来,我的葬送三个时代的目的就难达到了。抱住一件事去发展,恐怕茶馆不等被人霸占就已垮台了。我的写法多少有点新的尝试,没有全叫老套子捆住。”后来,周恩来总理看了《茶馆》,认为《茶馆》的三个时代选得不够典型,不能代表旧社会的历史特征,婉劝老舍改动一下,但老舍仍坚持自己的观点并未作出修改,这也客观地反映出老舍的作家主体精神及其独立人格。然而,要很好地凸显这一主题,关键是把三个时代被葬送的必然性写足。为此,老舍有意识地舍弃中外戏剧传统的“一人一事”的方法,而采用“人像展览法”来结构全剧、展开场面和刻画人物。细看《茶馆》,老舍创造性地把三个时代的各种人物都搬上了舞台,并把三个时代中的各种丑恶现象都淋漓尽致地呈现在观众面前,使观众从三个时代的黑暗、腐朽和反动中,看到这三个时代的必然灭亡。除此之外,尽管《茶馆》出场人物众多,却不重复,职业和身份也都不同。有的职业父子“相承”,但老二德子和小二德子却不可同日而语,不仅人物性格,他们的职业本身以及各自对职业的态度也都发生了变化。老舍如此安排人物,既有时代发展变化的因素起作用,但更多的是他对于人物代表性的考量。比如,在《茶馆》中,老舍不仅给每个人物都设计了那个时代所应有的身份和职业,也给他们设计了与其身份和职业相应的伦理观念和性格特征。如王利发,与茶馆老板的职业身份相应的,是他既有仁有义又患得患失的性格,以及尽力调和两者的圆滑的处世方式;如秦仲义,与民族资本家身份相应的,是他实业救国的壮志雄心和经不起失败的绝望与脆弱;再如常四爷,与落魄的旗人身份相应的,是他的愤世与自省;再如二德子,他的身份是特务,他性格中最突出的表现是恃强凌弱、狐假虎威;再如乱兵、国民党党棍等,也都有着与他们身份和职业相一致的性格。显然,这些独特的艺术构思和创作意图,若采用传统老套的“减头绪、立主脑”或“一人一事”的方法来创作应当是无法统筹和实现的。

另一方面,老舍本人也说《茶馆》的主题是“葬送三个时代”,但问题是由谁来埋葬?如何来埋葬?众所周知,老舍是以一个成熟的小说家身份来写作戏剧的,因此,他的小说思维或多或少会对他的戏剧创作产生影响,也会使得他的戏剧延续着他小说一贯的独特思考。实际上,《茶馆》在更深处表现的应是一种思想启蒙和文化反思的主题。确切地说,剧作中对三个时代的葬送,并不只是单纯地从社会政治角度来埋葬,而是在根本上从深层次的文化思想角度来埋葬。《茶馆》中的王利发待人接物,圆滑变通,谁也不得罪,明哲保身,见人就“多说好话,多请安,讨人人的喜欢”。这种处处谨慎以换取生存可能的顺民哲学并没有给他带来理想的结局,最终还是落得个上吊自杀的悲惨下场。作者对王利发显然是既同情又批判。而在刘麻子、二德子、唐铁嘴等反面人物身上,作者更是写出了他们的国民劣根性,像人贩子刘麻子的心狠手辣、贪婪卑鄙,唐铁嘴的无耻、麻木,二德子的欺软怕硬、蛮横无知以及宋恩子、吴祥子的“有奶便是娘”等。老舍总是擅长用“文化”的手段来划分人,一些反面人物如刘麻子、唐铁嘴等并不一定是和反动统治政权相关的人,我们也难以对他们作出阶级划分。即使是那两个特务,作家也不是只写他们的“政治”,而是深入揭示这种人的思想灵魂及他们赖以生存的整个社会。在《茶馆》中,老舍还特别通过松二爷这个人物对旗人文化作出反思。松二爷是一个沉沦在“生活的艺术”中不能自拔的旗人,即使已经穷困潦倒,仍要提着鸟笼、泡茶馆,追求生活的雅致和精巧,如他自己在剧中说的“我饿着,也不能叫鸟儿饿着”,最终饿死后,连棺材都是常四爷给他化缘来的……老舍通过对一系列人物形象的精心刻画与生动塑造,向读者充分展示了国民劣根性,其文化反思与批判的力量更是令人印象深刻且发人深省。

老舍的《茶馆》还体现了他本人一贯的幽默诙谐的艺术特色,而从这之中我们又不难品尝到一种荒诞感。这种荒诞感,首先体现在故事情节和人物动作的离奇荒诞上。细读《茶馆》就会发现,剧作的每一幕戏都有一个荒诞的故事,例如第一幕中的“太监娶媳妇”,第二幕中的“两个兵丁合娶一个老婆”,第三幕中的“三个老人撒纸钱自祭”等。实际上,这种荒诞的情节故事正是对那个荒唐时代和畸形社会的生动反映,而它的不断插入也使作品“平中见奇”,大大增强了剧作本身的生动性或者说是“戏味”。其次,《茶馆》的荒诞感还体现在作品的喜剧性与悲剧性的融合上,它使作品中的幽默并不纯粹而带有一些独特苍凉的苦味和悲感。例如第一幕中,当康顺子抬头“见见总管”时,她猛然间见到的是一张男不男女不女、近似怪物般的脸,她只说了一声:“我……”,便晕了过去。这时庞太监竟说:“我要活的,可不要死的。”庞太监在此情境下说出这样的话实在令人哄笑不已,但同时我们从中又产生一种悲感,即对康顺子悲剧命运的同情和对庞太监草菅人命的愤懑。再如第三幕中唐铁嘴说的话:“大英帝国的烟,日本的‘白面儿’,两大强国侍候着我一个,这点福气还小吗?”唐铁嘴的话无疑是令人发笑的,但在笑的背后我们又有一些苦味,因为从他的话里我们读出了帝国列强对中国的经济侵略,而我们的国民对此不以为耻反作享受,这岂不令人悲哀?

1979年,《茶馆》在欧洲首次上映,迅即轰动被誉为世界话剧之乡的欧洲大地。四年之后的1983年,《茶馆》又以其独特的艺术魅力轰动了整个日本。这些事实充分表明,《茶馆》不但有着独一无二的民族特色,而且还具有世界公认的艺术魅力和艺术水准。《茶馆》是老舍对整个20世纪中国文学的巨大贡献,它也为中国文学赢得了巨大的国际声誉,是中国文学走向世界的伟大作品。

参考文献

[1]《老舍论剧》,中国戏剧出版社1981年版。

[2]《老舍全集》十七卷,人民文学出版社1999年版。

延伸阅读文本链接

1.《老舍散文》,人民文学出版社2008年版。

2.《老舍全集》,人民文学出版社2013年版。

射雕英雄传（节选）

金 庸

欧阳锋纵声长笑，说道："怪不得郭靖那小子在烟雨楼前要和你爹爹拼命。"黄蓉叹道："你们的计策原本大妙，那浑小子悲怒之中更难明是非。我先前还道是你擒住了岛上哑仆，逼着带路，到今日才知是傻姑领你们进内。想必小王爷答应带她回牛家村，傻姑喜欢之极，便对你们唯命是从。嗯，定是你们两人埋伏在我妈妈墓内，命傻姑托言是我爹爹邀请，骗江南六怪进墓。欧阳伯伯拦在墓门，那江南六怪如何能再逃脱毒手？这是个瓮中捉鳖之计啊。"柯镇恶听她所说，宛若亲见，当日在墓室中斗逢强敌的情况，立时又在脑中出现，只听黄蓉又道："欧阳伯伯在海边捡了我爹爹的长袍，穿戴起来，墓室之中本甚昏暗，六怪一上来就给伤了几人，余人危急之中哪里还辨得出敌人是谁？是以南希仁亲口对柯镇恶言道，动手杀人的是我爹爹。朱聪与全金发是欧阳伯伯所杀，韩宝驹是小王爷所杀，韩小莹自刎而死，柯南二人却逃出墓穴，在精舍之中又苦斗一场。你们故意放柯镇恶逃命，待得南希仁最后得悉凶手姓杨之时，已然身中剧毒了。"欧阳锋叹道："小丫头也算得料事如神，此事机缘凑合，也是六怪命该如此。我与康儿前赴桃花岛之时，倒不知六怪是在岛上。"黄蓉道："是啊，想江南六怪在江湖上名头虽响，却也只凭得侠义二字，若说到功夫武艺，如何在你欧阳伯伯眼里。你们两人这般大费周章，定是另有图谋。"欧阳锋笑道："小丫头聪明机灵，料来也瞒你不过。"

黄蓉道："我猜上一猜，若是错了，欧阳伯伯莫怪。我想你到岛上之初，本盼全真诸子和我爹爹斗得两败俱伤，你来个卞庄刺虎，一举而灭了全真教和桃花岛。哪知到得迟了一步，我爹爹和全真教道士都已离岛他往。小王爷盘问傻姑，得知六怪却在，嗯，于是你们两位大显身手杀了五怪，装作是我爹爹所为，再将岛上哑仆尽数杀死，毁尸灭迹，从此更无对证。日后事发，洪七公、段皇爷等岂能不与我爹爹为难？小王爷又怕我爹爹回桃花岛后毁去你们留下的种种痕迹，是以故意放柯镇恶逃生。这人眼睛瞎了，嘴里舌头却没烂掉。他真相瞧不见，胡言乱语却是会说的。"

柯镇恶听了这番话，不由得又是悲愤，又是羞愧。只听欧阳锋叹道："我真羡慕黄老邪生了个好女儿。诸般经过，委实曲折甚多，你却一切猜得明明白白，有如亲眼目睹一般。小女娃儿，你当真聪明得紧啊。"

黄蓉幽幽地道："欧阳伯伯赞得我可太好了。现下郭靖中你之计，和我爹爹势不两立。等你明儿救了我爹爹，若是你侄儿尚在，唉，当日婚姻之约，难道不能旧事重提么？"欧阳锋心中一凛："她忽提此事，是何用意？"

却听黄蓉说道："傻姑，这个好兄弟待你好得很，是不是？"傻姑道："是啊，他要带我回家去。我不爱在那个岛上玩。我要回家去。”黄蓉道:“你回家干甚么?你家里死过人,有鬼。”傻姑“啊”的一声,惊道:“啊,我家里有鬼,有鬼!我不回去啦。”黄蓉道:“那个人是谁杀的?”

傻姑道:“我见到的,是好兄弟……”只听叮当两响,两件暗器跌落在地。黄蓉笑道:“小王爷,你让她说下去好了,又何必用暗器伤她?”杨康怒道:“这傻子胡说八道,甚么鬼话都说得出来。”黄蓉道:“傻姑,你说好啦,这位爷爷爱听。”傻姑道:“不,好兄弟不许我说,我就不说。”杨康道:“是啊,快躺下睡觉,你再开口说一个字,我叫恶鬼来吃了你。”傻姑很是害怕,连声答应:“噢,噢。”只听得衣服悉索之声,她已蒙头睡倒。

黄蓉道:“傻姑,你不跟我说话解闷儿,我叫爷爷来领你去。”傻姑叫道:“我不去,我不去。”黄蓉道:“那么你说,好兄弟在你家里杀人,他杀了个甚么人?”

众人听她忽问杨康杀人之事,都觉甚是奇怪。杨康却是心下怦怦乱跳,右手暗自运劲,心想这傻姑倘若当真要吐露他在牛家村的所作所为,纵然惹起欧阳锋疑心,也只得以九阴白骨爪杀手将她毙于当场,又想:“我杀欧阳克时,只穆念慈、程瑶迦、陆冠英三人见得,难道消息终于泄漏了出去?嗯,多半这傻姑当时也瞧见了,只是我没留意到她。”这时古庙中寂静无声,只待傻姑开口。柯镇恶更是连大气也不敢透。过了半晌,傻姑始终不说,只听得鼾声渐响,她竟是睡着了。杨康松了一口气,但觉手心中全是冷汗,寻思:“这傻姑留着终是祸胎,必当想个甚么法儿除了她。”斜目瞧欧阳锋时,见他闭目而坐,月光照着他半边的脸,显得神情漠然,似乎对适才的对答全未留意。众人都道黄蓉信口胡说,傻姑既已睡着,此事当无下文,于是或卧或倚,渐入睡乡。正朦胧间,忽听傻姑大喊一声,跃起身来,叫道:“别扭我?好痛啊!”

黄蓉尖声叫道:“鬼,鬼,断了腿的鬼!傻姑,是你杀了那断腿的公子爷,他来找你啦!”静夜之中,这几句话听来当真令人寒毛直竖。傻姑叫道:“不,不是我杀的,是好兄弟杀……”一言未毕,呼、蓬、啊哟三声连响,原来杨康突然跃起,伸手往傻姑天灵盖上抓落,却被黄蓉以打狗棒法甩了个筋斗。这一动手,殿上立时大乱,沙通天等将黄蓉团团围住。

黄蓉只如不见,伸左手指着庙门,叫道:“断腿的公子爷,你来,傻姑在这儿!”傻姑向庙门望去,黑沉沉的不见甚么,但她自幼怕鬼,忙扯住黄蓉的袖子,急道:“别来找我讨命,是好兄弟用铁枪头杀的,我躲在厨房门后瞧见的……断腿鬼,你,你别找我啊!”欧阳锋万料不到爱子竟是杨康所杀,但想别人能说谎,傻姑所言必定不假,悲怒之下,反而哈哈大笑,横目向杨康道:“小王爷,我侄儿当真该死,杀得好啊,杀得好!”笑声森寒,话声凄厉,各人耳中嗡嗡作响,似有无数细针同时在耳内钻刺一般,忍不住身子颤抖,牙齿相击。只听得群鸦乱噪,呀呀哑哑,夹着满空羽翼振扑之声,却是塔顶千百头乌鸦被欧阳锋笑声惊醒,都飞了起来。

杨康暗想此番我命休矣,双目斜睨,欲寻逃路。完颜洪烈也是暗暗心惊,待鸦声稍低,说道:“这女子疯疯癫癫,欧阳先生怎能信她的话?令侄是小王爷礼聘东来,小王父子倚重得紧,岂能无缘无故的伤他?”

欧阳锋脚上微一用劲,人未站直,身子已陡然跃起,盘着双膝轻轻落在傻姑身畔,左手抓住她的臂膀，喝道："他干么要杀我侄儿？快说！"傻姑猛吃一惊，叫道："不是我杀的，别捉我，别捉我。"她用力挣扎，但欧阳锋手如钢钳，哪里挣扎得脱，又惊又怕，不由得哭出声来，大叫："妈呀！"欧阳锋连问数声，只把傻姑吓得哭也不敢哭了，只瞪着一双眼睛发呆。黄蓉柔声道："傻姑别怕，这位爷爷要给糕子你吃。"这一语提醒了欧阳锋，想到愈是强力威吓，傻姑愈是不敢说，于是从怀中掏出一个作干粮的冷馒头来，塞在她手里，左手又松开了她手臂，笑道："是啊！给你吃糕！"傻姑抓住了馒头，兀自惊惧，说道："爷爷，你抓得我好痛，你别抓我。"欧阳锋温言道："傻姑乖，傻姑听话，爷爷不抓你了。"黄蓉道："那天断了腿的公子爷抱着一个姑娘，你说她长得标致么？"傻姑道："标致得很啊，她到哪里去啦？"黄蓉道："你知她是谁？你不知道的，是不是？"傻姑甚是得意，拍手笑道："我知道的，我知道的，她是好兄弟的老婆！"此言一出，欧阳锋更无半点疑心，他素知自己的私生子生性风流，必是因调戏穆念慈起祸，只是欧阳克武功高强，虽然双腿受伤，杨康也仍然远不是他敌手，不知如何加害，当下转头向杨康道："我侄儿不知好歹，冒犯了小王妃，真是罪该万死了。"杨康道："不……不……不是我杀的。"欧阳锋厉声喝问："是谁杀的？"杨康只吓得手脚麻软，额头全是冷汗，平时的聪明机变突然消失，竟说不出半句话来。黄蓉叹道："欧阳伯伯，你不须怪小王爷狠心，也不须怪你侄儿风流，只怪你自己本领太高。"欧阳锋奇道："为甚么？"黄蓉道："我也不知道为甚么。只是我在牛家村时，曾听得一男一女在隔壁说话，心中好生不解。"欧阳锋听了这几句浑没来由的话，如堕五里雾中，连问："甚么话？"黄蓉道："我一字一句的说给你听，决不增减一字，请你解给我听。我没见两人的面，不知那男的是谁，也不知女的是谁。只听得那男的说道：'我杀了欧阳克之事，若是传扬出去，那还了得。'那女的道：'大丈夫敢作敢为，你既害怕，昨日就不该杀他。他叔父虽然厉害，咱们远走高飞，他也未必能找得着。'"

欧阳锋听黄蓉说到这里便住了口，接着道："这女子说得不错啊，那男的又怎么说？"

他们二人一问一答，只把杨康听得更是惊惧。这时月光从庙门中斜射进来，照在神像之前，杨康避开月光，悄悄走到黄蓉背后，但听她道："那男的说道：'妹子，我心中另有一个计较。他叔父武功盖世，我是想拜他为师。我早有此意，只是他门中向来有个规矩，代代都是一脉单传。此人一死，他叔父就能收我啦！'"黄蓉虽未说出那说话之人的姓名，但语言音调，将杨康的口吻学得惟妙惟肖。杨康自幼长于中部，母亲包惜弱却是临安府人氏，是以语言兼混南北，黄蓉这么一学，无人不知那人便是杨康。

［文章来源：《射雕英雄传》（全4册，新修版），花城出版社2008年版］

文史知识地图

金庸（1924—），原名查良镛，是知名的武侠小说家、新闻学家、政治评论家和社会活动家,中国作家协会名誉副主席,《中华人民共和国香港特别行政区基本法》主要起草人之一,香港最高荣衔“大紫荆勋章”获得者。

1924 年,金庸出生于中国浙江省海宁市袁花镇,祖籍徽州婺源(今江西婺源)。其家族为书香门第,可谓“以文为业,书香传家”。清朝康熙年间,查氏家族人丁超过 300 人,进入全盛时期。家族当中先后有十余人考取进士,五人进入翰林院。其中,查氏家族的查慎行(原名查嗣琏)、查嗣瑮、查嗣庭更是亲兄弟三人同为翰林院编修。查家因此有了“一门十进士,兄弟五翰林”之美誉。由此看来,一代武侠小说大师金庸的横空出世并非偶然,而是家学渊源使然。时至近现代,查家再度复兴,门庭显赫,呈现出精彩纷呈的面貌。在其家族中,被不少现代文学专家推为中国“现代诗歌第一人”的著名爱国诗人、翻译家穆旦(原名查良铮)是金庸的同族叔伯兄弟,曾任中华民国法务部部长、中华民国最高法院院长的查良鉴则是金庸的堂兄弟。在家族以外,中国现代著名诗人徐志摩是金庸的表哥,而伟大的科学家钱学森正是金庸的表姐夫。

1937 年(另说为 1936 年),金庸从袁花镇龙山学堂(现袁花镇中心小学)毕业,于同年考入浙江嘉兴中学(现嘉兴一中),由此离开家乡海宁。1938 年,侵华日军攻到浙江,嘉兴中学千里南迁至丽水,金庸随之进入浙江省立联合中学初中部就读。1939 年,年仅 15 岁的金庸和同学一起编写了一本指导学生升初中的参考书《献给投考初中者》。这是此类书籍在中国国内第一次出版,也是金庸出版的第一本书,而这本书也开启了他的写作生涯。1940 年上半年,金庸因为在学校写讽刺黑板报《阿丽丝漫游记》被开除,后得到校长帮助改成退学。1940 年 7 月,金庸转入浙江衢州中学读书,但因 1942 年 5 月底日军侵占衢州城而提前高中毕业。同年秋,金庸开始进入《东南日报》(迁址福建南平)工作。1944 年,金庸顺利考入重庆国立政治大学外文系,然而因对国民党职业学生不满,遭投诉被勒令退学,此后一度进入中央图书馆工作,最终转入苏州东吴大学(今苏州大学)学习国际法。1945 年,年轻的金庸历尽艰辛,突破日军三道防线欲求学于长沙国立湖南大学,但由于复杂的手续问题被拒。抗战胜利后,金庸又辗转回到杭州,再进《东南日报》做记者。

1948 年,金庸进入《大公报》做报纸编辑,同时收听英语国际电讯广播并担当翻译一职。不久以后,《大公报》香港版复刊,金庸随即奔赴并移居香港,从事报业相关工作,这是金庸的人生发生改变的一个重要开始。1950 年,《大公报》所属的《新晚报》创刊,金庸旋即调任该报的副刊编辑,并主持《下午茶座》栏目,兼做翻译、记者工作。在此期间,金庸与另一位武侠小说大家梁羽生(原名陈文统)在一个办公室工作。1955 年,金庸在《大公报》与梁羽生、陈凡(百剑堂主)一起正式开设《三剑楼随笔》,成为专栏作家,并在同年以“金庸”为笔名创作了第一部武侠小说《书剑恩仇录》。1957 年,金庸以专职编剧的身份进入香港长城电影公司,先后写过《绝代佳人》《兰花花》《不要离开我》《三恋》《小鸽子姑娘》《午夜琴声》等剧本,还与他人合导过《有女怀春》《王老虎抢亲》,而其所用笔名为林欢。

1959 年,金庸选择离开长城电影公司,并与中学同学沈宝新合资创办《明报》,亲任主编兼社长，历时35年之久。期间金庸又不遗余力地创办了《明报月刊》《明报周刊》、新加坡《新明日报》及马来西亚《新明日报》等。而在金庸任《明报》报业董事长期间，《明报》的整体实力不断增强，最终成为香港最有影响的报纸之一，甚至有人把它比喻成香港的《泰晤士报》。尤其是《明报》对中国时局的预测和分析，是其他报纸无法比拟的。《明报月刊》则是华人世界文人化特色最为显著的刊物，而《明报周刊》因其对大中华的关怀，深受全世界华人好评与喜爱。

然而，使得金庸在整个华人世界乃至全球享有巨大声望与无尚荣耀的还是"金庸小说"。金庸本人曾在《鹿鼎记》的《后记》中这样说道："我写的长篇武侠小说共十二部，短篇共三部。"他还在《鹿鼎记》的《后记》中形象地将这其中十四部小说名称的首字写成一副对联，即"飞雪连天射白鹿，笑书神侠倚碧鸳"，唯有《越女剑》没包含在内。因此，"金庸小说"主要是指金庸的武侠小说，一共十五部，它们分别是《书剑恩仇录》(1955年)、《碧血剑》(1956年)、《射雕英雄传》(1957年)、《神雕侠侣》(1959年)、《雪山飞狐》(1959年)、《飞狐外传》(1960年)、《倚天屠龙记》(1961年)、《鸳鸯刀》(1961年)、《白马啸西风》(1961年)、《连城诀》(1963年)、《天龙八部》(1963年)、《侠客行》(1965年)、《笑傲江湖》(1967年)、《鹿鼎记》(1969年)、《越女剑》(1970年)。其中，除了《越女剑》和附在《雪山飞狐》之后的《白马啸西风》《鸳鸯刀》是短篇之外，其他十二部作品均为长篇。此外，当中的《射雕英雄传》《神雕侠侣》和《倚天屠龙记》被称为金庸武侠小说的"射雕三部曲"，而《射雕英雄传》则是"射雕三部曲"的第一部，是金庸本人拥有读者最多的一部作品，也是金庸的成名作与代表作，这部作品的发表也确立了金庸"武林至尊"的地位。另一方面，从20世纪70年代至今，金庸的这十五部脍炙人口、家喻户晓的武侠小说作品都在不断地被改编成大量相关的影视剧、广播剧、游戏、漫画、电脑游戏等，颇受世界华人的钟爱。毋庸置疑，由金庸的武侠小说改编拍摄而成的最成功的电视剧当属1983年"香港无线电视台"(TVB)版的《射雕英雄传》，长久以来它都被视为射雕影视系列中的经典，尤其对于70年代和80年代出生的一辈人来说，它更是其儿童时的一个梦想。虽然现在看来当时的武打效果和拍摄技巧远没有现在先进，但剧中黄日华、翁美玲、苗侨伟等著名香港演员对它的精湛演绎，折服了一代又一代人。由于该版《射雕英雄传》首次进入中国内地的巨大成功，令香港制造的武侠剧和无线电视的品牌成为内地观众的最爱。1983年版的《射雕英雄传》是整个80年代中国人生活之中的一道重要精神食粮，它已然从一部单纯意义的武侠剧延伸成为一个涵盖了心动、单纯、青春、热闹、浪漫等多味组合的永恒记忆。毫无疑问，"金庸小说"是整个华人文坛中独一无二、无与伦比的宝贵财富，而不少文坛才子、学者专家和读者都满怀热情地提笔撰写有关"金庸小说"的书评赏析，由此也形成了"金学"研究风潮。不过，金庸本人对"金学"这名称有点抗拒，认为有高攀"红学"之嫌，故现在学界大多将其称为"金庸小说研究"。而对于众多点评，金庸则在自己作品集的序中提到："也有人未经我授权而自行点评，除冯其庸、严家炎、陈墨功力深厚兼又认真其事，我深为拜嘉以外，其余的点评大都与作者原意相去甚远。"

1972年,金庸宣布封笔,退出侠坛,其后金庸对他以往创作的武侠作品展开了认真的修订工作。金庸的武侠小说也先后经历了三个版本:旧版、新版和新修版。1955年至1972年的稿件称为旧版,主要刊在报刊上,也有不少没有版权的单行本,网络上就有电子版本。从1970年起,金庸的助手修订了其所有作品,至1980年全部修订完毕,是为新版,冠以《金庸作品集》之名。到了1999年,金庸重新开始修订工作,正名为新修版(或世纪新修版),至今所有新修版本均已完成,并结集出版。每一次修订,情节都有所改动。而新修版的故事细节和结局也略有改变,引来不少回响。同时,大陆、台湾、香港对"金庸小说"的出版也分别授权于大陆的广州出版社、花城出版社(于2002年11月开始出版,代替原来的三联书店)、台湾的远流出版社以及香港的明河出版社。

1981年,英国政府为褒扬金庸对新闻事业及小说写作的贡献而郑重授予其OBE勋衔。之后,金庸数次回到内地,先后受到邓小平、江泽民等领导人的接见。1992年,金庸将他的毕生心血《明报》集团卖给商人于品海,自己则前往英国牛津大学当访问学者,继续学习。1994年10月25日,北京大学授予金庸名誉教授,北大中文系前主任、著名中国现代文学研究专家严家炎教授在授予仪式上发表讲话,极力称赞金庸的武侠小说创作是"一场静悄悄的文学革命",金庸是以精英文化改造通俗文化的"全能冠军",这一盛赞也将金庸及"金庸小说"提升到一个全新的高度。其后,王一川教授在其主编的《二十世纪中国文学大师文库·小说卷》一书中,更将金庸排在鲁迅、沈从文、巴金之后,老舍、郁达夫、张爱玲、王蒙等人之前的第四位,此举一度引起当代文坛的极大震动。

1999年至2005年,金庸正式任浙江大学人文学院院长,并于2005年以81岁的高龄赴剑桥大学攻读历史学硕士、哲学博士。2006年12月和2010年9月,金庸分别以硕士论文《初唐皇位继承制度》、博士论文《唐代盛世皇位继承制度》先后获得剑桥大学历史学硕士、哲学博士学位。2013年6月,89岁的金庸被爆在北京大学读博士。经权威媒体从北京大学得到证实,从2009年9月至2013年7月,金庸都在北京大学中国语言文学系中国古代文学专业攻读博士,其导师正是中央文史馆馆长、北大国学研究院院长、北大中文系教授袁行霈。

分析与鉴赏导引

这里节选的是《射雕英雄传》第三十五回、第三十六回的精彩部分,所选片段淋漓尽致地展现出女主人公黄蓉绝顶聪明机智的生动形象。1957年,金庸开始着力构思和创作《射雕英雄传》。《射雕英雄传》是一部真正意义上的武侠小说,是中国武侠小说史上的里程碑。在此之前,没有哪部武侠小说有那么多刻画得如此精彩的人物,也没有哪部武侠小说营造出这么完整的武侠世界。

在这部作品中,侠义精神成为贯穿其中的主题,而金庸对小说人物的成功塑造亦使得《射雕英雄传》成为武侠的经典。无论是郭靖、黄蓉、杨康,还是东邪、西毒、南帝、北丐、中神通，抑或是周伯通、全真七子、江南七侠等，金庸都赋予了他们鲜活的生命。华山论剑的武林高手，个性鲜明，各不相同，但其人物形象都是栩栩如生。黄药师的张狂，欧阳锋的真小人本色，洪七公的正气，周伯通的疯癫等等，都已成为武侠人物中的经典。

《射雕英雄传》中的江南七怪则是一个诺必诚、言必信的大侠群体，他们实践诺言的方式更是难能可贵。为了抚养义士的遗孤郭靖，实现与长春子丘处机之间的约定，他们不远万里从风光旖旎的江南来到风刀霜剑的大漠寻找郭靖。只为了一个诺言，他们就能毅然放弃在江南的产业和武林的声名，而且一寻就花费宝贵的六年时间，其意之诚、其信之坚，实在令人叹服。为了实现这个难度很大，甚至有些渺茫的诺言，笑弥陀张阿生甚至献出自己的生命。江南六怪在大漠一住就是十六年，这十六年中，他们经受了常人无法想象的风尘困顿："六怪向居江南山温水暖之乡，这番在朔风如刀的大漠一住十六年，憔悴冰霜，鬓丝均已星星。韩小莹虽然风致不减，自亦已非当年少女朱颜。"他们与丘处机之间的赌胜，表面上看只是江湖中人的意气之争，然而，支撑着他们如此无怨无悔的行为的深层心理结构却是传统的"诺必诚、言必信"的坚定信念。如果不能完成这个沉重的诺言，那所谓的行侠仗义只是一句空话而已。在六侠的辛勤教导下，郭靖终于武功有成，更重要的是，他具备了江湖中人和读者认可的可贵的侠义精神。十八年后，众侠率郭靖与丘处机兑现诺言，心高气傲的丘处机面对郭靖的英风侠骨，坦然认输。丘处机的认输，既是对群侠的肯定，又是对群侠"诺必诚、言必信"的高度赞扬。十六年的光阴，使江南群侠"诺必诚、言必信"的光辉形象得到了彻底展现，令人赞佩不已。

不聪明，但很努力老实，有时会冲动，但诚实正直，而且有正义感的郭靖无疑是《射雕英雄传》中侠义精神的最好象征。郭靖是从一个懵懂的傻小子，逐渐形成自己的人生观，成长为一个大侠，并最终成为侠义精神的代表的。而金庸的侠义观则是随着郭靖的成长逐渐体现出来的，并在第二次华山论剑后将郭靖从武侠世界拉回了现实世界，同时将他推上了历史的前台，而贯彻全书的侠义精神也在最终的救国战争中得到了升华：侠之大者，为国为民。本书的成功意味着金庸在构筑起一个武侠世界的同时，也将自己的侠义观明确化了，从这个意义上说，郭靖是金庸塑造的第一个成功的侠客。到《神雕侠侣》发表时，郭靖的侠义形象在小说中得到进一步的深化和丰满，而且他对自己的选择已经有了深刻的概括，如书中郭靖本人所说的那样："我辈练功学武，所为何事？行侠仗义、济人困厄固然乃是本分，但这只是侠之小者。江湖上所以尊称我一声'郭大侠'，实因敬我为国为民、奋不顾身地助守襄阳。然我才力有限，不能为民解困，实在愧当'大侠'两字。你聪明智慧过我十倍，将来成就定然远胜于我，这是不消说的。只盼你心头牢牢记着'为国为民，侠之大者'这八个字，日后名扬天下，成为受万民敬仰的真正大侠。"最后襄阳城破，郭靖力战而死，为自己"侠之大者"的光辉历程画上了一个圆满的句号。在 1980 年 5 月写的《笑傲江湖》的《后记》中，金庸把郭靖和令狐冲作了对比之后说："对于郭靖那样舍身赴难，知其不可为而为之的大侠，在道德上应当有更大的肯定。令狐冲不是大侠,是陶潜那样追求自由和个性解放的隐士。”尽管金庸自己的人生态度似乎近于后一类,但他依然“在道德上”更高地肯定了郭靖这一类大侠。著名评论家陈墨将郭靖评为“第一大侠”,真是精准之至!

以真实的历史为背景,将历史事件、历史人物与作者虚构的情节和主人公有机地结合,是《射雕英雄传》不同于以往武侠小说的一个重要特质。书中的背景是南宋时期,时值南宋、金、蒙古三国并立。为问鼎中原,各国之间更是连年征战,延绵百年而不绝。刀兵之下,血流成河,哀鸿遍野,生灵涂炭,百姓遭难。金庸艺术性地截取了这段真实的历史背景,然后再将精心虚构的英雄人物——郭靖置身其中,将历史与小说有机地融合在一起,以小说的方式演绎历史事件与人物,给人一种艺术真实的享受。小说第一回《风雪惊变》开篇,就通过说书人之口讲述了兵荒马乱后的破壁残瓦、民生凋敝以及南宋小朝廷偏安江南的现状,由此奠定了整部小说沧桑的历史基调。小说两位男主人公郭靖、杨康名字的来历,也是为了让他们能记住靖康之耻,希望他们将来能成为抵御外侮的脊梁。然而世事无常,郭靖与杨康最终站在了对立的阵营。而江湖各派势力的争夺也同样与这个大的历史背景有关。江南七怪、全真教、丐帮是民间势力的代表,在反抗外侮、扶危济困这一点上是一致的。而以杨康、欧阳克等为代表的另一拨江湖势力,则是为个人私利而泯灭了民族正义感,成为金人的帮凶。在具体历史事件方面,书中还截取了历史上真实的“襄阳之战”,在此次战争中,南宋的大门襄阳城决定了整个国家的命运,然而正是由于郭靖的镇守与保卫,这座至关重要的城池被包围四年之久而没有失陷,这在某种程度上延迟了南宋小朝廷的灭亡时间。书中还常常以绚丽多彩的大自然景观作为背景环境来衬托人物的活动,使自然景色与人物情感紧密地结合起来,产生动人心魄的独特艺术感受。作者以饱满的创作热情将中华大地上的壮丽山河出色地融入到作品之中,将三山、五岳、草原、沙漠、海岛一一点染,尽情展现着大自然的丰富多彩。在此之下,河海之大波、江湖之风云、儿女之情长相映成辉,完美融合,显示出一种极为深厚的艺术底蕴。

作为通俗小说中的一颗璀璨明珠,金庸的武侠小说《射雕英雄传》取得巨大艺术成功的秘诀还在于金庸在创作中借鉴和运用了一些独特的民间文学形式,如快板说话、俚俗谚语等,这些形式的巧妙运用如锦上添花,使得小说的故事情节更富趣味。整部《射雕英雄传》就是以一段感人肺腑的“说话”开篇的。民间“说话”艺人“两片梨花木板碰了几下,左手里的竹棒在一面小羯鼓上得得连声”,激昂地讲述了叶三姐节烈的动人故事。当中人物事件虽是虚构的,但叶老汉一家的惨剧却是真实的,而且如艺人所讲,“江北之地,实是成千成万,便如家常便饭一般”。这段荡气回肠的“梨花大鼓”作开篇之用,既交代了整部作品的时代背景,又为随后发生的郭、杨两家惨遭横祸的悲剧做好了铺垫。正是听闻“说话”人所讲的悲惨事件,才使得郭啸天和杨铁心这两位英雄义愤填膺,并在为奸人所害时仍大义凛然,血拼到底,最终家破人亡。而丘处机给两家的后人分别取名为“郭靖”、“杨康”,意在让他们二人不忘“靖康之耻”,这也正是小说开篇交代的时代背景的生动映照。谚语是劳动人民在日常生活中运用广泛、形式很简短的民间文学样式，精炼则是谚语最基本的艺术特征。在《射雕英雄传》里，金庸所描述的侠客们的话语中，精妙之处着实不少。例如，“食指大动”，仅四个字就很好地概括了好吃的北丐洪七公在见到或闻到美味佳肴时食指会不由自主地跳个不停这一有趣的现象，更把其贪吃的可爱形象活灵活现地勾勒出来。又如，在小说第七回中，“妙笔书生”朱聪在教诲徒弟郭靖时，仅一番话就连带三句意味深长的谚语，即“山外有山，人外有人”“大丈夫能屈能伸”和“留得青山在，不怕没柴烧”。其中第一句是告诫郭靖在武林之中要谦虚谨慎，而所谓“大丈夫”就是身处险境时，不逞一时之强，意气用事，须暂作忍耐，从长计议，而在好机会面前，则当仁不让，一显身手。这不失为睿智圆熟的策略，只有这样，才能“留得青山在，不怕没柴烧”，才能实现将来的东山再起。这短短的三句箴言，看似平淡无奇，但对一个长于大漠、毫无心计的老实少年郭靖来说着实是意义非凡。在金庸的妙笔之下，诸如此类脍炙人口的民谚精彩纷呈，不胜枚举。既有讲明人生道理的“物以类聚，人以群分”“失节事大，饿死事小”“天下无不散的筵席”“君子不吃眼前亏”“看人挑担不吃力，自己挑担压断脊”“死生有命，寿算难言”“水能载舟，亦能覆舟”等；也有关于自然现象与劳作生产的农谚，比如“六月六，晒得鸭蛋熟”，形象地描述了江南六月炎热的气候；还有一些饱含幽默讽刺意味的歇后语，如“牛嚼牡丹，可惜，可惜”“脱裤子放屁，多此一举”等，金庸对它们的灵活运用无疑是大大丰富了小说的个性化语言。总之，金庸是一个极为机敏睿智的作家，他既懂得如何把高雅文化融入到“难登大雅之堂”的“通俗文学”之中，又深谙化俗为雅之道，艺术性地把通俗的民间文学样式完美地融进了他那独特神奇的“武侠世界”里。

延伸阅读文本链接

1. 金庸：《金庸作品集》，三联书店 1994 年版。
2. 严家炎：《金庸小说论稿》，北京大学出版社 2007 年版。
3. 陈墨：《陈墨评金庸》系列，东方出版社 2008 年版。
4. 孔庆东：《金庸评传》，重庆出版社 2008 年版。

回　答

北　岛

卑鄙是卑鄙者的通行证，
高尚是高尚者的墓志铭，
看吧，在那镀金的天空中，
飘满了死者弯曲的倒影。

冰川纪过去了，
为什么到处都是冰凌？
好望角发现了，
为什么死海里千帆相竞？

我来到这个世界上，
只带着纸、绳索和身影，
为了在审判前，
宣读那些被判决的声音。

告诉你吧，世界
我——不——相——信！
纵使你脚下有一千名挑战者，
那就把我算作第一千零一名。

我不相信天是蓝的，
我不相信雷的回声，
我不相信梦是假的，
我不相信死无报应。

如果海洋注定要决堤，
就让所有的苦水都注入我心中，
如果陆地注定要上升，
就让人类重新选择生存的峰顶。

新的转机和闪闪星斗，
正在缀满没有遮拦的天空。
那是五千年的象形文字，
那是未来人们凝视的眼睛。

［文章来源：《北岛诗选》，新世纪出版社1987年版］

文史知识地图

北岛（1949— ），中国当代著名诗人，本名赵振开，曾用笔名石默、北岛，20世纪80年代最重要的朦胧诗人之一，先后获瑞典笔会文学奖、美国西部笔会中心自由写作奖、古根海姆奖学金等，并被选为美国艺术文学院终身荣誉院士。

北岛祖籍为浙江湖州，1949年出生于北京。1969年，20岁的北岛当过建筑工人，做过翻译，还短期在《新观察》杂志做过编辑。1970年，他开始写诗。1978年，北岛同诗人芒克创办民间诗歌刊物《今天》，成为朦胧诗派的主要代表人物。1990年，北岛旅居国外。同年，在他的主持下，《今天》文学杂志在挪威复刊，至今仍在世界各地发行，其网络版和论坛也享誉世界各地汉语文学圈。其中《今天》的网络论坛长期有一批高水平的诗人互相交流，已经成为华语诗歌高水平的交流平台。1994年，北岛任教于加利福尼亚大学戴维斯分校，还受聘成为斯坦福大学、加利福尼亚大学伯克利分校以及香港中文大学的客座教授等。2001年10月，北岛回国为父奔丧，2002年宣布退出“中国人权”。

2007年，北岛收到香港中文大学的聘书。8月，北岛接受邀请正式搬到香港，与其家人团聚，结束了其近20年的客居欧美各国的漂泊生活。2011年8月9日，时隔22年之后，北岛重返内地。2011年8月出席由青海举办的国际诗歌节。

北岛的诗歌创作开始于“文革”十年动乱的后期，深刻反映了从迷惘困惑到觉醒的一代青年的心声。十年动乱的荒诞现实，造成了诗人独特的“冷抒情”的方式——出奇的冷静和深刻的思辨性。他在冷静的观察中，发现了“那从蝇眼中分裂的世界”如何造成人的价值的全面崩溃、人性的扭曲和异化。他想“通过作品建立一个自己的世界，这是一个真诚而独特的世界、正直的世界、正义和人性的世界”。在这个世界中，北岛建立了自己的“理性法庭”，以理性和人性为准绳，重新确定人的价值，恢复人的本性；悼念烈士，审判刽子手；嘲讽怪异和异化的世界，反思历史和现实；呼唤人性的高贵，寻找“生命的湖”和“红帆船”。清醒的思辨与直觉思维产生的隐喻、象征意象相结合，是北岛诗显著的艺术特征，具有高度概括力的悖论式警句，造成了北岛诗歌独有的振聋发聩的艺术力量。

北岛出版的诗集有：《陌生的海滩》（1978年）、《北岛诗选》（1986年）、《在天涯》

(1993年)、《午夜歌手》(1995年)、《零度以上的风景线》(1996年)、《开锁》(1999年),其他作品有:中篇小说《波动》及英译本(1984年)、《归来的陌生人》(1987年)、《蓝房子》(1999年),散文《失败之书》(2004年),散文集《青灯》(2008年1月),散文集《午夜之门》(2009年3月)。北岛还与李陀合作主编了汇集陈丹青、王安忆、阎连科、阿城等人回忆上世纪七十年代的作品《七十年代》(2009年7月)。

北岛的作品已被译成二十多种文字出版,其代表作包括创作于1976年天安门"四五运动"期间的《回答》,诗中的"卑鄙是卑鄙者的通行证,高尚是高尚者的墓志铭"已经成为中国新诗的经典名句,"我——不——相——信"的呐喊更是振聋发聩,久久震撼人心。北岛曾多次获诺贝尔文学奖提名,是当今影响最大,也最受国际文坛认可的中国诗人。

分析与鉴赏导引

北岛是公认的朦胧诗歌的领袖,他的《回答》则是其诗歌中被公认的最为著名的诗作,也是中国当代诗歌中最具思想震撼力和艺术感染力的杰出作品之一。《回答》创作于1976年清明前后,初刊于《今天》的创刊号(1978年12月23日),其后作为第一首公开发表的朦胧诗,登载于《诗刊》1979年第3期。

《回答》开篇即以悖论式的警句"卑鄙是卑鄙者的通行证,高尚是高尚者的墓志铭"毫不留情地斥责了是非颠倒的荒谬时代。而"镀金"揭示虚假,"弯曲的倒影"暗指冤魂,二者形成鲜明的对比。第二节中的"冰凌"则暗指人们内心深处的阴影,情绪上顺承第一节。第三节充分渲染了普罗米修斯式的拯救者形象,诗人以此自居,表现了新时代诗人个体的觉悟和对自身肩负的责任的果断担当。第四节"我——不——相——信!"中的破折号不仅加重了诗作的语气,还表现出一种无所畏惧的挑战者形象,对此有人评价说:"他的诗刺穿了乌托邦的虚伪,呈现出了世界的本来面目。一句'我——不——相——信'的呐喊,震醒了茫茫黑夜酣睡的人们。"第五节的排比句突出表现了诗人大胆的否定和怀疑精神。而第六节前两句展现了诗人对苦难的态度,同时庄严地宣示了其勇于承载未来的担当情怀。结尾两句,传达出北岛对未来的向往与期许,并借助历史的维度表明了自己不屈不挠的决心和意志。面向未来,诗人北岛对拥有五千年文明的中华民族又抱以坚定的信念。

《回答》反映了整整一代青年觉醒的心声,是与荒诞的历史时代彻底告别的"宣言书"。其时的北岛,已经从"文化大革命"中对政治权威顶礼膜拜、盲从苟合、随波逐流的精神状态中挣脱出来,并以否定、怀疑和批判的态势切入与之格格不入的社会现实,深刻地表现了诗人对时代、对现实决绝的否定、批判和毫不妥协的反抗。《回答》正是诗人北岛对那个是非颠倒、黑白不明、道德沦丧的荒谬时代的彻底否定和怀疑,也是对那个是非混淆、是非不分的黑暗现实的无情揭露。面对荒谬和黑暗,北岛通过《回答》对矛盾重重、险恶丛生的社会发出了愤怒的质疑与发人深省的批判之声。

这首诗在结构上巧妙运用了鲜明的对比手法，着意选取反差明显的意象来寄寓诗人对是非颠倒的荒谬时代的极大否定和怀疑。诗中既有直接的抒情和震撼心灵、充满哲理意味的警句，又有大量语意曲折、包蕴颇深的象征、暗示和隐喻等，通过特定意象的组接和叠加、撞击和转换，通过神奇的、超越时空的蒙太奇剪接，最终由两组对立的因素构成寓意深长的象征意境，成功地将一个理想的艺术世界呈现在读者面前。在北岛的笔下，荒谬时代的黑暗犹如笼罩大地的夜，生活的束缚好比巨大而无形的网，希望则成了被堤岸阻隔的黎明，而觉醒者如同被河水包围的孤岛。总之，象征和隐喻等作为生动的艺术手法，在北岛的《回答》里被巧妙运用，这充分展现了诗人丰富独特的、创造性的艺术想象力，而象征化、意象化的表现手法则把直接性的言语表达转变为复杂艰深的象征暗示，进而赋予这首主旨明确的政治抒情诗以独特的朦胧色彩，并大大扩展和提升了诗作的艺术含量。

时至当下，人们赏读《回答》时，往往不再将其作为政治抒情诗来加以解析，而更愿意将其作为极具哲理意味的诗歌来深入体悟。同时，读者在赏读《回答》的过程中将不难发现，诗作既明快、晓畅，又含蕴丰富，促人深思，具有极为强烈的思想震撼力，极好地诠释了诗人北岛深沉、冷峻而凝重的艺术风格，有着西方现代派诗歌的鲜明色彩。

参考文献

[1]毕光明、樊洛平：《北岛和他的诗歌》，《湖北师范学院学报》1985 年第 4 期。
[2]杨景龙：《朦胧诗的压卷之作：北岛〈回答〉评析》，《文学知识》1999 年第 5 期。

延伸阅读文本链接

1. 徐敬亚：《中国现代主义诗群大观》，同济大学出版社 1988 年版。
2. 阎月君：《朦胧诗选》，春风文艺出版社 2002 年版。

一代人

顾 城

黑夜给了我黑色的眼睛，
我却用它寻找光明。

［文章来源：《顾城诗全编》，三联书店 1995 年版］

文史知识地图

顾城(1956—1993)，当代著名诗人，是朦胧诗派的主要代表人物之一。顾城被称为是以一颗童心看世界的“童话诗人”，特别是其早期创作的诗歌，有孩子般的纯稚风格、梦幻情绪，并常用直觉和印象式的语句来咏唱童话般的少年生活。而其《一代人》中的“黑夜给了我黑色的眼睛，我却用它寻找光明”成为中国当代新诗的经典名句。与舒婷的典雅庄丽、委婉绰约、美丽忧伤相比，顾城的诗则显得纯真无瑕、扑朔迷离。但是，在顾城充满梦幻和童稚的诗中，却充溢着一股成年人的忧伤。这忧伤虽淡淡的，但又像铅一样沉重。因为这不仅是诗人个人的忧伤，而且是一代人觉醒后的忧伤，是觉醒的一代人看到眼前现实而产生的忧伤。“黑夜给了我黑色的眼睛，我却用它寻找光明。”经历过“文革”的一代青年，对诗人顾城的这两句诗是再熟悉不过的了。

顾城原籍上海，1956 年 9 月出生于北京。1969 年，随父顾工下放山东广北一个部队农场，直至 1974 年回到北京。在此期间，顾城曾做过搬运工、锯木工、借调编辑等。“文革”期间，顾城开始进行诗歌写作，1973 年开始学画，并进入社会性作品创作阶段。1974 年起，顾城先后在《北京文艺》《山东文艺》《少年文艺》等报刊零星发表作品。1977 年，顾城重新开始进行纯文学写作，特别是他在《蒲公英》小报发表诗作后立即在当时的诗歌界引起强烈反响和巨大争论，并成为朦胧诗派的主要代表。1980 年初，顾城所在的单位解体，他随即失去工作，从此过上了漂游生活。1982 年，顾城加入北京市作家协会，并于 1985 年加入中国作家协会。1987 年，顾城应邀出访欧美进行文化交流、讲学活动，次年又奔赴新西兰，讲授中国古典文学，并被聘为奥克兰大学亚语系研究员，其后加入新西兰国籍并辞职而隐居激流岛。1992 年，顾城获得德国学术交流中心(DAAD)创作年金，1993 年又获得德国伯尔创作基金，并留在德国从事写作活动。

1993 年 10 月 8 日，因为离婚一事，顾城与妻子谢烨发生冲突，冲突中谢烨受伤倒地(过程成谜)，顾城随即自杀，谢烨则在其死后数小时亦不治身亡。此后一些媒体捕风捉影称“顾城用斧头杀妻”，令诗人在死后从童话诗人被妖魔化成精神异常的杀人恶魔，因而蒙冤。（从之后顾城的姐姐顾乡所作的《顾城最后的十四天》中看，斧头只是偶然在场物件，同案件根本无直接关系。）而 1993 年 3 月，顾城和谢烨还曾回国探亲，惨案发生时，值其夫妇从德国返回新西兰不久。

顾城生前留下了大量诗、文、书法、绘画等作品。作为朦胧诗派的主要代表诗人，顾城著有诗集《白昼的月亮》《舒婷、顾城抒情诗选》《北方的孤独者之歌》《铁铃》《黑眼睛》《北岛、顾城诗选》《顾城的诗》《顾城童话寓言诗选》以及《顾城新诗自选集》等。顾城死后，他的父亲顾工还专门为之编辑出版了《顾城诗全编》。此外，顾城其他的著作主要有《黑眼睛》（1986 年人民文学出版社出版）、《英子》（1994 年 1 月北京华艺出版社出版，与妻子谢烨合著）、《灵台独语》（1994 年 3 月敦煌文艺出版社出版，老木、阿杨编）、《顾城诗集》《顾城童话寓言诗选》《城》《走了一万一千里路——顾城旧体诗、寓言诗手稿集》等，部分作品还被译为英、德、法等多国文字。另有文集《生命停止的地方，灵魂在前进》，组诗《城》《鬼进城》《从自我到自然》《没有目的的我》等。

可以这样讲，顾城是我国当代仅有的唯灵浪漫主义诗人，也是我国现当代诗歌史上唯一一位“童话诗人”。他的《我是一个任性的孩子》就毫不掩饰地宣布自己是一个被“幻想妈妈宠坏的孩子/我任性”，这句诗实际上描述了顾城自己的一生：任由自己的想法，固执地编织自己的梦。这是顾城的执着，也是他的个人魅力所在。在纷繁、肮脏的成人世界里，顾城情愿“闭上眼，世界就与我无关了”。而他甘愿守住的则是他自己心中那纯真的童话世界，他要“集合起星星、紫云英和蝈蝈的队伍，向着没有污染的远方出发”。

分析与鉴赏导引

《一代人》创作完成于 1979 年 4 月，最早发表于 1980 年《星星》诗刊第 3 期。尽管顾城有着“童话诗人”的美誉，但其流传最为广泛的诗歌作品当属这首带有社会批判色彩的《一代人》，特别是其中的“黑夜给了我黑色的眼睛，我却用它寻找光明”。与北岛的《回答》中的“卑鄙是卑鄙者的通行证，高尚是高尚者的墓志铭”以及梁小斌的诗句“中国，我的钥匙丢了”等被视为中国当代新诗的经典格言而广为传诵。

在顾城的所有诗中，最能反映其思想心境的莫过于他的这首曾经深深震撼整个当代诗坛的《一代人》了。首先，从这首经典短诗的诗题“一代人”中就不难看出全诗蕴含“一种较广泛、较普遍的意义”，而这种“意义”应该是指诗中的“我”那一代人在迷惘黑暗的现实中执着追寻光明的心灵历程。其次，就诗歌创作的总体思想倾向来说，顾城虽不及北岛来得如此大胆与直接，但他极力营造的独特诗歌世界绝不是脱离现实的虚幻遐想，而恰恰拥有一种超现实意味的思想艺术特征，并深刻地表现出诗人对荒谬黑暗现实的反抗精神以及对于理想国度的执着追求精神。在《一代人》中，顾城对人生与现实虚无、孤独，甚至绝望地反抗着，这种抗争直接指向那个令人窒息的、荒谬的“黑夜”。“黑夜”的意象以沉重、阴森、冷峻的色彩，集中而深刻地向人们传达出了“文革”

那个特定时代的荒诞不经，同时也体现出诗人顾城在对现存世界的悖谬认识与把握中，对于世界所做的总体否定。再者，“黑夜给了我黑色的眼睛”，当中的两个“黑”一般认为是“文眼”，耐人寻味。“黑”是扼杀光明的结果，黑夜便是光明的坟墓，是一种令人窒息的特定时代的象征。但是，“黑色的眼睛”却无疑是黑夜的叛逆，它的黑色虽然是黑夜“给”的，是黑夜阻断光明的结果，但眼睛的黑并不意味着背弃光明，反倒是渴求光明的象征，而“我”亦将借助它来追寻“我”那渴求的光明世界。从另一个层面看，“黑色的眼睛”也集聚着一种逆势的批判精神，它以自己的黑对抗黑夜的黑，进而对黑夜的统治与淫威加以深沉的否定。相对于光芒照耀的光明世界来说，黑色是不可融入的，它天生与光明构成了对立面。同时，黑夜的存在，对于生存在黑夜中的人们来说，它所赋予的也就只能是一双“黑色的眼睛”。然而，世间的哲理告诉我们：物极必反。从黑夜中叛逆出来的黑色眼睛，对于光明的接受力是绝对超过任何其他色彩的眼睛的，即是说：由特定的黑色时代中走出来的这“一代人”，他们伟大的觉醒是其他“无缘”于“黑夜”的人们所难以企及的。最后，“我”用“黑色的眼睛”去“寻找光明”，在更为深层的象征寓意上，还表现出诗人顾城一种自我拯救式的内心冲动。既然身处黑夜之中，既然黑夜赋予的只能是一双“黑色的眼睛”，那么这就意味着在寻找光明的历程中便没有了其他希望。外在崇拜的权威消失了，内心守护的价值观坍塌了，承载起拯救重任的只能是自己，是自己心中的执着。因此，在诗中对于光明的寻找，就必须执着地向前走，而如果没有这种执着，任何寻找都将是一场徒劳。诗人顾城这种自我拯救式的内心冲动，也正是“一代人”对重建价值观、重寻光明世界所做的坚毅而顽强的努力。从这个意义上讲，它也是诗人顾城对人的终极价值的寻找，对人类精神家园的寻找。

当把《一代人》放在顾城所处的那个特定的时代背景中来考察时，我们将发现，这首诗与同时代的《回答》等新诗一样，也展示出那一代人不甘寂寞的执着追求、反抗和探索的精神特质，而从“黑夜”与“光明”所形成的色彩鲜明的巨大反差中，我们也可以感受到在荒谬黑暗现实中扭曲成长起来的一代人，那种由心灵深处所爆发出来的“上下求索”的精神创造力。就这样，顾城的《一代人》在更深的哲理层面上，诗意地呈现出那一代人悲壮而崇高的心灵历程。

参考文献

[1]辛迪：《20世纪中国新诗辞典》，汉语大词典出版社1997年版。

[2]黄健：《一代人的心灵雕塑：论顾城的诗〈一代人〉》，《浙江大学学报》1995年第12期。

延伸阅读文本链接

1.《顾城的诗》，人民文学出版社2010年版。

2.《顾城哲思录》，重庆出版社2012年版。

绿化树（节选）

张贤亮

赶到村子，天已经大亮了。但雪地上还没有一个足迹，农工们都没有起床。我径直向马缨花家走去。

她大概也是从羊圈回来不久，刚收拾完头羊下水。地上放着瓦盆瓦罐，锅里冒着腾腾的水蒸气，房子里郁积着一股浓烈的羊膻味。尔舍沉沉地睡在炕上。她蓬着头发，一脸倦容，还在瓦盆瓦罐之间忙碌着。但见我进来，顿时精神一振，两眼闪着喜悦的光芒，却用埋怨的口气说："你咋傻乎乎地真跑去追？那几个熊都回家睡觉去了哩。"

她已经知道了这件事，但对海喜喜又去漂泊却无动于衷，这使我有点恼火：我不喜欢我的妻子没有同情心。我说："我怎么能不去追？是谢队长派去的。"

"'怎——么'，'怎——么'！"她用嘲讽的声调学我，"要是真追上了，你还把他拽回来？"

"当然要把他拽回来。"我生气地说，"你知不知道，海喜喜是个好人哩！""我也没说他坏呀！"停了停，她脸上泛起不悦的表情，"你听，你眼里就没有我！"

"哎呀，这说得上吗？"我焦躁起来，"你知道海喜喜临走的时候跟我说了些什么？"

"跟你说了些啥我咋知道？"她收拾着地上的盆盆罐罐，带着几分警惕的神情反问我，但一瞬间，又嘻嘻地笑起来，"我'怎——么'知道？"我怎么求婚？在她眼里好像从来就没有庄严的事情，神圣的事情。我可能不懂得女人的复杂的微妙的心理。我总感到，她，比海喜喜和谢队长难理解得多。"他，他劝我跟你结婚。"

我只好嗫嚅地说出来。但一经说出口，我才发觉，这句话完全不像我在路上想象的那样充满激情，那样富于诗意，那样罗曼蒂克，而是和一团豆腐渣一样，嚼在嘴里干巴无味，不但打动不了她，连我自己也没有被感动。"他操的心还怪多的！"她虽不再像小猫似的警惕了，却换上了一副装模作样的冷淡。这使我惊愕不已：难道我想错了，难道她并不爱我？既然话已经出口，只能继续说下去。我又说："在火车站上，谢队长也是这样说的。他说，两个人过日子总比一个人好。""他也是咸吃萝卜淡操心！"她倏地从地上站起来，腰肢挺得直直的，把洗干净的盆子往土台上放，决断地说，"咱们的事，不要人多嘴！我有我的主意。"

这场可笑的求婚是彻底地失败了。生活刚刚展示出另外一面，但倏忽即逝，一下子又翻转过来，仍然是严酷的、没有诗意的现实。我怎么也搞不清楚：她对我无微不至的关怀和热情是出自爱情，还是风尘女子的那种轻狂的逢场作戏？我愣愣地站在门旁边：究竟是拂袖而去好？还是留在这里把她的"主意"搞明白？这时，门外又响起瘸子走路的那种一轻一重的脚步声。她急忙把我拨开，从我身后拿起顶门棍顶上门，随即偎在我的胸前，缩了缩脖子，伸了伸舌头，一脸调皮的微笑，和孩子捉迷藏一般静等着保管员来叫门。

“马缨花，马缨花，”保管员推了推门，接着压低嗓子又叫，“马缨花，马缨花。”

她没有立即回答，停了一会儿，才用懒洋洋的腔调问：“谁呀?”问完了，昂起脸朝我皱起鼻子笑了笑。

“我呀，马缨花，是我。”

“睡下啦!”她拖长声音说，她的声调和她的表情恰恰相反，“我困得很，要是还有营生，等我睡起来再干。”

“哎，不是叫你干活。你起来，羊圈靠西第三根柱子上头，我还给你藏着一副羊下水哩，你起去拿。”他给她东西，可那语气，倒仿佛是求她施舍给他一些东西似的。

“那好呀，”她又朝我做了个鬼脸，“等会儿我起去拿。”

保管员仍舍不得走，左右地踏着脚，在门外磨蹭着。在他们隔着门对话的那一刻，我比上一次更加紧张。上次我和她之间还有一截距离，现在，她紧紧地贴在我的怀里，一面调侃保管员，一面用手指头玩我棉袄上的扣子。虽然我为了要弄点吃的，曾经冒过许多次险，被人发现的可能性要比这次大得多，但这种充满暧昧意味的尴尬我还是第一次碰到。我不安得有点发冷。她朝我笑，朝我做鬼脸，我却笑不起来，一点也不觉得好玩。恍恍惚惚地不知有多长时间，保管员才拖着一轻一重的步子快快地走了，门外再没有一点声息。

“嘻嘻!”她在我怀里扭了一下，把正面向着我，“那个傻熊还想打我主意哩!待会儿我去拿，不吃白不吃。”

“唉!”我说不出什么话，吸了一口气。生活的美丽的色彩又渐渐褪色，而褪了颜色的生活是十分难看的。“你看你，冷成这熊样子。”她摸摸我的手，把我的一双手分开，围在她的腰间，撩起棉袄下襟，将我的手插在里面。“来，让我给你焐一焐。”隔着薄薄的布衫，我能感到她肉体的温暖，甚至是灼热。那柔软的富有弹性的腰肢，就在我两手之间，然而这却激不起我的一点情欲。我怀疑我把人、把生活又整个地看错了。她刚才的冷淡和现在的爱抚，到底哪个更为可信?

“傻狗狗，你咋这么傻!”她仰着脸跟我说，“啥‘两个人过日子总比一个人好’!你不想想，咱们成了家，你就得砍柴火，你就得挑水，家里啥活你不得干?有了娃娃，你还得洗尿裤子，一天烟熏火燎的，苦得你头上都长草咧!你十八块钱，连自己都顾不住哩，还能再添半个人的吃穿?你还能像现时这样，来了就吃，吃完嘴一抹就念书?你呀，你这狗狗真傻!”我这才恍然大悟。她说她自有主意，原来就是这种为了爱情、为了我的献身精神。而我在她面前究竟有什么价值，值得她作这样的牺牲呢?世界和人、和没有文化素养的体力劳动者，又在我眼前恢复了绚丽的色彩。我想，我之所以难以理解她，恐怕就是因为在我身上，从来没有过为了别人、为了所爱的人而献身的精神，从来没有!

我的心里只有我自己,即使想“超越自己”也是为了自己。这就是我和她之间最大的差距。

我把她搂进怀里,我现在才觉得我是真正地爱她,不是感恩,不是感激之情。我热情地喃喃地说:“马缨花,我们还是结婚吧!别人怎么过,我们也怎么过;让我来分担你的负担不好么?”“‘怎——么’,‘怎——么’!”她略略推开我,深情地凝视着我的眼睛,而用嗔怒的口气说,“我不能让你跟别人家男人一样‘老婆孩子热炕头’,那最是个没起色的货!你是念书人,就得念书。只要你念书,哪怕我苦得头上长草也心甘情愿。我要你‘分担’啥?你能‘分担’啥?咱们一结了婚,那些傻熊还会给我送东西来么?你看,我不出手,羊下水就给我搁在那儿了。你呀,傻狗狗,你就等着吃吧,这还不好么?”她还是要我念书,而为什么要我念书,她始终也没有说出个所以然来。在她脑子里,似乎认为念书就是我的本分,我的天职,像养着猫一定要它捉老鼠一样。我心里蓦然有种幽默感,同时,也不得不承认她的这种想法倒很现实。“女人的心计啊,女人的心计啊!”我默默地念叨着。

可是,这无疑又是我的耻辱。难道我能靠一个女人的姿色来过比较温饱的生活?来“念书”?这样做,我就更降低了我自己。“不!”我重复地说,“不!我们还是结婚吧,我不能让你那样做!我们还是结婚吧!”

“哎,傻狗狗。”她说,“我又没有说不跟你结婚,我早就想着哩,要不,我这是干啥呢?等这‘低标准’一过,日子过好了点,咱们就去登记,让那些傻熊看了干瞪眼。”

“不,不!”我执拗地说,“我不能让你那样做,那你不等于骗了人家?”“谁骗谁呀?傻狗狗。”她安抚我,“你不想想,他们给我的吃食,哪些是他们自己腰包里掏出来的?我不要,他们拿回去自己吃了,还不如咱们吃掉哩。告诉你,这个队上,管事的就谢胡子一个人是好人,连那个烧饭的伙夫都不是好熊!”我被她独具匠心的、现实的、冷静的盘算弄得晕晕乎乎的:我究竟应该遵循哪种道德规范来生活?她并没有考虑到这一点:我们要照她那样的安排来度过困难,我就失去了一个男人的尊严。在她认为,这是非常时期可以采取的一种权宜之计,而我,身体恢复了健康——正是在她权宜之计的安排下恢复的健康,并且重新“念书”之后,我的羞耻心和道德观都强烈地阻止我这样做。

“不!”我仍然固执地说,“不!你别那样做。我们还是结婚吧,谢队长也同意了,我们马上就登记去。”

“你是不是不相信我,怕我跟了别人?”她说,口气和神色都带着少有的严肃。显然,她把我今天迫不及待地要求结婚领会错了。于是她又钻进我怀里,踮起脚尖,用脸颊摩擦着我的脸,柔声地说:“要不,你现时就把它拿去吧,嗯,你要的话,现时就把它拿去吧。”

她忙碌了一夜,现在脸色还是疲倦的。美丽的大眼睛下那一圈淡青色更深重了,她这种行动,纯粹是女人为了爱情的一种献身的热忱,一点也没有个人的欲念。我感受到了一种令人心酸的、致命的幸福。是的,是致命的幸福!我胸中陡然涌出了这种情感,像一首弦乐合奏的无词歌从心里汩汩地流淌出来:不是情欲,甚至也不是一般的爱情,而是一种纯洁的、神圣的感情。有限的爱情要求占有对方,无限的爱情则只要求爱的本身。神是人创造的,在人创造神的过程中,一定曾经怀有过这种感情因素吧。我谦恭地吻了她一下,然后轻轻推开她。"不,"我说,"我们还是等结婚以后吧。"

"那好。"她即刻从我的怀中离开,仰起脸,用清醒的、决断的语气说,"你放心吧!就是钢刀把我头砍断,我血身子还陪着你哩!""就是钢刀把我头砍断,我血身子还陪着你。"有什么优雅的海誓山盟比这句带着荒原气息的、血淋淋的语言更能表达真挚的、永久的爱情呢?啊,生活啊生活,艰辛得和美丽得都使我战栗!

[文章来源:《绿化树》,北京十月文艺出版社 2012 年版]

文史知识地图

张贤亮(1936—2014),中国当代作家。1936 年 12 月出生于江苏南京,祖籍江苏盱眙。在家庭影响下,张贤亮从小深受中国古典文学的熏陶,其童年则是在抗日战争的烽火中度过的。张贤亮的父亲曾毕业于美国哈佛商学院,"九一八事变"后回国,先后结交过张学良、戴笠等人,1949 年,张贤亮的父亲作为旧官僚被关押。于是,被认为出生于反动家庭的张贤亮,注定要历经磨难。

早在 50 年代初读中学时,张贤亮就开始了文学创作,并广泛接触了俄罗斯文学和法国文学。1955 年中学毕业后,19 岁的张贤亮带着母亲和妹妹离开北京移民来到宁夏,具有高中文化程度的张贤亮在银川干部文化学校担任文化教员。在此期间,他不断尝试和坚持进行文学创作,曾经写作并公开发表了 60 余首诗歌。《夜歌》《黎明时的歌》等都是在这个时期发表的,1957 年的张贤亮在西北,甚至在全国的诗坛都有一定知名度。

然而,在随后的"反右"运动中,张贤亮却因发表诗歌《大风歌》而被划为"右派分子",饱受残酷打击,被关进银川市附近的劳改农场,过起了与世隔绝的劳改生活。1960 年的一天,张贤亮逃离被关押了三年的劳改农场,但很快就被抓了回去,经受了长达 22 年之久的劳改生活。

1979 年 9 月,张贤亮被彻底平反并恢复所有名誉。重新执笔后,张贤亮先后创作了小说、散文、评论、电影剧本等众多作品,成为中国当代的重要作家之一。其代表作品主要有:短篇小说《灵与肉》《邢老汉和狗的故事》《肖尔布拉克》《初吻》等;中篇小说《河的子孙》《龙种》《土牢情话》《无法苏醒》《早安朋友》《浪漫的黑炮》《绿化树》《青春期》《一亿六》等;长篇小说《男人的风格》《男人的一半是女人》《习惯死亡》《我的菩提树》,以及长篇文学性政论随笔《小说中国》;散文集《飞越欧罗巴》《边缘小品》《小说编余》《追求智慧》《中国文人的另一种思路》等。中篇小说《绿化树》和长篇小说《男人的一半是女人》的发表尤其让张贤亮名声大振,先后三次获得全国优秀小说奖(1980 年的《灵与肉》、1983 的《肖尔布拉克》、1984 的《绿化树》)，多次获得全国性文学刊物奖，并有 9 部小说被改编成电影、电视(《牧马人》《黑炮事件》《肖尔布拉克》《龙种》《异想天开》《我们是世界》《男人的风格》《老人与狗》《河的子孙》)。此外，张贤亮的作品还被译成三十多种文字在世界各国发行。在诸多的伤痕文学作家中，张贤亮以他对伤痕文学的独特呈现和反思风行一时。他的作品不仅仅是以政治性，而多是以文学本身的力量引人入胜。时至今日，张贤亮及其创作的作品仍然蜚声国内和国际文坛，有着“中国的米兰·昆德拉”之誉，成为新时期以来在国际上具有重要影响力的中国作家之一。

1992 年，张贤亮弃文从商，担任华夏西部影视城有限公司的董事长，并建立了镇北堡西部影城，在影视圈内颇有影响。如今，华夏西部影视城公司下属的镇北堡西部影城已成为宁夏重要的人文景观和旅游景点，被誉为“中国一绝”。

分析与鉴赏导引

这里选取的是《绿化树》第三十五节的片段，非常生动和细致地表现出了女主人公马缨花温柔体贴、淳朴善良、对爱情忠贞不渝的动人形象。《绿化树》最早发表于 1984 年第 2 期的《十月》，是张贤亮的《感情的历程——唯物论者启示录》系列小说中的第二部。它是张贤亮最富代表性的中篇小说作品，也是中国当代文学史上最优秀的中篇小说作品之一，曾获中国作家协会第 3 届全国优秀中篇小说奖及 1984 年《中篇小说选刊》优秀中篇小说奖。在《绿化树》里，作家以第一人称“我”为主线，真实地叙述了“文革”中的知识分子被流放到西北地区后的独特经历。作品主要通过人物的一系列忏悔、内疚、自责、自省等心理活动的描写，对饥饿、性饥渴和精神世界的困顿等问题进行了深入思考与解读，展现了特定年代知识分子的苦难遭遇。从整体上来看，小说使用了现实主义的手法，兼具浪漫主义诗情，真实而艺术地再现了特定的时代图景。

通读《绿化树》，小说通篇采用的都是“我”，即章永璘的固定的叙事角度，并使用最便于直抒胸臆的第一人称来记叙那个时代的图景和生活经历。固定的叙事角度加上第一人称，易造成一种更加真切的真实感。叙述者作为故事中的一员，以自身特定的身份，在特定时间与地点向读者叙述故事的发生和发展，而这些往往都带有叙事者的主观色彩。读完《绿化树》，对章永璘身边的人物，我们很难脱离他的偏好喜恶，以至于我们简直就和章永璘一样，真正地喜欢马缨花，同情海喜喜，憎恶和讨厌“营业部主任”……固定的叙事角度加上第一人称还使得张贤亮可以在作品中灵活自由地展现章永璘复杂的内心世界，并最大限度地借助章永璘的视角去引领和感染读者，同时，张贤亮本人也因此巧妙地隐藏在叙述者“我”的身后，使读者很难从表面上品读出作家的创作倾向。但张贤亮对读者的影响，已然通过《绿化树》的这种叙事策略鲜明地体现出来。

小说中的男主人公章永璘既是一个出身于剥削阶级家庭的知识分子，又是一个典型的自觉接受马克思主义改造的知识分子。当章永璘被打成右派因而饱受打击迫害时，出于生存的本能，他一次次地为填饱肚子劳心费神，并耍过各种小聪明。初到马缨花家,即便得到如此深的信任,章永璘竟也只想揭开锅盖,掀开帘子,看看有什么可以吃的。然而,每当黑夜降临,白天的那些卑劣的邪念就会开始折磨他的灵魂。通读作品,我们不难看出,章永璘显然也意识到了自己的诸多卑劣之处,并在不断思考提高自身思想觉悟的有效途径。尽管现实生活处境异常的艰难,但章永璘始终没有丧失理性,反以一种近乎自虐的方式来审视自己的思想与灵魂,他接受了思想改造的痛苦过程,但并不怀疑这种改造的荒谬性,而是自责自己离马克思主义还有很大距离。于是,章永璘一直坚持学习《资本论》,并在其中执着寻找超越苦难、超越自我的精神源泉。《绿化树》中的章永璘是幸运的,在极为艰苦的改造环境中他遇到了马缨花、海喜喜以及谢队长等生性淳朴善良的普通劳动人民,他们身上闪烁出的某些光辉甚至给予这个迷茫痛苦的知识分子以宝贵的精神力量。章永璘在学习中开始不断思考,不断拷问自己的灵魂。马缨花纯真的情爱、海喜喜宽广的心胸、谢队长真切的关照,促使章永璘最终领悟到了《资本论》的深刻内涵,他的思想终于产生了质的飞跃,并把自己的命运与"国家的命运相连在一起",由此探寻到了"超脱自己"的真谛,最终开始踏上真正的共产主义的"净土"。但是,在另一方面,作为一名唯物论者,作为一名有着自身独特精神追求的知识分子,章永璘最后还是用自己的理智、理性战胜了他对马缨花的浪漫情感,并离她而去。通过注入《资本论》的思想精髓,章永璘在作品中成为了一个坚毅的理性思考者和探索者,而张贤亮也最终在章永璘身上完整地诠释了灵与肉的对立统一。马缨花是《绿化树》中独一无二、光彩照人的理想女性形象。她是现实生活中美的象征,她兼有奔放不羁的性情和贤良温柔的爱。如作品中所写的那样,她是"黄土高原上的迎春花",是"沙漠荒原与贫困农村环境中绽放的一株闪烁着光与美的花朵"。马缨花有过不幸的人生经历,像许多没有文化的普通农村妇女一样,她粗俗、淳朴、善良而富于同情心,思维的方式往往是很单纯、很直接的。但是,马缨花向往知识,渴望追求美好的事物,正是她的爱给章永璘迷茫痛苦的生活注入了新的活力和希望。马缨花对章永璘可以说是一见钟情,这在从章永璘肩上夺下镐头时的"慌乱"以及她第一次约章永璘到自己家吃东西时的"微妙的关切"中就可以细细地体味出来。而当她真正爱上了,便是不顾一切,不计后果地爱着。马缨花爱的方式也是独特的,一开始没有卿卿我我或含情脉脉,而是心甘情愿地供章永璘吃,供章永璘穿,并将他视为自己的丈夫。在复杂艰苦的现实环境中,她主动地、义不容辞地关心照料章永璘,乃至做起他的保护人。马缨花还有着贞女节妇般的勇敢刚烈,当章永麟试图怀疑她对爱情的忠贞时,马缨花一番从容决断的回答令人为之动容,"你放心吧!就是钢刀把我头割断,我血身子还陪着你哩!"这就是一种无私朴实的爱,一种忘我的爱,充满了崇高的献身精神。试问,有了这样的爱情,章永璘心中还有什么"伤痕"是不能得到抚慰的呢?

从整体上来看,张贤亮在小说结局中对章永璘和马缨花两人的爱情与命运的安排还是较为合理明智的。特别是章永璘从理性上认识到自己对马缨花并没有真正的爱情之后,张贤亮便戏剧性地安排了章永璘被勒令和强迫离开村子这个情节,不然的话,章永璘在理性意识的反作用下会作出何种抉择呢?如此一来,《绿化树》恐怕会走向另一种结局。对此，我们也不用深究，因为无论是何种抉择与结局，它都丝毫影响不了章永璘在灵魂深处对马缨花的向往，对海喜喜、谢队长等劳动人民的认同和对黄土高原的崇敬之意，正如章永璘自己所说的那样，“我要永远记住在我的灵魂处在深渊的边缘时，是他们，那些普普通通的体力劳动者，给了我物质和精神力量，使我有可能在马克思的书里寻求真理，恰恰是在共和国最困难的时期，获得了对我们国家和党的信心；是他们扶着我的两腋，开始踏上通往这座大会堂的一条红地毯的”。毫无疑问，章永璘的感激是真诚的，是发自内心深处的，这也自觉或不自觉地道出了章永璘自己的历史痕迹。实质上，《绿化树》本身就是对历史背景的一种演绎，从中所透露出来的一切信息仿佛都在热情地赞颂着一种至纯至净的美好人性和理想人格，深情地呼唤着人类一直以来都在心中执着追求着的梦想，即一个由无私、温情、平和、自由、平等的灵魂和心性所组成的理想世界。而这应该是章永璘的精神家园，马缨花的精神家园，也是作家张贤亮包括我们所有读者在内的精神家园。

参考文献

[1]夏刚：《在灵与肉的搏斗中升华：〈绿化树〉的“心灵辩证法”》，《当代作家评论》1984 年第 3 期。

[2]赵祖谟：《读〈绿化树〉时想到的》，《文艺评论》1985 年第 2 期。

[3]金辉：《横看成岭测成峰：〈绿化树〉之我见》，《当代作家评论》1985 年第 5 期。

[4]张贤亮：《绿化树》，北京十月文艺出版社 2012 年版。

延伸阅读文本链接

1. 张贤亮：《灵与肉》，北京十月文艺出版社 2012 年版。
2. 张贤亮：《男人的一半是女人》，北京十月文艺出版社 2012 年版。

受戒(节选)

汪曾祺

小英子早早就把船划到荸荠庵门前。不知是什么道理,她兴奋得很。她充满了好奇心,想去看看善因寺这座大庙,看看受戒是个啥样子。

善因寺是全县第一大庙,在东门外,面临一条水很深的护城河,三面都是大树,寺在树林子里,远处只能隐隐约约看到一点金碧辉煌的屋顶,不知道有多大。树上到处挂着"谨防恶犬"的牌子。这寺里的狗出名的厉害。平常不大有人进去。放戒期间,任人游看,恶狗都锁起来了。

好大一座庙!庙门的门槛比小英子的肐膝都高。迎门矗着两块大牌,一边一块,一块写着斗大两个大字:"放戒",一块是:"禁止喧哗"。这庙里果然是气象庄严,到了这里谁也不敢大声咳嗽。明海自去报名办事,小英子就到处看看。好家伙,这哼哈二将、四大天王,有三丈多高,都是簇新的,才装修了不久。天井有二亩地大,铺着青石,种着苍松翠柏。"大雄宝殿",这才真是个"大殿"!一进去,凉飕飕的。到处都是金光耀眼。释迦牟尼佛坐在一个莲花座上,单是莲座,就比小英子还高。抬起头来也看不全他的脸,只看到一个微微闭着的嘴唇和胖墩墩的下巴。两边的两根大红蜡烛,一搂多粗。佛像前的大供桌上供着鲜花、绒花、绢花,还有珊瑚树,玉如意、整根的大象牙。香炉里烧着檀香。小英子出了庙,闻着自己的衣服都是香的。挂了好些幡。这些幡不知是什么缎子的,那么厚重,绣的花真细。这么大一口磬,里头能装五担水!这么大一个木鱼,有一头牛大,漆得通红的。她又去转了转罗汉堂,爬到千佛楼上看了看。真有一千个小佛!她还跟着一些人去看了看藏经楼。藏经楼没有什么看头,都是经书!妈吔!逛了这么一圈,腿都酸了。小英子想起还要给家里打油,替姐姐配丝线,给娘买鞋面布,给自己买两个坠围裙飘带的银蝴蝶,给爹买旱烟,就出庙了。

等把事情办齐,晌午了。她又到庙里看了看,和尚正在吃粥。好大一个"膳堂",坐得下八百个和尚。吃粥也有这样多讲究:正面法座上摆着两个锡胆瓶,里面插着红绒花,后面盘膝坐着一个穿了大红满金绣袈裟的和尚,手里拿了戒尺。这戒尺是要打人的。哪个和尚吃粥吃出了声音,他下来就是一戒尺。不过他并不真的打人,只是做个样子。真稀奇,那么多的和尚吃粥,竟然不出一点声音!他看见明子也坐在里面,想跟他打个招呼又不好打。想了想,管他禁止不禁止喧哗,就大声喊了一句:"我走啦!"她看见明子目不斜视地微微点了点头,就不管很多人都朝自己看,大摇大摆地走了。

第四天一大清早小英子就去看明子。她知道明子受戒是第三天半夜,——烧戒疤是不许人看的。她知道要请老剃头师傅剃头,要剃得横摸顺摸都摸不出头发茬子,要不然一烧，就会“走”了戒，烧成了一片。她知道是用枣泥子先点在头皮上，然后用香头子点着。她知道烧了戒疤就喝一碗蘑菇汤，让它“发”，还不能躺下，要不停地走动，叫做“散戒”。这些都是明子告诉她的。明子是听舅舅说的。

她一看，和尚真在那里“散戒”，在城墙根底下的荒地里。

一个一个，穿了新海青，光光的头皮上都有十二个黑点子。——这黑疤掉了，才会露出白白的、圆圆的“戒疤”。和尚都笑嘻嘻的，好像很高兴。她一眼就看见了明子。隔着一条护城河，就喊他：

“明子！”

“小英子！”

“你受了戒啦？”

“受了。”

“疼吗？”

“疼。”

“现在还疼吗？”

“现在疼过去了。”

“你哪天回去？”

“后天。”

“上午？下午？”

“下午。”

“我来接你！”

“好！”

……

小英子把明海接上船。

小英子这天穿了一件细白夏布上衣，下边是黑洋纱的裤子，赤脚穿了一双龙须草的细草鞋，头上一边插着一朵栀子花，一边插着一朵石榴花。她看见明子穿了新海青，里面露出短褂子的白领子，就说：“把你那外面的一件脱了，你不热呀！”

他们一人一把桨。小英子在中舱，明子扳艄，在船尾。

她一路问了明子很多话，好像一年没有看见了。

她问，烧戒疤的时候，有人哭吗？喊吗？

明子说，没有人哭，只是不住地念佛。有个山东和尚骂人：“俺日你奶奶！俺不烧了！”

她问善因寺的方丈石桥是相貌和声音都很出众吗？

“是的。”

“说他的方丈比小姐的绣房还讲究？”

“讲究。什么东西都是绣花的。”

“他屋里很香？”

“很香。他烧的是伽南香,贵得很。”

“听说他会做诗,会画画,会写字?”

“会。庙里走廊两头的砖额上,都刻着他写的大字。”“他是有个小老婆吗?”

“有一个。”

“才十九岁?”

“听说。”

“好看吗?”

“都说好看。”

“你没看见?”

“我怎么会看见?我关在庙里。”

明子告诉她,善因寺一个老和尚告诉他,寺里有意选他当沙弥尾,不过还没有定,要等主事的和尚商议。

“什么叫‘沙弥尾’?”

“放一堂戒,要选出一个沙弥头,一个沙弥尾。沙弥头要老成,要会念很多经。沙弥尾要年轻,聪明,相貌好。”“当了沙弥尾跟别的和尚有什么不同?”

“沙弥头,沙弥尾,将来都能当方丈。现在的方丈退居了,就当。石桥原来就是沙弥尾。”

“你当沙弥尾吗?”

“还不一定哪。”

“你当方丈,管善因寺?管这么大一个庙?!”

“还早呐!”

划了一气,小英子说:“你不要当方丈!”

“好,不当。”

“你也不要当沙弥尾!”

“好,不当。”

又划了一气,看见那一片芦花荡子了。

小英子忽然把桨放下,走到船尾,趴在明子的耳朵旁边,小声地说:“我给你当老婆,你要不要?”

明子眼睛鼓得大大的。

“你说话呀!”

明子说:“嗯。”

“什么叫‘嗯’呀!要不要,要不要?”

明子大声地说:“要!”

“你喊什么!”

明子小小声说:“要——!”

“快点划!”

英子跳到中舱，两只桨飞快地划起来，划进了芦花荡。芦花才吐新穗。紫灰色的芦穗，发着银光，软软的，滑溜溜的，像一串丝线。有的地方结了蒲棒，通红的，像一枝一枝小蜡烛。青浮萍，紫浮萍。长脚蚊子，水蜘蛛。野菱角开着四瓣的小白花。惊起一只青桩(一种水鸟)，擦着芦穗，扑鲁鲁飞远了。

[文章来源:《受戒》，时代文艺出版社 2001 年版]

文史知识地图

汪曾祺(1920—1997)，江苏高邮人，中国现当代文学史上著名的作家、散文家和戏剧家，京派作家的代表人物之一，被誉为“抒情的人道主义者，中国最后一个纯粹的文人，中国最后一个士大夫。”早年曾肄业于西南联大，历任中学教师、北京市文联干部、《北京文艺》编辑、北京京剧院编辑等。汪曾祺的文学造诣极高，尤其在短篇小说的创作上颇有成就，主要著有小说集《邂逅集》，小说《受戒》《大淖记事》以及散文集《蒲桥集》等。而他大部分的作品都收录在《汪曾祺全集》中。

1920 年，汪曾祺出生于江苏高邮一个旧式地主家庭，从小就受到良好的传统教育和艺术熏陶，中学时代先后就读于高邮县中学和江阴南菁中学，并开始表现出强烈的文学爱好倾向。1939 年，汪曾祺考入西南联大中国文学系。1939 年秋，汪曾祺正式进入心仪已久的西南联合大学中国文学系，并师从沈从文等名师。在西南联大读书期间，汪曾祺颇为著名作家沈从文先生器重，他的第一篇小说《灯下》即是经沈先生指导并推荐发表的，而这篇小说就是后来成为名篇的《异秉》。汪曾祺本应在 1943 年从西南联合大学毕业，但因体育不及格、英文不佳，只得再补学一年。对此，豁达的汪曾祺后来曾感慨地说:“我觉得不会外文(主要是英文)的作家最多只能算是半个作家。这对我说起来是一个惨痛的、无可挽回的教训。我已经 72 岁了，再从头学英文，来不及了。我诚恳地奉劝中青年作家，学好英文。”经过一年的学习，两门功课顺利过关。然而，这年西南联大的毕业生要到陈纳德的飞虎队做英文翻译，汪曾祺并未报名参加，根据学校规定，这只能算肄业。因此，汪曾祺虽在西南联大学习了五年，但并未获得毕业证书。此后，在填写各种表格时，汪曾祺都只是写 1939 年至 1943 年在西南联大中文系学习。尽管汪曾祺未获得西南联大的毕业证书，但在校就读期间，他读书之博之杂，让人称道不已，再加上名师的熏染，这些都给汪曾祺打下了丰厚的精神底子。总之，西南联大时期的大学生活，在汪曾祺的一生当中占有极为重要的地位。

从 1949 年春出版第一部小说集《邂逅集》起，汪曾祺先后有 20 多本小说、散文问世，还出版了《汪曾祺文集》和《汪曾祺全集》。可以这么说，汪曾祺的作品中写高邮旧生活的小说、散文都颇具特色，最具思想性和艺术价值，这奠定了他在当今中国文坛不可替代的崇高地位。“文革”开始不久，汪曾祺因“右派”问题被关进“牛棚”，1968 年 6 月被“解放”而“控制使用”，这主要是因为江青要把京剧《芦荡火种》加工为“样板戏”，需汪曾祺出力。“四人帮”垮台后,作为“样板团”的有功人员,汪曾祺被审查两年,并写了大量检查,一度畏惧、委屈至极,欲剁手指,以明清白。1977 年 12 月十一届三中全会召开,汪曾祺本人才获得“解放”。

1980 年 8 月 12 日,汪曾祺完成了“写四十三年前的一个旧梦”的著名短篇小说《受戒》,刊发于 1980 年第 10 期的《北京文学》,受到人们的普遍赞誉,尽管批评的声浪也不小,《受戒》还是荣获了 1980 年度“北京文学奖”。随后,汪曾祺的创作便一发而不可收。8 月 20 日,汪曾祺完成短篇《岁寒三友》。12 月 11 日创作短篇《寂寞和温暖》。12 月 29 日创作短篇《天鹅之死》。1981 年初,《人民文学》又发表了汪曾祺的《晚饭后的故事》。同年 2 月 4 日(“旧历大年三十”)汪曾祺顺利完成另一部著名短篇小说《大淖记事》(刊于 1981 第 4 期的《北京文学》,《小说月报》《新华月刊》转载,并荣获 1981 年度全国优秀短篇小说奖和 1981 年度“北京文学奖”)。5 月 11 日作短篇《七里茶坊》。6 月 6 日和 6 月 18 日先后作短篇《鸡毛》《故里杂记》。8 月 4 日作短篇《徙》。8 月 19 日完成短篇《故乡人》,真是“一发而不可收”。年逾六旬的汪曾祺在文学上再次出发,一年之内连续发表《受戒》《大淖记事》《岁寒三友》《七里茶坊》等名篇,奠定了他在中国当代文学史上的牢固地位。20 世纪 80 年代后,汪曾祺又创作出许多描写民国时代风俗人情的小说,得到极高的评价,并出版了小说集《晚饭花集》《汪曾祺短篇小说选》以及论文集《晚翠文谈》等。除此之外,汪曾祺本人满意亦为评论界和广大读者广泛称道的作品还有《陈小手》,反映光明美好生活的《职业》,记叙其下放张家口后的劳动生活的《葡萄月令》以及京剧《沙家浜》等,可谓“写作颇勤快,人间送小温”。

总体来看,汪曾祺所作小说作品多写童年、故乡,写记忆里的人和事,往往在浑朴自然、清淡委婉中表现和谐的意趣。他力求淡泊,脱离外界的喧哗和干扰,精心营构自己的艺术世界,同时自觉吸收传统文化,具有浓郁的乡土气息,显示出老师沈从文的创作风格,并在小说散文化方面一开风气之先。汪曾祺长于江南,定居于京城。翻阅他的作品,不乏风和日丽、小桥流水的江南秀色和小四合院、小胡同的京城一景,极少见到雷霆怒吼、阔大无比的壮观场景。汪曾祺凭着对事物的独到领悟和审美发现,从小的视角楔入,写凡人小事,记乡情民俗,谈花鸟虫鱼,考辞章典故,即兴偶感,娓娓道来,于不经心、不经意中设传神妙笔,成就了当代小品文的经典和高峰。汪曾祺一生博学多识,兴趣广泛,爱好书画,乐谈医道,对戏剧与民间文艺也有深入钻研。他一生所经历的轰轰烈烈的大事可谓多矣,如启蒙救亡、“反右”斗争、“文革”、改革开放等等,但他深感现代社会生活的喧嚣和紧张,使读者形成了向往宁静、闲适、恬淡的心理定势,由此,汪曾祺把自己的散文定位于写凡人小事的小品文,正是适应了中国读者文化心态和期待视野的调整。

分析与鉴赏导引

《受戒》是汪曾祺的经典之作，它是一篇饱含诗情的小说，着重表现的是纯朴健康的人性之美。“受戒”这个题目本身倒是含蕴了一种紧张气息，因为“戒”总是让人想到清规戒律，而它们正是用来约束人性的。但是，读完《受戒》这个小说我们却没有一点紧张感，整篇小说的记叙如行云流水，舒缓自如，一点也没有人性与戒律之间的矛盾或冲突。这其中的原因较为复杂，但有一点不容忽视，即汪曾祺在《受戒》中所持的是一种民间的价值立场，他不是像启蒙者或当时的其他一些作家那样站在一个很高的高度去俯视笔下的人物，相反，汪曾祺和他笔下的人物是完全平等的。因此，汪曾祺并不像鲁迅在《狂人日记》中揭露封建礼教对人的荼毒那样去揭示“戒律”对于人性的戕害，作家只是在作品中尽情地表达自己内心对于淳朴健康人性的渴求。这样我们就容易理解为什么汪曾祺的《受戒》会写得如此美丽舒缓。

通读《受戒》，我们不难发现，小说描写的内容主要包括和尚们的宗教生活和民间的世俗生活两大部分。其中，和尚们的宗教生活是充满人间烟火气或者说世俗性的。聪明漂亮的主人公明海在家叫小明子，是从小就确定要出家的。他的家乡出和尚。当和尚对当地人来说是一种谋生的职业，因为当和尚有很多好处，可以吃现成饭，可以攒钱，将来还可以还俗娶亲。不仅出家的目的是世俗的，寺庙里的生活方式也是如此，充满了尘世的气氛。荸荠庵的小和尚过着很清闲的日子，连早课、晚课也不做，只是敲几声磬，然后挑水、喂猪。在为数不多的几个和尚中，大概只有一个老和尚最守规矩，他是吃斋的，但过年时也会破戒。明子的舅舅仁山是“当家的”，掌管寺庙里里外外的俗务。二师父仁海是有老婆的，夫妻俩在庙里过起了逍遥自在的小日子。三师父精明能干，风流倜傥，能玩牌，会“飞铙”，还长于唱山歌小调。这个庙里无所谓清规，连这两个字也没有人提起。他们吃肉不瞒人，年下也杀猪。他们也举行宗教仪式，可那欢快的场面更像是人生的舞蹈。有时，“一场大焰口过后，也像一个好戏班子过后一样，会有一个两个大姑娘、小媳妇失踪，——跟和尚跑了”。在对和尚们的生活习俗作了充分的铺叙后，作品又以小英子家为中心，展开了明丽的田园牧歌式的水乡世俗生活画卷。这是一个自给自足的农业文明社会，人与环境自然和谐。小英子一家四口人，尽管性格不同，但都秉承了劳动人民的优秀品格。小英子热情泼辣，心灵手巧，热爱劳动。她和常往她家跑的明海青梅竹马，两小无猜。明海会画花，小英子就把它们绣出来。他们共同劳动，一起薅草，随着岁月流逝，春去秋来，他们的心田里渐渐长出了爱情的苗子。显然，《受戒》这个题目是带有反讽性的，因为“受戒”本来是和尚表明接受佛门清规戒律的仪式，而就在明海受戒的同时，两个小主人公的爱情也走向成熟。明海在受完戒与小英子划船回家时，两人最终表白爱情，并把船划进了芦苇荡。《受戒》这两个部分的内容应是相通的，当中具体的联结就是主人公明海的行动。不仅如此，这两个部分还互相印证，流贯着共通的精神——中国人的求生意志。总之，《受戒》有着一种内在的欢乐，浸润着深受儒家思想影响的现世主义精神，令人想起《诗经》和古代乐府中那些欢快的民歌。此外,《受戒》是有着比较鲜明的理想主义色彩的。如果汪曾祺在小说里只是把明海写得聪明漂亮,把小英子写得朦胧美丽,这也许还不足以说明《受戒》是一个理想化的文学作品。其中最关键的,还是小说对明海和小英子的爱情的描写。一般而言,一个和尚的爱情故事很有可能在戒律与人性之间被写得千回百转,但明海和小英子的爱情却相当顺利,如一江春水一直悄悄流淌下去,没有阻碍,波澜不惊。小说围绕着明海和小英子也写到了其他很多人、很多事,如小英子的妈妈、姐姐,明海的舅舅、二师父、三师父,明海帮小英子的姐姐大英子绣花,明海帮小英子干田里的活……原本在这些人事的纠葛当中,人心的复杂、世事的险恶都有可能暴露出来,可是在《受戒》里却没有。在小说对明海出家以及和小英子相处的叙述当中,人性的天真、健康的一面得以呈现,而人性的阴暗丑恶的一面却没有出场。从这里我们也就不难看出《受戒》的理想主义色彩。小说《受戒》所描述的这个世界中的人的生活方式是世俗的,然而其人性又是率性自然的,它充满了人间的烟火气,同时又饱含一种超功利的纯净美。汪曾祺善于通过地域风情的描写衬托那种纯朴的民俗,而明海与小英子的纯洁的爱情,也通过这种地域风情的描写,表现得纯朴、温馨、清雅。所以,虽然《受戒》表现出的是一种理想境界,但汪曾祺的笔调也仍在清雅灵动之中隐含些许苦味,如明海为什么会出家谋生呢?他和小英子的纯洁爱情乃至这个如同桃花源般的世界能一直存在或保存下去吗?……尽管汪曾祺在小说中都将之进行艺术性的淡化处理,但小说所营造的这个理想世界仍于不经意之间隐隐透出那么一丝不易察觉的苦涩之味。

《受戒》在叙述上还呈现出了汪曾祺一贯的散文化创作倾向。一方面,小说的语言相当简约精练,另一方面在具体叙述上很散,可谓信马由缰、天马行空式的,尤其在小说的开头部分。在此,汪曾祺俨然是把民间文化形态中自在、从容的一面转化为一种小说叙述的态度,从而形成了一种独特的民间审美形态。其独特之处,一方面是它有别于当时的文学潮流(如伤痕、反思、改革文学等)之中的那种审美形态,《受戒》的叙述完全不同于当时文学主潮中的叙述话语,它是无法归入当时的潮流中去的。另一方面是《受戒》的文体也非常特别,它是建立在民间文化形态上的。它融入了民间自由自在、舒缓悠扬的旋律和节奏。有一些语言是直接化自民间语言,比如任渡和尚唱的那些酸曲。文体的另一个特别之处是《受戒》把民间的审美形态和中国古典审美传统生动地结合起来了。《受戒》并不是要用细致的语言去描摹所要表达的对象,而是用语言营造出一种氛围、一种意境。小说所要表达的主要是对美好健康人性的真切呼唤,而小说的语言只是在叙述进程中营造出一种独特意境,一种有利于展现美好健康人性的高雅意境。此外,《受戒》的语言并不直接指涉所要表达的对象,而是建构起了一个空间。这个空间使得所要表达的对象没有平面化、简单化。比如小说并没有对明海和小英子的性格和心理作直接细致的描写,只是将他们放置到一些平常的事情当中,而汪曾祺对那些事情的叙述也很简约,基本上都是点到即止,大体勾勒出一个轮廓而已。于是,在这种勾勒与描摹之中,一种从容舒缓、自由自在的民间状态活现出来了,而这种状态的出场却又不是直接的,它是在语言意味的丰富性、多义性下形成的一个诗意朦胧的空间中呈现出来的，而这恰恰是民间的审美形态与古典审美传统结合在一起的极佳范例。

总而言之，汪曾祺通过《受戒》巧妙地勾画出了自己理想的艺术世界，即在世俗中享受清静。具有传统的士大夫气质的汪曾祺，并非试图与世俗保持距离，而是游于世俗，安于日常，同时以一种高明的方式出离世俗，而这种理想的艺术世界背后表现出的正是千百年来传统文人深深追慕的"超功利的率性自然的思想"。毋庸置疑，汪曾祺是爱人、爱世间的，并对其有着无法割舍的情感牵系，因而，在主观的创作态度上，汪曾祺和其他同时期的作家比起来就显得相对宽厚通融许多。汪曾祺将其创作的目光投注在民间之上，而他的人生态度和思想立场也由此散落在民间世俗世界中，并与被遮蔽的民间文化建立了独特的艺术关联。除此之外，与这种人生态度和思想立场相应和，汪曾祺还在审美情趣上极力追求一种民间传统艺术趣味，如《受戒》中出现的年画、乡曲等等，这些都使得汪曾祺的作品在芸芸众生的大俗世界中焕发出一种含蓄隽永、洒脱自然的大雅神韵。

参考文献

[1]郜元宝：《汪曾祺论》，《文艺争鸣》2009 年第 8 期。

[2]刘子杰：《民间审美理想及其文学史意义：评汪曾祺的短篇小说〈受戒〉》，《名作欣赏》2007 年第 1 期。

延伸阅读文本链接

汪曾祺：《大淖记事》，花城出版社 2010 年版。

人生(节选)

路 遥

黎明不知什么时候已经静悄悄地来临了。县城的灯光先后熄灭,大地万物在一种自然柔和的光亮中脱去了夜的黑衣裳,显出了它们各自的面目。时令已进入初秋,山头和川道里的庄稼、树木,绿色中已夹杂了点点斑黄。

城里已经又开始纷纷攘攘了。一天的生活像往常一样开始了它的节奏。高加林望了一眼罩在蓝色雾霭中的县城,就回过头,穿过桥面,拐进了大马河川道。

他走在庄稼地中间的简易公路上,心里涌起了一种从未体验过的难受。他已经多少次从这条路上走来走去。从这条路上走到城市,又从这条路上走回农村。这短短的十华里土路,对他来说,是多么的漫长!这也象征着他已经走过的生活道路——短暂而曲折!他折一枝柳树梢,一边走,一边轻轻抽打着路边的杂草,心想:他回到村里后,人们会怎样看他呢?他将怎样再开始在那里生活呢?亲爱的巧珍已经不在了!如果有她在,他也就不会像现在这样难受和痛苦了。她那火一样热烈和水一样温柔的爱,会把他所有的苦恼冲洗掉。可是现在……他忍不住一下子站在路上,痛不欲生地张开嘴,想大声嘶叫,又叫不出声来!他两只手疯狂地揪扯着自己的胸脯,外衣上的钮扣"崩崩"地一颗颗飞掉了。

早晨的太阳照耀在初秋的原野上,大地立刻展现出了一片斑斓的色彩。庄稼和青草的绿叶上,闪耀着亮晶晶的露珠。脚下的土路潮润润的,不起一点黄尘。高加林在路上摇摇晃晃地走着,走几步就站下,站一会再走……

离村子还有一里路的地方,他听见河对面的山坡上,有一群孩子叽叽喳喳地说话,其中听见一个男孩子大声喊:"高老师回来喽……"他知道这是他们村的砍柴娃娃,都是他过去的学生。

突然,有一个孩子在对面山坡上唱起了信天游:

"哥哥你不成材,卖了良心才回来……"

孩子们都哈哈大笑,叽叽喳喳地跑到沟里去了。

这古老的歌谣,虽然从孩子的口里唱出来,但它那深沉的谴责力量,仍然使高加林感到惊心动魄。他知道,这些孩子是唱给他听的。唉!孩子们都这样厌恶他,村里的大人们就更不用说了。

他走不远,就看见了自己的村子。一片茂密的枣树林掩映着前半个村子;另外半个村伸在沟口里,他看不见。

他忍不住停下了脚,忧伤地看了一眼他熟悉的家乡。一切都是原来的样子——但对他来说，一切又都不一样了……

就在这时，许多刚下地的村里人，却都从这里那里的庄稼地里钻出来，纷纷向他跑来了。

他不知道这是怎一回事，村里的人们就先后围在了他身边，开始向他问长问短。所有人的话语、表情、眼神，都不含任何恶意和嘲笑，反而都显真诚。大家还七嘴八舌地安慰他哩。“回来就回来吧，你也不要灰心！”

“天下农民一茬子人哩！逛门外和当干部的总是少数！”

“咱农村苦是苦，也有咱农村的好处哩！旁的不说，吃的都是新鲜东西！”“慢慢看吧，将来有机会还能出去哩。”

……亲爱的父老乡亲们！他们在一个人走运的时候，也许对你躲得很远；但当你跌了跤的时候，众人却都伸出自己粗壮的手来帮扶你。他们那伟大的同情心，永远都会给予不幸的人！高加林忍不住热泪盈眶。他一句话也说不出来，只是掏出纸烟，给大家一人散了一根。

庄稼人们问候和安慰了他一番，就都又下地去了。

当高加林再迈步向村子走去的时候，感到身上像吹过了一阵风似的松动了一些。他抬头望着满川厚实的庄稼，望着浓绿笼罩的村庄，对这单纯而又丰富的故乡田地，心中涌起了一种深厚的情感，就像他离开它已经很长时间了，现在才回来……当他从公路上转下来，走到大马河湾的分路口上时，腿猛一下子软得再也走不动了。他很快又想起，他和巧珍第一次相跟着从县城回来时，就是在这个地方分手的——现在他们却永远地分手了。他也想起，当他离开村子去县城参加工作时，巧珍也正是在这个地方送他的。现在他回来了，她是再不会来接他了……他坐在一块石头上，身上像火烧着一般烫热。他用两只手蒙住眼睛，头无力地垂在胸前。他真不知道往后的日子怎么过呀？他嘴里喃喃地说：“亲爱的人！我要是不失去你就好了……”泪水立刻像涌泉一般地从指缝里淌出来了……

好久，高加林才抬起头。他猛然发现，德顺爷爷正蹲在他面前。他不知道德顺爷爷是什么时候蹲在他面前的，他只是静静地蹲着，抽着旱烟锅。

他见他抬起头来，便笑眯眯地说：“你还有眼泪呢？”接着一脸皱纹一下子缩到眼角边，摇了摇那白雪一般的头颅，痛心地说：“娃娃呀，回来劳动这不怕，劳动不下贱！可你把一块金子丢了！巧珍，那可是一块金子啊！”

“爷爷，我心里难过。你先别说这了。我现在也知道，我本来已经得到了金子，但像土圪垯一样扔了。我现在觉得活着实在没意思，真想死……”

“胡说！”德顺爷爷一下子站起来，“你才二十四岁，怎么能有这么些混账想法？如果按你这么说，我早该死了！我，快七十岁的孤老头子了，无儿无女，一辈子光棍一条。但我还天天心里热腾腾的，想多活它几年！别说你还是个嫩娃娃哩！我虽然没有妻室儿女，但觉得活着总还是有意思的。我爱过，也痛苦过；我用这两只手劳动过，种过五谷，栽过树，修过路……这些难道也不是活得有意思吗？——拿你们年轻人的词说叫幸福。幸福！你小子不知道，我把我树上的果子摘了分给村里的娃娃们，我心里可有多……幸福！不是么，你小时候也吃过我的多少果子啊！你小子还不知道，我栽下一拨树，心里就想，我死了，后世人在那树上摘着吃果子，他们就会说，这是以前村里的光棍老汉德顺栽下的……”

德顺老汉大动感情地说着，像是在教导加林，又像是借此机会总结他自己的人生，他像一个热血沸腾的老诗人，又像一个哲学家；那只拿烟锅的，衰老的手在剧烈地抖动着。

高加林一下子站起来了。傲气的高中生虽然研究过国际问题，读过许多本书，知道霍梅尼和巴尼萨德尔，知道里根的中子弹政策，但他没有想到这个满身补丁的老光棍农民，在他对生活失望的时候，给他讲了这么深奥的人生课题。他望着亲爱的德顺爷爷那张老皱脸，一双失去光彩的眼睛里重新飘荡起了两点火星。德顺爷爷用缀补丁的袖口揩了一下脸上的汗水，说：“听说你今上午要回来，我就专门在这里等你，想给你说几句话。你的心可千万不能倒了！你也再不要看不起咱这山乡圪了。”他用枯瘦的手指头把四周围的大地山川指了一圈，说：“就是这山，这水，这土地，一代一代养活了我们。没有这土地，世界上就什么也不会有！是的，不会有！只要咱们爱劳动，一切都还会好起来的。再说，而今党的政策也对头了，现在生活一天天往好变。咱农村往后的前程大着哩，屈不了你的才！娃娃，你不要灰心！一个男子汉，不怕跌跤，就怕跌倒了不往起爬，那就变成个死狗了……”

“爷爷，你的话给我开了窍，我会记住的，也会重新好好开始生活的。刚才我在前川碰见庄里的其他人，他们也给我说了不少宽心话。唉，我现在就担心高明楼和刘立本两家人往后会找我的麻烦，另眼看我……”

“啊呀，这你别担心！就是为了这事，我刚才还去明楼家找了他。我和他爸当年是拜把兄弟，我敢指教他哩！我已经把话给他敲明了，叫他再不要捣你的鬼……噢，我倒忘了给你说了！我刚才去明楼家，正碰见巧珍央求明楼，让他去公社做做工作，让你再教书哩！巧珍说得鼻子一把泪一把！明楼当下也应承了。不知为什么，他儿媳妇巧英也帮巧珍说话哩。你不要担心，书教成教不成没什么，好好重新开始活你的人吧……啊，巧珍，多好的娃娃！那心就像金子一样……金子一样啊……”德顺老汉泪水夺眶而出，顿时哽咽得说不下去了。高加林一下子扑倒在德顺爷爷的脚下，两只手紧紧抓着两把黄土，沉痛地呻吟着，喊叫了一声：

“我的亲人哪……”

［文章来源：《人生》，人民文学出版社2005年版］

文史知识地图

路遥(1949—1992)，原名王卫国，汉族，中国当代作家。他的代表作《平凡的世界》

以其恢宏的气势和史诗般的品格，全景式地再现了改革开放时代中国城乡的社会生活和人们思想情感的巨大变迁，并获得第三届茅盾文学奖。1992 年，路遥因肝病早逝，年仅 43 岁。

1949 年 12 月 3 日，路遥出生于陕西榆林市清涧县一个贫困农民家庭，7 岁时因为家里的情况实在困难而被过继给延川县农村的伯父。他曾在延川县立中学学习，并于 1969 年回乡务农。在这段时间里，路遥做过许多临时性的工作，并在农村一小学里教过一年书。1973 年，路遥顺利进入延安大学中文系学习，其间开始从事文学创作。大学毕业后，路遥一直担任和从事《陕西文艺》(今为《延河》)的编辑工作。

1980 年，路遥在当年第 3 期的《当代》上正式发表其中篇小说作品《惊心动魄的一幕》，荣获第一届全国优秀中篇小说奖，这无疑更增强了路遥创作的自信。1982 年，由著名作家巴金主编的大型文学期刊《收获》发表了路遥成名作——中篇小说《人生》，与此同时，中国青年出版社还出版了这部小说的同名单行本。该作详细地描写了一个农村知识青年高加林的人生追求及其曲折经历。小说一经发表立即轰动当时整个文坛，被视为中国当代文学一部具有开拓意义的力作。《人生》不仅在文学界产生了非常大的影响，更引起了生活与思想的冲击波。它由文坛走向了知识界、走进了大学校园、走向了工厂农村，更走进了千千万万各行各业读者的心中。

路遥的《人生》发表并引起社会各阶层读者的广泛关注后，1982 年 9 月，中国作协西安分会(即后来的陕西省作协)研究决定，将路遥从《延河》编辑部调到创作组，路遥从此成为省作协专业作家。1983 年 3 月，《人生》当之无愧地荣获第二届全国优秀中篇小说奖。同年，《人生》又被西安电影制片厂改编成同名电影，于 1984 年秋在全国公映，影片公映后，再一次引起极大的轰动。电影《人生》也成为新时期以来最受观众欢迎的影片之一，一举荣获了第八届大众电影百花奖"最佳故事片奖"。除《人生》之外，1982 年第 5 期的《当代》还发表了路遥的中篇小说《在困难的日子里》，这部作品写于《人生》之前而发表于《人生》之后，在艺术上也并不输于《人生》，它完全就是路遥少年时期那段饥饿的学校生活的真实写照，具有鲜明的自传性质。《人生》之后，路遥又相继发表了中篇小说《黄叶在秋风中飘落》(《小说界》1983 年中篇专辑)、《我和五叔的六次相遇》(《钟山》1984 年第 5 期)、《你怎么也想不到》(《文学家》1984 年第 1 期)，同时还出版了中短篇小说集《当代纪事》与短篇小说集《生活咏叹调》等。

1988 年，路遥以其惊人的毅力完成了长达百万字的鸿篇巨制《平凡的世界》。这是一部全景式地表现中国当代城乡社会生活的长篇小说，全书共分为三部。小说在中国 20 世纪 70 年代中期到 80 年代中期近十年间的广阔背景上，通过复杂的矛盾纠葛，并以孙少安和孙少平两兄弟为中心，深入地刻画了当时社会各阶层众多普通人的形象。同时，劳动与爱情、挫折与追求、痛苦与欢乐、日常生活与巨大社会冲突纷繁地交织在一起，深刻地展示了普通人在大时代历史进程中所走过的艰难曲折的道路。整部作品读之令人荡气回肠，不忍释卷，并被盛赞为"茅盾文学奖皇冠上的明珠，激励千万青年的不朽经典"。而书中最令人感动的，莫过于孙氏兄弟不甘为命运的玩偶，在沉重的生活中不断坚持发掘自己被禁锢的生命价值以及自强不息的命运主旋律。《平凡的世界》以其恢宏的气势和史诗般的品格,全景式地表现了改革开放时代中国城乡的社会生活和人们思想情感的巨大变迁,路遥也因此荣获第三届茅盾文学奖,中央人民广播电台则罕见地连播了《平凡的世界》,而在许多城市,还出现了排队购买这部作品的异常踊跃的现象。《平凡的世界》不愧为路遥的呕心沥血之作。在小说完成后,路遥有一段时间甚至都不能从书中的世界回到现实世界来,身体健康状况更是出了很大问题,连过马路也需要他的弟弟搀扶,1992 年 11 月 17 日,终因肝硬化去世。

路遥一生热爱生活,热爱生命,热爱家乡的黄土地。由于出身农村,路遥的写作素材基本上都来自农村生活,他始终认定自己"是一个农民血统的儿子",是"既带着'农村味'又带着'城市味'的人",他坚信"人生的最大的幸福也许在于创作的过程,而不在于那个结果"。所以他认为"只有在无比沉重的劳动中,人才活得更为充实"。路遥始终以深深纠缠的故乡情结和生命的沉重感去感受生活,以陕北大地作为一个沉浮在他心里的永恒的诗意象征,每当他的创作进入低谷时,他都是一个人独自去陕北故乡的"毛乌素沙漠",并在那里审视自己,观照社会。路遥曾在自己的创作随笔《早晨从中午开始》中这样说道:"是的,我刚跨过 40 岁,从人生的历程来看,生命还可以说处于'正午'时光,完全应该重新唤起青春的激情,再一次投入到这庄严的劳动之中。"43 岁正是一个作家年富力强的时候,如果路遥还活着,以他对生活深刻的体验和苦苦的思索,以他严肃认真的创作态度和他的深厚笔力,路遥一定还会为这不平凡的现实世界写下新的巨著。路遥的英年早逝,在我国当代文学史上留下了一个他人难以填补的空缺。

分析与鉴赏导引

这里选取的是《人生》的结尾片段。中篇小说《人生》原载于《收获》1982 年第 3 期,是陕西作家路遥的成名作。小说以改革时期陕北高原的城乡生活为时空背景,具体描写了高中毕业生高加林从回到土地又离开土地,到再离开土地,再回到土地这样曲折的人生变化过程,路遥以此支撑起整部小说的故事构架。另外,在城乡交叉地带,高加林同农村姑娘刘巧珍、城市姑娘黄亚萍之间的感情纠葛则构成了整个故事发展的矛盾,而在此矛盾之中,也强烈地体现出变革时期农村青年在人生道路上所面临的艰难选择,以及与这种选择相伴而生的浓郁沉重的悲剧色彩。

《人生》的成功之处,关键在于路遥生动地塑造出了高加林这个富有历史和时代内涵的当代农村青年形象。高加林作为一个普通农民的儿子,他身上既有现代青年那种不断向命运挑战,自信坚毅的品质,同时又具有辛勤、朴实的传统美德。他热爱生活,心性极高,有着远大的理想和抱负。他也关心国际问题,爱好打篮球,并积极融入时代的新潮流。他不像他的父亲那样忍气吞声、安守本分,而是有着更高的精神追求,然而他所处的现实环境与他心中的理想总是相差甚远,正是这样的巨大反差形成了高加林复杂的性格特征。当他高中毕业回到村里当上小学教师时,高加林很满足这个能充分体现他的才能并充满希望的职业。但是好景不长，他很快就被有权有势的大队书记高明楼的儿子顶替了，他重新回到了土地。正当他失意无奈，甚至有些绝望的时候，善良美丽的农村姑娘刘巧珍闯进了他的生活，刘巧珍虽然没有文化，但是却真心真意地爱上了高加林这个“文化人”，她的爱质朴纯真，她以充满激情而又真诚的言行向高加林大胆地表白了她那炽烈的爱。而实际上，刘巧珍所得到的爱从一开始就是不平等的，高加林在她的眼中是完美的，但对于高加林来说，刘巧珍只不过是他在失意时所需要的一种精神慰藉而已。当机遇再次降临到了高加林身上时，他终于抓住机会，走出黄土地，重新回到城市。

城市生活给了高加林大显身手的机会，又让他重新遇到了同学黄亚萍。与巧珍相比，黄亚萍无疑是位现代城市女性，她开朗活泼，却又任性专横，她对高加林的爱炽烈大胆，又有一种自私、强烈的征服欲。高加林的确与她有许多相似的地方，他们有相同的知识背景，又有许多感兴趣的话题，当他们俩口若悬河、侃侃而谈时，高加林已经进入了一种艰难的选择之中。当高加林隐隐地有了这种想法时，他的念头很快便被另一种感情压下去了，他想起了巧珍那亲切可爱的脸庞，想起了巧珍那种无私而温柔的爱。当巧珍带着狗皮褥子来看他时，他的那种难以言说的复杂情感立刻表现了出来。在经过反复考虑后，高加林最终接受了城市姑娘黄亚萍的爱，这种选择无情地伤害了刘巧珍，当他委婉地对巧珍表达出他的选择后，巧珍含泪接受了，但她却并没有过多地责怪高加林，反而更担心高加林以后的生活。正当高加林的事业爱情双丰收之时，命运却给他带来一个残酷的打击：高加林通过关系进入城里工作这件事终于被人告发了。随着事业的“塌方”，黄亚萍也离他而去。霎时间，高加林仿佛从人生的最高点跌至谷底，而他今后要面对的则是重新回到生养他的土地上，所有的理想和抱负则如同过眼云烟，难以挽回了。最终，当高加林回到那片久别的土地时，他褪去了骄傲，认清了现实，接受了德顺爷爷的一番话，懊悔地扑倒在了地上。高加林这一段复杂曲折的人生历程犹如一个大的圆圈，在画下了一个完整的圆之后又回到了原点，这种人生悲剧和命运悲剧给我们读者留下了无尽的叹息、悲悯，更留下了无限沉重的反思。

高加林这个人物形象是非常深刻的，也是丰富和复杂的，他的全部行为几乎都来自个人出人头地、改善生存境遇的欲望，所以，他是真实可信的。然而，在路遥展示的城乡文明对立差异的背景下，高加林这种个人的自私动机和欲望的冲动，又来自于传统和历史，来自于不合理的社会现实。他是历史和现实所有不合理因素交织冲撞而成的产物，又是历史与现实的必然要求之下的结晶所在。

小说女主人公巧珍的悲剧显然是一种爱情悲剧，而且她的爱情悲剧在《人生》中是如此的独特动人。尽管这个人物并不是作家路遥作为诠释人生道理的主要对象来加以塑造，而是作为男主人公高加林的陪衬来加以刻画的，但这个纯洁善良的乡村女子的爱情悲剧却给人以更深沉的感动和更强烈的美感。刘巧珍是高家村“二能人”刘立本的第二个女儿，“漂亮得像花朵一样”，“看起来根本不像个农村姑娘”，是“川道里的头梢子”，被誉为“盖满川”。唯一的缺憾是，她富有的父亲并没有让她念书，害得她斗大的字识不了几个。但这个没读过书的乡村女子,精神世界却出人意料的丰富。就像她“漂亮不必说,装束既不土气,也不俗气”一样,她对爱情的追求也有超越世俗的标准,而且一旦爱上了便无比炽烈、执着。更可贵的是,她有一颗无比美好而又善良的心。外表美再加上心灵美,二者是那么完美地统一在她的身上。在《人生》里,刘巧珍是作为美的化身而存在的,路遥让她像一面纯洁无瑕的镜子一样,照出主人公高加林人生选择的失误和道德缺陷,因而从侧面起到了加强高加林人生选择的悲剧性的艺术效果。显而易见,《人生》并不是一部爱情小说,但路遥又花了那么多笔墨来写爱情,其目的应是为了强化说明刘巧珍有一颗金子般的心,谁得到她谁就会拥有人生最大的幸福,谁不懂得珍惜她就是人生最大的失误。高加林得到了她却又轻易将她抛弃,这是他犯的重大错误。依路遥和小说中的乡亲如德顺爷爷等看来,高加林丢掉城里的工作并不是他最大的人生悲剧,因为在农村里同样可以活人。高加林更大的人生悲剧,则是因为前程而鬼迷心窍,最终抛弃了巧珍,由此他失去了人生最宝贵的一块“金子”且不可复得。为了突出这样的悲剧,路遥不惜笔墨来渲染刘巧珍的美好、善良和对爱的执着,特别是把她那富有牺牲精神的爱写得至为感人。悲剧正是要把美好的东西毁灭给人看,唯其如此,刘巧珍的失恋才是美的毁灭,而高加林失去刘巧珍正是其人生最大的悲剧之一。

尽管路遥在小说《人生》里向人们讲述了一个看似寻常的爱情故事,但其中却蕴含着严肃的时代主题,故事里承载了丰富的社会信息与思想道德容量。路遥不仅通过对高加林的一段人生经历的描写,揭露了现实生活中的丑恶与不公,同时也呈现了生活中美好善良的一面。此外,正是通过真实而细致地展现处于社会变革期的高加林在人生道路选择上的彷徨与矛盾,客观地凸显出城乡之间在物质文明上的巨大悬殊,以及城市的现代化生活对传统乡村文明形成的巨大冲击。淳朴的传统思想美德正受到现代化物质文明的浸染和侵蚀,传统道德正处在渐变中。在人生的路途中,当理想与现实面对传统道德与现代化物质文明发生冲突时,如何处理和抉择,就成为人们必须面对和处理的棘手问题。路遥的整部《人生》在很大的程度上都在着眼并深入探讨、思考社会变革期的矛盾冲突,以及在特定时期传统与现代之间的矛盾冲突。小说写出了无数普通劳动者为了最基本的生存而在黄土地上不停地刨挖、挣扎,那是大多数人的生活现状。这里的人们生活上是穷困的,物质上是贫乏的,虽然这些现状让人不满意,但这片“黄土地”却承载了一个民族最古老的传统文明,那份传统依然是有价值的、有生命力的,也是一个民族在前进中、在发展中依旧需要坚守的,因为那是民族的根基。路遥就认为传统美德与社会发展是并行不悖的,道德是一个人的立身之本,对整个人类社会的发展都是非常重要的。高加林在追求个人成功、实现个人理想的过程中,积极进取、不断地要求进步,对未来有期待、有憧憬,这些都是合情合理的,路遥本人对此也是肯定的。但一旦高加林脱离“黄土地”,看不到那一隅精神园地的纯朴与美好,连传统道德也一并抛弃时,路遥的态度同样也是明确的:高加林做出了一种完全错误的判断和抉择,他必将受到惩罚,饱尝人生悲剧。可以说,“黄土地”是中国传统文明的载体，是民族灵魂之“根”，正如德顺爷爷对加林说的那样：“你也再不要看不起咱这山乡圪崂了……就是这山，这水，这土地，一代一代养活了我们。没有这土地，世界上就什么也不会有。”因此，人们必须坚守这份美好的传统。在小说中，当高加林“走后门”事件败露后回到生他养他的那片土地时，他依然被纯朴善良的家乡父老宽容地接纳，再一次亲历了“黄土地”上的那份人性美。乡亲们都真诚地安慰他：“回来就回来吧，你也不要灰心！”“天下农民一茬子人哩！逛门外和当干部的总是少数！”“慢慢看吧，将来有机会还能出去哩。”这是多么宽容的心怀、多么善良的心地！正如高加林在小说中所感慨的那样：“亲爱的父老乡亲们！他们在一个人走运的时候，也许对你躲得很远；但当你跌了跤的时候，众人却都伸出自己粗壮的手来帮扶你。他们那伟大的同情心，永远都会给予不幸的人！”这就是中华民族代代相传的传统之美。此时，高加林是多么地期待能与刘巧珍重新走到一起，但那份美好的感情已然逝去，悲剧也已然铸成，高加林最终只能为自己失去“金子”般的刘巧珍感到无限的遗憾、自责和痛苦，如《人生》的结尾所描述的那样，“高加林一下子扑倒在德顺爷爷的脚下，两只手紧紧抓着两把黄土，沉痛地呻吟着，喊叫了一声：‘我的亲人哪……’”。

参考文献

[1]邱丽平：《错与罚：论路遥的小说〈人生〉》，《北京邮电大学学报》2007 年第 1 期。

[2]姜岚：《〈人生〉的魅力：悲剧美》，《海南师范大学学报》2009 年第 1 期。

[3]张艳茜：《路遥与〈人生〉（纪实文学）》，《红豆》2013 年第 2 期。

延伸阅读文本链接

路遥：《平凡的世界》，北京十月文艺出版社 2012 年版。

红高粱(节选)

莫　言

走在这高粱小径上的，它不像迎亲的队伍，倒像送葬的仪仗。在奶奶脚前的那个轿夫——我后来的爷爷余占鳌，他的心里，有一种不寻常的预感，像熊熊燃烧的火焰一样，把他未来的道路照亮了。奶奶的哭声，唤起他心底早就蕴藏着的怜爱之情。轿夫们中途小憩，花轿落地。奶奶哭得昏昏沉沉，不觉把一只小脚露到了轿外。轿夫们看着这玲珑的、美丽无比的小脚，一时都忘魂落魄。余占鳌走过去，弯腰，轻轻地，轻轻地握住奶奶那只小脚，像握着一只羽毛未丰的乌雏，轻轻地送回轿内。奶奶在轿内，被这温柔感动，她非常想撩开轿帘看看这个生着一只温暖的年轻大手的轿夫是个什么样的人。

我想，千里姻缘一线穿，一生的情缘，都是天凑地合，是毫无挑剔的真理。余占鳌就是因为握了一下我奶奶的脚唤醒了他心中伟大的创造新生活的灵感，从此彻底改变了他的一生，也彻底改变了我奶奶的一生。

花轿又起行。喇叭吹出一个猿啼般的长音，便无声无息。起风了，东北风，天上云朵麇集，遮住了阳光，轿子里更加昏暗。奶奶听到风吹高粱，哗哗哗啦啦啦，一浪赶着一浪，响到远方。奶奶听到东北方向有隆隆雷声响起。轿夫们加快了步伐。轿子离单家还有多远，奶奶不知道，她如同一只被绑的羔羊，愈近死期，心里愈平静。奶奶胸口里，揣着一把锋利的剪刀，它可能是为单扁郎准备的，也可能是为自己准备的。

奶奶的花轿行走到蛤蟆坑被劫的事，在我的家族的传说中占有一个显要的位置。蛤蟆坑是大洼子里的大洼子，土壤尤其肥沃，水分尤其充足，高粱尤其茂密。奶奶的花轿行到这里，东北天空抖着一个血红的闪电，一道残缺的杏黄色阳光，从浓云中，嘶叫着射向道路。轿夫们气喘吁吁，热汗涔涔。走进蛤蟆坑，空气沉重，路边的高粱乌黑发亮，深不见底，路上的野草杂花几乎长死了路。有那么多的矢车菊，在杂草中高扬着细长的茎，开着紫、蓝、粉、白四色花。高粱深处，蛤蟆的叫声忧伤，蝈蝈的唧唧凄凉，狐狸的哀鸣惆怅。奶奶在轿里，突然感到一阵寒冷袭来，皮肤上凸起一层细小的鸡皮疙瘩。奶奶还没明白过来是怎么一回事，就听到轿前有人高叫一声：

“留下买路钱！”

奶奶心里咯噔一声，不知忧喜，老天，碰上吃拤饼的了！

高密东北乡土匪如毛，他们在高粱地里鱼儿般出没无常，结帮拉伙，拉驴绑票，坏事干尽，好事做绝，如果肚子饿了，就抓两个人，扣一个，放一个，让被放的人回村报信，送来多少张卷着鸡蛋大葱一把粗细的两柞多长的大饼。吃大饼时要用双手扞住往嘴里塞，故曰“抟饼”。

“留下买路钱！”那个吃抟饼的人大吼着。轿夫们停住，呆呆地看着劈腿横在路当中的劫路人。那人身材不高，脸上涂着黑墨，头戴一顶高粱篾片编成的斗笠，身披一件大蓑衣，蓑衣敞着，露出密扣黑衣和拦腰扎着的宽腰带。腰带里别着一件用红绸布包起的鼓鼓囊囊的东西。那人用一只手按着那布包。

奶奶在一转念间，感到什么事情也不可怕了，死都不怕，还怕什么？她掀起轿帘，看着那个吃抟饼的人。

那人又喊：“留下买路钱！要不我就崩了你们！”他拍了拍腰里那件红布包裹着的家伙。

吹鼓手们从腰里摸出曾外祖父赏给他们的一串串铜钱，扔到那人脚前。轿夫放下轿子，也把新得的铜钱掏出，扔下。

那人把钱串子用脚踢拢成堆，眼睛死死地盯着坐在轿里的我奶奶。

“你们，都给我滚到轿子后边去，要不我就开枪啦！”他用手拍拍腰里别着的家伙大声喊叫。

轿夫们慢慢吞吞地走到轿后，余占鳌走在最后，他猛回转身，双目直逼吃抟饼的人。那人瞬间动容变色，手紧紧捂住腰里的红布包，尖叫着：“不许回头，再回头我就毙了你。”

劫路人按着腰中家伙，脚不离地蹭到轿子前伸手捏捏奶奶的脚。奶奶粲然一笑，那人的手像烫了似的紧着缩回去。

“下轿，跟我走！”他说。

奶奶端坐不动，脸上的笑容凝固了一样。

“下轿！”

奶奶欠起身，大大方方地跨过轿杆，站在烂漫的矢车菊里。奶奶右眼看着吃抟饼的人，左眼看着轿夫和吹鼓手。

“往高粱地里走！”劫路人按着腰里用红布包着的家伙说。

奶奶舒适地站着，云中的闪电带着铜音嗡嗡抖动，奶奶脸上粲然的笑容被分裂成无数断断续续的碎片。

劫路人催逼着奶奶往高粱地里走，他的手始终按着腰里的家伙。奶奶用亢奋的眼睛，看着余占鳌。

余占鳌对着劫路人笔直地走过去，他薄薄的嘴唇绷成一条刚毅的线，两个嘴角一个上翘，一个下垂。

“站住！”劫路人有气无力地喊着，“再走一步我就开枪！”他的手按在腰里用红布包裹着的家伙上。

余占鳌平静地对着吃抟饼的人走，他前进一步，吃抟饼者就缩一点。吃抟饼的人眼里跳出绿火花，一行行雪白的清明汗珠从他脸上惊惶地流出来。当余占鳌离他三步远时，他惭愧地叫了一声，转身就跑，余占鳌飞身上前，对准他的屁股，轻捷地踢了一脚。劫路人的身体贴着杂草梢头,蹭着矢车菊花朵,平行着飞出去,他的手脚在低空中像天真的婴孩一样抓挠着,最后落到高粱棵子里。

“爷们儿,饶命吧! 小人家中有八十岁的老母,不得已才吃这碗饭。”劫路人在余占鳌手下熟练地叫着。余占鳌抓着他的后颈皮,把提到轿子前,用力摔在路上,对准他吵嚷不休的嘴巴踢了一脚。劫路人一声惨叫,半截吐出口外,半截咽到肚里,血从他鼻子里流出来。

余占鳌弯腰,把劫路人腰里那个家伙拔出来,抖掉红布,露出一个弯弯曲曲的小树疙瘩,众人嗟叹不止。

那人跪在地上,连连磕头求饶。余占鳌说:“劫路的都说家里有八十岁的老母。”他退到一边,看着轿夫和吹鼓手,像狗群里的领袖看着群狗。

轿夫吹鼓手们发声喊,一拥而上,围成一个圈圈,对准劫路人,花拳绣脚齐施展。起初还能听到劫路人尖厉的哭叫声,一会儿就听不见了。奶奶站在路边,听着七零八落的打击肉体沉闷声响,对着余占鳌顿眸一瞥,然后仰面看着天边的闪电,脸上凝固着的,仍然是那种粲然的,黄金一般高贵辉煌的笑容。

一个吹鼓手挥动起大喇叭,在劫路者的当头心里猛劈了一下,喇叭的圆刃劈进颅骨里去,费了好大劲才拔出。劫路人肚子里咕噜一声响,痉挛的身体舒展开来,软软地躺在地上。一线红白相间的液体,从那道深刻的裂缝里慢慢地挤出来。

“死了?”吹鼓手提着打瘪了的喇叭说。

“打死了,这东西,这么不经打!”

轿夫吹鼓手们俱神色惨淡,显得惶惶不安。

余占鳌看看死人,又看看活人,一语不发。他从高粱上撕下一把叶子,把轿子里奶奶呕吐出的脏物擦掉,又举起那块树疙瘩看看,把红布往树疙瘩上缠几下,用力摔出,飞行中树疙瘩抢先,红包布落后,像一只赤红的大蝶,落到绿高粱上。

余占鳌把奶奶扶上轿:“上来雨了,快赶!”

奶奶撕下轿帘,塞到轿子角落里,她呼吸着自由的空气,看着余占鳌的宽肩细腰。他离着轿子那么近,奶奶只要一跷脚,就能踢到他青白色的结实头皮。

风利飕有力,高粱前推后拥,一波一波地动。路一侧的高粱把头伸到路当中,向着我奶奶弯腰致敬。轿夫们飞马流星,轿子出奇的平稳,像浪尖上飞快滑动的小船。蛙类们兴奋地鸣叫着,迎接着即将来临的盛夏的暴雨,低垂的天幕,阴沉地注视着银灰色的高粱脸庞,一道压一道的血红闪电在高粱头上裂开,雷声强大,震动耳膜,奶奶心中亢奋,无畏地注视着黑色的风掀起的绿色的浪潮,云声像推磨一样旋转着过来,风向变幻不定,高粱四面摇摆,田野凌乱不堪。最先一批凶狠的雨点打得高粱颤抖,打得野草觳觫,打得道上的细土凝聚成团后又立即迸裂,打得轿顶啪啪响。打在奶奶的绣花鞋上,打在余占鳌的头上,斜射到奶奶的脸上。

余占鳌他们像兔子一样疾跑,还是未能躲过这场午前的雷阵雨。雨打倒了无数的高粱,雨在田野里狂欢,蛤蟆躲在高粱根下,哈达哈达地抖着颌下雪白的皮肤,狐狸蹲在幽暗的洞里，看着从高粱上飞溅而下的细小水珠，道路很快就泥泞不堪，杂草伏地，矢车菊清醒地擎着湿漉漉的头。轿夫们肥大的黑裤子紧贴在肉上，人就变得苗条流畅。余占鳌头皮被冲刷得光洁明媚，像奶奶眼中的一颗圆月。雨水把奶奶的衣服打湿了，她本来可以挂上轿帘遮挡雨水，她没有挂，她不想挂。奶奶通过敞亮的轿门，看到了纷乱不安的宏大世界。

［文章来源：《红高粱》，中国青年出版社2008年版］

文史知识地图

莫言（1955— ），中国当代著名作家，原名管谟业，山东高密人。莫言自20世纪80年代起以一系列乡土文学作品崛起，充满着"怀乡"以及"怨乡"的复杂情感，并一度被归类为"寻根文学"作家。其作品深受魔幻现实主义影响，写的是一出出发生在山东高密东北乡的"传奇"。莫言在他的小说中构造着独特的主观感觉世界，天马行空般的叙述，陌生化的处理，塑造了神秘超验的对象世界，带有明显的"先锋"色彩。他的小说《红高粱》，更成为80年代中国文坛的里程碑之作。莫言的写作风格素以大胆新奇著称，作品激情澎湃，想象诡异，语言肆虐，曾屡次斩获各类文学奖项。其中，2011年，莫言因作品《蛙》获得了第八届茅盾文学奖，2012年则荣获诺贝尔文学奖，成为享誉全球的中国作家。

1955年2月17日，莫言出生于山东省高密县大栏乡平安庄（今属高密市夏庄镇）。莫言的童年时代恰逢中国当代史上最悲惨的时期之一，即所谓的"三年困难时期"，当时全国饿殍遍野。由于莫言的家属于上中农成分，因而连去领救济粮的资格都没有。他甚至在某一年的大年三十到别人家讨饺子吃。家庭经济上的贫困和政治上的歧视给莫言的少年生活留下了惨痛记忆，而父亲过于严厉的约束也使他备受压抑。这些心理特征直接影响了莫言后来的小说创作。6岁时，莫言进入家乡小学读书，曾因骂老师是"奴隶主"而受警告处分。小学三年级时，莫言相继阅读了《林海雪原》《青春之歌》《钢铁是怎样炼成的》等作品，开始受到文学启蒙。12岁时读小学五年级，但因"文革"爆发而辍学回家。此后，莫言在农村劳动长达10年，主要从事农业，如种高粱、种棉花、放牛、割草等，闲暇时就读《三国演义》《水浒传》，无书可读时甚至读《新华字典》。1976年，莫言正式入伍，历任班长、保密员、图书管理员、教员、干事等职。

1981年，莫言正式开始了自己的文学创作生涯。同年秋，莫言便在河北保定市的《莲池》第5期发表了他的处女作——短篇小说《春夜雨霏霏》。次年，莫言又在《莲池》第2期、第5期分别发表短篇小说《丑兵》以及《为了孩子》。1983年春，莫言在《莲池》第2期发表短篇小说《售棉大路》并被《小说月报》转载，这极大增强了莫言的创作信心。其后，莫言又在《莲池》第5期发表了短篇小说《民间音乐》，此作在当时得到了老作家孙犁的赏识，并称赞这部小说有空灵之感。1984年春，莫言相继在《长城》第2

期、第5期发表小说《岛上的风》《雨中的河》。这一年,莫言还得到著名作家徐怀中先生的赏识和推荐,并顺利考入解放军艺术学院文学系展开深入学习。1985年,是莫言创作成果颇丰的一年。首先,莫言在《中国作家》上发表中篇小说《透明的红萝卜》,作品发表后引起强烈反响,而莫言本人则由此一举成名。随后,冯牧专门在北京华侨大厦主持莫言创作研讨会,汪曾祺、史铁生、李陀、雷达等知名作家学者都高度评价了《透明的红萝卜》。是年,莫言还在多家文学杂志与刊物上不断推出自己的新作,如中篇小说《球状闪电》(《收获》)、《金发婴儿》(《钟山》)、《爆炸》(《人民文学》)及短篇小说《枯河》(《北京文学》)、《老枪》(《昆仑》)、《白狗秋千架》(《中国作家》)、《大风》(《小说创作》)、《三匹马》(《奔流》)、《秋水》(《奔流》)等。

1986年,莫言从解放军艺术学院文学系毕业。同年,莫言在《人民文学》第3期发表了中篇小说《红高粱》,作品一经推出就在当时的文坛引起极大轰动。随即,莫言再接再厉,先后发表系列中篇《高粱酒》(《解放军文艺》)、《高粱殡》(《北京文学》)、《狗道》(《十月》)、《奇死》(《昆仑》),这四部作品与《红高粱》一起,共同构成了莫言的经典代表作《红高粱家族》。可以这么讲,莫言的"红高粱"家族系列小说,对于新时期军旅文学的发展产生过深刻而积极的影响。很多人认为,这是一部"强悍的民风与凛然的民族正气的混声合唱",振聋发聩。冯牧文学奖对此则评价说,"莫言用灵性激活历史,重写战争,张扬生命伟力,弘扬民族精神,直接影响了一批同他一样没有战争经历的青年军旅小说家写出了自己'心中的战争',使当代战争小说面貌为之一新"。与此同时,莫言的中篇小说《红蝗》发表于1986年第3期的《收获》,但该作因其强烈的个性风格、大胆的文笔及亵渎精神,连号称新潮的评论家也不能接受,纷纷著文批评。也是在多年之后,才有评论家对该作发出了不同的解读之音。

1988年,由著名导演张艺谋执导,并由莫言的《红高粱》改编而成的同名电影《红高粱》一举夺得柏林电影节金熊奖,成为中国电影史上的里程碑,并引起了世界对中国电影的极大关注。该年,莫言在《十月》杂志发表长篇小说《天堂蒜薹之歌》,这是一部体现中国作家良知、反映弱势群体生存状态的力作。同年九月,莫言参加了中国作协委托北京师范大学开办的创作研究生班,与他同期的同学还有毕淑敏、迟子建、严歌苓、余华、虹影、刘震云等。其中,莫言还与余华同住一个宿舍两年时间。1989年,莫言的作品《白狗秋千架》获台湾《联合报》小说奖,由此改编的电影《暖》还获得了第十六届东京国际电影节最佳影片金麒麟奖。1991年,莫言于北京师范大学鲁迅文学院创作研究生班毕业,并获得北京师范大学文艺学硕士学位。

在经历《红高粱家族》的创作高峰后,莫言继续寻求突破,创作了大量中短篇作品及数部颇具分量的长篇小说。其中,1993年,前后创作达四年之久的长篇小说《酒国》由湖南文艺出版社出版,该书的法语版获得了2001年法国"Laure Bataillin 外国文学奖";1997年,莫言以长篇小说《丰乳肥臀》夺得中国有史以来最高额的"大家文学奖",并获高达十万元人民币的奖金。然而,由于《丰乳肥臀》所引发的巨大争议,莫言脱离了军界,转至《检察日报》社工作,并为报社的影视部撰写连续剧剧本。2001年,莫言创作的长篇小说《檀香刑》获台湾《联合报》读书人年度文学类"最佳书奖"、第一届"鼎钧双年文学奖"等。

2001年6月4日，身为山东本土作家的莫言受聘于山东大学文学与新闻传播学院，任兼职教授，而从2002年至今，莫言一直担任山东大学文学与新闻传播学院中国现当代文学专业的研究生导师。2005年，再度失手当年的茅盾文学奖后，莫言凭借其长篇小说《四十一炮》荣膺第二届华语文学传媒大奖年度杰出成就奖。2006年，莫言创作并出版了他的第一部章回小说《生死疲劳》，这是一部向中国古典小说和民间叙事的伟大传统致敬的大作。在这次神圣的"认祖归宗"仪式中，莫言将六道轮回这一东方想象力草灰蛇线般地隐没在全书的字里行间，艺术性地写出了农民对生命无比执着的颂歌和悲歌。2007年7月，莫言出版了自己的散文集《说吧，莫言》。这套书共分为三卷，约100万字，全面而深入地展示了作家创作的心路历程。两年之后的2009年，莫言的另一部长篇力作《蛙》问世，小说的创作方法可谓别具一格，将书信、元小说叙事和话剧很好地融为一体，并塑造了一个乡村女医生的生动形象。莫言在小说中以他对生命强烈的人道关怀，贴近生活的史诗般叙述，真实地反映了新中国成立后近60年波澜起伏的农村生育史，形象地描述了国家为控制人口剧烈增长、实施计划生育国策所走过的艰巨而复杂的历程。2011年，在多次错失茅盾文学奖后，莫言终于凭借长篇小说《蛙》获得第八届茅盾文学奖。2011年11月莫言当选为中国作协副主席。

2012年10月11日，莫言获得2012年的诺贝尔文学奖，并成为首个荣获诺贝尔文学奖的中国籍作家。这是中国文学永远值得铭记和自豪的一个荣耀时刻。诺贝尔委员会授予莫言的颁奖词为："The Nobel Prize in Literature 2012 was awarded to Mo Yan 'who with hallucinatory realism merges folk tales, history and the contemporary'"(将魔幻现实主义与民间故事、历史与当代社会融合在一起)。

分析与鉴赏导引

中篇小说《红高粱》是莫言的成名作，原载于《人民文学》1986年第3期。作品主要讲述的是抗日战争期间，"我"的祖先在高密东北乡轰轰烈烈、英勇悲壮的人生故事。作为当代中国文坛的一部里程碑之作，《红高粱》曾荣获第四届全国中篇小说奖，并被译成近二十种文字在全世界发行。据此改编的同名电影《红高粱》则一举摘得第38届柏林电影节金熊奖，这是中国电影迄今为止在国际上获得的最高荣誉。导演张艺谋也因此片的成功而大红大紫，蜚声国际。

从整体故事情节来看，《红高粱》的叙述主要沿两条线展开。主线是土匪头子——"我爷爷"余占鳌率领的武装队伍伏击日本汽车队，辅线则是在这次战争打响之前发生的"我爷爷"与"我奶奶"之间的爱情故事。而在叙事视角上，《红高粱》则是将第一人称和第三人称独具匠心地叠合在一起，获得了独特的叙事艺术效果。一般而言，传统小说或采用第三人称进行全知视角的叙述，或采用第一人称的有限视角来叙述"我"的所见所闻。现代小说则大多综合运用全知视角和有限视角,莫言的《红高粱》更是把这种运用推向极致,即把全知视角和有限视角统一到“我爷爷”“我奶奶”之中,加以“我”的追述、评论的叙述视角来想象“爷爷”“奶奶”的传奇人生,同时借由“我父亲”的叙述视角回忆 1939 年先辈们在墨水河畔的抗日故事,不断将叙述焦点集中于此前“爷爷”“奶奶”的故事上,并重点聚焦于高粱地里的爱情故事。“一九三九年古历八月初九,我父亲这个土匪种十四岁多一点,他跟着后来名满天下的余占鳌司令的队伍去胶平公路伏击日本人的汽车队。奶奶披着夹袄,送他们到村头。余司令说:‘立住吧。’奶奶就立住了。奶奶对我父亲说:‘豆官,听你干爹的话。’父亲没吱声,他看着奶奶高大的身躯,嗅着从奶奶的夹袄里散出的热烘烘的香味,突然感到凉气逼人。他打了一个颤,肚子咕噜噜响一阵。余司令拍了一下父亲的头,说:‘走,干儿。’”。这是《红高粱》开头第一段,交代了故事发生的时间、人物、事件等。这段文字的创新之处在于:作为孙辈的“我”竟然清楚地知道自己出生前“爷爷”“奶奶”的对话,甚至对几十年前“父亲”的感觉都了如指掌。这种写法在莫言其他的小说中也经常出现,这主要与叙述视角有关。实际上,整部《红高粱》的主体情节就是这场伏击战,中间只是穿插了“我爷爷”“我奶奶”、罗汉大爷、任副官的故事。而这开头的“我父亲”三个字心照不宣地告诉读者作品的叙述人是“我”,即由“我”来讲述父辈的故事,这正是第一人称叙事。具体来说,《红高粱》是“我”以虚拟家族回忆的形式追述和评论“爷爷”“奶奶”墨水河畔的抗日故事和高粱地里的爱情故事,叙述者“我”回到高密东北乡调查“爷爷”“奶奶”的传奇人生:“我”听到的是陶罐老太太讲述的墨水河畔伏击战和“奶奶” 的风流韵事等故事梗概,“我”看到的是县志对罗汉大爷怒铲骡蹄及其被日军活剐等文献资料……显然,《红高粱》中的“我” 并不是作为故事内的一个当事人在讲述故事,而是作为故事外隐含作者的代言人在讲述“爷爷”“奶奶”的传奇人生。具有创造性的是,对于故事以外的故事,即“爷爷”“奶奶”高粱地里的爱情故事,小说则主要由置身于故事外的“我”来追述、评论,至于先辈们墨水河畔的抗日故事,包括罗汉大爷被日军活剐等细节,叙述者放弃了“我”的视角而转用故事内的人物“我父亲”的视角来展开叙述。换言之,《红高粱》中“爷爷”“奶奶”的传奇人生不是由叙述者“我”直接叙述的,莫言只是将“爷爷”“奶奶”高粱地里的爱情故事设置在“我”的追述之中,将先辈们墨水河畔的抗日故事放置在“我父亲”的回忆之中。面对“爷爷”“奶奶”的传奇人生,“我”的叙述视角是当代的,而“我父亲”的叙述视角则是历史的,“我”和“我父亲”由于年龄、时空、观念的差距而产生不同的认识。如此一来,《红高粱》就从不同角度展示了“爷爷”“奶奶”等先辈们历史故事的多元性,而这与新历史小说追求的叙事艺术效果有关。

如今,学界普遍认为,《红高粱》既被视为“寻根文学”的重要作品,又被视为“寻根文学”的终结,同时它还被视为“新历史小说”的重要起源和代表作品。面对经典化的“革命历史题材”的强大传统和严格规范,莫言可谓另辟蹊径,“为我的家族树碑立传”,将历史叙述从“国家”和“革命”的桎梏中解放和拯救出来。他借助“寻根文学”的潮流和南美文学爆炸的氛围,寻找到并确立了自己的创作方向。《红高粱》向读者提供了一种新的接近历史的方式。它打开了一片新的历史叙述和想象空间,呈现出一种新的历史经验和形态。小说的叙述者是一个充满个性的讲述者。他一方面挪用了现代启蒙主义和革命主流话语的语言:"她老人家不仅仅是抗日的英雄,也是个性解放的先驱,妇女自立的典范。"另一方面他又彻底摆脱并且颠覆了宏大叙事对于历史叙述的制约和规范。《红高粱》设置了一个特殊的叙述者和一种独特的叙述方式。尤其是"我爷爷""我奶奶"的这种独特主观视角和叙述方式的设置,使作品的叙述显示出极强的灵活性,在不同的时空世界之间任意往来,故事收放自如,产生出一种多声部式的叙述效果,从而使叙事内涵得到加深与丰富。

《红高粱》表现了一种民间的、原始的暴力和野性、自然的性爱。广袤狂野的高粱地,为作品展开了丰富的想象空间,为激越狂放、波澜壮阔、酣畅淋漓的叙述提供了适当的自然背景。在历史的荒野中,"我爷爷"和"我奶奶"代表了泼辣自然的生命力量和无拘无束的生活方式及其对于"文明"礼法的蔑视。这是一出自然形态的、充满了生命喜悦的人生传奇:"我爷爷"的杀人越货,"我奶奶"和"我爷爷"的恣意野合和对于入侵者的原始的自发的反抗。小说极力突出"我爷爷"粗野、狂暴、富有原始正义感的性格,逾越常规的爱情,自然野性的背景,原始本能的生命力量。他们是一群非礼非法、敢爱敢恨、敢作敢为、自由自在、热情奔放的化外之民。小说对于抗日的描写也完全不同于传统"革命历史题材"小说,化外之民们是一股混沌的、自发的民间力量,他们身上没有很鲜明的民族国家意识,也没有政治上的自觉,他们只是为自身的生存而战,他们的抗日故事突破了"革命历史题材"小说历史叙述的规范,消解了"革命历史题材"政治意识形态的神话。在人物塑造上,莫言也打破和消解了传统意识形态正反人物的模式,其中"我爷爷"就具有抗日英雄和土匪头子的双重身份。《红高粱》继承了传统英雄传奇和历史演义的特点,充满了浪漫主义激情和不羁的想象。它将叙事的场景安排在充满了想象空间的"我爷爷"的年代,并借鉴了意识流小说和魔幻现实主义小说的情节结构方式,打破时空顺序与故事逻辑,改变客观事物的存在形式,把静态的变成动态的,把无生命的变成有生命的,具有强烈的主观性,因而使得读者从习以为常的事物中获得全新的审美体验。如金色的太阳"齿轮般旋转","残缺的杏黄色阳光,从浓云中,嘶叫着射向道路",被割下的耳朵"在瓷盘里活泼地跳动,打击得瓷盘叮咚叮咚响","子弹在低空悠闲地飞翔,贴着任副官乌黑的头发滑过去","高粱的奇谲瑰丽,奇形怪状,它们呻吟着,扭曲着,呼号着,缠绕着,时而像魔鬼,时而像亲人……红红绿绿,白白黑黑,蓝蓝黄黄,它们哈哈大笑,它们号啕大哭,哭出的眼泪像雨点一样……"等等。

尽管整部《红高粱》叙述的主要是一支民间抗日武装伏击日本人汽车队的故事,也在一定程度上体现了小说主人公的国家民族意识,但这显然不是主要的。作为这部小说精神主体的,应当是一股强烈的生命意识,即对带着原始野性、质朴强悍生命力的赞美,对自由奔放的生命形态的渴望。正是这种生命意识使得这个陈旧的抗日故事重新获得了震撼人心的力量。红高粱,正是这种生命意识的总体象征。它可以被称为《红高粱》的"生命图腾"。莫言在小说中用这样充满激情的语言来描写红高粱,并赋予其以生命:“八月深秋,广阔的高粱红成汪洋的血海。高粱高密辉煌,高粱凄婉可人,高粱爱情激荡。秋风苍凉,阳光很旺,瓦蓝的天上游荡着一朵朵丰满的白云,高粱上滑动着一朵朵丰满白云的紫红色影子……它们都是活生生的灵物。它们根扎黑土,受日精月华,得雨露滋润,上知天文下知地理。”在此,小说中的红高粱已不仅仅是一种植物。而与赋予红高粱伟大的生命力相对应,作品中那些展现了一幕幕英勇悲壮事迹的英雄,也总是与红高粱在一起,或与红高粱融为一体。“我爷爷”和“我奶奶”是在高粱地里完成了神圣的结合,“我奶奶”又是在高粱地里流尽了最后一滴血,小说甚至把她30年的生活比作“红高粱般充实”。余大牙带着高密东北乡人应有的英雄气概坦然赴死的时候,放声高唱的就是“高粱红了”,任副官在枪声和子弹中坦然前行的时候,用口哨吹出的曲调也是“高粱红了”。毋庸置疑,在这一系列的描写中,作品中的人与红高粱获得了同一种精神品格。

除此之外,在叙述过程中,莫言还有意插入一些与总体叙述风格相背离的语言。例如“我”一看到母亲的小脚就想高呼“打倒封建主义!人民自由万岁”;作家还借92岁农村老太太的口唱一段顺口溜,或引录一段县志上平平板板的公文等等,这些都给作品添上了一层淡淡的、幽默诙谐的色彩。总而言之,独特的叙事视角、具有民间传奇色彩的故事题材、强烈的生命意识与不同艺术手法的巧妙融合,如大胆运用丰富的比喻、夸张、通感等修辞手法,最终使《红高粱》获得了巨大成功,并成为中国当代文学史上的里程碑之作。

参考文献

[1]莫言、王尧:《从〈红高粱〉到〈檀香刑〉》,《当代作家评论》2002年第1期。

[2]旷新年:《莫言的〈红高粱〉与“新历史小说”》,《杭州师范学院学报》2005年第2期。

[3]莫言:《关于〈红高粱〉的写作情况》,《南方文坛》2006年第5期。

[4]李自国:《论〈红高粱〉的叙事视角》,《江汉论坛》2012年第2期。

延伸阅读文本链接

1. 莫言:《丰乳肥臀》,作家出版社2012年版。
2. 莫言:《檀香刑》,作家出版社2012年版。
3. 莫言:《生死疲劳》,作家出版社2012年版。
4. 莫言:《蛙》,作家出版社2012年版。
5. 莫言:《说吧,莫言》,21世纪出版社2013年版。

妻妾成群(节选)

苏 童

两个人坐着很虚无地呷酒。颂莲把酒盅在手指间转着玩,她看见飞浦现在就坐在对面,他低着头,年轻的头发茂密乌黑,脖子刚劲傲慢地挺直,而一些暗蓝的血管在她的目光里微妙地颤动着。颂莲的心里很潮湿,一种陌生的欲望像风一样灌进身体,她觉得喘不过气来。意识中又出现了梅珊和医生的腿在麻将桌下交缠的画面。颂莲看见了自己修长姣好的双腿,它们像一道漫坡而下的细沙向下塌陷,它们温情而热烈地靠近目标。

这是飞浦的脚,膝盖,还有腿,现在她准确地感受了它们的存在。颂莲的眼神迷离起来,她的嘴唇无力地启开,蠕动着。她听见空气中有一种物质碎裂的声音,或者这声音仅仅来自她的身体深处。飞浦抬起了头,他凝视颂莲的眼睛里有一种激情汹涌澎湃着,身体尤其是双脚却僵硬地维持原状。飞浦一动不动。颂莲闭上眼睛,她听见一粗一细两种呼吸紊乱不堪,她把双腿完全靠紧了飞浦,等待着什么发生。好像是许多年一下子过去了,飞浦缩回了膝盖,他像被击垮似地歪在椅背上,沙哑地说,这样不好。颂莲如梦初醒,她嗫嚅着,什么不好?飞浦把双手慢慢地举起来,作了一个揖,不行,我还是怕。他说话时脸痛苦地扭曲了。我还是怕女人。女人太可怕。颂莲说,我听不懂你的话。飞浦就用手搓着脸说,颂莲我喜欢你,我不骗你。颂莲说,你喜欢我却这样待我。

飞浦几乎是哽咽了,他摇着头,眼睛始终躲避着颂莲,我没法改变了,老天惩罚我,陈家世代男人都好女色,轮到我不行了,我从小就觉得女人可怕,我怕女人。特别是家里的女人都让我害怕。只有你我不怕,可是我还是不行,你懂吗?颂莲早已潸然泪下,她背过脸去,低低地说,我懂了,你也别解释了,现在我一点也不怪你,真的,一点也不怪你。

颂莲醉酒是在飞浦走了以后,她面色酡红,在房间里手舞足蹈、摔摔打打的。宋妈进来按她不住,只好去喊陈老爷陈佐千来。陈佐千一进屋就被颂莲抱住了,颂莲满嘴酒气,嘴里胡言乱语。陈佐千问宋妈,她怎么喝起酒来了?宋妈说我怎么会知道,她有心事能告诉我吗?陈佐千差宋妈去毓如那里取醒酒药,颂莲就叫起来,不准去,不准告诉那老巫婆。陈佐千很厌恶地把颂莲推到床上,看你这副疯样,不怕让人笑话。颂莲又跳起来,勾住陈佐千的脖子说,老爷今晚陪陪我,我没人疼,老爷疼疼我吧。陈佐千无可奈何地说,你这样我怎么敢疼你?疼你还不如疼条狗。

毓如听说颂莲醉酒就赶来了。毓如在门口念了几句阿弥陀佛,然后上来把颂莲和陈佐千拉开。她问陈佐千,给她灌药?陈佐千点点头,毓如想摁着颂莲往她嘴里塞药,被颂莲推了个趔趄。毓如就喊,你们都动手呀,给这个疯货点厉害。陈佐千和宋妈也上来架着颂莲,毓如刚把药灌下去,颂莲就啐出来,啐了毓如一脸。毓如说,老爷你怎么不管她,这疯货要翻天了。陈佐千拦腰抱住颂莲,颂莲却一下软瘫在他身上,嘴里说,老爷别走,今天你想干什么都行,舔也行,摸也行,干什么都依你,只要你别走。陈佐千气恼得说不出话,毓如听不下去,冲过来打了颂莲一记耳光,无耻的东西,老爷你把她宠成什么样子了!

南厢房闹成一锅粥,花园里有人跑过来看热闹。陈佐千让宋妈堵住门,不让人进来看热闹。毓如说,出了丑就出个够,还怕让人看?看她以后怎么见人?陈佐千说,你少插嘴,我看你也该灌点醒酒药。宋妈捂着嘴强忍住笑,走到门廊上去把门。看见好多人在窗外探头探脑的。宋妈看见大少爷飞浦把手插在裤袋里,慢慢地朝这里走。她正想让不让飞浦进去呢,飞浦转了个身,又往回走了。

下了头一场大雪,萧瑟荒凉的冬日花园被覆盖了兔绒般的积雪,树枝和屋檐都变得玲珑剔透、晶莹透明起来。陈家几个年幼的孩子早早跑到雪地上堆了雪人,然后就在颂莲的窗外跑来跑去追逐,打雪仗玩。颂莲还听见飞澜在雪地上摔倒后尖声啼哭的声音。

还有刺眼的雪光泛在窗户上的色彩。还有吊钟永不衰弱的嘀嗒声。一切都是真切可感。

但颂莲仿佛去了趟天国,她不相信自己活着,又将一如既往地度过一天的时光了。

夜里她看见了死者雁儿,死者雁儿是一个秃了头的女人,她看见雁儿在外面站着推她的窗户,一次一次地推。她一点不怕。她等着雁儿残忍的报复。她平静地躺着。她想窗户很快会被推开的。雁儿无声地走进来了,带着一种头发套子,挽成有钱太太的圆髻。颂莲说,你上哪儿买的头发套子?雁儿说,在阎王爷那儿什么都有。然后颂莲就看见雁儿从髻后抽出一根长簪,朝她胸口刺过来。她感觉到一阵刺痛,人就飞速往黑暗深处坠落。她肯定自己死了,千真万确地死了,而且死了那么长时间,好像有几十年了。

颂莲披衣坐在床上,她不相信死是个梦。她看见锦缎被子上真的插了一根长簪,她把它摊在手心上,冰凉冰凉。这也是千真万确的,不是梦。那么,我怎么又活了呢,雁儿又跑到哪里去了呢?

颂莲发现窗子也一如梦中半掩着,从室外传来的空气新鲜清冽,但颂莲辨别了窗户上雁儿残存的死亡气息。下雪了,世界就剩下一半了;另外一半看不见了,它被静静地抹去,也许这就是一场不彻底的死亡。颂莲想我为什么死到一半又停止了呢,真让人奇怪;另外的一半在哪里?

梅珊从北厢房出来,她穿了件黑貂皮大衣走过雪地,仪态万千容光焕发的美貌,改变了空气的颜色。梅珊走过颂莲的窗前,说,女酒鬼酒醒了?颂莲说,你出门?这么大的雪。梅珊拍了拍窗子,雪大怕什么?只要能快活,下刀子我也要出门。梅珊扭着腰肢走过去,颂莲不知怎么就朝她喊了一句,你要小心。梅珊回头对颂莲嫣然一笑,颂莲对此印象极深。事实上这也是颂莲最后一次看见梅珊迷人的笑靥。

梅珊是下午被两个家丁带回来的。卓云跟在后面，一边走一边嗑着瓜子。事情说到结果是最简单了，梅珊和医生在一家旅馆里被卓云堵在被窝里，卓云把梅珊的衣服全部扔到外面去，卓云说，你这臭婊子，你怎么跑得出我的手心？

这天颂莲看着梅珊出去又回来，一前一后却不是同一个梅珊。梅珊是被人拖回北厢房去的，梅珊披头散发，双目怒睁，骂着拖拽她的每一个人。她骂卓云说我活着要把你一刀一刀削了，死了也要挖你的心喂狗吃。卓云一声不吭，只顾嗑着瓜子。飞澜手里抓着梅珊掉落的一只皮鞋，一路跑一路喊，鞋掉啰，鞋掉啰。颂莲没有看见陈佐千，陈佐千后来是一个人进北厢房去的，那时候北厢房已经被反锁上了。

颂莲无心去隔壁张望，她怀着异样沉重的心情谛听着梅珊的动静。她很想知道陈佐千会怎么处置梅珊。但是隔壁没有丝毫的动静。一个家丁守在门口，摇着一串钥匙开锁，关锁。陈佐千又出来了，他站在那里朝花园雪景张望了一番，然后甩了甩手，朝南厢房里走过来。

好大的雪，瑞雪兆丰年呐。陈佐千说。陈佐千的脸比预想的要平静得多，颂莲甚至感觉到他的表现里有一种真实的轻松。颂莲倚在床上，直盯着陈佐千的眼睛，她从中另外看到了一丝寒光；这使她恐惧不安。颂莲说，你们会把梅珊怎么样？陈佐千掏出一支象牙牙签剔着牙，他说，我们能把她怎么样？她自己知道应该怎么样。颂莲说，你们放她一马吧。陈佐千笑了一声说，该怎么样就怎么样。

颂莲彻夜未眠，心如乱麻。她时刻谛听着隔壁的动静，心里想的都是自己的事情。

［文章来源：《妻妾成群》，云南人民出版社 2002 年版］

文史知识地图

苏童（1963—　），中国当代作家，原名童忠贵，江苏苏州人（原籍江苏扬中县），毕业于北京师范大学中文系，现为中国作家协会江苏分会驻会专业作家。“苏童”笔名之意大概是苏州的童忠贵，苏童本人十分欣赏自己这个笔名，甚至有点迷信“命与名随”。那抑或是他早期创作的作品屡遭厄运，某日更名改姓，启用苏童这个名字后，凑巧一鸣惊人，继之百发百中。苏童的主要代表作品有《妻妾成群》《红粉》《罂粟之家》《米》《一九三四年的逃亡》及《我的帝王生涯》等。特别是他的中篇小说《妻妾成群》，被张艺谋改编成电影《大红灯笼高高挂》，获奥斯卡金像奖提名，蜚声海内外。苏童是中国当代先锋派作家中的新写实主义代表人物之一，其作品特点是追求以客观平静的笔调来展开叙事，而尽量不带作家自己的主观情感。

1980 年，苏童考入北京师范大学中文系，在北师大他受到了正统的语言训练与文学熏陶。在大学期间，苏童把处理功课以外的全部时间，都用在泡图书馆上，不停地练笔。1984 年，苏童前往南京工作，被分配到一所高校担任辅导员。然而，年轻的苏童对当老师并没兴趣，他在南京文学界的朋友越来越多，一直受到这些朋友的关爱。随后,苏童跳槽到《钟山》编辑部,并担任《钟山》的编辑。

1983年,苏童正式开始文学创作并发表小说作品。1987年,中篇小说《一九三四年的逃亡》发表,这部作品是苏童的成名作。此后,苏童就被文学评论界看成"先锋派"的主将。1989年以后,苏童的创作风格有所变化,从追求文学创作技巧与形式退回到故事本身,多尝试以老式方法叙述一些老式故事,创作于1989年末的《妻妾成群》就是典型代表。

迄今为止,苏童已先后发表作品百余万字,主要有中短篇小说集《妻妾成群》《红粉》《罂粟之家》《骑兵》,长篇小说《米》《我的帝王生涯》《城北地带》《武则天》等。近年,苏童先后创作发表的作品主要有长篇小说《蛇为什么会飞》(2002)、《碧奴》(2006)、《河岸》(2010)以及散文集《河流的秘密》(2009)等。2009年11月,苏童凭借《河岸》摘得曼氏亚洲文学奖,他也由此成为继创作《狼图腾》的姜戎之后,第二位获此殊荣的中国作家。2013年,苏童的新作——长篇小说《黄雀记》正式出版,并成为2013年呼声最高的华语作品之一。作为中国当代文坛最有魅力的说故事者,苏童在作品中以其温婉、沉实、内敛的耐心,叙述了一个时代生活的惶惑、脆弱和逼仄。

苏童走上文坛,他自认为是上苍的赐予,其家庭本身并没有给他什么文学培养与熏陶。苏童自己曾说,他在上初中时很喜欢读从别人那里借来的《红与黑》和《复活》,当时人家要得急,于是他一个下午看一本。书看多了,便手"痒",甚至尝试动手创作。中学时,苏童写诗兼而练写小说,并模仿在当时非常流行的农村生活小说。苏童崇尚外国作家福克纳、海明威、马尔克斯、博尔赫斯和塞林格等,拒绝金庸和琼瑶,但偏爱福尔摩斯之类的侦探小说。苏童也不否认,他的阅读带有某种功利色彩,即向世界文学大师们学习语言,以此不断激发自己丰富的想象力,进而促进自己的创作。同时,他坚持认为,一个作家读者群的多少,是由作家自己"写"出来的。一个作家只能为自己的读者群而写,而不为所有的读者,因此,苏童在创作过程中始终坚持个人的创作思路、方向与风格,绝不因读者兴趣或关注点的变化而发生转变。

在江苏省的中青年作家中,人们公认的人缘最好的作家有两位,即苏童和叶兆言。在许多朋友眼中,苏童是一个不好为人师,谨言慎语的人。

尽管苏童曾荣登"2006第一届中国作家富豪榜",但他自己却很反对时下图书市场的炒作行为,并指出这种做法也是一种泡沫经济。苏童淡泊沉静,不喜欢争名于世,不爱显名于外,用他本人的话来说,那就是"蜗居在自己的小楼里,读书、写作、会客,与朋友搓麻将,没有任何野心,没有任何贪欲,没有任何艳遇,生活平静、心态平静,作品也变得平静"。

分析与鉴赏导引

《妻妾成群》是苏童的经典之作,发表于1989年末。作为苏童"妇女生活"系列的首部作品,《妻妾成群》是苏童的小说创作生涯中一部"具有里程碑式重要意义"的作品。

中篇小说《妻妾成群》的故事发生的时间是中国 20 世纪 20 年代北洋军阀混战至第一次国共内战前夕之间的几年。故事女主人公——19 岁的颂莲，在父亲去世后家道中落，被迫嫁给富有的陈姓家族作四太太，成为家族中的第四个女主人。刚嫁进这个富有的大宅院时，颂莲享受着极为尊贵的待遇，享受着舒适的捶脚。当她的丈夫、大宅院的主人陈佐千夜晚留宿她房间时，门前便会挂上红灯笼。然而，颂莲很快就发现，不是所有的太太们都能享受到这种奢华待遇。事实上，当大宅院的主人每天决定要在哪一个姨太太的房间过夜时，就会在哪个房间前挂上红灯笼，让这位太太享受脚底按摩和餐点，并让她得到仆人们足够的尊敬与服侍。大宅院里争斗不断，四个女人在不断地争夺丈夫对自己的注意和感情，她们简直是把自己齐拴在一个男人的脖子上，互相争宠，就像濒临枯萎的藤蔓相互绞杀只为争得那一点点稀薄的阳光。

《妻妾成群》在中国当代文坛的新历史主义小说中具有举足轻重的地位。传统的历史小说，大多以帝王将相、英雄豪杰为其主要人物，依托革命、战争、权力争夺等宏大历史场景叙事，表现历史视角下波澜壮阔、气势宏伟的革命英雄主题。作为新历史主义小说的代表作之一，苏童在《妻妾成群》中以其独特的创作视角、独到的笔触打破了传统历史小说的写作范式。在苏童看来，历史不是真实的历史，不过是话语叙述的一种形式罢了，因而作家可以对其进行大胆的反思与解构，由此重塑“新历史”，并形成一种具有不同价值标准的新的历史文化形态。

新历史主义小说所关注的是正史中被忽略的地主、妻妾、侍女等日常生活中的普通人或是下等人的日常生活。《妻妾成群》将主人公设定为传统历史小说中鲜有提及的封建大家庭的姨太太，并围绕这四个姨太太之间的明争暗斗，争宠算计，生动细腻地描绘了一幅衰朽不堪的封建家庭众生图。与此同时，苏童并非旨在揭露与控诉腐朽的封建制度，而是将关注的视角与重心放在了女性自身的生存形态上。在整个陈家大宅里，四个女人将陈佐千视作一生的依靠，互相猜忌、攻击，用尽一切心机，不顾情面，阴毒残忍，千方百计争夺宠爱以巩固自己在家中的地位，殊不知到头来都只不过是陈佐千的玩物罢了。表面看来，她们的人生悲剧似乎是女性自身相互争夺残害的结果，实质上，正是以陈佐千为象征的封建男权专制统治，导致她们没有爱的自由，没有经济的独立，只能为生存而争宠夺权。男权专制绞杀了她们的青春生命、窒息了她们的灵魂。

苏童擅长刻画女性形象，“红颜多薄命”的古训，到了苏童手里显得别有一番风味。在他看来，也许“女性身上凝聚着更多的小说因素”，那些女性优雅明净，任性而薄命，浑身散发着感伤的诗意。不过，苏童笔下塑造的女性形象也因此给人以雷同感。她们有类似的心性、同样的命运。《妻妾成群》虽然只是向读者讲述了某个封建家庭中妻妾争宠、钩心斗角的故事，表面上看并无“坏人”与“好人”、正义与邪恶的大是大非的冲突斗争，而仅仅是一些家长里短的平常事，却寄寓了作者对这些旧时代想做人而又难以过上真正的正常人生活的女性的深切同情。这些女性的遭遇、生活方式与相互竞争，既同病相怜，又相互仇视、排斥、落井下石，引发了人们更为丰富的联想与思考。

《妻妾成群》中的男性人物形象同样发人深省。他们在作品中似乎都处于一个相对弱势的地位,大宅院的主人陈佐千在苏童的笔下是一个苍老而衰弱的封建大老爷形象。他年近五十,“形同仙鹤,干瘦细长”,纵有诸多美艳的姨太太相伴,却因性能力的丧失而无法满足基本的生理欲求。小说几乎没有关于陈佐千的详尽描写,这个热衷于纳妾的旧式男人,看上去有点像西门庆,他以对床笫的热情来熬煎已经颓败和虚空的生活。在整个故事中,他是一个至高无上而又苍白空洞的背景,以至于在张艺谋改编的影片中,陈佐千只剩下一个凝重而模糊的背影。陈家的大少爷飞浦深陷于同性恋的感情漩涡之中,即便有女人的挑逗和勾引,也只能以“我从小就觉得女人可怕,我怕女人”为回应而作罢。他更无法、无力改变家族旧式腐朽的生活,也预示着封建家族的日益腐朽与衰败。苏童不仅写出了父权制社会中妇女的悲剧命运,而且写出了父权制历史必然崩溃的劫难。小说中那口阴郁冰冷、无声无息地吞噬着生命机体和生活希望的井,更象征着陈旧腐朽的生活气数已尽。

《妻妾成群》不仅从主题和题材上解构了传统的历史小说,在叙事方式上也采用了一种完全不同于传统历史叙事的模式,即个人化、民间化的叙事。不同于《青春之歌》《红旗谱》《创业史》等传统史诗题材的经典小说,新历史主义小说不再将历史置于个人价值之上,不再使主人公在叙事中承担起反抗封建、启蒙民族的历史重任,而是将个人的生存状态和生存本相在历史的长河中清晰化,并在历史的背景下细细探索个人生存的形态。在《妻妾成群》中,颂莲作为新思想的代表者,并没有走《青春之歌》中林道静式冲破封建礼教、寻求女性解放的革命道路,而是一面接受新思想,一面却在行动上背离历史的走向。当继母问她“你想嫁一个一般人家还是有钱人家”,颂莲的回答是“当然是有钱人家,这还用问”,她是自愿成为了陈佐千的小妾。在颂莲身上所体现出来的本性欲求,并没有因为曾受过新思想的熏陶、新知识的洗礼而产生革命性的转变,最终她逐渐偏离了历史的“正轨”,也因此失去自我。

总的来讲,在苏童的笔下,《妻妾成群》所讲述的不过是一个女性遭受婚姻悲剧的故事,且故事本身并无新颖之处。实际上,在中国现当代文学史上,也出现过不少叙述“妻妾成群”式畸形家庭生活的小说作品。然而,这些作品与《妻妾成群》的不同在于,它们大多是站在传统的“反封建”或“男权主义”的立场上进行叙述。透过这一点来看,我们不难发现苏童中篇小说《妻妾成群》的重要意义,即它相对地弥补了以往同类题材小说的叙述空白,深刻反映与揭露了旧时代“妻妾成群”式畸形家庭妾妇生活与命运的惨剧。《妻妾成群》突破了传统的历史叙事观念,为我们读者重新讲述了一段面貌不同的“新历史”,因此成为新历史主义小说中具有重要地位的一部经典之作,并被广大读者认可和称许。

参考文献

[1]林为进:《新写实小说,平民艺术的追求》,《当代作家评论》1993 年第 2 期。

延伸阅读文本链接

1. 苏童:《我的帝王生涯》,上海文艺出版社 2005 年版。
2. 苏童:《碧奴》,重庆出版社 2006 年版。
3. 苏童:《武则天》,上海文艺出版社 2010 年版。

白鹿原(节选)

陈忠实

黑娃回乡祭祖的举动在原上引起震动。曙色微明,黑娃携着妻子高玉凤从县城起身,绕道走到原坡上的白鹿书院,朱先生早已收拾停当等候多时。三个人一行沿着坡沟间的小路走着,天色愈来愈亮。黑娃脱了戎装,也没有一片绫罗绸缎,而是专门选买了家织土布,声明不许用机器轧制,由妻子玉凤新手裁了缝了,只有头顶的礼帽是呢料的,完全成了一个拘谨谦恭的布衣学士了。他不骑马,也不带卫士随从,为此与张团长和白孝文都发生了争执。张团长说:“带个随从替你跑腿。”孝文则指明说:“你先前在原上有对手,以防不测。”黑娃说:“有朱先生领路引路顶过一个师的人马。”午后时分,黑娃一行走到白鹿村口,见白孝武领着数十人伺候在那儿迎接,连忙打躬作揖。从村口直入村庄,街道清扫得干干净净,土道上还留着扫帚划过的印痕,村巷里除乱跑乱窜的小孩不见大人。黑娃走进村巷,就抑制不住心潮起伏,一幢一幢破残的门楼和土打围墙,一棵棵粗的细的榆树椿树和楸树,都幻化成物令他心情激荡。及至走到祠堂门口,看见鞭炮炸响的硝烟中站立着白嘉轩佝偻的身躯,一只拐杖撑在身前。黑娃紧走几步扑通一声跪下了,高玉凤也随着跪下去,只有朱先生抱拳向迎候在门口的乡亲作揖致礼。这是白鹿村最高规格的迎宾仪式,白嘉轩向来是在祠堂里处理本族的事务,在门口亲自迎接什么人几乎没有先例。

白嘉轩把拐杖靠在门框上,又手扶起匍匐在膝下的黑娃。黑娃站起来时已满含热泪:“黑娃知罪了!”白嘉轩只有一个豁朗慈祥的表情,用手做出一个请君先行的手势,把黑娃和朱先生以及高玉凤让到前头,自己拄着拐杖陪在右侧,走过祠堂庭院砖铺的通道,侍立在两旁的台阶上的族人们拥挤着伸头踮脚。两只木蜡已经点燃香枝插入香炉就叩拜下去:“列祖列宗,鹿姓兆谦前来祭奠,求祖宗宽恕。”黑娃在木蜡上点香时手臂颤抖,跪下去时就哭起来,声泪俱下:“不孝男兆谦跪拜祖宗膝下,洗心革面学为好人,乞祖宗宽容……”朱先生也禁不住泪花盈眶,进香叩拜之后站在白嘉轩身边。高玉凤最后跪下去,黑娃跪伏不起,她也一直陪跪着。白嘉轩声音威严地说:“鹿姓兆谦已经幡然悔悟悔过自新,祖宗宽仁厚德不计前嫌。兆谦领军军纪严明已有公论,也为本族祖宗争气争光,为表族人心意,披红——”白孝武把一条红绸到父亲手上,白嘉轩亲手把红绸披持到黑娃肩头。黑娃叩拜再三,又转过身向全体族人叩拜。他从妻子玉凤手里接过一个红绸包裹的赠封,交给白嘉轩说:“我的一点薄意,给祖宗添点香蜡。”他把赠封的银元放到白嘉轩手里,面对着那个佝偻如狗一样的身躯不禁一颤,耳际又浮起许多年前自己狂放的声音:那人的腰挺得太直……

族人纷纷散去，黑娃在白嘉轩的陪同下款步走在院子里，一回身瞅见墙上嵌镶的乡约碑石的残迹，顿然想起作为农协总部的这个祠堂里所发生过的一切，愧疚得难以抬头。他想请求白嘉轩，由自己出资重新雕刻一套完整的乡约石碑，却终于没有说出口来，缓些时候再说吧，那断裂拼凑的碑文铸就了他的羞耻。

黑娃问："怎么没见我大?"白嘉轩笑笑说："你大在屋里等你，在我屋里。"鹿三得知儿子要回原上祭祖的消息，表示出令白嘉轩吃惊的态度："晚了，迟了，太迟了!"他冷漠地咕哝着。白嘉轩叮嘱鹿三应该回家去收拾一下屋子，黑娃引着媳妇回来必定要回家看看的。自妻子去世以后，鹿三领着二儿子兔娃住在马号里。黑明都不回家了。鹿三摇摇头："他要回家他就去。我不管。我也不见他。我只有兔娃一个儿。"白嘉轩甚至在劝说不下时发了大火："人家学好你还不认账？你这样子的话就不通情理了！你要是不认黑娃，我就不认你了……"鹿三依然不动声色："那好，那行，我当给你面子。"白嘉轩就把鹿三和黑娃的会面安排在自己家里，因为鹿三坚决拒绝在祠堂里的族人面前和黑娃相见。

黑娃走进白嘉轩那条街巷，没有进入门楼而拐进了对面的马号，把陪同的一行人扔在身后。走过马号的门道进入栓马场，黑娃一眼瞅见一老一少正在那儿铡草，老人一条腿跪在地上往铡口里塞草束，半大小伙子赳赳地叉开双腿一压一揭宽刃铡刀。西斜的夕阳把一缕血红投抹过来。空气中弥漫着青草清香的气味，黑娃走到铡墩跟前跪下去，叫了一声"大"，泪如泉涌，鹿三停止了塞青草，痴呆呆地盯着儿子："噢！你回来了……回来了好……"黑娃扶起父亲坐在铡墩上，转过身接住弟弟兔娃的肩膀："你还认得哥?"兔娃扭一下头，羞涩地笑笑。白嘉轩指使儿子孝武陪引朱先生到屋里坐着，自己引着黑娃媳妇高玉凤进了马号，朗声吆喝道："三哥，你看媳妇也来看你了。"高玉凤叫了一声"大"，就在草垛跟前跪拜下去，鹿三木然地瞅着儿媳妇玉凤的叩头动作，眼里忽然掠过一缕惊骇，小娥被他刺中背部回过头来叫"大"的声音又再现了……白嘉轩强令鹿三父子撂下活儿回屋吃饭，鹿三没有拒绝也没有热情，只是木然在跟着白嘉轩走。黑娃忍不住问："嘉轩叔，俺大看去晃晃悠悠的?"白嘉轩不在意地说："老了，你大老了!"自从鬼魂附体的折腾以后，鹿三就成了这个样子。白嘉轩不想提及那个小娥，就进一步证实说："人老了都是这样了。你看我嘛，也变得迟手体脑瓜不愣愣的了嘛!"

一次难忘的晚餐在白嘉轩房明间里开筵。气氛由拘谨逐渐活跃起来，只有鹿三表情依然木愣。孝义过来过去的祝辞和应酬的套话搞得不大耐烦，提出一个新鲜的话头儿，"黑娃哥，你在县里干大事，经得多见的广，而今朝民人又征粮又征丁，这日子咋过哩?"黑娃还没开口，白嘉轩瞪了孝义一眼："咱今日个只跟你姑父你黑娃说家常话，旁的事一概不论。"朱先生接住话茬："征粮征丁牵扯家家户户，也是家常事家常话呀!"白嘉轩点点头，慨然说道："我是怕这些恼人事说起来冲了兆谦的头头儿。征这么多的粮和丁，我没经过也没见过，清家皇上对民人也没有这样心狠……"朱先生向来说话以近喻远："买卖人有一句话说：'心狠蚀本。'"

饭后暮色苍茫。兔娃用笼提着阴纸，引着哥哥黑娃和嫂嫂玉凤去给母亲上坟，他悄悄说:“哥呀,我想跟你到保安团去?”黑娃沉思半晌,断然拒绝说:“兄弟你甭去。你还不懂。再说你走了谁给咱家顶门立户呢?”兔娃再不强求。慢坡地根一堆青草叶蔓覆盖着母亲的坟丘,黑娃痛哭一声几乎昏迷过去。他久久地跪在坟前默默不语。

黑娃回到村子天已擦黑。他领着妻子玉凤从东到西家逐户拜望乡亲,直到深夜才走过一半人家。几乎家家户户男人女人都不在意他的歉词,而是众口一词诉述征粮征丁巨大灾难,试探鹿营长能不能帮忙说情让娃娃免过征了。黑娃自知既无普度众生之术,也无回天之力,只好表面应承着,却破坏了他回原祭祖的虔诚心情。

回到白家,黑娃谢绝了白嘉轩为他备好的炕铺,引着妻子走进自家那个残破的敞院,在尘土和老鼠屎成堆的厦屋炕上拉开了铺盖,那是一堆破布搅缠着棉絮的被子,深情地对高玉凤说:“咱们在妈妈的炕上睡一夜吧!”妻子欣然点头。黑娃鼻腔酸酸地说:“我就生在这炕上……我怕在这炕上再睡不了几回……了”玉凤温厚地帮他解纽扣脱衣服,然后躺进破棉絮里。黑娃闻到一股烟熏和汗腥气味,一股幽幽的母乳的气味,颤着声羞怯怯地说:“我这会儿真想叫一声‘妈’……”玉凤浑身一颤,把黑娃紧紧搂住,黑娃静静在枕着玉凤的臂弯贴着她的胸脯沉静下来……

天明以后,黑娃领着玉凤继续拜望了白鹿村剩下的所有人家,最后回到白嘉轩的马号里,对父亲说:“再盖一座房子,该给兔娃张罗婚事了。”鹿三说:“兔娃还小。”闷了半晌又续着说,“房子嘛……等兔娃长大咧由他去盖。”黑娃说:“你跟兔娃搭手买木料买砖,先盖下房再张罗媳妇,厦屋快倒塌咧! 人家谁敢把女子……”鹿三说:“我没颈头,不想张罗这些事。”黑娃把一摞银元递到鹿三的手里,退一步说:“你先拿这钱日常用着,盖房的事缓缓也好。”鹿三把银元再倾入黑娃手中,漠然地说:“要给钱你给兔娃。我不用钱。”黑娃迟疑一下把钱交给兔娃了。后晌,他和玉凤起程回县城,朱先生一早先头走了。有些人怀着浓厚的兴趣等待,看黑娃去不去村子东头慢道上和小娥住过的那孔窑洞。他们终究得到一个不尽满足的结局,黑娃没有去。但有人仍然悄悄议论,黑娃在村子东头拜访乡亲时,肯定能瞅见崖头上那座镇压着小娥的六棱塔。

[文章来源:《白鹿原》,人民文学出版社2012年版]

文史知识地图

陈忠实(1942—),中国当代著名作家,陕西西安人。《白鹿原》是陈忠实的成名之作,也是他最具代表性、最能体现其文学成就的经典作品。

1965年初,陈忠实正式发表其散文处女作,创作生涯由此开启。从1979年加入中国作家协会以来,陈忠实先后发表中篇小说9部,短篇小说80余篇,散文、报告文学以及创作漫谈50余篇,并出版长篇小说《白鹿原》《陈忠实小说自选集》(3卷)、《陈忠实文集》(5卷)、短篇小说集《乡村》《到老白杨树背后去》,散文集《生命之雨》《告别白鸽》《家之脉》《原下的日子》以及文论集《创作感受谈》等著作七十余种,文学创作成果颇丰。

在此之中，长篇小说《白鹿原》系陈忠实的代表作，这一点毋庸置疑。《白鹿原》初刊于人民文学出版社主办的《当代》杂志 1992 年第 6 期和 1993 年第 1 期。1993 年 6 月，人民文学出版社正式出版了《白鹿原》的单行本，面世伊始，即引起文坛及广大读者的强烈反响。据不完全统计，《白鹿原》迄今已发行逾 200 万册，诸多评论家都认为，《白鹿原》是一部记叙渭河平原近现代 50 年变迁的雄奇史诗，是一轴中国农村斑斓多彩、触目惊心的长幅画卷。作品不仅出色地塑造了白嘉轩、鹿子霖、鹿三、朱先生这些具有深刻历史文化内涵的典型人物形象，同时还成功地塑造出黑娃、白孝文、田小娥、鹿兆鹏、鹿兆海、白灵等年轻一代性格各异、追求不同、极具时代特征与气息的人物形象。1997 年《白鹿原》(修订本)终摘得中国长篇小说最重要的文学奖项——第四届茅盾文学奖，由此正式确立了作品在当代文坛上的特殊地位。此后，《白鹿原》更被国家教育部列入“大学生必读”系列，并被评为“百年百种优秀中国文学图书”(1900—1999)。2008 年 11 月，《白鹿原》顺利入选深圳读书月组委会、《深圳商报》联合组织的“改革开放 30 年影响中国人的 30 本书”，2009 年又被全文收入《中国新文学大系》出版。《白鹿原》是“30 年 30 本书”唯一入选的中国当代长篇小说，也是《中国新文学大系》百年百卷中唯一全文入选的陕西作家创作的长篇小说。除此之外，《白鹿原》还不断被改编成秦腔、电影、话剧、舞剧、连环画、雕塑等丰富多彩的艺术形式。2012 年 2 月 15 日，根据小说《白鹿原》改编而成的同名电影《白鹿原》在全球首映，9 月正式在全国各地公映，社会反响强烈。

陈忠实平生主要从事小说创作，兼写散文随笔。截至 2009 年，陈忠实及其作品还先后获得各类文学奖项达二十余项。其中，短篇小说《信任》获 1979 年全国优秀短篇小说奖，中篇小说《康家小院》荣获上海首届小说界文学奖，《初夏》获 1984 年当代文学奖，《十八岁的哥哥》获 1985 年长城文学奖，报告文学作品《渭北高原，关于一个人的记忆》获 1990－1991 年全国报告文学奖，短篇小说《日子》获 2007 年首届蒲松龄小说奖，《李十三推磨》则分别获得《小说选刊》2008 年首届中国小说双年奖短篇小说奖、《小说月报》2009 年第 13 届百花奖等。2007 年，陈忠实荣获由中共陕西省委、陕西省人民政府颁发的首届陕西文艺大奖艺术成就奖。除《白鹿原》之外，陈忠实还有多部(篇)作品先后被翻译成英、俄、日、韩、越、蒙古等语种文字在国外出版。

分析与鉴赏导引

长篇小说《白鹿原》是陕西作家陈忠实的成名作与代表作。历时六年艰辛，陈忠实最终完成了这部长达五十万字左右的长篇小说。小说主要以陕西关中平原上素有“仁义村”之称的白鹿村为创作背景，生动细腻地记叙了白姓和鹿姓两大家族祖孙三代的恩怨情仇。整部作品都凝结着深沉的民族历史内涵，充分显示出震撼人心的历史真实感与民族史诗风格的厚重感，《白鹿原》的扉页上就清楚地写着“小说是一个民族的秘史”。

陈忠实创作《白鹿原》,是着眼于反思传统文化和重建当代文化的。他站在时代的高度、文化的高度,清晰而真实地描绘了20世纪上半叶白鹿原的变迁和生活在原上的人们的行为、心理和命运,使我们读者对那段历史有了全新的认识,尤其是对长期以来遭受排斥的儒家文化有了让人称奇的发现,使人们觉得它在今天仍然有着许多值得借鉴的优良传统。陈忠实为了全面真实地展现传统儒家文化,精心选择了白鹿原。这不仅因为白鹿原是他的故乡,是他一生无法割舍的精神家园。他对这片土地和土地上的人十分熟悉,也寄予着浓厚的情感,更主要的是白鹿原所在的关中地区,是古代中华文明曾经兴起并达到辉煌之地,由于历代封建王朝统治者的宣扬,关中大地已经深深地烙下儒家文化的印记。“白鹿原上,最坚实的基础不是别的,而是几千年漫长的封建社会存留下来的那一套伦理规范,几千年文化积淀形成的那一种文化心理,几千年相沿流传的那一番乡俗风情”,而这当中的“几千年文化”指的就是儒家文化。

《白鹿原》中的白鹿书院和朱先生是儒家文化的中心,书中几乎所有主要人物都是在书院接受朱先生的教诲而学会知识和做人的。朱先生在杭州看到道德沦丧,世风日下,非常忧虑。关中平原地处内陆,虽未有大的变化,但也隐隐感到了这种威胁,白狼的传说不胫而走,人们内心惶惶,惊恐不安。在圣人朱先生的指导下,族长白嘉轩和同族另一个大户鹿子霖联手维护白鹿村的伦理秩序,他们修订乡约,约束村民,兴办学堂,教化子孙。“从此偷鸡摸狗摘桃掐瓜之类的事顿然绝迹,摸牌九搓麻将抹花花掷骰子等等赌博营生全踢了摊子,打架斗殴扯街骂巷的事件不再发生,白鹿村人一个个都变得和颜可掬文质彬彬,连说话的声音都柔和纤细了”,白鹿村因此被县令授予“仁义白鹿村”的美名。然而,这不过是儒家文化的最后突围,腐朽衰败的困局已难以挽回。上知天文下知地理的朱先生评说国共两党的斗争就像翻鏊子,只是互相伤害,折腾百姓,但他却没有想到,这次斗争与变革已不同于历史上任何一次改朝换代。以往的变革结果总是一个封建王朝代替另一个封建王朝,而这次却是社会生产方式及思想文化观念的根本性巨变。当然,这也是不愿意接触西方文化的朱先生所无法预料到的,他也无法想到执着奉行与坚守的儒家文化会面临从未遇到过的且其自身无法克服的困境,它的衰落已是历史发展的必然。

小说的灵魂人物是白嘉轩,也是陈忠实在《白鹿原》中塑造得最为成功的人物。他是白鹿村白鹿两姓的族长,是儒家文化坚定的维护者。白嘉轩由普通农民成长为族长的历程鲜明地表现出儒家文化对人的改造过程。白嘉轩完全是传统儒家文化所培育出的正统代表,在他身上,富含传统美德。按照朱先生“学为好人”的启发,白嘉轩把做人视为他毕生追求的目标,而仁义正是他做人的核心。他勤劳俭朴,重义轻利;尊老爱幼,与人为善;力求慎独,宽容大度。令人尤为敬佩的是白嘉轩一心坚持与维护儒家文化,以及在维护家庭、维护白鹿村时表现出的儒家精神:积极用世,坚韧执着。在辛亥革命后,白嘉轩也清醒地看到儒家伦理道德此时难以维系乱世人心,但他还是决定勇敢地承担起维护传统伦理道德的使命。然而,白嘉轩接二连三地遭到沉重打击。先是黑娃带人突袭,打断了他挺直的腰板。作为族长的他,再也不能挺直腰杆站在族人面前，但出人意料的是，白嘉轩佝偻着腰、昂着头重新出现在街巷。被他寄予厚望并打算扶持为继承人的白孝文，被田小娥勾引，并与之偷情。这次打击对白嘉轩几乎是致命的，坚毅的他一度几乎丧失生活的勇气，但他又一次战胜了自己，毅然严惩白孝文，并重新培养二儿子孝武做接班人。更大的冲击又来了，国民党政府抓壮丁，征赋税，许多人家家破人亡。白嘉轩也不得不让自己的儿子逃进深山，躲避兵役。作为族长的他只能无奈地看着他苦心经营的仁义村土崩瓦解，但他内心却还有着顽强的信念，始终坚守着他所奉行的儒家伦理道德。

与朱先生、白嘉轩等人大义凛然地坚守着儒家文化相反，鹿子霖则是站在白嘉轩的对立面，不断地充当着传统儒家文化破坏者的角色。鹿子霖秉承祖训，一直把出人头地作为他一生所作所为的根本目标，为此他可以不择手段。他一生都在和白嘉轩进行较量，明争暗斗，鹿家压倒白家并成为白鹿村第一大户是鹿子霖孜孜以求的目标与最大愿望。当然，白嘉轩也有这个愿望，但他与鹿子霖的处世风格始终不同。鹿子霖为达目的甚至不惜采用各种卑鄙无耻的手段来千方百计地对付白嘉轩，特别是中国传统文化的“负面作用”所生成的表面道貌岸然、内里男盗女娼的丑陋形象，在鹿子霖混乱不堪的私生活中得到了最集中的展现。虽然鹿子霖在儒道外衣的包裹下巧言令色，奸诈成性，命运更是多有起伏，但其结局早已注定。随着共产党建立新政权，鹿子霖作为国民党政府的保长被批斗，枪毙田福贤的枪声竟然将他吓成了疯子。刚开始，老伴还帮他收拾擦洗，但不久便不胜其烦，任他去了。鹿子霖在村里像一条狗一样，到处流浪，最后被冻死了。

黑娃则是《白鹿原》中的一个关键人物。在作品里，他一生的命运最为曲折，他先后做过长工、农协主任、警卫、土匪、营长、副县长。从对待儒家等传统文化的角度来看，黑娃前期似乎是背离传统文化，后期却又皈依传统，跪倒在宗祠里。出身低微的黑娃从小就本能地感受到宗法文化对人的压制，等级制度的不平等，穷富的差异，所以他不喜欢威严的族长白嘉轩，嫌白嘉轩的腰杆太直，“看不惯”中显现出一定的阶级意识，也有他对白嘉轩挺直的腰杆所体现出的刚正儒家文化的敬畏心理。另一方面，低微的出身又让他备感自卑，于是他出走白鹿村到外面扛活。其后，黑娃来到了郭家，受到李三等黄段子的刺激，他很快就被美丽热情的田小娥所征服。但他这次越轨并无明确目的，以至于田小娥提出私奔时，他却压根没有考虑过，甚至对自己在郭举人家里的所作所为感到愧疚。黑娃逃出郭家后，田小娥也被休回家，他们最终结成了夫妻。从中能明显看出，左右黑娃的更多的是他的性本能的跃动、富有良知的本性，他自己做决定的时候都没带有刻意明确的目的。此后，黑娃回乡祭祖，这成为白鹿原上的盛事。白嘉轩带领族人隆重地欢迎黑娃，朱先生也亲自赶到白鹿村参加仪式。在祠堂里，“黑娃在木蜡上点香时手臂颤抖”，“跪下去就哭喊起来，声泪俱下：不孝男兆谦洗心革面学为好人，乞祖宗宽容……”黑娃最终跪在祠堂中，为之前的种种所作所为羞愧不已。这是黑娃的必然选择。其实黑娃的内心深处，一直未曾远离过儒家文化。他对白嘉轩的敬畏，对郭举人的愧疚，对小娥的不舍，对大拇指的忠义，对玉凤的惭愧，一直到回乡祭祖,都可见他内心深处的仁义。作者耗费大量笔墨详写黑娃回乡祭祖是有着极深用意的,它寓意儒家文化是中国人的根基,人们内心始终对它有着极深的认同感,这是无法抛弃的。黑娃的人生轨迹如一个圆圈,逃避、背弃终又回归。他可以砸烂刻着乡约的石碑,但无法驱走他内心的儒家文化。黑娃就是如此,他向往人性的纯洁,追求道德人生,追求生存的意义。

纵观全书,陈忠实以《白鹿原》中白、鹿两家三代人的人生历程为叙事主线,既透视了凝结在关中人民身上的个体生存形态、民族生存追求和儒家文化精神,又细致地勾勒出了由近代到现代演绎于白鹿村民众生活中的历史发展轨迹。《白鹿原》的创作,在表现中国农村宗法关系掩盖下的阶级关系的全部复杂性方面,在理解并显示革命斗争的长期性、复杂性和残酷性并提供发人深省的历史经验、揭示历史发展的趋向方面,在刻画具有鲜明个性和深厚文化气息的典型人物形象方面,都取得了很高的文学成就。这部作品睿智地寄寓了家族和民族精深的历史与文化内蕴,颇具沉重厚实的史诗风格,它在当代长篇小说中确属鸿篇巨制。

参考文献

[1]白烨:《史志意蕴·史志风格——评陈忠实的长篇小说〈白鹿原〉》,《当代作家评论》1993 年第 4 期。

[2]陈忠实:《关于〈白鹿原〉的答问》,《小说评论》1993 年第 3 期。

[3]唐云:《觅我所失:论〈白鹿原〉对儒家文化的阐释和留连》,《小说评论》1995 年第 1 期。

[4]李景钢:《〈白鹿原〉与传统儒家文化》,西北大学硕士论文,2006 年。

延伸阅读文本链接

1. 赵钱:《白鹿原之子陈忠实印象》,《语文世界》1996 年第 3 期。
2. 陈忠实:《白鹿原上》,江苏文艺出版社 2013 年版。
3. 陈忠实:《我的关中我的原》,学林出版社 2007 年版。
4. 陈忠实:《寻找属于自己的句子》,北京大学出版社 2011 年版。
5. 陈忠实:《陈忠实集》(1-4),北京十月文艺出版社 2008 年版。

活着(节选)

余　华

我们三个人紧挨着睡在一起，又饿又冷，那时候飞机也来得少了，都很难找到吃的东西。谁也不会再去盼蒋委员长来救我们了，接下去是死是活谁也不知道。春生推推我，问:“福贵，你睡着了吗?”

我说:“没有。”

他又推推老全，老全没说话。春生鼻子抽了两下，对我说:“这下活不成了。”

我听了这话鼻子里也酸溜溜的，老全这时说话了，他两条胳膊伸了伸说:“别说这丧气话。”

他身体坐起来，又说:“老子大小也打过几十次仗了，每次我都对自己说:老子死也要活着。子弹从我身上什么地方都擦过，就是没伤着我。春生，只要想着自己不死，就死不了。”

接下去我们谁也没说话，都想着自己的心事。我是一遍遍想着自己的家，想想凤霞抱着有庆坐在门口，想想我娘和家珍。想着想着心里像是被堵住了，都透不过气来，像被人捂住了嘴和鼻子一样。

到了后半夜，坑道外面伤号的呜咽渐渐小了下去，我想他们大部分都睡着了吧。只有不多的几个人还在呜呜地响，那声音一段一段的，飘来飘去，听上去像是在说话，你问一句，他答一声，声音凄凉得都不像是活人发出来的。那么过了一阵后，只剩下一个声音在呜咽了，声音低得像蚊虫在叫，轻轻地在我脸上飞来飞去，听着听着已不像是在呻吟，倒像是在唱什么小调。周围静得什么声响都没有，只有这样一个声音，长久地在那里转来转去。我听得眼泪都流了出来，把脸上的雪化了后，流进脖子就跟冷风吹了进来。

天亮时，什么声音也没有了，我们露出脑袋一看，昨天还在喊叫的几千伤号全死了，横七竖八地躺在那里，一动不动，上面盖了一层薄薄的雪花。我们这些躲在坑道里还活着的人呆呆看了半晌，谁都没说话。连老全这样不知见过多少死人的老兵也傻看了很久，末了他叹息一声，摇摇头对我们说:“惨啊。”

说着，老全爬出了坑道，走到这一大片死人中间翻翻这个，拨拨那个，老全弓着背，在死人中间跨来跨去，时而蹲下去用雪给某一个人擦擦脸。这时枪炮声又响了起来，一些子弹朝这里飞来。我和春生一下子回过魂来，赶紧向老全叫:“你快回来。”

老全没管理我们，继续看来看去。过了一会，他站住了，来回张望了几下，才朝我们走来。走近了他向我和春生伸出四根指头，摇着头说:“有四个，我认识。”

话刚说完，老全突然向我们睁圆了眼睛，他的两条腿僵住似的站在那里，随后身体往下一掉跪在了那里。我们不知道他为什么这样，只看到有子弹飞来，就拼命叫："老全，你快点。"

喊了几下后，老全还是那么一副样子，我才想完了，老全出事了。我赶紧爬出坑道，向老全跑去，跑到跟前一看，老全背脊上一摊血，我眼睛一黑，哇哇地喊春生。等春生跑过来后，我们两个人把老全抬回到坑道，子弹在我们身旁时时呼的一下擦过去。

我们让老全躺下，我用手顶住他背脊上那摊血，那地方又湿又烫，血还在流，从我指缝流出去。老全眼睛慢吞吞地眨了一下，像是看了一会我们，随后嘴巴动了动，声音沙沙地问我们："这是什么地方?"

我和春生抬头向周围望望，我们怎么会知道这是什么地方?只好重新去看老全，老全将眼睛紧紧闭了一下，接着慢慢睁开，越睁越大，他的嘴歪了歪，像是在苦笑，我们听到他沙哑地说："老子连死在什么地方都不知道。"

老全说完这话，过了没多久就死了。老全死后脑袋歪到了一旁，我和春生知道他已经死了，互相看了半晌，春生先哭了，春生一哭我也忍不住哭了。

后来，我们看到了连长，他换上老百姓的衣服，腰里绑满了钞票，提着个包裹向西走去。我们知道他是要逃命了，衣服里绑着的钞票让他走路时像个一扭一扭的胖老太婆。

有个娃娃兵向他喊："连长，蒋委员长还救不救我们?"

连长回过头来说："蠢蛋，这种时候你娘也不会来救你了，还是自己救自己吧。"一个老兵向他打了一枪，没打中。连长一听到子弹朝他飞去，全没有了过去的威风，撒开两腿就疯跑起来，好几个人都端起枪来打他，连长哇哇叫着跳来跳去在雪地里逃远了。

枪炮声响到了我们鼻子底下，我们都看得见前面开枪的人影了，在硝烟里一个一个摇摇晃晃地倒下去。我算计着自己活不到中午，到不了中午就该轮到我去死了。一个来月在枪炮里混下来后，我倒不怎么怕死，只是觉得自己这么死得不明不白实在是冤，我娘和家珍都不知道我死在何处。

我看看春生，他的一只手还搁在老全身上，愁眉苦脸地也在看着我。我们吃了几天生米，春生的脸都吃肿了。他伸舌头舔舔嘴唇，对我说："我想吃大饼。"

到这时候死活已经不重要了，死之前能够吃上大饼也就知足了。春生站了起来，我没叫他小心子弹，他看了看说："兴许外面还有饼，我去找找。"

春生爬出了坑道，我没拦他，反正到不了中午我们都得死，他要是真吃到大饼那就太好了。我看着他有气无力地从尸体上跨了过去，这孩子走了几步还回过头来对我说："你别走开，我找着了大饼就回来。"

他垂着双手，低头走入了前面的浓烟。那个时候空气里满是焦糊和硝烟味，吸到嗓子眼里觉得有一颗一颗小石子似的东西。

中午没到的时候，坑道里还活着的人全被俘虏了。当端着枪的解放军冲上来时，有个老兵让我们举起双手，他紧张得脸都青了，叫嚷着要我们别碰身边的枪，他怕到时候连他也跟着倒霉。有个比春生大不了多少的解放军将黑洞洞的枪口对准我，我心一横，想这次是真要死了。可他没有开枪，对我叫嚷着什么，我一听是要我爬出去，我心里一下子咚咚乱跳了，我又有活的盼头了。我爬出坑道后，他对我说:“把手放下吧。”

我放下了手，悬着的心也放下了。我们一排二十多个俘虏由他一人押着向南走去，走不多远就汇入到一队更大的俘虏里。到处都是一柱柱冲天的浓烟。向着同一个地方弯过去。

地上坑坑洼洼，满是尸体和炸毁了的大炮枪支，烧黑了的军车还在噼噼啪啪。我们走了一段后，二十多个挑着大白馒头的解放军从北横着向我们走来，馒头热气腾腾，看得我口水直流。押我们的一个长官说:“你们自己排好队。”

没想到他们是给我们送吃的来了，要是春生在该有多好，我往远处看看，不知道这孩子是死是活。我们自动排出了二十多个队形，一个挨着一个每人领了两个馒头，我从没听到过这么一大片吃东西的声音，比几百头猪吃东西时还响。大家都吃得太快，有些人拼命咳嗽，咳嗽声一声比一声高，我身旁的一个咳得比谁都响，他捂着腰疼得眼泪横流。更多的人是噎住了，都抬着脑袋对天空直瞪眼，身体一动不动。

第二天早晨，我们被集合到一块空地上，整整齐齐地坐在地上。前面是两张桌子，一个长官模样的人对我们说话，他先是讲了一通解放全中国的道理，最后宣布愿意参加解放军的继续坐着，想回家的就站出来，去领回家的盘缠。

一听可以回家，我的心扑扑乱跳，可我看到那个长官腰里别了一支手枪又害怕了，我想哪有这样的好事。很多人都坐着没动，有一些人走出去，还真的走到那桌子前去领了盘缠，那个长官一直看着他们，他们领了钱以后还领了通行证。

接着就上路了，我的心提到了嗓子眼，那个长官肯定会拔出手枪来毙他们，就跟我们连长一样。可他们走出很远以后，长官也没有掏出手枪。这下我紧张了，我知道解放军是真的愿意放我们回家。这一仗打下来我知道什么叫打仗了，我对自己说再也不能打仗了，我要回家。我就站起来，一直走到那位长官面前，扑通跪下后就哇哇哭起来，我原本想说我要回家，可话到嘴边又变了，我一遍遍叫着:“连长，连长，连长——”

别的什么话也说不出来，那位长官把我扶起来，问我要说什么。我还是叫他连长，还是哭。旁边一个解放军对我说:“他是团长。”

他这一说把我吓住了，心想糟了。可听到坐着的俘虏哄地笑起来，又看到团长笑着问我:“你要说什么?”

我这才放心下来，对团长说:“我要回家。”

解放军让我回家，还给了盘缠。我一路急匆匆往南走，饿了就用解放军给的盘缠买个烧饼吃下去，困了就找个平整一点地方睡一觉。我太想家了，一想到今生今世还能和我娘和家珍，和我一双儿女团聚，我又是哭又是笑，疯疯癫癫地往南跑。

我走到长江边时，南面还没有解放，解放军在准备渡江了。我过不去，在那里耽搁了几个月。我就到处找活干，免得饿死。我知道解放军缺摇船的，我以前有钱时觉得好玩，学过摇船。好几次我都想参加解放军，替他们摇船摇过长江去。

想想解放军对我好，我要报恩。可我实在是怕打仗，怕见不到家里人。为了家珍她们，我对自己说:“我就不报恩了，我记得解放军的好。”

我是跟在往南打去的解放军屁股后面回到家里的，算算时间，我离家都快两年了。走的时候是深秋，回来是初秋。我满身泥土走上了家乡的路，后来我看到了自己的村庄，一点都没变，我一眼就看到了，我急匆匆往前走。看到我家先前的砖瓦房，又看到了现在的茅屋，我一看到茅屋忍不住跑了起来。

离村口不远的地方，一个七、八岁的女孩，带着个三岁的男孩在割草。我一看到那个穿得破破烂烂的女孩就认出来了，那是我的凤霞。凤霞拉着有庆的手，有庆走路还磕磕绊绊。

[文章来源:《活着》，作家出版社 2012 年版]

文史知识地图

余华(1960—)，中国当代作家，浙江海盐人，祖籍山东高唐县。余华是中国先锋派小说的代表作家，短篇小说《十八岁出门远行》是其成名作，他的代表作品还有长篇小说《兄弟》《许三观卖血记》《活着》以及《在细雨中呼喊》等。其中，《活着》和《许三观卖血记》同时入选中国百位批评家和文学编辑评选的“九十年代最有影响的十部作品”。此外，余华还著有短篇小说集《世事如烟》《黄昏里的男孩》，中篇小说集《现实一种》《我胆小如鼠》和《战栗》等，也写了不少散文与文学评论、音乐评论。余华现定居于杭州市，并就职于杭州文联，从事专业创作。

1960 年 4 月 3 日(小说《四月三日事件》的来源)，余华出生于浙江杭州，后来跟随当医生的父亲华自治、母亲余佩文(父母的姓是余华名字的来源)迁居海盐县。1977 年中学毕业后，曾在一家镇里的医院做牙医。在从事牙医工作五年后，余华弃医从文。1983 年，余华正式开始文学创作生涯，并于该年进入浙江省海盐县文化馆。到 1984 年，他的第一部小说作品《星星》发表在 1984 年第 1 期的《北京文学》上。其后，余华就读于鲁迅文学院、北京师范大学联合招收的研究生班，并曾两度进入北京鲁迅文学院进修深造，不断加强自身文学修养。在鲁迅文学院学习期间，余华结识了后来成为他妻子的诗人陈虹。

20 世纪 80 年代，余华和苏童、格非、孙甘露等的文学创作形成了一股强大的文学潮流，并被评论界称之为“先锋文学”。作为“先锋派”的代表作家，余华早年的小说富有极强的实验性，并以极其冷酷的笔调揭示人性的丑陋阴暗，罪恶、暴力、死亡是他执着描写的对象，他小说中的生活是非常态、非理性的，小说里的人物与情节都置于非常态、非理性的现实生活之中，处处透着怪异奇特的气息。小说具有非凡的想象力，客观的叙述语言和跌宕恐怖的情节形成鲜明的对比，对人们生存的异化状况有着特殊的敏感，给人以强烈的震撼。余华的成名作是短篇小说《十八岁出门远行》，此前，他先后发表了二十几篇小说，均未产生多少影响，这篇作品发表后，深得李陀等著名评论家的好评，方一举成名。之后，余华又在《收获》等国内重要刊物上陆续发表了多篇实验性极强的作品，令文坛和读者震撼，在评论家们的密切关注下，余华很快成为继马原之后中国先锋派小说最有影响力的作家。

到90年代，余华创作的长篇小说与80年代中后期创作的中短篇小说有着很大不同。由于先锋小说文本的读者较少，成名之后的余华及时作出了创作风格上的重大调整。从创作《在细雨中呼喊》开始，余华的作品不再晦涩难懂，而是在客观的叙述中注入适度的现代意识，以简洁的笔触和饱满的情感尽可能地获得读者最广泛的共鸣。尤其是使余华声名远扬的名作《活着》和《许三观卖血记》，逼近生活真实，且以平实的民间姿态呈现一种淡泊而又坚毅的力量，提供了另一种叙述历史的方法。然而，在这两部长篇小说中，死亡仍是余华创作的一大主题，极端化处理在作品中仍然时隐时现。

相对来看，余华并不是一名多产作家，但他的作品往往以精致见长，文学成就可谓不凡。1994年，根据余华同名小说《活着》改编，由著名导演张艺谋执导，巩俐、葛优等主演的电影《活着》在全球上映。影片以福贵一家的坎坷命运为主线，讲述了福贵和他家人风风雨雨几十年的遭遇，而不同年代的遭遇，透出一个时代的缩影，从解放战争、“大跃进”到“文化大革命”，最后，他们在生活中已经变得麻木，失去得太多，面对生活，也许只剩下“活着”。影片露出一股悲悯情怀和伤感的黑色幽默，它将历史浓缩为个人命运，涵盖着人在历史中其命运无法掌控的生命之痛。该片荣获第47届戛纳国际电影节评委会大奖、最佳男演员奖（葛优）以及英国电影学院奖最佳外语片等奖项。1998年，余华凭借《活着》荣获意大利格林扎纳·卡佛文学奖，2002年，余华继中国女作家迟子建之后获得澳大利亚悬念句子文学奖。2004年，余华和另外两位作家莫言、李锐一起获得“法兰西文学和艺术骑士勋章”。

2005年8月和2006年4月，余华分上下两册分别推出自己几乎蛰伏十年创作而成的长篇力作《兄弟》。相比于十年前《许三观卖血记》出版时的冷清，《兄弟》尚未正式出版，便已经引起了广大读者及评论界的强烈关注。作品主要记叙了江南小镇的李光头和宋钢兄弟二人的人生故事，而他们重新组合成的家庭最终在“文革”的劫难中陷于崩溃。余华本人认为，《兄弟》是他写作至今最为厚重、自己也最满意的一部作品。在这部小说里，余华不自觉地增强了叙述的强度，不再过分依赖甚至抛弃了纯粹的写作技巧，内容上显得十分厚实。此外，余华在创作中很少写爱情，但是在《兄弟》中，他却认为自己写下了这个世界上最美妙的爱情。

2011年4月，余华被聘为杭州市文联名誉主席。2013年6月，余华时隔七年之后终于推出自己最新的长篇小说《第七天》。这部小说主要借助《旧约·创世纪》开篇的方式，意味深长地讲述了一个人死后七天的不同经历，构思可谓新奇独到，笔力深厚。

分析与鉴赏导引

长篇小说《活着》是余华的代表作，作家曾凭借其先后荣获意大利格林扎纳·卡佛文学奖（1998年）、中国台湾《中国时报》10本好书奖（1994年）、中国香港“博益”15本好书奖(1994 年)、第三届世界华文“冰心文学奖”(2002 年)等。同时,《活着》还入选了香港《亚洲周刊》评选的“20 世纪中文小说百年百强”,以及中国百位批评家和文学编辑评选的“20 世纪 90 年代最有影响的 10 部作品”。

小说主要叙述了地主少爷福贵嗜赌成性,终于赌光了家业,一贫如洗。穷困之中的福贵因为母亲生病前去求医,没想到半路上被国民党部队抓了壮丁,后被解放军俘虏,回到家乡他才知道母亲已经去世,妻子家珍含辛茹苦带大了一双儿女,但女儿不幸变成了聋哑人,儿子机灵活泼……然而,真正的悲剧从此才开始渐次上演。每读一页,读者都会止不住泪湿双眼。生命里难得的温情被一次次死亡撕扯得粉碎,最终只剩下孤老的福贵伴随着一头老牛在阳光下回忆。作品深入细腻地讲述了人如何去承受巨大的苦难,讲述了绝望的不存在,讲述了人是为了活着本身而活着,而不是为了活着之外的任何事物而活着。

《活着》实际上就是一部有关死亡的沉痛悲剧,整部作品都充斥着余华一直在执着描写着的对象——死亡。在阅读过程中,我们处处感受着死亡的气息。小说主人公福贵在他人生短短四十年里,从一个曾经是富贵满盈的地主大少爷沦为一个形单影只的孤苦老人,相继送走了他的父亲、母亲、儿子、女儿、妻子、女婿、小孙子等七位至亲,而且这些人与福贵的关系在余华的笔下体现得十分亲密,即便是曾经对立的父子,也在福贵由于赌债倾家荡产后开始缓和,而福贵的父亲死后,他变得“像是染上瘟疫一样浑身无力,整日坐在茅屋前的地上。一会儿眼泪汪汪,一会儿唉声叹气”。从中不难看出他们父子二人情深。对于福贵来说,家不仅仅是爱的温暖,更是灵魂上的拯救和心灵上的寄托。父亲给了他新的生命,让他有勇气活下去。这种真切的爱含蕴无穷,更让读者为之动容。但死亡却无情地吞噬了这些鲜活美好的生命,让这个原本可以温馨的家一直处于一种破碎和飘摇的悲剧状态。“冷酷”的余华还在小说的死亡叙述上采用了种种极端“手段”来制造人生最大的痛苦,这在小说中关于死亡时机的选择上可见一斑:福贵父亲的死是发生在福贵嗜赌被骗、倾家荡产后,家珍又被娘家接回去,这使得原本就饱受磨难的家庭变得更加支离破碎;就在这个家逐渐走上正轨,开始摆脱困境看到一线生机之时,福贵却不幸被国民党当壮丁抓走,甚至连母亲最后一面也没有见上;儿子有庆死在医院里,他是抱着奉献和被表扬的激动心情走上献血台,是唯一的那个可以成功配对血型的人,却被残忍地抽干血致死;女儿凤霞则是在诞下新生命的产床上带着无尽遗憾离开了人世;家珍尽管是积劳成疾得病而亡,但是却与女儿相继而去,可以说是祸不单行;二喜作为一个外家人,好不容易和福贵一家相处得融洽和谐,宛如亲子,却意外地被砸死;小孙子苦根更是由于福贵自己爱的疏忽,本想让他吃饱后休息好,却不幸撑死了他,这在最大程度上表现出“白发人送黑发人”的痛苦,好心办坏事,这让福贵在多了一份自责的同时,更让他陷入了最悲惨的“断子绝孙”之境地和无尽悲凉的孤苦无依中。接二连三的打击和死亡使得每一位读者对福贵身上的悲惨遭遇感到极为心痛,并对他表示深深的怜悯。

余华的《活着》,也是一部真正关注人生苦难及苦难中生命个体生存意义的写实力作。小说的价值已从文学层面延伸到关于整个人类生存意义的深刻哲学命题上。对于在极限生存状态下的生命个体为什么能活着，活着究竟是为了什么这样一个基本命题，小说《活着》给在苦难与不幸境遇中仍能活着的人们提供了一个参照样本，从而透视出人类千百年来面对种种人生苦难仍生生不息的精神源泉。从《十八岁出门远行》中第一次独立远行的年轻人面临无法言清的困惑与艰难，到《现实一种》中苦难以暴力的形式对生命进行无情摧残，余华以其作品展示了个体生命在苦难冲击下的脆弱和无奈，直至《在细雨中呼喊》《许三观卖血记》和《活着》，余华仍然在充满苦难的生活中深刻地勾画着生之坚韧与生之乐观的复杂图景。可以这样讲，余华在作品中以极大的温情细致地描绘出了种种人生悲情、磨难，同时又以激烈乃至“残酷”的形式表现出人在面对厄运时极为强烈的生存欲望。

历经人生如此惨烈的苦难，福贵为什么能坚持“活着”而没有崩溃？余华本人是这样解释“活着”的：“活着，在我们中国的语言里充满了力量，它的力量不是来自于叫喊，也不是来自于进攻，而是忍受，去忍受生命赋予我们的责任，去忍受现实给予我们的幸福和苦难、无聊和平庸。”这是一条解脱无尽苦难的有效途径，也是余华把小说主人公的悲惨故事置于一个个极端的生存背景下的原因所在。这样，身处绝境下的生命个体的生存本相才会愈加真实。从小说中我们看到了苦难重压下生命张力更加凸显，被死亡追逐的福贵一家的触目惊心的生存图景更加震撼人心，我们看到了接二连三的丧亲之痛并没有击垮福贵，苦难愈重，生命因忍耐而愈显坚韧。这是一种宽阔的忍耐，哪怕厄运极不公正地把死亡一次次加之于自己的亲人身上，他都能宽容面对，忍而受之，整部小说的叙述都因这种宽阔的忍耐，变得沉郁、悲痛而坚定。没有血泪的控诉，没有撕心裂肺的尖叫，甚至都没有愤怒，有的只是福贵在生活中磨炼出来的无边无际的忍耐，以致再大的苦难来临，福贵也能将它消解于自己的忍耐之中。诚如作品中所写的那样，“福贵微笑地看着我，西落的阳光照在他的脸上，显得格外精神。他说：‘家珍死得很好，死得平平安安，干干净净，死后一点是非都没留下……’坐在我对面的这位老人，用这样的语气谈论着十多年前死去的妻子，使我内心涌上一股难言的温情。”“我”在福贵的脸上，看不到因苦难的摧残而留下的悲伤和颓唐，“我”看到的只是远处的田野“呈现了舒展的姿态，看上去是那么的广阔，无边无际”，看到的是“宁静在遥远处波动”。这种忍耐，已磨砺为一种坚毅的品质，时刻保卫着他内心免遭苦难这种生活暴力的破坏。总之，在《活着》的结局里，对主人公福贵而言，苦难已经消失于无形，他内心里有的只是道禅思想中那种面对生活的超然和平静。所以，福贵在谈到死去的亲人的时候，“眼睛里流出了奇妙的神色，分不清是悲伤，还是欣慰”。

余华在小说中截取的社会横断面往往是现代中国社会中最极端的苦难生存面，他着力呈现的是一个很普通的中国百姓家庭在社会变迁和命运重负下的悲剧性起落，极力表达出生命个体在无法逃脱的苦难打击下无奈和最原始的生命承受力。在阅读余华《活着》的过程中，我们会因为福贵的悲惨境遇而难受，也会因为死亡的力量而恐惧，但最终却被福贵和他家人那种顽强地“活着”的状态所感染，他们那种为活着而活着的精神让我们感受到活着并不仅仅只是作为肉体的机械延续,更是一种活着本身价值的传承。也许,余华并不想借创作《活着》来特别地说教什么枯燥抽象的道理,它仅是表达了余华个人对生命与生活的独特体验和感悟。然而,正如一些评论家所说的那样,小说《活着》一问世,其对生命的深刻体验和感悟,便成为人类共有的经验,就像伟大的哲学家用一个思想概括全部思想一样,伟大的小说家通过一个人的一些最普通的事物,使所有人的一生都活现在他们的笔下。

参考文献

[1]黄海:《解读〈活着〉:极度生存状态下生命个体的真实本相和生存意义》,《湘潭师范学院学报(社会科学版)》2003 年第 5 期。

[2]金路杰:《余华〈活着〉死亡悲剧的崇高美》,《传奇·传记文学选刊》2011 年第 7 期。

延伸阅读文本链接

1. 余华:《许三观卖血记》,作家出版社 2012 年版。
2. 余华:《现实一种》,作家出版社 2012 年版。
3. 余华:《兄弟》,作家出版社 2013 年版。

长恨歌（节选）

王安忆

房门推开了，原来是一地月光，将窗帘上的大花朵投在光里。长脚心里很豁朗，也很平静。他还是第一次在夜色里看这房间，完全是另外的一间，而他居然一步不差地走到了这里。他看见了靠墙放的那具核桃木五斗橱，月光婆娑，看上去它就像一个待嫁的新娘。长脚欢悦地想：正是它，它显出高贵和神秘的气质，等待着长脚。这简直像一个约会，激动人心，又折磨人心。长脚心跳着向它走拢去，一边在裤兜里摸索着一把螺丝刀，跃跃欲试的。当螺丝刀插进抽屉锁的一刹那，忽然灯亮了。长脚诧异地看见自己的人影一下子跳到了墙上，随即周围一切都跃入眼睑，是熟悉的景象。他还是没明白发生了什么，只起心地奇怪，他甚至还顺着动作的惯性，将螺丝刀有力地一撬，拉开了抽屉。那一声响动在灯光下就显得非同小可，他这才惊了一下，转过头去看个究竟。他看见了和衣靠在枕上的王琦瑶。原来她一直是醒着的，这一个夜晚在她是多么难熬啊！她一分一秒地等着天亮，看天亮之后能否有什么转机。方才看见长脚进来，她竟不觉着有一点惊吓。夜晚将什么怪诞的事情都抹平了棱角，什么鬼事情都很平常。看见他去撬那抽屉，她就觉得更自然了。下半夜是个奇异的时刻，人都变得多见不怪，沉着镇静。

王琦瑶望着他说："和你说过，我没有黄货。"长脚有些羞涩地笑了笑，躲着她的眼睛："可是人家都这么说。"王琦瑶就问："人家说什么？"长脚说："人家说你是当年的上海小姐，上海滩上顶出风头的，后来和一个有钱人好，他把所有的财产给了你，自己去了台湾，直到现在，他还每年给你寄美金。"王琦瑶很好奇地听着自己的故事，问道："还有呢？"长脚接着说："你有一箱子的黄货，几十年用下来都只用了一只角，你定期就要去中国银行兑钞票，如果没有的话，你靠什么生活呢？"长脚反问道。王琦瑶给他问得说不出话了，停了一会儿，才说："简直是海外奇谈。"长脚向她走近一步，扑通跪在了她的床前，颤声说："你帮帮忙，先借我一点，等我掉过头来一定加倍还你。"王琦瑶笑了："长脚你还会有掉不过头来的时候？"长脚的声音不由透露出一丝凄惨："你看我都这样了，还会骗你吗？阿姨，帮帮忙，我们都晓得阿姨你心肠好，对人慷慨。"王琦瑶本来还有兴趣与他周旋，可听他口口声声地叫着"阿姨"，不觉怒从中来。她沉下脸，呵斥了一句："谁是你的阿姨？"长脚将身子伏在床沿，扶住王琦瑶的腿，又一次请求道："帮帮忙，我给你写借条。"

王琦瑶推开他的手，说："你这么求我，何不去求你的爸爸，人们不都说你爸爸是个亿万富翁吗？你不是刚从香港回来吗？"这话刺痛了长脚的心，他脸色也变了，收回了手,从地上爬起来,拍了拍膝盖上的灰,说:"这和我爸爸有什么关系?不借就不借。"说罢,便向门口走去。却被王琦瑶叫住了:"你想走,没这么容易,有这样借钱的吗?半夜三更摸进房间。"于是他只得站住了。

在这睡思昏昏的深夜,人的思路都有些反常,所说的话也句句对不上茬似的,有一些像闹剧。本来一场事故眼看化险为夷,将临结束,却又被王琦瑶一声喝令叫住,再要继续下去。长脚说:"你要我怎么样?"王琦瑶说:"去派出所自首。"长脚就有些被逼急,说:"要是不去呢?"王琦瑶说:"你不去,我去。"长脚说:"你没有证据。"王琦瑶得意地笑了:"怎么没有证据?你撬开了抽屉,到处都是你的指纹。"长脚一听这话,脑子里轰然一声,有些蒙了,有冷汗从他头上沁出。他站了一会儿,脸上露出狰狞的笑容:"看来,我做和不做结果都是一样,那还不如做了呢!"说着,他就走回到五斗橱前,从抽屉里端出那个木盒。王琦瑶躺不住了,从床上起来,就去夺那木盒。长脚一闪身,将木盒藏在身后,说:"阿姨你急什么?不是说什么都没有吗?"这回轮到王琦瑶急了,她流着汗叫道:"放下来,强盗!"长脚说:"你叫我强盗,我就是强盗。"他脸上的表情变得很无耻,还很残忍。王琦瑶扭住他的手,他由她扭着,就是不给她盒子。这时,他已经掂出了这盒子的重量,心里喜滋滋的,想这一趟真没有白来。王琦瑶恼怒地扭歪了脸,也变了样子。她咬着牙骂道:"瘪三,你这个瘪三!你以为我看不出你的底细?不过是不拆穿你罢了!"长脚这才收敛起心头的得意,那只手将盒子放了下来,却按住了王琦瑶的颈项。他说:"你再骂一声!""瘪三!"王琦瑶骂道。

长脚的两只大手围拢了王琦瑶的颈脖,他想这颈脖是何等的细,只包着一层枯皮,真是令人作呕得很!王琦瑶又挣扎着骂了声瘪三,他的手便又紧了一点。这时他看见了王琦瑶的脸,多么丑陋和干枯啊!头发也是干的,发根是灰白的,发梢却油黑油黑,看上去真滑稽。王琦瑶的嘴动着,却听不见声音了。长脚只觉得不过瘾,手上的力气只使出了三分,那颈脖还不够他一握的。心里的欢悦又涌了上来,他将那双手紧了又紧,那颈脖绵软得没有弹性。他有些遗憾地叹了口气,将她轻轻地放下,松开了手。他连看她一眼的兴趣都没有,就转身去研究那盒子,盒子上的雕花木纹看上去富有而且昂贵,是个好东西。他用螺丝刀不费力就拔掉了上面的挂锁,打了开来。心里不免有些失望,却还不致一无所获。他将东西取出,放进裤兜,裤兜就有些发沉。他想起方才王琦瑶关于指纹的话,就找一块抹布将所有的家什抹了一遍。然后拉灭了电灯,轻轻地出了门。就这样闹了一大场,月亮仅不过移了一小点,两三点还是两三点。这真是人不知鬼不觉,谁知道这里发生了什么呢?

只有鸽子看见了。这里四十年前的鸽群的子息,它们一代一代的永不中断,繁衍至今,什么都尽收眼底。你听它们咕咕哝哝叫着,人类的夜晚是它们的梦魇。这城市有多少无头案啊,嵌在两点钟和三点钟之间,嵌在这些裂缝般的深长里弄之间,永无出头之日。等到天亮,鸽群高飞,你看那腾起的一刹那,其实是含有惊乍的表情。这些哑证人都血红了双眼,多少沉底的冤情包含在它们心中。那鸽哨分明是哀号,只是因为天宇辽阔,听起来才不那么刺耳,还有一些悠扬。它们盘旋空中,从不远去,是在向这老城市致哀。在新楼林立之间，这些老弄堂真好像一艘沉船，海水退去，露出残骸。

王琦瑶眼睑里最后的景象，是那盏摇曳不止的电灯，长脚的长胳膊挥动了它，它就摇曳起来。这情景好像很熟悉，她极力想着。在那最后的一秒钟里，思绪迅速穿越时间隧道，眼前出现了四十年前的片厂。对了，就是片厂，一间三面墙的房间里，有一张大床，一个女人横陈床上，头顶上也是一盏电灯，摇曳不停，在三面墙壁上投下水波般的光影。她这才明白，这床上的女人就是她自己，死于他杀。然后灭了，堕入黑暗。再有两三个钟点，鸽群就要起飞了。鸽子从它们的巢里弹射上天空时，在她的窗帘上掠过矫健的身影。对面盆里的夹竹桃开花，花草的又一季枯荣拉开了帷幕。

［文章来源：《长恨歌》，人民文学出版社 2005 年版］

文史知识地图

王安忆（1954— ），中国当代著名女作家，江苏南京人，祖籍福建同安。现任中国作家协会副主席、上海市作家协会主席和复旦大学中文系教授等。王安忆被视为"文化大革命"结束之后，自 20 世纪 80 年代中期起盛行于中国文坛的"知青文学""寻根文学"等文学创作类型的代表性作家。王安忆的文学作品往往摒弃现实功利性的杂质，将人置于广袤的时空背景中，在人类意义层面探索人的价值内涵和人性深度与复杂性。

王安忆出生于一个书香世家，她的母亲是著名作家茹志鹃，父亲是作家王啸平。王安忆一岁多便随父母到上海定居，在那里接受良好的教育，读小学时经常参加区、市的儿歌写作比赛会，从小就对文学产生了浓厚的兴趣。1967 年，王安忆进入向明中学读初中，"文革"期间她曾经秘密地阅读翻译过来的大量外国著作，包括屠格涅夫、列夫·托尔斯泰、高尔基、普希金、罗曼·罗兰、大仲马、小仲马等西方作家的作品。1970 年，初中才毕业的王安忆远赴安徽五河县头铺公社大刘庄大队插队劳动，还被选为县、地区和省级积极分子。"文革"期间的这一段插队劳动经历对王安忆今后的创作产生了重要影响。1976 年王安忆在《江苏文艺》上发表散文处女作《向前进》。两年之后，王安忆被调回上海，在《儿童时代》杂志社任小说编辑，不久即发表她的小说成名作《谁是未来的中队长》和《雨，沙沙沙》。1980 年，王安忆进入中国作家协会第五期文学讲习所学习，1983 年参加美国爱荷华大学"国际写作计划"文学活动。1987 年，王安忆被调至上海作家协会创作室从事专业创作，并担任上海作家协会理事、中国作家协会理事和上海作家协会副主席等职务。

在正式创作与发表小说《本次列车终点》之后，王安忆手中那支驰骋之笔便始终没有停歇下来。在创作的道路上，王安忆洋洋洒洒，到处是闪光的足迹，始终在超越着她的父母，成为当代中国文坛最有影响力的作家之一。王安忆的文学创作成果颇丰，主要作品有：《雨，沙沙沙》《流逝》《小鲍庄》《三恋》《米妮》等小说集，以及长篇小说《69 届初中生》《黄河故道人》《流水三十章》《纪实和虚构》《富萍》《上种红菱下种藕》《桃之夭夭》《遍地枭雄》等，还包括散文集《蒲公英》《母女漫游美利坚》(与茹志鹃合著)，儿童文学作品集《黑黑白白》，论著《心灵世界——王安忆小说讲稿》与《小说家的十三堂课》等。其中，《小鲍庄》获得 1985—1986 年全国优秀中篇小说奖，《发廊情话》获第三届鲁迅文学优秀短篇小说奖，《遍地枭雄》获《亚洲周刊》评选的中文十大好书。

特别让人瞩目的是，1995 年，王安忆的代表性长篇作品《长恨歌》正式在《钟山》上连载，并于 1996 年由作家出版社首度出版。作为王安忆的经典之作，《长恨歌》向读者细腻深刻地讲述了一个女人四十年的情与爱，而这种情与爱被王安忆手中那枝细腻而绚烂的笔写得哀婉动人，在此之中还交织着上海这个大都市从 20 世纪 40 年代到 90 年代沧海桑田的变迁。生活在上海弄堂里的女人沉积了无数理想、幻灭、躁动和怨望，她们对情与爱的追求，她们的成败，随上海弄堂生活画卷舒缓而优雅地展开。王安忆看似平淡却幽默冷峻的笔调，在对细小琐碎的生活细节的津津乐道中，生动地展现了时代变迁中的人和城市，《长恨歌》也由此被誉为“现代上海史诗”。《长恨歌》发表之初并未引起人们较大的注意，在沉寂了近五年之后，相继获得了国内外几项文学大奖。尤其是在“上海怀旧”热普遍弥漫的当时，《长恨歌》被人们视为上海怀旧的典型文本，深受学界的关注和广大读者的青睐，好评如潮。1998 年，《长恨歌》获选第四届上海文学艺术奖，1999 年获选《亚洲周刊》二十世纪中文小说一百强，2000 年成功获选第五届茅盾文学奖，并被评为 90 年代最有影响力的中国作品。

2005 年，由上海电影制片厂、英皇影业有限公司等联合摄制的同名影片《长恨歌》在全国上映，影片同样也是横跨三四十年，透过镜头讲述了一个女人与四个男人的爱情故事，在短短的一百多分钟内讲述如此跌宕起伏、线索众多的故事对影片本身是一个很大的挑战。香港著名导演关锦鹏采取了写意的手法，以很少的笔墨去描写每一段爱情，而把镜头都聚焦在王琦瑶这个传奇人物身上，精彩纷呈地表现出历史的变迁与人世的沧桑，男人的怯懦与女人的坚强。本片也是关锦鹏继《阮玲玉》之后又一部表现上海女人传奇一生的影片，并获得了该年威尼斯电影节欧洲艺术交流奖。

《长恨歌》之后，王安忆又先后创作完成并出版了长篇小说《天香》(2011 年)和《众声喧哗》(2013 年)。在《天香》里，王安忆似乎有意将明末的上海与当代的上海作对比，并试图提醒读者们关注这座城市前世与今生的微妙轮回。而《众声喧哗》则包括了王安忆最新创作的小说《众声喧哗》以及 6 部短篇小说:《爱套娃一样爱你》《释梦》《林窟》《恋人絮语》《闪灵》《游戏棒》，这些作品均为首次成书之作。在这部作品当中，王安忆再写上海滩市井小民传奇，它既如《长恨歌》一样细腻写实，又充满虚空玄幻和清澄禅机。

王安忆的小说多以平凡的小人物为主人公，非常注重挖掘平凡生活中的不平凡经历与情感。在艺术表现上，她早期的小说创作多倾向于感情抒发，近期创作则趋于冷静和细致。从王安忆的作品里，人们还可以较为明显地感受到一种宽厚的爱，她赋予故事中的人物以“英雄性”，着重表现人物美和善良的方面。王安忆以其敏感和高超的领悟力来控制故事微妙的气氛发展以及人物的心理变化，艺术表现细腻而精准。换言之，王安忆的小说讲的多是平常故事，柴米生计，但她深入探讨的却是故事背后强大而仁慈的自然规律，这是她对人性和人的生存状态及本体世界的关怀，这使得她的作品具有了超乎寻常的意义。同时，王安忆的作品中又时刻表现出女性的温柔，以及谨慎、内省、多思的品格。这些都让王安忆成为当代文坛一个特立独行的创作个体。著名学者王德威曾在他的评论文章《海派文学，又见传人——王安忆的小说》中高度评价王安忆在中国当代文坛中的重要地位，并称她是继张爱玲后，又一海派文学传人。

在中国当代文学史上，王安忆是一个丰富而独特的存在。几十年的创作生涯里，她一如既往地保持着持久而旺盛的创造力，几百万字的创作在风格、题材等方面显示出了令人炫目的复杂多变性，但是这变化中也有着不变的坚持，那就是写上海。王安忆在文学创作上保持着自己独特的追求，在生活上也相当内向严谨。她酷爱读书，待人热情，喜欢思考，坚持实事求是。作为中国当代文坛一个特立独行而又正直热诚的作家，王安忆无疑是当之无愧的。

分析与鉴赏导引

《长恨歌》是著名女作家王安忆的经典长篇之作，也是王安忆20世纪90年代以来上海日常生活书写的第一部长篇作品。小说主要讲述了弄堂小家碧玉出身的"上海小姐"王琦瑶40年起落沉浮的悲剧人生，借此也呈现了上海40年的风云变幻。小说分为三部分：第一部从1946年前后到1948年，围绕着王琦瑶竞选"上海小姐"的故事而展开，讲述老上海的繁华；第二部从上海解放到"文革"结束，讲述王琦瑶一类布尔乔亚在无产阶级时代在平安里安然过小日子的情形；第三部从"文革"结束到王琦瑶被杀，讲述了新时代的上海精神气质以及上海怀旧的本质。这三部合起来构成了一个庞大的时间跨度——从20世纪40年代到80年代，它几乎囊括了主人公王琦瑶梦幻般的一生，也恰巧完成了上海怀旧梦的一次历史循环。

王安忆曾坦率地表示，"《长恨歌》是一部非常非常写实的东西，在那里面我写了一个女人的命运，但事实上这个女人只不过是城市的代言人，我要写的其实是一个城市的故事"。选择城市作为小说的叙述节点，这正是王安忆与诸多当代作家的不同之处。《长恨歌》在表现上海40年的沧桑历史时，创造性地运用了庞大的空间架构、历史流程、丰富的人物活动以及细密的语言文字，这种宏大是海派作家甚至是张爱玲抱着反讽的心情来精雕细琢的小说所不具有的。她与前辈们相比更加现实、更加勇敢。因为王安忆即使看到了人生的虚无，感受到了上海现代化进程的忧虑，她也不会选择逃避，而是更加深入人生，所以，她的上海书写更为理性，始终带着一种审视的眼光，作为观察者和寻找者进行叙述。这种理性叙述，可以让当时处在迷茫期的上海人，以理性的态度看待处于转型期的现代化大都市——上海，并从中找到上海最真实可靠的东西以及精神实质，从而对未来充满信心。总之，王安忆是把上海作为一个整体，描绘的是这个城市,海派作家们则是把上海作为一个大背景,描绘的是城市中的各种人。

王安忆一直乐此不疲地为她的小说选择城市——一个开放而又喧闹的空间。因为,在王安忆看来,城市更为适合于女性生存。它卸下了农业社会对于体魄的苛刻要求,这个崭新的场所更多地接纳了女性的灵巧和智慧。由此可以看出,城市是王安忆持久关注的一个创作主题。王安忆极力强调《长恨歌》其实是讲城市的故事而不是纯粹的"上海小姐"王琦瑶的故事,但有一点王安忆从不否认:王琦瑶是城市的代言人。在《长恨歌》中,重要的似乎不是故事发生的年代,而是写故事的年代,王安忆要写一座城市,便直接融入小说的叙事进程和人物的人生经历中去发表对上海这座城市的独特看法。王安忆用细腻的笔调叙述了上海普通市民王琦瑶坎坷一生的命运,而王琦瑶的形象也蕴含了王安忆对上海这座城市的记忆。王安忆把几个不同的历史时代作为小说的写作背景,凭着她对上海的熟悉以及对上海女孩子心理状态的细致揣摩,塑造出"上海小姐"王琦瑶这样一个鲜活动人的女性形象,而小说的故事也正是以她为中心展开了一系列有关生活场景的叙述。王琦瑶是选美选出来的"上海三小姐",有着美丽的容貌,"她的艳和风情都是轻描淡写的,不足以称后,却是给自家人享用,正合了三小姐这称呼"。而在每一个特定年代里,书中都会出现一个与王琦瑶有着情感纠葛的男人。虽然这些男性在王琦瑶的人生故事中大多起着陪衬作用,但在王安忆的笔下他们同样留下了属于自己阶层的烙印。不同的男人有着不同的身份与地位,有高官、有摄影师、有无业的富二代等,他们都试图掌控王琦瑶的情感世界,但又都以失败告终。

《长恨歌》还细腻地描写了大都市——上海极具世俗生活气息的诸多场景:打麻将、玩桥牌;几个姨娘围炉而坐道着家长里短;弄堂里夹了油烟和泔水味的风;理发店里飘出了洗发水、头油和头发焦煳的味道;隔壁的留声机发出四季调的哼唱声;女人们抱着衣料围坐在三轮车上;白色滚边的旗袍,糟鸭掌和扬州干丝,叫卖桂花粥的梆子卜卜地敲起来……这些生活细节看起来琐碎,但正是这些细微处的描绘给作品本身增添了一种充实感,使读者感到一种亲切。王琦瑶就是上海典型的弄堂人家的女儿,因为"上海小姐"的头衔,她有机会走出弄堂、走进繁华、住进爱丽丝公寓。而李主任的不幸罹难使王琦瑶又重新回到了弄堂,对于生活中不堪忍受的一面,她以生命的韧性坦然接受了,并对生活始终保持着高度的热爱,开始了自食其力的生活。在当护士时,她还经常与朋友们相约在一起聊天、吃饭、打麻将。从小说的描述中我们可以感受到王琦瑶是一个世俗的女人,同时又是一个坚强的女人,她和大多数上海人一样,在意的是自己的柴米生计,关心的是自己生活的小天地,正如王安忆在小说中所讲,"可说她是真正代表大多数的,这大多数虽是默默无闻,却是这风流城市的艳情的最基本元素。马路上走着的都是三小姐。大小姐和二小姐是应酬场面的,是负责小姐们的外交事务,我们往往是见不着她们的,除非在特殊的盛大场合。她们是盛大场合的一部分。而三小姐则是日常的图景,是我们眼熟心熟的画面,她们的旗袍料看上去都是暖心的。三小姐其实最体现民意。大小姐二小姐是偶像,是我们的理想和信仰,三小姐却与我们的日常起居有关,是使我们想到婚姻、生活、家庭这类概念的人物"。在王琦瑶们的眼中，流星般短暂的繁华与风情只是过眼云烟，平淡琐细而又漫长的日子才是生活的真谛。整部作品通过对主人公王琦瑶一生细腻的刻画描写，以一个女性的独特眼光，以一颗耐得住寂寞、经得起沉浮的平常心态去看上海，去探索上海这座城市的精神风貌。

《长恨歌》深情地吟唱了一曲时代的挽歌，而王安忆对于时间本质的追问也都寄托在王琦瑶的身上。时间是个冷酷无形的杀手，没有人能够让时间倒流，世俗的繁华转瞬即逝，曾经走在时尚前沿的"上海小姐"王琦瑶当然无法摆脱时间的巨手，最终还是在警惕韶光易逝、年华易老的过程中输给了时间。书中这样写道，"有谁比王琦瑶更晓得时间呢？别看她日子过得昏天黑地，懵里懵懂，……窗帘起伏波动，你看见的是风，王琦瑶看见的是时间。地板和楼梯脚上的蛀洞，你看见的是白蚂蚁，王琦瑶看见的也是时间。星期天的晚上，王琦瑶不急着上床睡觉，谁说是独守孤夜，她是载着时间漂呢"！在面对多舛的命运时，王琦瑶淡定地做出了一次又一次的人生抉择：在成为"三小姐"且名噪一时的时候，她选择住进爱丽丝公寓甘当李主任的外室；在明知康明逊不能给她婚姻的时候，她依然决定生下孩子；而悬殊的年龄差距也没有阻碍她与"老克腊"相恋。这一切随着时间自然而然地发生着，王琦瑶自始至终抱着顺应和接受的态度，一点哀怨和激愤之情都没有，甚至最后她的死也是无声无息的。

概而言之，王安忆在《长恨歌》中以其独特的叙述方式和价值取向，从日常生活入手娓娓道出了上海的沧桑历史，描绘出了一幕幕大都市中的繁华幻梦。《长恨歌》是紧紧扎根于现实生活的，在写下这首"现代上海史诗"的过程中，王安忆隐去了帝王将相和革命英雄，都市的闲言碎语登上文学舞台，女性与城市走向现实前台并占据核心位置，最终为读者创造出一个独特迥异的精神世界。

参考文献

[1]南帆：《城市的肖像：读王安忆的〈长恨歌〉》，《小说评论》1998 年第 1 期。

[2]吴俊：《上海：我们的文学资源》，《当代作家评论》2002 年第 5 期。

[3]肖晶：《王安忆小说中的上海书写》，延边大学硕士学位论文，2012 年。

[4]杨霞：《论王安忆的"上海世界"》，上海师范大学硕士学位论文，2008 年。

延伸阅读文本链接

1. 李欧梵：《上海摩登》(修订版)，人民文学出版社 2010 年版。

2. 王进：《魅影下的上海书写——抗战中的张爱玲与"文革"后的王安忆》，广西师范大学出版社 2006 年版。

3. 王安忆：《小鲍庄》，上海文艺出版社 2002 年版。

4. 王安忆：《心灵世界：王安忆小说讲稿》，复旦大学出版社 2007 年版。

5. 王安忆：《王安忆散文》，人民文学出版社 2008 年版。

尘埃落定(节选)

阿　来

解放军把炮从马背上取下来,叫士兵扛着,把我和央宗扶到了马背上。队伍向着西面迤逦而去。翻过山口时,我回头看了看我出生和长大的地方,看了看麦其土司的官寨,那里,除了高大的官寨已经消失外,并看不出多少战斗的痕迹。春天正在染绿果园和大片的麦田,在那些绿色中间,土司官寨变成了一大堆石头,低处是自身投下的阴影,高处,则辉映着阳光,闪烁着金属般的光泽。望着眼前的景象,我的眼里涌出了泪水。一小股旋风从石堆里拔身而起,带起了许多的尘埃,在废墟上旋转。在土司们统治的河谷,在天气晴朗,阳光强烈的正午,处处都可以跟到这种陡然而起的小小旋风,裹挟着尘埃和枯枝败叶在晴空下舞蹈。

今天,我认为,那是麦其土司和太太的灵魂要上天去了。

旋风越旋越高,最后,在很高的地方炸开了。里面,看不见的东西上到了天界,看得见的是尘埃,又从半空里跌落下来,罩住了那些累累的乱石。但尘埃毕竟是尘埃,最后还是重新落进了石头缝里,只剩寂静的阳光在废墟上闪烁了。我眼中的泪水加强了闪烁的效果。这时候,我在心里叫我的亲人,我叫道:"阿爸啊! 阿妈啊!"

我还叫了一声:"尔依啊!"

我的心感到了前所未有的痛楚。

队伍拥着我翻过山梁,便什么也看不见了。

我留在山谷里的人还等在那里,给了我痛苦的心一丝安慰。远远地,我就看见了搭在山谷里的白色帐篷。他们也发现了解放军的队伍。不知是谁向着山坡上的队伍放了几枪,我面前的两个红色士兵哼了一声,脸冲下倒在地上了,血慢慢从他们背上渗出来。好在只有一个人放枪。枪声十分孤独地在幽深的山谷里回荡。我的人就呆呆地站在那里,直到队伍冲到了跟前。枪是管家放的。他提着枪站在一大段倒下的树木上,身姿像一个英雄,脸上的神情却十分茫然。不等我走近,他就被人一枪托打倒结结实实地捆上了。我骑在马上,穿过帐篷,一张张脸从我马头前滑到后面去了。每个人都呆呆地看着我,等我走过,身后便响起了一片哭声。不一会儿,整个山谷里,都是悲伤的哭声了。

解放军听了很不好受。每到一个地方,都有许许多多人大声欢呼。他们是穷人的队伍,天下占大多数的都是穷人,是穷人都要为天下终于有了一支自己的队伍大声欢呼。而这里,这些奴隶,却大张着愚不可及的嘴哭起他们的主子来了。

我们继续往边界上进发了。

两天后，镇子又出现在我们眼前，那条狭长的街道，平时总是尘土飞扬，这时也像镇子旁边那条小河一样，静悄悄的没有一点声息。队伍穿过街道。那些上着的门板的铺子里面，都有眼睛在张望，就是散布梅毒的妓院也是前所未有的安静。

解放军的几个大官住在了我的大房子里。他们从楼上望得见镇子的全部景象。他们都说，我是一个有新脑子的人，这样的人跟得上时代。

我对他们说我要死了。

他们说，不，你这样的人跟得上时代。

而我觉得死和跟不上时代是两码事情。

他们说，你会是我们共产党人的好朋友。你在这里从事建设，我们来到这里，就是要在每个地方建起这样漂亮的镇子。最大的军官还拍拍我的肩膀说："当然，没有鸦片和妓院了，你的镇子也有要改造的地方，你这个人也有需要改造的地方。"

我笑了。

军官抓起我的手，使劲摇晃，说："你会当上麦其土司，将来，革命形势发展了；没有土司了，也会是我们最好的朋友。"

但我已经活不到那个时候了。我看见麦其土司的精灵已经变成一股旋风飞到天上，剩下的尘埃落下来，融入大地。我的时候就要到了。我当了一辈子傻子，现在，我知道自己不是傻子，也不是聪明人，不过是在土司制度将要完结的时候到这片奇异的土地上来走了一遭。是的，上天叫我看见，叫我听见，叫我置身其中，又叫我超然物外。上天是为了这个目的，才让我看起来像个傻子的。

书记官坐在他的屋子里，奋笔疾书。在楼下，有一株菩提树是这个没有舌头的人亲手栽下的，已经有两层楼那么高了。我想，再回来的话，我认得的可能就只有这棵树了。

从北方传来了茸贡土司全军覆灭的消息。

这消息在我心上并没有激起什么波澜，因为在这之前，麦其土司也一样灰飞烟灭了。一天，红色汉人们集中地把土司们的消息传递给我，他们要我猜猜拉雪巴土司怎么样了，我说："我的朋友会投降。"

"对，"那个和气的解放军军官说，"他为别的土司做了一个很好的榜样。"

而我的看法是，拉雪巴土司知道自己是一个弱小的土司，所以，他就投降了。当年，我给他一点压力就叫他弯下了膝盖，而不像汪波土司一次又一次拼命反抗。但出乎意料的是，汪波土司也投降了。可笑的是，他以为土司制度还会永远存在，所以，便趁机占据了一些别的土司的地盘。其中，就有已不存在的麦其土司的许多地盘。

听到这个消息，我禁不住笑了，说："还不如把塔娜抢去实在一些。"

红色汉人也同意我的看法。

"就是那个最漂亮的塔娜？"其中一个军官问。看看吧，我妻子的美名传到了多少人的耳朵里，就连纯洁的红色汉人也知道她的名字了。

"是的，那个美丽的女人是我不忠的妻子。"我的话使这些严肃的人也笑了。

塔娜要是知道汪波土司投降了，可能会去投奔他，重续旧情，现在，再也没有什么挡住她了。在茸贡土司领地上得胜的部队正从北方的草原源源开来，在我的镇子上，和从东南方过来消灭了麦其土司的部队会师了。这一带，已经没有与他们为敌的土司了。茸贡土司的抵抗十分坚决，只有很少的人活着落在了对方手里。活着的人都被反绑着双手带到这里来了。在这些人中间，我看到了黄师爷和塔娜。

我指给解放军说："那个女人就是我妻子。"

他们就把塔娜还给了我，但他们不大相信名声很响的漂亮女人会是这副样子。我叫桑吉卓玛把她脸上的尘土、血迹和泪痕洗干净了，再换上光鲜的衣服，她的光彩立即就把这些军人的眼睛照亮了。现在，我们夫妻又在一起了，和几个腰别手枪，声音洪亮的军官站在一起，看着队伍从我们面前开进镇子里去。而打败了麦其土司的队伍在镇子上唱着歌，排着队等待他们。这个春天的镇子十分寂寞；街道上长满了碧绿的青草。现在，队伍开到镇子上就停了下来，踏步唱歌，这些穿黄衣服的人把街上的绿色全部淹没了，使春天的镇子染上了秋天的色调。

［文章来源：《尘埃落定》，人民文学出版社 1998 年版］

文史知识地图

阿来(1959—)，藏族，当代著名作家，出生于四川西北部阿坝藏区的马尔康县，俗称"四土"，即四个土司统辖之地。初中毕业阿来回乡务农，后考入马尔康师范学校，毕业后曾做过近五年的中学教师。阿来是第五届茅盾文学奖获得者，现任四川省作协主席，同时担任中国作协副主席。

1982 年，初涉文坛的阿来开始从事诗歌创作。当时，四川诗歌流派林立，成都、重庆、西昌、涪陵等地诗歌舵爷四处流窜，划分地盘，常有京沪诗歌高手到蜀地拜码头，喝酒诵诗，诗风熏倒诗人，"诗歌事件"如经典故事般流传。与狂热豪放的"诗歌分子"们在一起，阿来沉静内敛的性格倒显出拘谨。他少有诗歌活动，也没有入流加派。即便偶有诗人聚会，阿来也是清淡如常。阿来的诗歌自成沉郁、飘逸的风貌，其主要诗集作品为《棱磨河》。除此之外，阿来创作有长篇地理散文《大地的阶梯》，散文集《就这样日益丰盈》等。

80 年代中后期，阿来逐步从诗歌创作转向小说创作，并调到阿坝州文化局所属的文学杂志《新草地》当编辑。先后创作完成小说集《旧年的血迹》《月光下的银匠》，长篇小说《尘埃落定》《空山》等。其中，长篇小说《尘埃落定》创作完成于 1994 年冬，并于 1998 年 3 月由人民文学出版社出版。2000 年，阿来凭借《尘埃落定》一举摘取第五届茅盾文学奖，阿来本人也由此成为中国最年轻的茅盾文学奖获得者(41 岁)及首位得奖的藏族作家。评委们一致高度评价《尘埃落定》，称这部小说视角独特，"有丰厚的藏族文化意蕴。轻淡的一层魔幻色彩增强了艺术表现开合的力度"，语言"轻巧而富有魅力”、“充满灵动的诗意”，“显示了作者出色的艺术才华”。然而，《尘埃落定》的出版并非一帆风顺，阿来写完《尘埃落定》后，历经周折，在长达四年的时间里屡屡被各出版社退稿，直到1998年才被人民文学出版社慧眼识中，一出版即获得巨大反响，首印数即达5万册，不久，《尘埃落定》的正版印数就超过10万册，并被翻译为英、法、德等15国语言介绍给国外读者，其中英文版3万册的版税更高达15万美元。2003年，根据阿来小说《尘埃落定》改编的同名长篇电视剧获得中国第21届大众电视金鹰奖长篇电视剧奖。自出版以来，《尘埃落定》也一直受到评论界的关注，可以说，《尘埃落定》是一部兼具艺术性和通俗性，在艺术上和商业上都获得了巨大成功的作品，是当代文学史上的一朵奇葩。

从1994年《尘埃落定》创作完成至1998年出版其间，阿来从四川阿坝州《新草地》杂志社辞职并辗转至成都《科幻世界》杂志社。他从普通编辑干起，逐步升任到总编辑、社长，下辖《科幻世界》《飞》等杂志共计六种。据美国科普科幻信息权威杂志《轨迹》公布的一项调查统计显示，《科幻世界》已是全世界发行量最大的科幻类杂志，并被世界科幻协会评选为最佳期刊。

尽管阿来不断从事许多文化商业活动，但他还是一直坚持向读者讲述他的故乡嘉绒土地上的故事，因为那才是阿来生命的原乡，除了亦真亦幻的浪漫，还有社会变革的卑俗浑浊和痛苦。阿来的创作始终保持着很高的文学品质，无懈怠、掺杂的痕迹，他内心的庄重大气流诸笔端，头上的光环竟然一点不能浸染他沉郁的文字。很自然的，人们读到了阿来的另一部长篇小说《空山》。《空山》的书名是到了最后要出版时阿来给定的，它有些禅意，但显然不是“空山新雨后”那种细腻绵长，也不是“空山不见人”的那种虚飘悠远。小说主要讲了两个令人痛楚的故事，两个谎言故事。《随风飘散》中善良的格拉在机村的谎言中死去，他给母亲做好饭时，才发现自己已成魂魄。而《天火》中激动了好多天的机村人却在大火到来的那个夜晚进入了梦乡。这样动人心魄的情节，是阿来式的，他对现实的悲悯，对文学抱以宗教般的情感，都使《空山》气象不凡。

此后，因“重述神话”项目，阿来毅然决定辞去《科幻世界》杂志社社长职务，转而全心全意创作新书《格萨尔王》。2009年9月4日，重庆出版集团正式为该书在北京举办盛大的全球首发仪式，中文版《格萨尔王》首印20万册也在全国各地上市。《格萨尔王》成书约30万字，历时三年完成。阿来精心设计了两条并进的叙事线索：一条以千百年来在藏人中口口相传的史诗《格萨尔王传》为底本，侧重讲述格萨尔王一生降妖除魔、开疆拓土的丰功伟业。另一条线索则围绕一个当代的藏族格萨尔说唱艺人晋美的成长经历展开。阿来将他所接触到的众多格萨尔说唱艺人的经历、性格和情感，浓缩到了小说中“晋美”这个角色身上。小说带有强烈的寓言色彩，宏大叙事和细致的心理刻画水乳交融，既富有鲜明的民族性格，也体现了时代精神和普世价值，有评论家誉之为“难得一见的传世之作”。2013年12月10日，阿来最新的、历时五年筹备创作完成的历史纪实文学作品《瞻对：两百年的康巴传奇》获得2013年度人民文学奖非虚构作品大奖。这部新作主要讲述的是四川康巴的故事，再现了始于雍正八年、长达两百年的瞻对之战，并以古鉴今，为今天促进民族团结、推动各民族和谐繁荣发展提供了经验和参考。

阿来的作品，无论是早年的诗歌，还是后来的散文随笔与小说，可谓是打开了一个纯粹而又厚重的精神世界。阿来自己也说，“为商为文，重要是为人，要对世道人文有益，在文化上要有建设性，要表现历史的进程，表达现实的正义，这是文化人自觉的责任”。不管阿来未来选择怎样的创作道路，《尘埃落定》等文学经典的力量都是永恒的、不朽的。

分析与鉴赏导引

创作于1998年的长篇小说《尘埃落定》是阿来的经典之作，它在一夜之间让成千上万的读者走进了藏地，神秘、瑰奇、绚烂，充满了各种欲望和诱惑。作品讲述了一个声势显赫的康巴藏族土司，在酒后和汉族太太生了一个傻瓜儿子。这个人人都认定的傻子与现实生活格格不入，却有着超时代的预感和举止，成为土司制度兴衰的见证人。在这最后一个康巴土司王朝令人荡气回肠的悲剧故事里，摇曳着漫山遍野令人沉迷的罂粟花，土司宫廷内的刀光剑影、明争暗斗，还有喇嘛、活佛施展的天启般的呼风唤雨、转寄灵魂的神秘巫术……这些带着民俗风情和宗教文化的叙事元素，很大程度上满足了人们对西藏的想象，或许，这正是《尘埃落定》至今经久不衰，为读者喜爱的重要原因。在整部小说曲折动人的故事中，阿来以其饱含激情的笔墨，超然物外的审视目光，展现了浓郁的民族风情和土司制度的神秘。

阿来对本民族文化的深厚感情及对民族文化的深厚积淀是成功创作《尘埃落定》的坚实基础。尽管阿来本人反对读者和评论家只单纯关注《尘埃落定》作品中与我们寻常生活不同的异质情调，认为作品本身“不只体现了我们藏民族或那片特别的地理状况的外在景观”。但独特的藏民族文化却成为阿来的创作题材，这是他本人也承认的事实。孔章圣在采访阿来的《阿来，人说他离诺贝尔奖很近，他说离文学圈很远》一文提到，阿来早在教高中历史课时，就接触到了“藏族土司制度”，并查阅了大量的文字资料，收集了不少客观器物。对土司管理下的藏族人及其生活方式，阿来研究了也不是一两年。作为一名藏族作家，阿来如果对本民族文化没有深厚情感，他就不会在对本民族文化的研究上投入这么多的时间和精力。正是在对本民族风俗文化研究谙熟的基础上，阿来才能在作品中对藏民族文化风俗、生活习惯信手拈来，把土司制度及藏族社会权力架构、生活细节描写得如此真实生动，如此具有吸引力。书中对藏族文化服饰、土司制度的详细解释，对藏族人民的各种庆典以及宗教和巫术的描写都栩栩如生，令人如临其境。虽然阿来在创作《尘埃落定》时只用了八个月的时间，甚至未经修改，但阿来深厚的文化积淀和大量的案头工作却绝非旦夕之功，严谨的创作态度和深厚的文化积淀正是《尘埃落定》能获得如此巨大成功的根本。

《尘埃落定》无疑是一部严肃的文学作品，自发表以来便以其在艺术上独树一帜的风格特色而备受赞誉，是一部兼具传奇性与通俗性，故事情节引人入胜的优秀作品。翻开《尘埃落定》，扑面而来的是浓郁的惆怅与哀婉，弥漫着无奈的末世情怀。麦其土司的统治由兴旺到分崩离析的故事明显带着浓重的悲剧色彩。这个悲剧之所以写得惊心动魄，是因为这不仅仅是一个家族的悲剧，而且是一个在强大的历史进程面前无力回天的悲剧。在传统与现代的撞击下，土司王朝最终轰然坍塌。难以挽回的美梦、随风逝去的时间，带着挽歌式的情调，哀叹着无限的悲惋。《尘埃落定》的故事背景被选择在20世纪初中期，这是一个现代性进程已经无法阻挡的历史阶段。即使在相对封闭偏远的藏地，现代性的大门也不可避免地被强行撞开。在麦其土司与旺波土司发生的冲突中，麦其土司借助黄特派员的军队轻易地打败了旺波土司，先进的枪炮以摧枯拉朽之势彻底打垮了大刀长矛，首次显示出了现代器物的威力。然而，伴随着现代化热兵器一同到来的，还有妖冶而绚烂的罂粟。罂粟在为麦其家族带来了从未有过的富庶和辉煌权力的同时，也带来无穷的隐患和躁动。“这些我们土地上从来没有过的东西是那么热烈，点燃了人们骨子里的疯狂”。罂粟使麦其土司惊异自己何以爆发出如此旺盛的情欲，以至于他丧失了理智，超越了道德的基本底线。他不仅占有了查查头人的妻子央宗，而且杀死了忠诚于自己的查查头人。爱情，这人世间最为美好的感情，从此在这块土地上被深深地埋葬了。剩下的只有欲望，像火红的罂粟一样燃烧，仇恨也从中升腾而起。受命于土司去刺杀查查头人的多吉次仁没有逃脱被杀人灭口的厄运，由此滋生了如影随形的恩怨情仇，最终导致麦其土司的两个儿子都死于仇人的刀剑之下，他一度辉煌的权力统治曲终人散，以悲剧告终。

阿来本人非常重视赋予作品及其主人公以传奇色彩。阿来小说中的传奇性主要体现在小说的素材来源及其独特的叙事方式上。整部《尘埃落定》始终以傻子少爷作为独特视角来展开叙述，阿来自己曾说：“《尘埃落定》里我用土司傻子儿子的眼光作为小说叙述的角度，并且拿他来作为观照世界的一个标尺……”小说的大部分内容是借助他的视角，或通过他的叙述表达出来的。小说随他的讲述而开始，又以他的缄默(被杀)而告结束。傻子少爷不懂得基本的生活常识，却常常能穿越贪婪、愚蠢、欲望、诡计和历史，一语道破事物最本质的一面，脱口而出的话常常有一种神秘的预言般的魔力。就正常情况来说，这本是不可能发生的事情，更近似于一种寓言。但阿来利用精心设计的故事情节赋予整个故事传奇般的色彩。综观全书，有一条很清晰的线索贯穿其中，即老土司家族的权力之争，既有傻子少爷的哥哥在感觉到弟弟给自己地位带来的威胁时，对弟弟由爱而恨，与弟弟展开争夺、倾轧，也有老土司不愿意放弃权力之柄，与两个儿子间发生的矛盾。在这场权力之争中，傻子少爷本是被土司家族忽略的人，但在阿来的笔下，正是这个傻子，却一步步地展现了超乎常人的能力，成为土司统辖领域风云一时的人物，于是这个看似不可能的任务在整篇小说中形成了一个吸引人的巨大悬念：傻子少爷如何登顶土司宝座？为什么心智正常的人看不到他所看到的一切呢？这个悬念在阿来精巧的设计下，一步步被解开，深深地吸引读者看下去。

《尘埃落定》也好，《空山》也好，阿来一直都在注视着现代社会的转型怎样改变了原始的生活,以及对于人乃至人性的影响。阿来在谈到《尘埃落定》时曾提到,“在傻瓜这个人物身上,我就寄予了很多想法。他代表了现代化的冲击所引起的反应。一般来说,面对冲击的正常反应应该是抵抗,对这种抵抗如今在全世界到处都在以各种形式上演。但是傻瓜的表现却很‘反常’。”傻瓜的“反常”就在于他没有抵抗历史前进的滚滚车轮,而是顺应了这种力量,也就是顺应了历史的进程。当傻子少爷用那颗仿佛是不经意间射出的子弹穿透了多吉仁次的胸膛时,他便意识到自己的最终归宿便是躺在多吉罗布兄弟的刀下,而多吉罗布兄弟生命存在的唯一理由就是复仇。这是人生的规则,无法抗拒。“当一个人来到这个世界,就会发现,人家已经准备下一大堆规则。有时,这些规则是束缚,有时,却又是武器,就像复仇的规则。麦其土司利用了他们的父亲,又杀了他们的父亲,他们复仇天经地义,是规则规定了的。”作为在理性社会的一个傻瓜,二少爷却禀赋了自然的灵性,他以先知般的洞察力感受到命运的召唤,他不去抗拒命运,而是坦然接受。当仇人把锋利的刀刃插入他的体内,他感到了灵魂的飞升,最终尘埃落定,找到了自己的终极所在。从傻子二少爷的人生轨迹里,我们深深地感受到:其实命运是无所谓选择的,命运早已写好!小尔依天生注定了子承父业,无论如何也无法摆脱行刑人的宿命。两个塔娜虽身份悬殊,却又殊途同归。桑吉卓玛命中注定无法获得真爱,就像茸贡土司家族注定永远阴盛阳衰一样。在这里,阿来的《尘埃落定》显然是带着悲天悯人的情怀去关注人生、关注生命,并由此展开和追寻永恒的终极关怀。

除了傻子少爷外,《尘埃落定》还成功地塑造了一系列性格丰满、个性鲜明的艺术形象,无论是作为全书主要人物的卓玛的奔放与热情,茸贡土司之女塔娜的美丽与叛逆,麦其土司在土司与父亲两个角色之间的摇摆,土司太太对儿子的呵护与在争权夺利中不择手段的阴谋者形象,还是作为全书中次要人物的哑巴书记官、黄师爷、跛子管家、侍女塔娜,甚至描写不多的奶娘等等,点到即止的人物都具有鲜明的个性,寥寥数语将人物的性格及行为特点勾勒得活灵活现,跃然纸上。

此外,小说的语言是反映人物性格的重要艺术手段。《尘埃落定》通过大量富有诗意、简洁生动、深具意境的人物对话成功地塑造了诸多个性鲜明、丰满的人物。《尘埃落定》的对话既出人意料之外,而又意境深远,人物之间的对话多睿智生动,毫无赘述,读来赏心悦目,可以说,《尘埃落定》的人物塑造之所以取得极大成功,精彩的对话功不可没。

参考文献

[1]阿来:《我只感到世界扑面而来》,《当代作家评论》2009年第1期。

[2]何言宏、阿来:《现代性视野中的藏地世界》,《当代作家评论》2009年第1期。

[3]梁海:《论〈尘埃落定〉》,《文艺争鸣》2009年第10期。

[4]韦器闳:《傻眼看世 幻语写史:评阿来的长篇小说〈尘埃落定〉》,《中山大学学报论丛》2002年第2期。

延伸阅读文本链接

1. 阿来:《阿来文集》,人民文学出版社 2001 年版。
2. 阿来:《空山》,人民文学出版社 2005 年版。
3. 阿来、何马:《格萨尔王》,重庆出版社 2009 年版。
4. 阿来:《笔尖下的西藏》,江苏文艺出版社 2013 年版。
5. 阿来:《瞻对:两百年康巴传奇》,四川文艺出版社 2014 年版。

手机(节选)

刘震云

以后又碰到过几次,或开会,或吃饭,一草一木,一碗一碟,费墨都能引申出另外的意思;言语之间,又总有人惹得费墨不痛快。严守一看他是个杂家,又好为人师,适合做电视节目,便邀他到《有一说一》当策划。《有一说一》是个社会、生活栏目,话题繁杂,不愁费墨没有用武之地。没想到邀了两次,费墨辞了两次:"我不会说话。"

这时严守一已与费墨熟了,严守一:"你要不会说话,全国人民都得憋死。"

费墨瞪了严守一一眼:"我说的不会,不是这个不会,而是那个不会。"

严守一明白了,他说的"不会"不是"不能",而是"不愿"。严守一:"为吗呢?"

费墨:"话有话的用处,我不至于拿话赚饭吃。"

严守一:"你在大学讲课,不也是拿话赚饭吃?"

费墨瞪了严守一一眼:"这怎么能一样呢?一个是授徒,一个是作秀,一个是授业解惑,一个是自轻自贱,一个是孔子,一个是戏子,明白了吧?"

严守一恍然大悟,只好作罢。但过了两个月,严守一又去邀。因在两个月之中,严守一经常想起费墨,一想起就笑。严守一还从来没有这么难忘一个男人。严守一说:"老费,我这是三顾茅庐。知你看不上我们,无法与我们对话,但你也得顾及影响。我这次来,并不是代表我自己!"

费墨倒吃了一惊:"那你代表谁呀?"

严守一:"我代表天下的苍生,再不能让我们这么不明不白地活着了!如果你再把授业解惑局限在学校,你就是自私。"

费墨盯着严守一看,看后叹了口气:"原来以为你是一个花马掉嘴的人,谁知也是个有心人。原来以为你是个名利之徒,谁知也稍微懂一点朋友。"

就这样,费墨被严守一拉进《有一说一》。一开始严守一并不强迫他做什么,平时爱来不来,到月底就送酬金。后来倒是费墨坐不住了,主动过来策划节目。

费墨加入《有一说一》的策划队伍,《有一说一》果然和过去不同。严守一一开始担心费墨放不下大学的架子,大学和电视台,正像费墨说过的那样,一个是阳春白雪,一个是下里巴人,同样的话,两种不同的说法,担心费墨给弄拧巴了,没想到费墨能上能下,进得厅堂,也下得厨房,从深刻到庸俗,转变得很快。费墨说话慢,做事也慢,严守一从不催他。但几年之中,费墨策划出几期节目,个个叫好,使《有一说一》一年上一个台阶。

短短几年,严守一和费墨成了无话不说的好朋友。四十岁之前不知朋友的重要,过了四十岁，就知道有话无处说，显出朋友的重要来了。费墨当着人爱摆架子，单独和严守一在一起的时候，偶尔会露出本相。特别是两人喝醉的时候，费墨就不是费墨，费墨就成了另外一个人。两人在一起的时候，都是费墨说，严守一听。费墨不说到口吐白沫不算完。

但一次喝醉的时候，费墨说着说着，突然不说了，像空中断电，突然出现了空白；好不容易等电路接通，费墨又开始伤感，突然点着自己的嘴："贫。"

又点自己的嘴："可它除了贫，还会干什么呢？"

严守一倒学着费墨平时的口气安慰他："费老，不能这么说，对您叫贫，对于我们，您牙缝里剔出来的东西，就够营养大家一辈子了。"

费墨没理严守一，照着自己的思路继续感叹："嘴里贫，是证明心里闷呀。"接着泪流满面。严守一看着费墨，倒半天说不出话来。久而久之，严守一闷的时候，也常对费墨说知心话。对妻子于文娟不能说的话，也对他说。严守一在某些事情上管不住自己，外边有些男男女女的事，他瞒别人，不瞒费墨。

二月十一日这天清早，严守一开车到费墨家接费墨，一块去电视台录像。平时接费墨，费墨知道是去《有一说一》剧组，胖脸都是笑呵呵的。严守一故作卑谦状，给他接包，拉车门，他都大咧咧地享用。但今天费墨从门洞里钻出来，一脸苦霜，对严守一的接包和拉车门不理不睬，严守一便知道费墨昨天晚上在家里度过得很不愉快。费墨的老婆叫李燕，是一家旅游公司的职员，也和社会上其他人一样，不知道费墨对于世界的重要，言来语去，常惹费墨生气。这时严守一又发现费墨另一个毛病，除了有些文人的小心眼，还爱迁怒。他与老婆闹了矛盾，也会在别人身上和别的话题上找补回来。严守一看他上了车还耷拉个脸，开车便提了小心。出了宿舍区，严守一小心地问："费老，我们是走激情的平安大道，还是走理性的四环路？"

费墨看着窗外不理人。严守一只好闭上嘴，埋头开车。等车上了四环路，费墨果然开始迁怒了："老严，我不是说你，没事也坐下来看点书，知识欠缺，是会误事的。"

昨晚《有一说一》播出的节目叫"如今我们没发明"。费墨："里面有硬伤，你知道吗？你怎么把蒸汽机说成是牛顿发明的？"

严守一吃了一惊："不是他？那是谁？"

费墨："瓦特，瓦特知道吗？"

正在这时，严守一突然想起一件比瓦特和牛顿更重要的事，不再理费墨，打起右侧的转向灯，躲着身边驶过的车流，从最里面的快行道靠到外边的慢车道，停到临时停车线上。费墨瞪了他一眼："又搞什么名堂？"

严守一："手机落家里了。"

费墨顺着自己的情绪一阵烦躁："那怕什么？该录像了，顾不上了，下午我还有事。"

严守一双手把着方向盘："今天于文娟在家。"

接着将车从立交桥快速往回盘，费墨在旁边又一阵烦躁："你来往的那些人，说好听点叫'蜜',说句实话就是破鞋!麻烦,为搞破鞋,多麻烦呀。"

严守一的妻子于文娟今天倒休。于文娟在一家房地产开发公司上班。严守一回家拿手机时,她正在家练气功。结婚十年,两人夜里从未采取措施,但一直没有孩子。到医院检查,不是严守一的问题,是于文娟的问题。

于文娟便开始一罐一罐喝中药。后来见了一位气功大师,开始练气功。一阵气功一身汗,于文娟从容不迫。看她孜孜追求,严守一感到有些好笑:"没有就没有吧,时尚青年都喜欢丁克家庭。"

于文娟不好意思笑了:"我不是为了你,是为了奶奶。"

这里说的奶奶,是指严守一他奶奶。十年前结婚时,两人回了一趟山西老家,奶奶把一枚祖传的戒指送给了于文娟。以后春节回去,奶奶便盯她的肚子。严守一:"她一农村老太太,懂得什么?"

于文娟:"答应过的,不可失信于人。"

后来严守一发现于文娟孜孜追求怀孕并不是为了奶奶,而是她知道严守一的性格,怕他在外边胡闹;想怀孕生子,用一个孩子套住严守一。

后来严守一又发现于文娟追求怀孕的目的并不单是为了套住严守一,而是想找一个人说话。结婚十年,夫妻间的话好像说完了。刚结婚的时候,两人似有说不完的话,能从天黑说到天明;现在躺在床上,除了干那事,事前事后都没话。有时也绞尽脑汁想找些话题,全是些八竿子打不着的别人的事。而且是干聊,像机器一样,缺润滑油,转着转着就不动了。最后就索性不说。

严守一对这婚姻无所谓满意,也无所谓不满意,就好像放到橱柜里的一块干馒头一样,饿的时候找出来能充饥,饱的时候嚼起来像废塑料。

[文章来源:《手机》,作家出版社 2009 年版]

文史知识地图

刘震云(1958—),当代知名作家,河南新乡延津人。刘震云曾连续发表《新兵连》《头人》《单位》《官场》《一地鸡毛》《官人》《温故一九四二》等描写城市社会的"单位系列"和干部生活的"官场系列",在全国引起强烈反响。2011 年 8 月 20 日,凭借作品《一句顶一万句》获第八届茅盾文学奖。刘震云现为中国作家协会全国委员会委员、北京市青联委员、一级作家、《农民日报》文化部主任。

1973 年,刘震云参加中国人民解放军,来到甘肃的茫茫戈壁滩上。1978 年复员,在家乡当中学教师,同年即以河南省高考文科状元的优异成绩考入北京大学中文系。1982 年毕业后,刘震云被分配到《农民日报》工作。1988 年至 1991 年,刘震云进入北京师范大学、鲁迅文学院攻读硕士研究生。

刘震云从 1982 年开始从事文学创作。《塔铺》是刘震云的首部小说作品,荣获

1987—1988 全国优秀短篇小说奖，他的中篇小说《一地鸡毛》更因被改编为电视剧而备受瞩目。这些作品在《人民文学》上发表，刘震云迅速表现出成为大作家的潜在能力，并确立了其文学创作的平民立场，将目光集中于历史、权力和民生问题，以简洁直接的白描手法见长，因此被称为"新写实主义"作家。刘震云的作品一以贯之的往往是对小人物或底层人物生存境遇和生活态度的刻画，对人情世故的洞察，用冷静客观的叙事笔调书写无聊乏味的日常生活，以此来反讽日常生活中的权力关系。

自 1991 年发表长篇小说《故乡天下黄花》始，刘震云开始追求全新的创作境界。《故乡天下黄花》主要以一个小村落为背景，展示近半个世纪错综复杂的社会风貌。与新写实不同，《故乡天下黄花》属于寓言式写作。1993 年，刘震云发表"故乡"系列第二部长篇《故乡相处流传》。评论界普遍认为刘震云创作的这部小说达到了圆熟大气的佳境。刘震云小说的研究者摩罗认为："刘震云用自己的写作拼合了一个十字架。他用机关小说（譬如《单位》《官场》）写现代生活的卑微无聊，这是横向的；用历史小说（譬如《故乡相处流传》）展现历史生活的残暴恶毒，这是纵向的。一横一纵拼合到一块，就构成一个无限延伸的空间，这个空间贮满了人类的苦难。"其后，历经八年的艰辛创作，刘震云最终完成长篇巨著《故乡面和花朵》。这部作品体现了刘震云在文体和内容上的双重探索，其想象力的诡谲玄奥、文字的恣肆汪洋、结构的庞杂、技巧的多变、意义的含混等等，都令读者叹为观止，同时也引起了一些争议。

2001 年，刘震云出版长篇小说《一腔废话》。2003 年，刘震云推出自己的力作《手机》。这部作品生动地体现了刘震云小说叙事策略的转变及主题的多元性。在《手机》中，刘震云改变了原本深沉、严肃的叙述方式，转向调侃、讽刺的笔调。这一叙述方式的转变，有利于表现出小说创作主题的多元性。《手机》独具特色地展现了家庭与婚姻、文化阶层的堕落与身份的斗争、科技文明的副作用与谎话的世界等多重主题。很快，《手机》被著名导演冯小刚改编成同名贺岁影片，由葛优、范冰冰等知名演员主演，于 2003 年年底在全国上映。2010 年，《手机》又被沈严拍摄成同名电视剧，并由王志文和陈道明主演。2007 年，刘震云创作完成小说《我叫刘跃进》，该作再度被改编成 2008 年的贺岁片。影片由马俪文执导，刘震云亲自担当编剧，李易祥、高群书、秦海璐等主演。主要讲述工地厨师刘跃进为了凑齐儿子的学费到处借钱，因为拿错包而被卷入了一个大阴谋之中，由此引发了一连串的喜剧故事。

2009 年，刘震云完成并出版长篇小说《一句顶一万句》，随即引起社会轰动。在这部作品中，刘震云以故乡延津为背景，讲述了一个摆脱孤独，寻找"说得上话"的朋友的故事。小说的故事很简单，作品前半部写的是过去，即孤独无助的吴摩西失去唯一能够"说得上话"的养女，为了寻找"说得上话"的朋友，他走出延津。小说的后半部则写的是现在：吴摩西养女的儿子牛爱国，同样为了摆脱孤独寻找"说得上话"的朋友，走向延津。一走一来，延宕百年。2011 年 8 月，刘震云凭借《一句顶一万句》捧得第八届茅盾文学奖。2012 年，长篇小说《我不是潘金莲》出版，这是刘震云第一部以女性为主角的小说。和《一句顶一万句》一样，作品中的故事都是写一个戴了绿帽子的人想杀人，其实不过是想在人群中找到能说上话的人,不同的是,这本书中写的是一个戴绿帽子的女人,从杀人到折腾人,不过是想在人群中纠正一句话。直逼现实,书写民苦,使这部小说成为《一句顶一万句》的姊妹篇。

刘震云创作颇丰,文学成就突出。众多作品中,他最看重的一部作品是《温故一九四二》。作品于1993年发表在《人民文学》上,讲述的是1942年,中原大旱,3000万灾民饿死和逃亡的故事。1942年,河南大旱,灾民3000万,河南成了母亲煮食自己婴儿的地方。关于饥饿,有"我姥娘""我花生二舅"的记忆,也有美国《时代周刊》记者白修德的考察,这些人共同记录了一个民族最不应该忘却的一次灾难。刘震云自己曾评价这部作品说,"我觉得它写得既感性又理性,是个好作品,包括它将要拍成的电影也是一个波澜壮阔、震撼人心的民族心灵史。"刘震云更担心后代将河南当年的那场灾难全忘了,因此他直言自己写这本书就是为了长民族的记性,避免灾难的重演。2011年10月19日,著名导演冯小刚与刘震云再度携手合作,正式开机拍摄经由小说《温故一九四二》改编而成的战争与剧情片——电影《一九四二》。其实,早在1993年,刘震云就把《温故一九四二》交到了冯小刚手里。从冯小刚看中剧本到付诸拍摄历时18载,影片《一九四二》的问世可谓一波三折。2000年,冯小刚与刘震云获华谊兄弟支持后重启该片。2002年,《一九四二》正式建组,后影片拍摄一度因故中断。直至2011年初,王朔再次提议,重启《一九四二》并最终完工。而两位好莱坞影星,阿德里安·布劳迪和曾主演过《肖申克的救赎》的蒂姆·罗宾斯的加盟,更为《一九四二》这部本土特征明显的电影增添了一些国际元素。

分析与鉴赏导引

《手机》是一部关于人们日常"说话"的小说,刘震云巧妙地借助作品,极富幽默趣味地讲述了一个关于"说话"的故事。据刘震云自己统计,一个人从早上睁开眼睛,到晚上闭上眼睛,每天差不多要说三千多句话。如果有人夜里说梦话,还得再加上三十多句。在这部小说中,主人公严守一是一个以"说话"为生的人,在电视台主持节目。他的节目以说真话见长,但在日常生活中,他不由自主开始说谎话。当谎话和手机连在一起时,手机就变成了手雷。作品开始写的是60年代童年时的严守一,他不爱说话的父亲,他的表嫂、朋友及奶奶。然后写到当下,长大后的严守一从事了让全村人都不信的以"说话"为生的职业,在电视台当主持人。小说最后则回溯到上个世纪二三十年代,追寻严守一话语的源头。于是,在充分展开的中间部分,小说里似乎长出了许多张嘴,都在说话,有说假话的,有说实话的,有不爱说话的,有话中有话的,也有说心里话的。刘震云通过手机,淋漓尽致地揭示了嘴和心的微妙、复杂关系。

小说的主体部分,是写严守一和几个女人之间的故事。《手机》的主人公是男性,但是标题都是女性。第一章是吕桂花,第二章是于文娟、沈雪与伍月。作者从严守一童年的性意识启蒙时期开始便深入刻画他与女人的纠缠不清。严守一从小就对女性有种天然的亲近感和神秘感,甚至产生某种莫名的欲望。一个很明显的例子是吕桂花。这个被老严他们称之为“破鞋”的女人嫁到村里来,严守一与小伙伴们争先恐后地与之接近、戏耍、聊天等,严守一因为意外的缘故获得了吕桂花的青睐,此事催生了严守一隐藏在心底的对异性的渴望。在刘震云笔下,金钱、女人以及官职成为欲望的符号,作者让严守一周游于众多女人之间:前妻于文娟、女朋友沈雪、情人伍月、慕名者金玉善以及戏剧学院的一个女学生等。即便他偶尔流露出自责之意,但这依然不能遏制严守一内心对性欲的渴求。尤其是与伍月做爱时的动作,以及粗俗肮脏的话语,让严守一体味到一种激情,产生了莫名的兴奋。伍月充满挑逗性的言语动作,诱导出严守一本性中恶魔的一面。一旦回到妻子身边,约束、规矩、文明等又不得不重新统治严守一的头脑和手脚。因为野性放纵而时有谴责,因为规律约束又渴望释放生命本能,使得这个“严守一”永不守一。伴随“永不守一”的“严守一”们欲望的放纵和表面的虚伪,他们成了婚姻与家庭破裂的罪魁祸首,当然也没有好下场。

在《手机》当中,形形色色的社会人迷狂地陷入了欲望樊篱之中,与“说话”有必然的联系。刘震云自己就说:“写小说时我关心的是人的物质和精神之间的磨合点,关注的是人的说话,因为说话这个东西是物质的,又是精神的,听得着,但是看不见,语言最能反映人的嘴和心之间的关系。”从说话、从语言的层面来探究人与人之间的变异关系以及人对感官刺激的追求,力求从哲学的高度去追问“存在”的问题。在刘震云看来,他的这部小说的主题是“说话”,并且直指他的写作目的就是将语言还原于人间、人群和人。《手机》中“语言破碎”,在于真话的迷茫,假话的充斥,谎言的弥漫。在人与自己,人与人,人与自然之间,用语言隔膜,用无言相对。如此一来,我们方可理解,为何费墨与李燕二十多年的夫妻之情会出现裂痕,严守一与于文娟十多年的夫妻之义走向破灭。说到底,是语言交流契合的失效,甚至无效。一旦交流丧失,彼此心灵、男女双方也就砌起隔阂之墙,严守一与于文娟是,费墨与李燕也是。但通过小说文本的显示,严守一与于文娟之间的结合,不是苟合,也非天作。于文娟本身有些心理障碍(小时候受到的伤害所致),她迫切需要交流对话,严守一爱说话和说话幽默成了她寄托情感的寓所。于文娟的选择,与其说是寻找生活的伴侣,不如说是寻求能够说话的人。而严守一之所以选择于文娟,恰是因为她不说话。而费墨与李燕,裂痕的原因,还是说话。费墨,一个大学教授,以说话为职业的人。李燕,一个旅行社的导游,以嘴皮子混饭吃的人。现实就是这么让人啼笑皆非,本来交流应是畅通无阻的,反而陌生相对,正当日常的夫妻生活交流却成了互相的攻讦抵牾。最终李燕迷恋上了网上聊天,将说话对象转移到陌生的虚拟的网络空间,于此之中可以卿卿我我谈情说爱。费墨则帮助严守一策划“有一说一”节目,有趣的是不论是吃饭还是开会,他都能引经据典、海阔天空。夫妻之间的失语,印证他们心中各自的孤独郁闷,也伴随着欲望之苗的疯长。严守一在主持一次节目时说“面对这个世界,老费有话要说,别人是没话找话说”,费墨叹了一口气:“知我者谓我心忧,不知我者谓我何求?”其实,对于费墨来说,既是有话要说,也是没话找话说,因为“嘴里贫,是证明心里闷呀”。如此一来,借助网络、利用手机、利用电视传媒等高科技的手段来消解心中的炽盛的欲望,也就顺理成章了。

手机是信息社会里技术的象征,极大地方便了人们的日常生活,满足了人们对信息的巨大需求。但技术是一把双刃剑,既能造福人类,又能给人类带来灾难。手机也一样,它在使人们的信息传达越来越准确而迅速的同时,又制造了人们之间更多的误解与隔阂。在《手机》里,对于严守一和费墨来说,手机最终带给他们的也都是痛苦。科技把人与人之间的距离拉得很近,但又把人与人心灵之间的距离推得很远。信息化技术越来越发达,人与人之间心灵的沟通却变得困难起来,在信息化社会里情感的交流又成了一个难题,这也是信息化社会里人们普遍经历的尴尬境遇。通信技术的发达并没有如人们原先想象的那样美好,反而由于交流过于方便,极大地压缩了时空,实现了零距离零时差的"实时监控","近得人喘不过气来了"。人们通过手机电话或短信编织着应付交际的谎言,掩饰着生活中真实的自己,事实上同时也就失去了讲真话的权利。因此,小说中费墨永远怀念农业文明时代的士子赶考"几年不回,说啥子都是成立的",正如严守一永远怀念用羊角手把的自行车送吕桂花去打电话给牛三斤的那一天一样,他们都对通讯手段不发达的年代,单纯的人际关系和真诚的交流效果念念不忘。谎话还在《手机》中拼命寻找身份认同,而《手机》也在为谎话的合理性进行辩护。严守一在节目中讨论"人该不该撒谎"话题时,说过这样一句话:"人家(卖房的人)还真没骗你,树也是真的,草也是真的,就是没长这儿。"伍月听到这里,"心里似乎突然被一根针扎了一下",然后,她来到宾馆的阳台上,看到树也是真的,草也是真的,两年前也长在这儿。严守一口中的树与草,与伍月眼中的树与草,在小说中,都是隐喻的,并且都是错位的,这也是两者关系错位的象征。于是,谎话主宰人与人之间的关系使谎话获得了存在的合法性。而手机不过是传播谎言的工具,是手机的使用者把它变成手雷的。"说话"的主题其实是说谎的主题,更是呼唤真诚的主题,是对科技进行反思的主题。

在真切呼唤诚信的今天,缺失真诚、失信于人已成为当下人们无奈的日常话题,而刘震云针对信息时代因为手机带来的信任危机和情感状态的困境,写出了迄今他本人自认为最好的小说,实现了对自己文学创作的一种超越。因为《手机》很好地表达了刘震云极为看重的一点,即生存在这个世界上人际交往的重要性。尽管爷爷和父亲那代人说话很少,却多是真言、是实话,人与人之间关系简单且真诚。而儿子这代人虽能言善辩,却谎话连篇,人与人之间甚至夫妻之间的关系复杂且虚伪。在《手机》中,刘震云客观地描述了信息时代人人自危的生存困境,强烈地体现出他一贯"是比较善于发现生活当中趣味性的一面,但这种趣味性里边确实有他冷酷的成分"的创作特征。总之,《手机》留给人们的思考是颇具深意的,它使读者深刻地认识到现代社会中人的生存状况及面临的复杂问题。"手机"也俨然成为信息化社会里的一个文化符码。

参考文献

[1]郭宝亮、倪素梅:《手机的“说话”主题及其局限》,《理论与创作》2005 年第 5 期。

[2]秦剑英:《从〈手机〉看刘震云小说叙事策略的转变及主题的多元性》,《中州学刊》2006 年第 2 期。

[3]吴菲:《刘震云谈〈手机〉:拧巴的世界变坦了的心》,《北京青年报》2003 年 12 月 9 日。

[4]张英、刘震云:《“废话”说完,手机“响起”》,《南方周末》2004 年 2 月 5 日。

[5]赵李红、刘震云:《〈手机〉关键词是说话》,《北京晚报》2003 年 11 月 20 日。

延伸阅读文本链接

1. 刘震云:《一地鸡毛》,长江文艺出版社 2007 年版。
2. 刘震云:《我叫刘跃进》,长江文艺出版社 2009 年版。
3. 刘震云:《温故一九四二》,人民文学出版社 2009 年版。
4. 刘震云:《一句顶一万句》,长江文艺出版社 2009 年版。
5. 刘震云:《刘震云经典作品集》,长江文艺出版社 2012 年版。

风声(节选)

麦　家

李宁玉撞墙没死,她这样子站都站不直,哪还撞得死?

李宁玉发现自己没死,又往肥原扑过去,抱住他的脚,朝他吐一口血水,骂道:你这个畜生如果明天证明我不是老鬼你去死!

肥原拔出脚,拂袖而去。

李宁玉又爬到司令跟前哭诉:张司令,我不是老鬼。张司令,我不是老鬼。

张司令看不下去,对旁边的白秘书等人示意一下,扭头跟着肥原走了,走到屋外面还听到李宁玉声嘶力竭地叫:张司令,我不是老鬼!

李宁玉说是没死,但离死也差不多了。额头开花了,鼻梁凹下去了,牙齿挂出来了,血像地下水一样冒出来,要是没有人相救,生死只有听天由命。毕竟都是同事,就算她是老鬼也不能见死不救,何况从现在的情况看,李宁玉比任何时候都不像个老鬼。这时候可能只有老鬼才巴不得李宁玉死,可老鬼为了掩盖自己是老鬼也得要装出相救的样子。于是,几个人手忙脚乱,有的去外面招待所叫医生,有的临时急救,用手捂,用手绢堵,暂时止了血,便将她送上楼去。

不久赶来一个卫生员,金生火和白秘书借机就走了,只有顾小梦留下来,配合卫生员给李宁玉作包扎。后来卫生员走了,她也没走,而是打来水,给李宁玉洗了血污,罢了又陪她坐了很久。这些人中她们俩的关系是最和睦的,即使在刚才那场混战恶斗中,两人也没有互相诋毁、撕咬。最后,顾小梦走时,李宁玉硬撑着坐起身,认真地对她道谢,说:只有你把我当朋友看,我死了都不会忘记你的。

深夜里的山庄,墨黑如漆,静寂如死。李宁玉躺在床上,可以听到窗外树叶随风飘落的声音。她怎么也睡不着,似乎也无心睡,只是静静地躺在床上,两只眼睛一眨不眨地睁得大大的,圆圆的,亮亮的,像是怕闭上了再也睁不开似的,又像要用这最后的目光驱散层层黑暗。

黑暗逐渐又逐渐地淡了。

天光慢慢又慢慢地明了。

新的一天对谁来说都是最后一天,对老鬼是,对其他人也是。由于突然发现自己确实如顾小梦说的那样也是老鬼的嫌疑人之一,昨天晚上白秘书的觉睡得很不安稳。噩梦像老鬼一样纠缠着他,使他老处于半梦半醒的状态,周边的声响可以轻易地从他梦里梦外穿来梭去:从梦外进,从梦里出;从一只耳朵进,从另一只耳朵出。天亮前,他听到楼上突然传来一声巨响,短促、沉闷,好像是一团什么东西摔在了地板上。他似醒非醒地想，不好，出事了，并命令自己赶紧醒过来。他醒了几分，朦朦胧胧听到李宁玉痛苦的呻吟声，心想可能是肥原又在找她出气，心里又松轻下来，沉入了梦里。当早晨树林里的小鸟唧唧喳喳地叫醒他时，他首先醒过来的意识是李宁玉痛苦的呻吟声，并比梦里更肯定她夜里一定是又被肥原打了。于是，他起床后第一时间去看了李宁玉。

房门虚掩着，门缝里夹着一股不祥的气息，以致他不敢贸然推门。他连喊两声李宁玉的名字，没有回应，才上去推开门，看见李宁玉居然趴着睡在地上，像一个被彻底打垮的可怜虫，恨不得爬走，但又爬不动。他又喊李宁玉的名字，一边上前想去扶她上床，却被李宁玉惨烈的死状吓得惊慌失措。

眼睛、嘴巴、鼻孔、两只耳朵孔里，都是血，乌乌的血。事后白秘书向肥原报告时，依然有些惊魂不定。

肥原听了，不紧不慢地说：那叫七窍流血，可能是吃了什么毒药吧。

……

接下来，肥原和王田香把李宁玉留下的所有遗物通通找出来，集中在一起，它们是一只英式怀表、一本单位内部使用的笔记本、一支白色笔帽的钢笔、一把破梳子（已有三个齿耙断裂）、一只皮夹子（内有半个月工资）、一对发夹、一支唇膏、一串钥匙、一只茶杯、半盒药丸、一根扎头巾、一套内衣内裤、一幅素描画。画已经完成，画的是两棵不知名的树，粗壮，挺拔，并排而立，地面上长满了小草，上面还写有一句话：

牛儿，小玉，妈妈希望你们要做大树，不要做小草。

显然是给孩子们画的。

画很简单，用单线勾勒，没有一处色块。但肥原仍担心画里面藏字，反复看了，正面看，反面看，倒过来看，对着灯光看，用放大镜看。总之，每一样东西，肥原和王田香都一一进行细致的检查，确信无疑后方纳为遗物，包括那幅画。只有那本笔记本，因为已经用了大半本，如果首尾审看一遍起码要一个钟头。肥原懒得看，索性占为己有，没收了。

不可思议的是，看了这么多，肥原似乎还没有看够，要王田香检查李宁玉的遗体。

干吗？王田香纳闷地问。

万一她是老鬼呢，她可能借尸体传送情报。肥原老练地说，她身上可以藏匿情报的地方多着呢。

你还在怀疑她？王田香气鼓鼓地说。

干我们这行的只相信事实。肥原高深地说。看王田香欲言又止，他又说：即使确凿无疑也是应该查一查的，算是双保险嘛。

于是两人将尸体的上上下下、里里外外都翻了遍，连头发丛、两个鼻孔、牙齿缝、耳朵眼，包括腋下、肛门、阴处都查检了个遍。至于穿戴在身和可能要穿戴的衣帽、鞋子，更没有放过。总之，所有可能藏纳纸头纸片的角落，所有可能写字留意的地方，都无一例外地检了，查了，看了：你看，他看，左看，右看，上看，下看，没有，没有，身上没有，身外也没有，到处都没有。

没有片言只语!

没有暗号密语!

……

那到底谁是老鬼?

就是李宁玉!潘老说,而他就是李宁玉在遗书中说的那个良明吾夫:李宁玉的丈夫。

不过,这是假的。潘老告诉我,我们其实是兄妹关系、同志关系,工作需要才假扮夫妻的。

(文章来源:《风声》,甘肃人民美术出版社2011年版)

文史知识地图

麦家(1964—),中国著名作家、编剧。真名蒋本浒,麦家为其笔名。出身于浙江富阳。1983年毕业于解放军工程技术学院无线电系,因爱好文学,1989年又考入解放军艺术学院文学系,1997年,麦家从军17年后离开军营,转业任成都电视台电视剧部编剧,进入创作高峰期。2008年调任杭州市文联专业作家,2013年当选浙江省作协主席。特殊的从军经历赋予了麦家大量的创作资源,出版有长篇小说《解密》《暗算》《风声》《风语》《风语2》《刀尖》,中短篇小说、小说集《紫密黑密》《地下的天空》《让蒙面人说话》《充满爱情和凄楚的故事》《军事》《麦家作品集》四卷、《麦家文集》五卷、《天外之音》《黑记》《陈华南笔记本》等多部。他以其超凡的想象力开辟了中国"新智力小说"和"特情小说"创作的新领域,素有中国的丹·布朗的美名。作品《暗算》荣获第七届茅盾文学奖,作品被译成30多种语言,其中《解密》英文版被收进英国"企鹅经典"文库,是继鲁迅、钱钟书、张爱玲后唯一入选该文库的中国当代作家。

麦家之所以能在当代文坛掀起一股热潮,在于他成功地撩拨起大众阅读的欲望,有效地缩短了文学与大众的距离,让其小说与大众无限贴近,从而掀起一股广泛阅读的潮流。从小说的叙事手法看,麦家善于将影响广泛的先锋叙事策略与当下衔接,"解构历史""戏谑化""元叙事"等叙事方法信手拈来。从整个文本看,麦家抛弃了雅与俗、宏大与卑微、先锋与传统等当下流行的写作传承,自由自在地调动着他所有的写作资源。回到具体小说中,麦家自始至终把自己放在一个与大众同等的远窥者的位置上,只不过由于机缘巧合让他有幸成为一个离奇事件的聆听者与记录者。就小说人物来看,麦家笔下的大小人物似乎都有一种演绎到极致的魔性。他们用独特或者说近乎诡异的能力在各自的领地上固守着自己所创建的世界。麦家将自己开创的特情小说与古代悬疑小说传统相对接,在中国当代文学中获得了独树一帜的写作场域。

分析与鉴赏导引

小说故事发生在1941年春夏之交，杭州城西子湖畔一座私人庄园（裘庄）里，日伪合作，誓在两三天内找出内部破坏剿共大计的“叛逆者”——“老鬼”。而老鬼就在吴志国、金生火、李宁玉和顾小梦四人之间，谜底一点点揭开。

小说从一段真假难辨的前言开始。第一部分《东风》中主要讲述本是“我”凭空胡乱编造出来的作品《暗算》拍成电视剧后，很多人对号入座，寻找原型，赞美声、谩骂声皆有之。“我”感到很委屈，但一次与潘教授的偶遇却让“我”离奇地发现了电视剧《暗算》的原型。潘教授是上海一大学退休的化学教授，受邀到某大学来讲学，通过朋友联系上“我”，为“我”讲述了一个“真实”的故事——抗战期间，杭州，汪伪政权的剿共计划屡屡失败，通过仔细排查，发现是一代号为“老鬼”的共产党卧底在对外发送情报。为了找出“老鬼”，特务们将四个涉嫌者（吴、金、李、顾四人）一同带进了裘庄，关在同幢小楼中，由老练的日军特务课机关长龙川肥原亲自布置和主持审问。这时的“老鬼”不仅要保护自己不被暴露，还必须将这一情报送出去。面对肥原一次次的设局，“老鬼”都惊险通过。在这期间，吴志国被刑讯逼供而死，李宁玉服毒自杀。其余人秘密失踪。肥原始终没能找出“老鬼”是谁。最后，跳出迷雾，潘老先生揭开了谜底，原来“老鬼”是自杀的李宁玉。李宁玉以死来打消敌人的怀疑，同时也送出了情报，避免了组织的巨大损失。她将情报藏于两封遗书中，一封送给名义上的丈夫（实为自己的哥哥），一封送给自己的孩子，给孩子的是一幅钢笔画——《大树与小草》。小草的长短其实代表着一组摩斯电码。而李宁玉就是潘教授的姑姑，潘教授父亲潘老亲历其中。第二部分《西风》中，“我”作为记录者将《东风》的故事写出，命名《新暗算》，准备出版。突然被告知不能出版。原因是，原来那四个人中的顾小梦并没有死，现居台湾，在获悉《新暗算》的内容后，认为内容不实，如果出版，将诉诸法律。为了弄清事情真相，“我”亲赴台湾拜访顾小梦，获得了另一版本。顾小梦的真实身份是军统特工，被国民党安插在汪伪政权机要部门中，起初她并不知晓李宁玉就是“老鬼”，后来被关在一起，在受审的过程中，互相觉察到了彼此的身份。李宁玉说服顾小梦配合自己共同对外。先留下隐含密码的遗书，等李自杀后，顾小梦帮助解读密码，换取肥原信任，获得释放后伺机把真正的情报送出去。因此，情报是顾小梦冒险送出去的，并非潘教授所说的含在遗物中送出。而且顾小梦也明确表示，作为专业的特工，肥原不会轻易地把能够传递出去的东西送出，遑论遗书。潘老在撒谎。第三部分《静风》中，当我避开潘教授完成《西风》后，与潘教授联系才知道潘老已过世，潘老是在看我的书稿时突发心脏病，撒手人寰的。九十几岁的潘老或许是对自己的谎话感到羞愧而死，对于我《西风》中的疑问，潘教授什么都不想说了，“不是无话可说，而是无需说”。原来，潘教授是潘老与顾小梦的儿子，对于父母的争执，作为儿子的，的确无话可说。

麦家的小说以他专业知识的丰富、叙事逻辑的严密而受到当下读者的喜爱。以《风声》为例，它既是一场信仰的追寻之旅，又在叙事中展现出了高超的元叙事结构图景。

历史似乎总是有一种矫枉过正的嫌疑。20世纪一路走来,小说写作的触角逐渐扩大着宏大叙事的边缘,从民族到人性,再从人性到私密……越来越多的黑暗、绝望和罪恶。这些看似真实的、能够毁灭人性的力量也在逐一粉碎作家对这个世界的信心——他们一而再再而三地将人的丑恶抬上桌面。加上受文化快餐的影响,平庸的人生更是成了大多数小说的主角,一种健全、有信念、充满力量的人生似乎渐行渐远。如果说迷恋凡俗人生、小事的写作潮流,是对长期以来宏大叙事传统的反抗,那么,在反抗的同时,伴随而生的也是一种精神的溃败。小说被慢慢缩小为私密的话语,以欲望来为人性编写注脚,它的直接代价是把人格的光辉抹平,人生开始匍匐在地面上,逐渐失去了站立起来的精神脊梁。在失去了对精神的救赎后,我们变得异常浮躁。这时,人们开始反观对信仰的追寻。必须要树立一种不可磨灭的信仰,让这种信仰告诉我们这个世界尽管令人悲伤,但仍有获救的希望;一种高贵的人格、一种全心为国家、为民族而活的人生并没有泯灭,而是仍然活跃于广阔天地间。它会带着正义力量将民族气节重塑于正史之中。

于是,麦家用自己的小说为另一种人生——顶天立地,可以骄傲站立起来的人生作出了最好的诠释。麦家自己也说:"我笔下的人物都是心怀理想,敢于承担自己的责任和命运,逆流而行,从弱到强。文学要去温暖、校正人心,而不是一味顺从、迎合。"这是一种雄浑的精神存在。《风声》的出现正暗暗推动了中国当代文学精神的悄然转型。无论是现实世界还是文学世界,我们都需要一种厚重的人生,一个懂得隐忍的民族。只有在辨识与体认痛苦之后确定的方向才是最终的皈依。20世纪40年代初,抗战期间神秘的情报世界,国共敌伪四方相互渗透。"老鬼"李宁玉身为我方情报人员,沉着冷静,机智敏锐,凭借敌伪司令部译电科科长身份,与敌伪周旋到底,以生命为代价送出了情报,保全了抗日组织。生逢乱世,作为女人,李宁玉有自己的家庭,有一双年幼的儿女,需要她母性的呵护,但带着最坚定的理想与信仰,她勇敢地走上了一条没有归期的路。在与敌人舍生忘死的周旋中,坚定的信仰,冷静的个性,赋予她强大的力量,使得她多次死里逃生。当与吴、金、顾一起被囚禁时,她借敌伪之手除掉了抗日组织的死敌吴志国,又离间了张司令、白秘书。即使面对阴险奸诈的特务头子肥原,她仍从容镇定。就在敌人抓捕行动临近而仍然无法送出情报时,她不惜以死来践行自己的信仰,通过自己的躯体为我方传送了情报,也彻底打消了敌伪的怀疑。在这场信仰的追寻之旅中,李宁玉走得坦荡。

元叙事是对历史的意义、经历和知识的本质叙述。作为现代小说的一种叙事方式,元叙事将小说的文本层级无限扩大,间离与解构,否定之否定,叙事意义的无限性得以展开。

在《风声》中,作者最初提供给我们的是一段真假混杂的前言。在这段前言中,我们知道《暗算》是"胡思乱想"出来的。我们姑且将其称之为初级文本:在电视剧《暗算·捕风者》播出后,偶然相遇的潘教授为之提供了一个"原型",对这个"原型"的叙述构成了《风声》中的《东风》的内容,同时也是对之前的初级文本的一种修正。这可称之为二级文本。但是《东风》随即又被修正，甚至是被否定，变成第三级文本《西风》，修正者正是亲历者之一——顾小梦。病重的潘老阅读《西风》后去世，没有留下一句话，潘教授对顾小梦的另一版本也未置一词："我相信父亲的功过组织上自有定论，个人说什么都是白说，没有意义。"最后，"我"才明白原来顾小梦是潘教授的母亲。这又构成了第四级文本《静风》。小说三部分结构层层缠绕、相互递进、逐层解构，乍一看完整独立却又枝桠丛生。一环扣一环，步步推进，让人如同在迷宫找寻。《东风》本是一个完整的故事，但在其中却有着难以掩盖的漏洞，而这些漏洞在《西风》中得到解释后，在《静风》中又遭到了质疑。

语义的阐释具有向后推延性，每一层的解释必须包含于更高级别的阐释之中，并能经受推敲。这样层层向外扩散，最后根本无法找到一个解释的终点。从而解释的意义便在无限的推延中消散。这也符合解构主义诗学理论。文本《暗算》《东风》《西风》《静风》呈现逐级包含关系，形成了多级文本。在《风声》的小说文本中，"我"胡编乱想写出了《暗算》，《暗算》的文本本是建立在虚无的基础之上的，然而在与潘教授偶遇后，"我"居然找到了《暗算》的故事原型，《东风》便是以《暗算》为原型，也即是对《暗算》的另一次模仿。然而随后又出现《西风》与《静风》，它们分别对前一文本作出解构的姿态，在解构消散之后再回归到本初（在潘老的去世中一切戛然而止）。被模仿者如此虚幻，这一切显得毫无真实可靠的稳固性。这种元叙事的推演告诉我们，当一个文本被更高一级文本所评论时，这个文本便已经失去了最初的稳固性，随着潘老的离世，最后一层文本的真实性也无法确知，故事及其真实性与其呈现的意义似乎变得荡然无存而又更加耐人寻味。

参考文献

[1]舒晋瑜、麦家：《文学要去温暖、校正人心》，《中华读书报》2007年12月26日。
[2]麦家：《作家是那头可怜的豹子——在苏州大学小说家论坛上的讲演》，《当代作家评论》2008年第4期。
[3]阎晶明：《间谍小说的严肃历史意义——读麦家〈风声〉》，《文学报》2007年12月13日。

延伸阅读文本链接：

1. 麦家：《暗算》，北京十月文艺出版社2014年版。
2. 麦家：《风声》，北京十月文艺出版社2015年版。

金陵十三钗(节选)

严歌苓

天完全黑了,弥撒大厅里所有的烛火倾斜一下,晃了晃,又稳住。英格曼神父回过头来,见玉墨和她十二个姐妹走进门。

"神父,我们去吧。"玉墨说。

阿多那多没好气地说:"去哪里?"

"他们不是要听唱诗吗?"玉墨在烛光里一笑。不是要俏皮的时候,可她俏皮得如此相宜。

"白天就骗不过去了。反正是晚上,冒充女中学生恐怕还行。"玉墨又说。

她身边十二个窑姐都不说话,红菱还在吸烟,吸一口,眉心使劲一挤,贪馋无比的样子。

"她们天天唱,我们天天听,听会了。"喃呢说。

"调子会,词不会,不过我们的嘴都不笨,依样画葫芦呗。"玉笙说。

英格曼神父看看玉墨,又看看红菱。她们两人的发式已变了,梳成两根小辫,在耳后绾成女学生那样的圈圈,还系了丝绸的蝴蝶结。

红菱把烟头扔在地上,脚狠狠捻灭了火星。"没福气做女学生,装装样子,过过瘾。"

阿多那多心里一阵释然:女孩们有救了。但他同时又觉得自己的释然太歹毒,太罪过。尽管是些下九流的贱命,也绝不该做替罪羔羊。

"你们来这里,原本是避难的。"英格曼神父说。

"多谢神父,当时收留我们。不然我们这样的女人,现在不知给祸害成什么样了。"玉墨说,"我们活着,反正就是给人祸害的,也祸害别人。"玉墨又是那样俏皮,给两个神父飞了一眼。她腰板挺得过分僵直,只有窑姐们知道,她贴身内衣里藏了那把小剪刀。窑姐们把能做暗器的东西全藏掖到身上了:牛排刀、水果刀、发钗。走运的话,一根发钗可以赚他一只眼珠子。什么样的女子她们不会装呢?羔羊一样温顺的女中学生也可以装得惟妙惟肖。然后他们便放下警觉,打算美美地享用她们一场。牛排刀、水果刀、发钗在这当口亮出来。假如走天大的运,扎瞎眼珠子之后再夺下他的武器,圣诞夜就变成狂欢夜了。

窑姐们穿上白纱衬衫,黑色长裙的唱诗班的大礼服时,门铃又被打响。女孩们发现她们真像一群不谙世事的小姑娘,一人手里拿着一本乐谱,以及一本烫金面皮的《圣经》。

女孩们和窑姐们匆匆看一眼，谁和谁都未来得及道别。

书娟始终看着赵玉墨。她看见玉墨在用手擦拭口红。她擦得又猛又狠，然后转脸让红菱看看她。红菱接过手绢，放在舌尖上潮了一下，替她擦去为圣诞夜精心描画的柳眉。

女孩们又开始闭目祈祷时，听到阿顾大声喊“等等，就来开门！”然后她们听见沉重的铁门打开。

她们睁开眼，回过头。又是一院子纵横交错的手电筒光柱，从窗帘的缝隙和破洞透进来。

只有书娟一人走到窗子边上，看见十三个白衣黑裙的少女排成两排，被网在光柱里。排在最后的是赵玉墨，她发现大佐走到她身边，本能地一躲。但又侧过脸，朝大佐娇羞地一笑。像个小姑娘犯了个小错误，却明白这一笑就讨到饶了。日本人给她那纯真脸容弄得一晕。他们怎样也不会把她和一个刺客联系到一起了。

（文章来源：《金陵十三钗》，长江文艺出版社 2012 年版）

文史知识地图

严歌苓（1958— ），美籍华人，美国 21 世纪著名中文、英文作家，好莱坞专业编剧。作为享誉世界文坛的华文作家，得益于长期游离于中英文写作环境，严歌苓无论是对东方情怀的阐释，还是对西方文化魅力的聚焦都有其独特敏锐的视角。对历史的新解，对底层小人物的关怀，对女性角色的多重思考，对中西文化的分析都闪耀理性的光辉，充满哲学的思考。她的代表作品有中短篇小说《小姨多鹤》《金陵十三钗》《少女小渔》《天浴》等，长篇小说《老师好美》《花儿与少年》《无出路咖啡馆》《一个女人的史诗》《陆犯焉识》等。

严歌苓的小说创作成就与她的文化身份、离散视角密切相关，个体生命体验中强有力的中西文化冲突，最终构成作家的多重视角与对女性生存的再认识，这使严歌苓小说中的女性形象、文本特质、书写策略不同于国内本土文学，在世界文学中取得了某种平衡。其流动的身份状态使其文学创作时刻不离自己的民族文化背景，使小说创作在超越本土文学总体模式化的基础上又兼具了民族性。严歌苓小说与其他优秀的流散文学一起，拓展了民族文学的疆界，又加速了民族文学的世界性和全球化进程。这不仅开阔了本土文学视野，对东方观照西方具有积极意义；同时，也对东方文学为西方所认同，加速中西文学交流具有重大作用。

在东西方文化的冲突和交融中，作家身份的转变和多重视野的交融形成了作家本身女性意识的演变。严歌苓出国前的创作具有强烈的批判精神，多从女性角度出发对社会历史提出强烈质疑。到美国后的移民小说则揭示了女性在种族、性别的双重边缘处境中的生存策略。作家以移民女性的人性之善缓解文化冲突和身份迷失的焦虑，在回望国内题材的小说中塑造的女性往往以强烈的抗争意识改变自身的处境和身份,这些都是作家逐渐找到自我定位,建立起自身写作体系与精神谱系的表征;作家摆脱了以前作品中关于知识话语权力、社会政治权力、文化种族身份的种种纠缠,达到了族性的确认和女性自我的坚守。小说女性形象从权力重构的政治人生到双重边缘的弱者人生,从生命追求的抗争人生到个体信念的自我人生的演变历程,在一定程度上与作家自我、族性身份的确立过程形成同构关系,具有多重寓言性质。她所创作的小说,无论是知青题材、移民小说,还是"文革"题材、成长小说以及农村题材,小说主角几乎都是女性,这些女性形象呈现出不同的人生姿态,雌性、母性则是贯穿始终的女性特质,并构成不同的女性形象系列,这些形象从不同的角度展现了丰富的文化内涵和民族寓意。

分析与鉴赏导引

《金陵十三钗》讲述了一群"特殊"女人的故事。1937 年的 12 月 13 日,南京,因守城的中国军队全线崩溃和撤退,日军如野兽般冲进这座古城,开始了一场惊天杀戮,无论老少男女,没日没夜,大奸淫、大劫掠。姨妈书娟这时还是一个十三岁的小女孩,在天主教堂里,她静静地目睹与感受了这场血腥浩劫,看到了一群窑姐灵魂的高贵。

为便于作者游离于不同年代之间,故事从在南京对日本战犯的审判大会开始,以 20 岁的姨妈书娟寻找故人赵玉墨为引子,时光回转,定格在书娟 13 岁月经初潮来临的那天早上,血腥弥散。12 月 12 日这天清晨(日军进入的头一天),在金陵城中圣玛丽美国天主教堂里,翻墙跃进了一群笙歌秦淮河畔的窑姐。她们死皮赖脸企图通过教堂的掩护来躲避日军的屠城。窑姐们在避难所中打牌唱歌、涂脂抹粉,放浪形骸的行为遭到教堂唱诗班女学生的怨恨与唾弃。然而正是她们,与神父、女学生、溃败逃难的军人和伤兵共同面对了一场生死浩劫,产生了各种超越阶层、超越世俗的情谊。日军在烧杀奸掠间冲进了最后的避难所——教堂,发现了唱诗班的女学生们,军人殊死抵抗以性命相搏,在危难之际救下了女学生们。后来,日军又以庆功会表演节目为名强征女学生们到大本营,这显然是一场有去无回,充满凌辱的邀约。女学生们不甘受辱,准备通过集体自杀保全名节,却被平日里被视为下贱的妓女们救下。最后,以赵玉墨为首,13 个风尘女子,怀揣剪刀,身披唱诗袍,代替教堂里的女学生们,去赴一场悲壮的死亡之约,从而也完成了从卑贱走向高贵的自我灵魂救赎……

小说《金陵十三钗》的视角聚焦于 13 个风尘女子,以独特的笔触,去感受这群特殊女人在独特文化背景下的勇气与担当,充满了人性的拷问。

后殖民文学理论批评家斯皮瓦克指出,在族群与族群的战争与冲突中,女人常常作为"概念"的象征,女人作为男性群体的财产或附属物代表族群的尊严。双方冲突发生后,各自以对女人的占有与糟蹋程度来作为征服凌辱对方的主要象征。于是,女性身体变为这场大屠杀的另一注脚。基于此,《金陵十三钗》中肉体狂欢化背后呈现的圣洁才能让读者唏嘘与悸动。

尽管教堂自成一片天地，窑姐们仍不忘寻欢作乐的本色，但是一种莫名的情感在慢慢渗透并冲击着她们。远处的钟声敲响，她们开始肃清自己沉沦的肉体，渐渐走向沉默和安静，主动参与到照顾伤员的行动中去。为伤兵清洗好几幅旧窗幔、伙房中预备下圣诞晚餐，平日的自甘下贱、养尊处优全然不见。到最后，窑姐们义无反顾地用自己的身体为自己“正名”。小说最后：

只有书娟一人走到窗子边上，看见十三个白衣黑裙的少女排成两排，被网在光柱里。排在最后的是赵玉墨，她发现大佐走到她身边，本能地一躲，但又侧过脸，朝大佐娇羞地一笑。像个小姑娘犯了个小错误，却明白这一笑讨到饶了。日本人给她那纯真脸容弄得一晕。他们怎样也不会把她和一个刺客联系到一起了。

窑姐们穿着唱诗班少女的“白衣黑裙”，用身体最终拉住灵魂和神明的裙带，娇羞地完成了从妓女到小姑娘的身份转换，同时在充满仪式色彩的交接中，13 个女人也以身体完成了由肮脏向圣洁、下贱向高贵的精神祭奠与诗学转换。

这究竟是怎样的一群女子？群像中，她们纵情、放荡，然而又勇敢、圣洁。一边是肆意妄为的身体狂欢，一边又是舍生取义的圣洁胸怀，地狱中轮回的肉体偏偏要将灵魂倔强地送向天堂。她们以自己肮脏的身体换取了向善向美的通行证，叩响了人性深处向美向善的门环，完成了人性对于文明的最终皈依。严歌苓曾说：“我的写作，想得更多的是在什么样的环境下，人性能走到极致。在非极致的环境中人性的某些东西可能会永远隐藏。”她始终想要证明的是，在这场用生命、身体来述说的空间里，女性与男性比肩而站，在女性身上甚至深潜着即便男性也无法企及的巨大力量，这种力量潜藏于人性深处，关键时一触即发。

除了人性的极致表达与女性身体的狂欢化，小说通过叙事的层层递进，凸显出一种对峙的二元叙事。

小说通过南京大屠杀期间圣玛丽教堂发生的系列事件，以及在这教堂里生存的女学生们、窑姐们、中国士兵们、神父们的遭遇，将南京大屠杀惨烈和罪恶的一面微缩在教堂这样一个特定的空间里。没有腥风血雨的浓墨渲染，战争似乎已经退居到整个故事的背景位置，然而在女孩们与窑姐们的冲突、神父与窑姐们的对立、中国士兵与日本军人的对抗中，我们不断地感受到战争带给人类的那种战栗和恐慌，死亡随时将至。女孩子们的纯真、窑姐们的淫荡、中国士兵们的英勇、日本侵略者的残暴在对比中是那样清晰地展现在读者面前。人性中的一切特质也在战争这样一个特殊背景下纤尘毕现地暴露出来：在国家危亡的时刻，“商女不知亡国恨，隔江犹唱后庭花”，窑姐们依然保留着粗陋的恶习，抽香烟、说粗话、贪享乐、风骚十足；女学生们则行为端庄、举止优雅，她们每一句和声都在安慰着危城中流离的孤魂，悠长细腻，仿佛天籁。另一个场景里：中国士兵们在逃避日本军人的捕杀过程中，虽身受重伤仍不忘要做一名有志的军人，宁愿与日本人同归于尽也不愿像众多的战友那样屈辱地死去，最终为了保护整个教堂里的人英勇献身;而日本军人们却在别人的国家里任意烧杀抢掠、背信弃义、奸淫妇女。“淫荡的——纯洁的”,“英勇的——残暴的”,都在这战争的危亡时刻集中在了那座本该安安静静的教堂里。“美与丑”“崇高与无耻”并存,并糅合成一股巨大的阅读张力。这种二元对立的叙事结构是通过叙事视角的三个层次进行表达的:一是“我”这个全知全能的超级叙事者。全书由“我”来讲述婊妈的故事,并且随时进入故事,呈现“我”的自身感受;第二个层次是“我的婊妈”孟书娟的视角,她所经历的一切;第三个层次是女主角赵玉墨。小说中这三个视角形成了“看与被看”的叙事结构,“我”看“婊妈”书娟,书娟看玉墨,玉墨看其他人。

参考文献

[1] 李燕:《跨文化视野下的严歌苓小说研究》,《暨南大学学报》2010 年第 4 期。
[2]《〈毕业歌〉:严歌苓的想法和“唱法”》,http://roll. sohu. com/20140116/n393612728. shtml,2014 年 1 月 16 日。
[3]郭全照、布莉莉:《文学如何触摸历史——评〈金陵十三钗〉〈南京安魂曲〉中的大屠杀叙事》,《中南大学学报》(社会科学版)2012 年第 4 期。
[4]侯克明:《女性主义背景的英雄主义叙事——〈金陵十三钗〉从小说到电影的文本转移》,《电影批评》2012 年第 1 期。
[5] 王一波:《时间之流中的创伤再现——通过严歌苓长篇小说〈金陵十三钗〉分析其创作动机与创作心理》,《宁夏社会科学》2012 年第 3 期。

延伸阅读文本链接

1. 严歌苓:《陆犯焉识》,作家出版社 2011 年版。
2. 严歌苓:《小姨多鹤》,作家出版社 2008 年版。

蜗居(节选)

六　六

海藻已经蹲在地上了，既不看宋太，也不回答。

"钱呢？嗯？快说！你不要等我失去耐心！"宋太被海藻的一声不吭给激怒了，忍不住拍桌而起。

海藻抱着肚子，蹲在地上，一言不发。

宋太终于由狂怒到失去理智。人最可恨的不是流泪争吵动手打架，而是以沉默应对一切，这让你发狂。宋太一步一步逼近，一把把海藻从地上揪起来，上去扇了她一个巴掌说："钱呢！钱呢！把钱还给我！"

海藻死死抱住肚子，闭上眼睛不说话。宋太拽着海藻的头发将她的头按在柜子上撞啊撞："要不是你，我们家怎么会变成这样！要不是你他怎么会到今天这步田地！要不是你！！！！"宋太发疯地捶打海藻，海藻终于反应过来，大声喊："救命啊！！！！"

海藻的声音刺激了宋太，她拽住海藻的胸和背用力丢向装饰柜，装饰柜上的东西全砸了下来，花瓶、水晶盘一样一样掉在海藻的身上肚子上。宋太临走指着地上的海藻说："你活该的下场！"然后摔门而去。

海藻躺在地上，一动不动，不一会儿，血从身底缓缓流了出来。海藻一摸下身，慌了，颤抖着低声喊："姐！姐！阿姨……阿姨……"她试图想动弹，一动，下体热血涌出，她吓得已经不知该怎么办才好。"救命……救命……"声音微弱得听都听不见。很快，她就昏了过去。

阿姨一进门，被眼前的情景吓傻了，完全不知道怎么办才好，第一件事情就是打电话给沈律师："哎呀……海藻……海藻……她……死了！"

沈律师一听坏事儿，刚才他就一直不断给宋思明打电话，手机也好，办公室也好，全部不通。

"你在那里守着！我马上就到！不要离开。"沈说完就拨 120 急救电话，然后自己开着车向宋思明的办公室奔去。

宋思明正在三楼会议室开会。今天的会议气氛非比寻常。沈律师轻轻推开会议室的门，冲里面的宋思明使了个眼色。宋有些头皮发麻，赶快起身出去。

"海藻出事了！今天早上，你太太给我打了个电话要了海藻的地址。我没办法。结果……"

宋马上紧张起来："她现在在哪儿？"

"刚才我来你这里以前拨的 120，当时她在家。"

"我现在往她那里奔，你替我打听她现在在什么医院，一旦打听到，马上给我消息。"说完抓起沈律师手里的钥匙就奔下楼去，直冲到车前，踩足油门冲出大院。

坐在车里监视的便衣警察用步话机低声通知："2 号突然冲出大楼，驾车离去，情况突变，怎么办?"

"是不是走漏了风声?"

"不知道。有可能，5 号刚才跟他交头接耳了一会儿。"

"提前抓捕！不要让他逃跑了。"电话那头传来命令的声音。

三个便衣两辆车紧跟着宋思明。

宋思明的车在大街上狂奔。

后面两辆车紧随。在闹市中上演警匪片中才有的场景。"挂警灯!"一位警察在遇见绿灯转黄的时刻果断命令。

宋思明的手机响了，是沈律师的电话："在红星妇幼保健医院。孩子没了，海藻的子宫正在摘除中。"

宋思明被后面的车追得无处可去，绕开市中心以后在郊区的高速公路上寻找摆脱的机会。可是两辆呼啸的警车夹着他让他无可逃避。在被逼无奈之下，宋猛一打方向盘，突然来个 180 度大转弯，逆道而驶，与警车迎面撞去。警车被逼迫着分向两边撞向路边的护栏。宋杀出一条血路逆向往市区红星医院方向飞驰。

转弯口上，一辆重型集装箱载货车正露半个头。

宋思明无可躲避地撞了上去，一片轰鸣。

等两辆警车赶到的时候，血流满地，零件玻璃散落在公路上。集装箱车的司机也是满头血地从车里爬出来说："不关我事，不关我事，他他他……"

警察将宋思明从车里拖出来，宋的嘴角挂着血，脸上全是玻璃茬，喉咙里呼呼冒着血泡，眼珠一个挂在眼眶外面。

"海藻，我不去看你，是我不想连累你。海藻……"宋的眼前，是长发的海藻笑盈盈地穿着冬天的衣服走近自己。奇怪明明夏天刚过，怎么下雪了。"我爱你，海藻。"宋思明觉得自己说得很清楚，海藻一定听见了。

那厢，警察按着他脖子上的脉搏说："他好像想说话，但听不见。"

救护车呜哇呜哇地驶近，医护人员匆匆下车。

"没救了，已经。"警察遗憾地说。

那边，医生在手术台上说："孕妇啊！怎么会成这样！孩子没了，没了，家里连个人都没有。"

"活该，听说是二奶，被大奶打的。"

"不会吧！太狠了！都怀孕六个月了，多一个月孩子就活了！怎么狠心下得了这种手？都是女人!"

"切！二奶哪能算女人？硕鼠！社会的硕鼠！她自己不给别人活路。早干吗去了?"

"你们都别吵！这是病人！是需要我们照顾料理的病人！你管人家做什么的干吗？你们说来说去，都没说到点子上。谁是罪魁祸首？那个男人！那个男人！该死的是那个男人！可怜了活活一条小命。造孽！"

那个该死的男人，已经死了。正躺在停尸房。

（文章来源：《蜗居》，长江文艺出版社2007年版）

文史知识地图

六六，原名张辛，安徽合肥人。毕业于安徽大学国际贸易系，毕业后做过贸易，也从事过幼儿教育工作。1999年起，以六六为笔名开始在网上发表文章。2003年的小说《王贵与安娜》发表后引发网坛广泛关注。2010年11月15日，六六以210万元的版税收入，荣登2010年第五届中国作家富豪榜第20位。其主要小说作品有《王贵与安娜》《双面胶》《蜗居》《心》《宝贝》等。题材多聚焦于当下民众最热议的话题，直面百姓生活中最棘手的问题。

六六用大众最喜闻乐见的方式讲故事，表达情感，引起了大众的共鸣，走进了大众的生活，走进了受众的心里。六六觉得自己实实在在地活着，她可以感受到身边老百姓的喜怒哀乐，她将他们的追求连同他们的苦恼，一点点记录下来，她感兴趣的事情实际上也是老百姓关心的。这些作品出自于平凡生活，取自于平常细节，语言亦庄亦谐，充满喜感。主要体现在小说人物个性突出，妙语连珠，经典对白层出不穷。其所涉内容大胆、视角独特，引发社会层面的广泛讨论。

六六作品的成功很大程度上得益于传媒。在传播媒介日益发达的21世纪，电子媒体的蓬勃发展，网络、影视等新鲜、方便的大众媒体逐步取代了传统媒体，一定程度上替换了文学的传统载体，使得文学的生长环境发生了本质的变化，大众传媒成为文学传播和接受的主要途径，文学对大众传媒也渐显依赖的姿态。可以说，大众传媒是促成文学大众化消费的主力军，也是文学大众化消费的主要体现形式。在文学作品的铺垫下传媒变得丰满、亮眼，而文学本身由于整个环境形态的改变而渐渐走向大众化甚至商品化。六六的特色在于既顺应大众的审美需求，又走在潮流的第一线，不断挖掘最新鲜的、最前沿的社会话题。

分析与鉴赏导引

《蜗居》是六六在出版小说《双面胶》之后，又一部畅销的都市题材小说，它直指国人"住房"的痛神经，以房价飙升的大都市——上海为背景，以海萍、海藻这对姐妹的职场经历、情感故事为线索，立体而鲜活地描绘了一群以上海为代表的白领们在高房价重压下卑微的生存状态，详尽地阐释了当代社会出现的新词汇——"房奴"的内含。在他们的故事背后，以高房价为背景，夹杂交融着官商勾结的行为，滋生出系列腐败。海萍与苏淳都毕业于上海的知名学府——复旦大学。为了留在大城市,他们相依为命,租住在石库门 10 平方米的房子中,能够有一个属于自己的生活之所,存够首付,成为房奴是海萍最大的梦想;并且她毫不掩饰地将自己的生活观传递给妹妹海藻,此时妹妹海藻也与男友小贝租住在三居室的一间中,每天盘算着攒够首付就谈婚论嫁。一切的改变从海萍那无法控制的买房开始,在现实无情的打击下,海萍认定,只有有了自己的房子,自己的人生、家庭的幸福才能圆满。此时,小说另一个主人公宋思明出现了,作为市委秘书长的他在一次饭局上偶然与海藻结识,海藻迷离的眼神让其怦然心动。海萍失业、苏淳陷入牢狱之灾,海藻自己无法抵御这突如其来的变化,在宋思明的帮助下,一切困境烟消云散。这时的宋思明已悄悄进入了海藻心底,海藻明白自己再也无法回到与小贝的恋爱中了,不自觉地沦为了小三……可是,当海萍一家入住新房,一切变得美好时,宋思明东窗事发,海藻带着未出世的儿子孤独守候。在逃亡中,宋发现自己未出世的孩子被妻子伤害且海藻也因此失去子宫后,心如枯槁,一意求死,撞向了前面的大车。

随着传播媒介的蓬勃发展,2007 年 12 月出版的《蜗居》在 2009 年下半年被拍摄成为最火的电视剧。故事讲述了复旦大学毕业后留在上海的白领夫妻郭海萍和苏淳,工资赶不上房价的上涨,为当上"房奴"而奋斗的艰辛与苦涩,失望和希望。为了拥有一个属于自己的居住之所,郭海萍和苏淳、海藻与小贝在上海这所大都市里命运飘摇。整部作品之所以能够吸引大众,是因其中充满了大众在所属空间的身份体认与社会价值观的探讨。

空间社会学家认为,空间关系是社会关系中的一种,作为社会政治、经济、文化相互作用下的城市空间是社会人赖以生存的场域,在这个场域中的人通过相互关系的交织组成了芸芸众生的社会。人生存于空间与社会关系双重场域之中。任何一个城市的出现与衍生,都在不同程度上反映着群体与群体,个体与个体之间的对弈,城市空间众生态之下本就交织与勾连着各种不平衡,社会关系中的权力、财富相互缠绕形成合力支配着城市空间的分配与再分配,并非固定化的流动与分化。家,作为社会最小的细胞单元,其外在主要表现形式之一就是住房,它承载着社会人最本真、最原始的需求。高房价下蜗居现象的出现最直接体现了普罗大众的生存状态,同时作为空间背景也影响着人们的精神价值取向。

《蜗居》里的人生其实就是都市空间众生相的一个真实写照。每一个在写字楼拥有一平方米隔间、月月还房贷、出门坐公交、中午吃盒饭的人,都能从中找到自己的影子。受众分析学告诉我们,文本符号对受众的熟悉程度影响着受众群体的接受程度,文本符号越熟悉,接受度越高。因为他们总希望能够在似曾相识的生活境遇体验中了解个人对于现实生活的认知与评价,完成某种相同或相似的情感投射,并且在其中找到替代补偿,契合了当代社会对消费文本的心理期待。受众从《蜗居》中看到了都市青年人生活的艰辛和困难,剧中郭海萍为了一个属于自己的房子,为了几十块钱而斤斤计较,对自己和老公都非常苛刻,生活得非常艰辛。受众联系自己人生的种种不得意,或多或少地获取了一种群体定位与平衡的归属心理。威廉·布鲁姆指出："身份确认对任何个人来说，都是一个内在的、无意识的行为要求。个人努力设法确认身份以获得心理安全感，也努力设法维持、保护和巩固身份以维护和加强这种心理安全感，后者对于个性稳定与心灵健康来说，起着至关重要的作用。"在都市空间中挣扎的众生，归根结底也就是为了完成在这个城市空间中自我身份的确认。不管是海萍和苏淳，还是海藻和小贝，都为找寻一个自我心灵的归属而挣扎。就连土生土长的李奶奶一家人也是这样。他们在小说中连名字都没有交代，作为上海的土著居民的代表，他们一方面怀揣着"老上海"的优越感，对待外地人有一种潜藏于心的看不起；另一方面，他们自身却也在"流浪"，生活在社会底层的无力感不断绵延，城市越发展，他们越感卑怯。仰视与缅怀、担忧与憎恨共同交织出对蜗居的渴求，同时也刺激着对心灵归属空间的呼唤。

因此，《蜗居》小说与电视剧的出现，犹如一汪清水骤然倒进了油锅之中，灼热的烫感搅动着大众的神经。由房子引起的各种社会现象迅速成为2009年网络舆论热议的公众话题，社会中人与人相异的人生命运，由房子问题引发的潜在精神危机引起众人普遍关注。在城市的现代化过程中，我们如何找到心灵的皈依？作家肖复兴在评点《蜗居》时曾经说道："《蜗居》不是承载问题的一个筐，而是刺向当下社会和我们内心的一根刺。"

此外，《蜗居》中还充满了对社会价值观的探讨。要揭示城市现代化进程中各阶层的生态百状，作家选取了以房子为视角，目光投向当前社会中的一系列问题，比如，家庭矛盾、邻里关系、职场人生、第三者插足、贪污腐败等等。曾经的理想、道德和信念，在物质财富和现实环境的挤压下已开始动摇和坍塌。一方面是对真善美的坚持，相信平淡相守下的爱情，相信奋斗后的甘甜，另一方面却是金钱价值的无限扩大化；一方面是高生活水平（高学费、高医疗费、高房价）的现实呈现，另一方面是低的供给条件（低地位、低收入、低保障）；一方面是谈笑风生，奢侈挥霍，另一方面是斤斤计较，节衣缩食。这些近两极的社会现实催生了社会中错综复杂的人际关系，同时也在不断刷新现实人群的社会价值观。它体现的是经济高速发展30多年来社会发展的相对滞后，在当前社会关系的发展无法满足经济发展需要时，就只能在巨大的经济冲击力下一点点被撕裂。新与旧的矛盾冲突，紊乱的价值世界，让普罗大众迷惘和困惑，理性失落，以至于在此特定的历史时期出现了大量的社会道德失范现象。

《蜗居》也是中国人婚恋生活的缩影，它引发了人们对青年人的伦理价值观的关注和审视。网络论坛中关于《蜗居》爱情观的讨论体现了受众的道德评判心理，每个受众都暗合而又疏离于"艺术作品"，很多热恋中的年轻人正处于"爱情"与"面包"的两难境地，很多中年夫妇体味着人到中年的压力和审美疲劳，《蜗居》拷问着现代人的伦理是非界线。受众渴望对这部充满现实感的电视剧做出自己的道德评判，并由此引发对现代社会道德标准和婚姻现实的反思。这些都是《蜗居》引发热议的根源所在。

值得一提的是，《蜗居》受到称赞的原因之一是其俗白凝练的语言特色，像海萍对刚出生不久的孩子说："奶粉要进口的，尿布要名牌的。进出都要钱，你整个儿一双向收费,比中国移动还狠啊!”海萍对爱的理解是:“男人若真爱一个女人,别净玩儿虚的,你爱这个女人,第一个要给的,既不是你的心,也不是你的身体,一是拍上一摞票子,让女人不必担心未来;二是奉上一幢房子,至少在拥有不了男人的时候,心失落了,身体还有着落。”小贝对幸福的定义:“什么是幸福?幸福就是筷头上的肉丝。”宋太太的经典名言:“世上就是你我这样自以为孺子牛的女人多了,男人才疯狂,我把他收拾体面了,他出去风光,别的女人看见他,又有风度又有温度,马上就有热度,哪想得到背后有个女人操劳过度。”这些都是各个主人公在经过生活磋磨之后的肺腑之言,雅俗共赏,幽默、犀利却又充满无奈。这也正是六六的语言能够在广大受众中获得共鸣的重要原因。

参考文献

[1]秦雪琴:《拉康精神分析理论下的华裔身份研究》,《电影评介》2012年第21期。

[2]肖复兴:《〈蜗居〉是刺向当下的一根刺》,《检察日报》2009年12月4日。

[3]白小易:《热播电视剧:对当下社会公众集体寻唤心理的一种“修辞”表达——对近年来热播电视剧的社会学读解》,《中国电视》2008年第10期。

[4]张慧瑜:《80后的空间放逐与现实选择》,《南风窗》2010年第5期。

[5]黄平:《在“中国梦”的断裂处重建对“改革”的文学想象——以小说〈蜗居〉为例》,《探索与争鸣》2010年第8期。

延伸阅读文本链接

六六:《王贵与安娜》,上海人民出版社2004年版。

致我们终将逝去的青春（节选）

辛夷坞

郑微心里的警铃声顿时大作，根据她著名的小飞龙定律，一个坏蛋十分钟之内四次以上经过同一个地方，极有可能有猫腻。她索性屏心静气，静观其变。

果然，没过多久，他又一次低头边卷袖子边经过，郑微在心里默念，“1，2，3……10……”数到十六的时候他又拿了个空盆从门口晃过，虽然依旧目不斜视，而且每次都貌似有正当理由，但这些都瞒不过她雪亮的眼睛，她几乎可以断言，他绝对有问题！

临阵对敌的时候，所有的绝顶高手都是“任敌千变万化，我自巍然不动”，她硬是耐下性子，倒要看看敌人究竟捣什么鬼，反正不管他想干什么，她都不会怕他！当他第七次经过的时候，郑微干脆双手环抱在胸前，直视门口，他要是看进来的话，她就要问问他到底想怎么样。这一次，他终于沉不住气了，在门口停了下来，生硬地说了声，“郑微你出来。”郑微恼了，心想，你是谁，居然对我呼来唤去的，凭什么呀？她坐在原地，挑衅地朝他扬起下巴，“我干嘛要出去，你，你有本事就进来！”她没想到陈孝正眉头皱了皱，竟然真的走了进来，就像拎块抹布一样把她拎了起来。郑微双眼圆睁，说话都磕巴了，“你……你想，想干嘛？”

开阳连忙一手护住了她，对陈孝正说，“你想干什么呀？”“你别管，跟你无关。”

开阳愣了一下，郑微就半推半就地被陈孝正揪了出去。他毫不温柔地拉扯着将她带到走廊另一侧的死角处，这才放开了她。郑微惊魂未定地抚了抚自己有些褶皱的衣服，双手紧护胸前，“你干什么，想劫财还是劫色？”他显然觉得一点都不好笑，带着点困惑和厌恶地上下打量她，“你究竟是不是女的？”这是对郑微莫大的侮辱，她把手放了下来，挺胸抬头，“你说谁不是女的？”“我就从来没有见过一个女孩子在男生宿舍里看那种电影，你有没有脑子。”他鄙夷地说道。

原来是为这事，郑微泄了口气，负隅顽抗道，“关你什么事，我爱干嘛就干嘛。”他显然也恼了，“你要做这么丢脸的事也可以，不过别老对别人说你……什么我，我都替你脸红。”郑微憋红了一张雪白的脸，“我……什么你了？我不是告诉过你了吗，我不跟你玩了！就算以前我什么你，现在我已经不什么了，你给我滚远点！”

陈孝正气不打一处来，“我就知道你这种人做什么都是三分钟热度，所以注定一事无成。”“我怎么能成，你就像茅坑里的石头一样，你让我怎么成？切！”郑微拍拍衣服上并不存在的灰尘，掉头就走。

“我警告你别再去看那种没营养的东西。”他把话说出了口才隐隐觉得不妥，他用什么立场警告她？

果然,她回过头来看他,半天才极不淑女地憋出一句,“关-你-屁-事!”她看着他不知道是尴尬还是生气地涨红了脸,还不忘狡黠地试探了一句,“想管我,除非你是我的那个什么!”她说这话也有存心气他的意思,没想到陈孝正闻言之后,竟然没有搭腔,低头不知道在想什么。

不会吧,难道真是精诚所至金石为开?老天也感觉到她的一片苦心?她趁他明显内心矛盾的时候走到他身旁,用手在他眼前挥了一下,“陈孝正,请问你是陈孝正吗?”

他一巴掌挥开她的手,“别烦。”她直起腰,趁火打劫地说道,“别说我不给你机会啊,我给你十秒钟,你不否认就是答应从了我了啊,1……2……时间到!”

他提醒她,“你报数的节奏不对!”“我们人类就是这么报数的,你这都不懂?地球是很危险滴,快回你们火星去吧。”他终于忍不住笑了起来,“你才给我滚回火星上去。”

“五星红旗迎风飘扬……”郑微哼着歌离开,她走着走着又放慢脚步,回头看陈孝正一眼,他还站在那里,真好。她觉得自己的每一步都好像是踩在云端上,软绵绵的,很舒服,也很害怕,不知道会不会一不留神就掉了下去?

不会的,不会的,她用力掐了一下自己发烫的脸颊,很疼,她在疼痛中笑得甜蜜蜜啊甜蜜蜜,好像花儿开在春风里。

(文章来源:《致我们终将逝去的青春》,百花洲文艺出版社 2013 年版)

文史知识地图

辛夷坞,原名蒋春玲,生于广西南宁。“木末芙蓉花,山中发红萼;涧户寂无人,纷纷开且落”。蒋春玲有感于王维的五言绝句《辛夷坞》,于是就有了这个笔名。近年来,其多部作品《致我们终将逝去的青春》《原来》《许我向你看》《山月不知心底事》畅销文坛,获得广大好评。她的小说《致我们终将逝去的青春》被演员赵薇相中,成为赵进入导演界的头部作品,影片在全国公映后反响热烈。因其作品带着淡淡的感伤,却又不失青春的张扬,辛夷坞又被誉为“暖伤青春”的代言人。

在《致我们终将逝去的青春》中,作者笔下的主人公都在追求一种自己想要的生活,追求自在、本真的生命状态,让生命的激情尽情绽放。这一绽放过程少了世俗的喧嚣,让自己的人生状态多出了几分从容。将其放在繁华快节奏的大都市里便有了“心远地自偏”之味,符合了当下凡夫俗子对所追求而不得的那点内心纯洁与平静的向往。这种田园牧歌式的青春文学抛却了当前青春文学中对青春人物身份危机的探讨,也推翻了当前青春文学中所设立的私人英雄形象——“青春痞子”以及由其衍化而生的属于青春的秘密话语:流浪叙事、性与暴力、残酷体验。商业化、快餐化、平面化,欠缺文化沉淀与理性思考,这些可能都是它的缺点,但是这并不妨碍那么多人喜爱它,原因在于整部小说充满着清澈明朗的主旋律,真诚、坦率,仿佛这就是我们自己要经历或已经历的生活。

分析与鉴赏导引

自喻为“玉面小飞龙”的郑微，是一个活泼洒脱的女孩，带着对邻家哥哥——林静的爱慕考到与其同一所城市的大学。本以为可以好好地在一起，却没想到自己的母亲与林静的父亲在家庭之外有着一段刻骨铭心的过往，林静无法面对，悄悄出国。郑微伤心欲绝之余继续面对生活。后来她发现自己爱上了同学陈孝正，并以勇敢、大胆、肆意妄为的追求攻势俘获了陈孝正的心。一场轰轰烈烈的恋爱让人侧目。毕业在即，陈孝正却出于家庭的压力选择了出国，放弃了这段感情。郑微愿赌服输，来到妈妈和林伯伯定情的婺源老槐树下埋葬了自己的苦涩爱情。几年后，郑微已在中建下属二分公司总经理秘书的岗位上得心应手，只是感情还是空白；回国后升职为副检察长的林静终于厘清了自己的心结，决心重新找回属于自己的“玉面小飞龙”；无独有偶，从美国学成归国的陈孝正也空降到与郑微同一公司任总经理助理。同属一个空间的三人情感纠葛不断。最终郑微在明白了两个男人离她而去的真相后，她原谅了陈孝正，情归林静。因为她相信每个男人都曾是陈孝正，当他终于成熟时，就变成了林静。郑微婚前又一次来到老槐树下，她最终明白：在渐远的青春中，一切都变成怀念，爱与恨，苦与乐都是在见证青春存在的意义。

在现实的人群中，人们总无法预知下一秒的世界，对未知世界的不确定感让怀旧成为人们自我保护、自我防御的有效抚慰手段。怀旧不再局限于个体，而成为一种社会化、全民性的集体心理与文化体验，是一个普泛化的社会文化景观。在当代大众传媒话语体系下，当某种文化与政治、经济、历史领域错综交杂在一起成为研究者重点考究的对象时，“怀旧”通常会成为一个固定的符号出现在他们梳理的各种谱系中。

与新一代电影导演在青春电影中打倒父亲、找回自我，并坚定地将自己逐出家庭乐园，放归不无危险的社会旅程，在飘泊流浪中体验成长的真实感受不同，当代的怀旧潮形成一股“小清新”之风，通过清新唯美的风格与流畅的叙事及本乡本土的文化亲近感俘获大众，尤其得到亲历其中的70后与80后的强力追捧。

在这股怀旧潮中，与电影《山楂树之恋》《那些年，我们一起追的女孩》不同，影片《致我们终将逝去的青春》中人物出现的场景是20世纪90年代，70年代出生的他们的所有人生阅历，这代人的集体记忆都在其中得到呈现，纯纯的初恋、飞扬的青春，还有毕业后面对现实的心酸。作者辛夷坞用高扬的笔调，将青春揉碎在字里行间，从大众的生命体验出发，来获取一种集体认知。小说以第三人称的限制性视角出发，以主人公郑微的叙述为中心，内外视点相结合，一点一点地展示出人物的心理感受与情感变化。辛夷坞针对这部小说曾说过，“大概很多人觉得从这个故事中可以看出自己的影子，有些人看到了过去的自己，有些人看到了现在的自己，有些人可能看到了将来的自己。很多人喜欢并不是因为我写得好，而是因为他们觉得熟悉，有代入感。”

我们的成长总在获得与失去中向前，很多东西在千帆过后才会理解其中的美好。然而遗憾产生了就无法还原。所有人莫过于此，希望我们在失去后会懂得珍惜，那些随风而逝的都是用失望、用眼泪、用青春交换来的。在以后的日子里，无论温暖于心、痛苦于情，甜蜜与忧愁、幸福与苦难，这些都是你我青春存在过的证据。那段美好的岁月，因你的出现而多姿，虽没有走到尽头，我却也庆幸我的时光中有你。这已足够。以后还会见面，见面时相视一笑，所有过往都成为我们心底的印记。因此小说最后，虽落于谎言，却依然笑颜如花的郑微，向我们昭示：爱了就爱了，用尽力气，就算没有结果，也不必遗憾，因为当青春变成回忆，必将存留于生命的最深处而不朽。小说最后再次出现了老槐树，它犹如一个长者目睹了两代人相爱。丰富多彩的青春与永远静静承受的老槐树形成鲜明的对比。小说开头老槐树作为故事的楔子出现，小说的最后郑微回到老槐树告别过去，这棵老树见证了主人公从青春走向成熟，慢慢蜕变，成为主人公心灵皈依的载体，青春的意义由此升华。

参考文献

[1]辛夷坞：《我写的书就像我设定的一个小世界》，读书频道新浪网 http://book.sina.com.cn/author/subject/2007－12－13/1424226129.shtml。

[2]高山：《全民"青春"事件下的怀旧消费——从〈致我们终将逝去的青春〉观国产青春片的市场际遇》，《当代电影》2013 年第 7 期。

[3]钱春莲：《多元不羁的青春书写 ——内地、香港、台湾青年电影导演青春片研究》，《当代电影》2010 年第 4 期。

图书在版编目(CIP)数据

中国现当代文学经典选读/王远舟，程丽蓉，陈勇主编.--北京：中国传媒大学出版社，2016.1(2023.1重印)

ISBN 978-7-5657-1562-4

Ⅰ.①中… Ⅱ.①王… ②程… ③陈… Ⅲ.①中国文学－现代文学－文学欣赏 ②中国文学－当代文学－文学欣赏 Ⅳ.①I206.6

中国版本图书馆CIP数据核字(2015)第311446号

中国现当代文学经典选读
ZHONGGUO XIANDANDAI WENXUE JINGDIAN XUANDU

主　　编	王远舟　程丽蓉　陈　勇		
责任编辑	黄松毅		
封面设计	郭　琳		
责任印制	李志鹏		
出版发行	中国传媒大学出版社		
社　　址	北京市朝阳区定福庄东街1号	**邮　　编**	100024
电　　话	86-10-65450532　65450528	**传　　真**	65779405
网　　址	http://cucp.cuc.edu.cn		
经　　销	全国新华书店		
印　　刷	北京中科印刷有限公司		
开　　本	787mm×1092mm　1/16		
印　　张	16.5		
字　　数	323千字		
版　　次	2016年1月第1版		
印　　次	2023年1月第3次印刷		
书　　号	ISBN 978-7-5657-1562-4/I·1562	**定　　价**	49.00元

本社法律顾问：北京嘉润律师事务所　郭建平